徘徊
公元前的庙堂与江湖

章夫 著

四川人民出版社

太阳高照

排阿
公元前的海上乞江湖

章 夫 著

四川人民出版社

聽

庚子章夫

章夫（成都作家）

中国作家协会会员，享受国务院政府特殊津贴专家，成都市第十批有突出贡献的优秀专家，首届四川省十佳新闻工作者，四川大学文学与新闻学院硕士生导师，成都商报副总编辑。擅长人文历史与地理随笔写作，共出版各类著作二十余本计四百余万字。

历史的帷幕，在庙堂与江湖徐徐拉开

武丁，左史与右史

炎、黄、尧、舜、禹、汤毕竟是古书中影影绰绰的人物。考古是我们认识远古最直接也是最准确的证据，一次次重大的考古发现，重新丰富了中国古代青铜文明的版图。随着考古的发现和证实，一切似乎都在表明，武丁时代应该是中国历史上一个关键期，算得上是中华文明许多特征的源头。

夏朝和商朝前期的王都，一直在不断的迁移中流浪。商汤建立商朝的时候，最早的国都在亳（今河南商丘），以后三百年中，都城一共搬迁了五次。盘庚迁殷（今殷墟遗址，河南安阳）才第一次确立了长期固定的王都。

到武丁时期，甲骨文发展成熟，青铜时代进入鼎盛期，史称"武丁中兴"。

据说公元前1247年，商王武丁得到一个梦的启示，在民间找到一个筑墙的奴隶，任命他为宰相，这个人就是历史上鼎鼎有名的傅说。武丁在傅说和甘盘等贤臣的辅助下，励精图治，遂使商王朝得以大治。

内政巩固之后，武丁便开始了大规模征战。先是迫使周边时叛时服的小邦完全臣服，接着攻打今山西南部、河南西部一带的小邦甫、衔、让等。至武丁末年，商朝已成为西起今甘肃一带，东到海滨，北及大漠，南逾江汉，包含众多部族的泱泱大国。

也就是从这个时候起奠定了秦始皇统一中国之前华夏大体的疆域。

为了控制广大被征服的地区，武丁把自己的妻、子、功臣，以及臣服的少数民族首领分封在外地，被分封者称为侯或伯。此举开了分封制的先河。而后来将分封制发扬光大的周王朝，就是在武丁时代被征服后接受了商的封号而登上了历史的舞台。

此际，中华文化的显著特征——祖先崇拜已经定型；活人祭祀开始流行，一次祭祀仪式上百人做牺牲的记载就有多次；对卜辞的迷信发展到了极致。

公元前1192年，武丁去世，其子祖庚继位。武丁之前，商朝的王位继承以兄死弟继为主。武丁开始，逐渐确立了父死子继的制度。

《汉书·艺文志》告诉我们，"左史记言，右史记事"乃中国古代朝廷很早就立下的规矩。"左史"、"右史"乃上古实有的史官设置，最早就是出现于商王朝的武丁时期。

"记言"、"记事"历时三个阶段，最初记传言和时事，其后记言诰誓命和天下大事，汉以后流变为记"言语"和"行动"的起居注之类。

《周礼》系统所载史职，大史、内史、外史、御史均有涉于"记言"，太史、小史、外史，皆有与于"记事"。

"左史"、"右史"最早出现于武丁时期，也间接证明了这个时代的繁荣与昌盛。

后母戊鼎，一直是主角

1939年3月，安阳武官村，村民吴希带领四十多个村民连挖了三个晚上，一个铜锈斑斑的马槽式的庞然大物被掘了出来。随后，被藏在村民吴培文的院中。

这个庞然大物便是后母戊鼎。

这个消息被当时盘踞在安阳的日寇获悉。驻东营飞机场的日本警备队队长黑田荣来到吴培文家，未果。十分紧张的村民们打算迅速卖掉这尊大鼎，以消灾避祸，他们秘密找来北平大古董商肖寅卿"看货"。很有眼光的肖寅卿一看也被惊呆了，果断出价二十万大洋。

二十万大洋对那时的每一个中国人而言，不但是天文数字，也是天大的诱惑。

因为大鼎体积实在太大，买家要求村民们将大鼎分割成几大块以便装箱运输。资料记载，村民们用钢锯、大铁锤，趁着夜深人静，分割大鼎。或许因为大鼎太过结实，久砸不坏；或许因为是陈年神物，心存敬畏的村民心"虚"了，他们越砸越觉得作孽，对祖先的敬畏战胜了二十万大洋的诱惑。后母戊鼎方完整保留下来——被村民重新埋入地下。

不死心的日本人又来了。一百多个日本兵将吴家大院翻了个底朝天，终无功而返。之后，日本人又派来三辆大卡车，架起机关枪进村，挖地三尺，却也未能找到大鼎。吴培文在大叹"大炉有灵，天助我也"之后，想出一个妙计，他花二十个大洋从古玩商处买了一个青铜器赝品，藏在自己家炕洞里。第三次进村的日本兵直扑吴家后院，扒开吴培文的睡炕，抢走了那个赝品青铜器。

但日本人怀疑有诈，仍紧盯吴培文的行踪。为保护大鼎安全，吴培文将大鼎秘密托付给自家兄弟，自己出走他乡，直到抗战胜利才回到安阳。

1946年7月，一条消息登上报端："7月11日夜派队并商得驻军X部之协助，至该村掘至终夜，于天明12日早晨将古炉用大马车运县存放古委会内。"文中"古炉"即后母戊鼎。原来，时任安阳县县长的姚法圃带着一班警察，将大鼎从吴家大院东屋挖了出来。

这尊旷世奇宝后来成为中国国家博物馆的镇馆之宝。

庞大而华贵的后母戊鼎处于那个时代众多青铜器的巅峰。这些传世的青铜器，共同指向一个关键字——礼。它们代表着壁垒森严的封建等级制度（编注：此处"封建"指封邦建国。本书采纳了"封建"的两种含义：一是指商周时期层层分封的政治制度，二是指自秦至清的专制主义中央集权制度。为了便于读者区分，本书在出现第二种含义时加编注）。礼只是一个标志，标志的背后则是如山岳般屹立不倒的社会秩序。王权高高在上，身份的标志，是神圣不可冒犯的秩序。

周王朝给了后世一个完整的"文明国家"样本

"中国"的概念，是从周公时代开始的——中华文明的底色和基调，是周人奠定的。

周王朝给了后世一个完整的"文明国家"样本。制定这个样本的，就是周公。周公眼里，秩序贯穿于整个邦国，井田是经济秩序，宗法是社会秩序，封建是政治秩序。周王朝的封建制度，成为中国历史上第一个规范化的管理制度。

秩序就像井田一样形成序列，叫井然有序；又像阡陌一样条理分明，叫井井有条。

周王朝定下的这些"规"和"矩"，其后中国封建（编注：指专制主义中央集权制度）王朝历代的君王们沿袭使用了几千年。

本书收集的四十余篇历史散文随笔，把重点放在先秦，因为先秦是中华文明的青春期，充满无限激情和无穷魅力……无论从哪个方向去看，先秦都是中华文明史上最值得书写的时代。

这个时代对中华文明的走向起着至关重要的作用。

如果说西周是王的时代，春秋是大夫的时代，那么战国就是士的时代，此间有名的士，比如荆轲、比如苏秦、比如张仪、比如范雎、比如甘罗、比如邹忌、比如冯谖、比如商鞅、比如孟子、比如孙膑、比如田忌……都为后世留下了数不尽的传说与佳话。

春秋虽然礼坏乐崩，却还不至于道德沦丧，因为有士。而进入战国，士的权利和义务都没有了，只剩下一柄剑。

今天的专家学者给这个群体一个特别的称谓——先秦诸子。

德国著名哲学家雅斯贝尔斯站在世界文化的旷野上，把公元前6世纪前后称为人类文明的"轴心时代"。在这个时代，登上历史舞台扮演这个"轴"的，便是不可一世的士。

整整一部《左传》，士可杀不可辱的记载不绝于书，这便是士之风骨所在。

"先秦"何以成为中国历史的分水岭

作为历史上第一个一统天下的帝国，秦帝国很值得研究。

战国时期的较量绝不只在战场上。秦始皇能统一天下，或许可以从某些细节管中窥豹。当六国都在各自打着小算盘，用百姓的生命以邻为壑的时候，秦始皇却宣告"隳坏城郭"和"夷去险阻"，即国内不再设防，粮食全部流通。

开工于嬴政元年（前246年）的郑国渠乃韩国走投无路之下的"疲秦之计"，虽然它可谓嬴政"一号工程"，但真实意图在于耗竭秦国实力，以拖延战术求生存之道。

一水灌溉关中，"疲秦之计"最终变成"强秦之策"。郑国渠建成六年后，也就是公元前230年，秦国统一中原的战车正式驶向战场，战车所向披靡，最先被压得粉身碎骨的，却是苦心孤诣的韩国。

公元前221年，当齐国的战旗最后倒下的时候，坐在高高战车上的嬴政大笑不止，秦一统天下的时代，到来了。

始皇帝三十五年（前212年），秦始皇征调帝国各地民工大修阿房宫。

身为泗水亭长的刘邦被派上了徭役，为期一年。咸阳之行，大开了刘邦的眼界。沛县东去咸阳二千余里，走三川东海大道，出泗水入砀郡，横穿三川郡，由函谷关进入关中。以战国旧国论，由楚国出发，经过魏国、韩国到秦国，堪称一次"国际大旅行"。这让小民刘邦耳目一新。

其间，刘邦遭遇了他一生中极为重要的一件事——目睹了秦始皇的风采——未来的汉高祖遇见在位的秦始皇。

对于咸阳徭夫、沛县乡佬的泗水亭长刘邦来说，秦始皇宛若天上的太阳，他久久迈不动脚步，感慨至于极点，不停念："嗟乎，大丈夫当如此也！"

"大丈夫当如此也！"这一句感慨，概括了刘邦一生的政治走向，他要像秦始皇一样君临天下，在万人观瞻的车马出行中体验人生的满足。

"先秦"乃中国历史的分水岭。

也正是因为有了刘邦，"先秦"的历史得以告终，秦汉的历史帷幕徐徐拉开。

- ◎ 第四章　松竹梅　163
- ◎ 第五章　天地人　237
- ◎ 第六章　江湖海　299
- ◎ 后记　409

目录

◎ 第一章　风雅颂　001

◎ 第二章　桃李杏　057

◎ 第三章　精气神　109

第一章

《诗经》三百篇,风雅颂总揽。参差荇菜,左右流之。蒹葭苍苍,白露为霜。美人如诗,草木如织。知我者谓我心忧,不知我者谓我何求。西方有《圣经》流传千年,东方有《诗经》流传三千年。《诗经》就是东方文明的《圣经》。谈情说爱的《关雎》算得上《诗经》的压舱石。是它,为一部中华文明的鸿篇巨制,定下了基调。感谢孔夫子整理《诗经》时,没有删除那些『淫词艳曲』,让我们一睹先人风采。

史尊，早年流失法外，曾辗转于日本等国家，后经努力，终于回归国内。通高近30厘米，四面出扉棱，上铸夔龙纹、蕉叶纹、兽面纹等纹样，因内底铸一字铭文「史」而得名。史尊整体造型典雅端庄，装饰繁复华美，是目前发现的最豪华精美的商代铜尊。

藏礼于器
祖先遗存下来的秩序

"旧时王谢堂前燕，飞入寻常百姓家。"最初用来煮食的金属器皿，逐渐演变为最神圣的礼器，被供上祭台，到后来，随着缤纷异彩瑰丽多姿的时代变幻，又回归凡尘融入世俗生活。

青铜器在夏商周三代中，经过夏朝的铸炼，到商朝达到高峰，至西周则更加丰富。商人尊神，青铜雄浑大气；周人崇礼，青铜简洁朴拙。我们的祖先，在这个全新的青铜时代，用艰辛和智慧，走出了一条让后辈望尘莫及的青铜之路。

夏的质朴，商的绚烂，周的儒雅，汉的强悍，唐的开阔，全都融进了一件件精美绝伦的礼器之中。

青铜器起始于新石器时代晚期。考古专家李健民认为，青铜时代主要集中在中国的夏商周三代——夏代是中国青铜时代的初始期，商晚期是青铜时代的兴盛期，西周是青铜时代礼器制度的成熟期。至秦汉时期，青铜器在礼器中的比重大大减少，已经逐渐衍化为贵族乃至百姓的生活用品。真应了那句古诗，"旧时王谢堂前燕，飞入寻常百姓家"。

我们不妨借青铜器这个远古的文化符号，普及一下我们不熟悉的文化历史知识——

遥想三千年前的"公元前"时代，有一个我们难以想象的庞大的青铜器家族。那些门类众多、形状怪异的青铜器，根据用途的不同，大体分为酒器、饮食器、水器等。盛大的祭祀场合中，祭坛上会陈列出爵、觚、尊、卣等大小错落的各种酒具，盛满酒浆，烹煮好的祭肉从大鼎中取出，盛在小鼎、簋等器具中，供上帝饮馔。

爵、角、觚、觯是饮酒器。其中爵和角为三足器，便于生火加温。觚和觯为圈足器。酒器中的很多器类，都是从这两种造型衍生发展的。而斝的形体比较大，是用来给酒加温的。尊、罍、壶、方彝和兕觥主要是盛酒器。盉用来调水于酒。

饮食器的分工也极其严格。鼎是煮肉用的。鬲可以煮粥或盛粥，它的袋形腹可以扩大受火面积，较快煮熟食物。簋可以盛放黍、稷、稻等饭食。甗用作蒸食物，分上下两部分，上面用来盛放食物，下面用来煮水，中间有箅可以通蒸汽。

商时多以酒器通天，周时多用食器祭祀。历史学者易中天对此形象地解读：商人请神喝酒，周人请神吃饭；商人是酒鬼，周人是食客；商灵性，周理性；商浪漫，周严谨；商重巫官，周重史官；商重鬼神，周重人文。

这就是人类文明史上最光辉的一页——青铜时代。可以毫不夸张地说，作为重要标志，青铜器把人类拉进文明社会，同时也铸就了中国古代灿烂的青铜文明。

我们的祖先，在这个人类全新的青铜时代，用艰辛和智慧，走出了一条让后辈望尘莫及的青铜之路。

青铜器在夏商周三代中，经过夏朝的铸炼，到商朝达到高峰，至西周则更加丰富。这些遗存下来供我们今天膜拜的青铜文明，在商代时最为辉煌。

欧洲、美洲和西亚诞生的青铜器，多以面具、人像、生产工具为主。商朝的青铜器却多为重型礼器。体量最大、造型最庄严的，是方鼎，它们用庄重的造型传递着神圣感。最为典型的方鼎，要数陈列于中国国家博物馆的镇馆之宝后母戊鼎了，这件高1.328米，重833公斤的巨型之物，是世界上迄今出土最重的——被专家视为殷商时期高度发达的青铜文明的代表。

庞大而华贵的后母戊鼎告诉世人，那些庞然大物的背后，共同指向一个关键字——礼。它们代表着壁垒森严的封建等级制度（编注：本书中"封建"指分封制。"封建"一词出自《诗经·商颂·殷武》,"命于下国,封建厥福")。礼只是一个标志,标志的背后则是如山岳般屹立不倒的社会秩序。王权高高在上,身份的标志,是神圣不可冒犯的秩序。

商人尊神,青铜雄浑大气;周人崇礼,青铜简洁朴拙。商人信神,有自己完整的宗教系统;周人拜礼,精心研制而成的礼制千年不绝影响至今。

古代中国,祭礼的形式不但是"情感—道德"性的,而且是"伦理—政治"性的。《礼记·祭统》有云:"凡治人之道,莫急于礼。礼有五经,莫重于祭";"是言祭为礼之大者也"。祭礼之中的祖先祭祀,既是为人子孙慎终追远、报本反始的道德行为,又是一家一族敬宗合族、确认人伦的共同活动。

用规范化的青铜器系统来表现祭祀中虚幻的"礼"字,实际上是国家发展过程中的权力分配与等级评定的一种表现。这个系统直观、实用、一目了然,且易于复制。商周的青铜器在鼎中恰到好处地体现了"虚幻"的思想:天子九鼎,诸侯七鼎,卿大夫五鼎,士三鼎或一鼎,平民则不许。

继商人开悟之后,周人更加发扬光大,继而成功地把祖先与神的身份分开,并且给原来居无定所的上帝找到一个固定的高高在上的看不见的办公场所——"天"。制礼作乐与天命观之间可谓互为表里:天命观是礼乐制度的基础,礼乐制度是天命观的表现形式。

古老的甲骨文告诉我们,礼就是礼器,乐就是乐器。礼乐就是祭礼和乐舞。

祭祀照旧进行,匍匐在地的芸芸众生依然毕恭毕敬,仪式盛大,器具齐全。祭祀的人变了,可人们的内心深处,祖先虽然还是原来的那个祖先,上帝已经不是那个上帝了。因而只有"天子九鼎,公、侯七鼎,伯五鼎……"完整地继承下来,且一点儿也不容马虎。

一部专门为祖先服务的《周礼》沿袭千年,一丝不苟地规范了青铜器的功能。

青铜器与礼乐文明,见证着器与道的融合与悖反。尽管周公"制礼作乐",孔子"克己复礼",目的都是为了维护姬周政权,维持封建秩序,但此时人的努力、人的力量、人的意识已经开始觉醒,他们至少清楚,内心的平静祥和才是社会最好的稳定器。为了追求心中和世俗的稳定,一代又一代的君王们做出了不懈的努力。

正因如此,泱泱中华上下五千年,才形成了自身的历史周期律:夏有"少康中兴";商有"武丁中兴";周有"宣王中兴";汉有"光武中兴";历史行至南北朝时期,有著名的"孝文帝中兴";唐有"元和中兴";宋有"建炎中兴";明有"弘治中兴";清有"同治中兴"。正应了那句古语:"顺天者昌,逆天者亡",或许这就是帝王将相从那些冷冰冰的青铜器中,所悟出的"天命"。

社会秩序是维护国家稳定的基石,现代社会称之为"法"。而在古代甚至远古时代,法都是服务于礼的。"以礼治国"是古代政治的独特之处,倘若追"礼"溯源,最早便是被凝固在绝无仅有的大宗青铜礼器之中。

越是科学不发达的时代，人们就越是把自己的命运和未来寄托在"天"上——上苍主宰一切。一件件礼器就是人类向上天"汇报工作"的唯一媒介。

中华大地悠久的农耕历史不断提醒我们，"靠天吃饭"是多么重要。为祈求风调雨顺的好年景，我们的祖先不惜穷尽智慧祭天祀祖，在那个弥漫着巫术气息的久远时代，审美还只是巫术的附庸，而这些狞厉神秘的图腾符号，便顺理成章地成为商代青铜器最鲜活的表情。商周的青铜艺术，李泽厚先生认为是狞厉的美。而那些狞狞的表情，却一直让人肃然起敬，让人心存敬畏。

活跃于夏商周三代的青铜之路，几乎没有留下任何文字记载，主要是由西向东传播青铜与游牧文化。由东向西传播丝绸与定居农业文化的丝绸之路，繁忙于汉唐宋元时代，却史不绝书、汗牛充栋。

可以说，最初是青铜之路诱发了丝绸之路，到后来丝绸之路则取代了青铜之路。而诱发青铜之路的，是更为悠久的玉石之路，那应该是人类文明的婴孩时代。

这一传承与逻辑，可以从古蜀国三星堆辉煌的青铜文明中一览无余。李白的千古名作《蜀道难》反映了远古时中原人对古蜀国的直观认识，由于交通的不便和地理上的距离，古蜀国文化与中原文化一直保持着神秘的距离。但诗人没有想到的是，他过世一千多年以后，在成都几十公里外一个叫三星堆的村庄，一大批人们闻所未闻如天外来客般的青铜神器得以重见天日。更让这位大诗人难以想到的是，远离中原的西南一隅，竟存在如此辉煌发达的古代青铜文明。这里出土的青铜神像、青铜人像、青铜神树、青铜动物，造型大，且怪异。古蜀人用青铜器表现了人和神交流的全过程。而正是古蜀国灿烂的文明，走出了一条独辟蹊径的南方丝绸之路。这条丝绸之路要比后来举世闻名的北方丝绸之路古老得多，丰富得多，艰辛得多。

考古是我们认识远古最直接也是最准确的证据，一次次重大的考古发现重新丰富了中国古代青铜文明的版图。从三星堆等级森严的那一件件带着热血的冰冷之物，我们可以看出，青铜器早已成为物质性标注等级秩序的礼制符号。

值得一提的是，三星堆除了出土大量青铜器之外，还有不少来自印度洋的贝壳。不难看出，商朝时期的古蜀国，文明触觉已经走得很远很远了，那是一种我们至今难以想象的高度文明，与三星堆接踵的金沙遗迹文明，亦不乏灿烂与辉煌，数十年前出土的太阳神鸟金箔，被确定为中华文明标志，就是最好的明证。三星堆留下诸多的谜团，科技发达的今天我们都未能完全读懂，还有谜团重重的巴蜀图语，也成为世界各路专家无法解读的人类文字未解之谜。

作为南方丝绸之路的起始点，三千年成都的特色鲜明而厚重。

出生于德国的历史学家安德烈·冈德·弗兰克，在20世纪80年代两次访问中国后，颠覆了沃勒斯坦以欧洲为中心论述世界体系的理论，提出"世界体系不是500年，而是5000年"之说。早在五千年前的青铜时代，中国与西亚之间就开展了以青铜、牲畜和粮食为主要符号的文化大交流，形成了青铜时代的世界体系。

大抵距今五千至四千年，沿着那条横跨欧亚大陆的历史通道，青铜、小麦、黄牛、绵羊等与游牧生活方式有关的文化要素,先后源源不断地从西方传入中国,与原有的新石器时代文化发生碰撞,共同孕育出了兼收并蓄的中原文明。

弗兰克先生以为,正是这种由青铜技术发轫的东西方所形成的"文化包裹",共同把人类文明提升到一个新的阶段。

夏的质朴,商的绚烂,周的儒雅,汉的强悍,唐的开阔,全都融进了一件件精美绝伦的礼器之中,虽然这些已成昨日过往云烟,但在时间长河中仍泛着瑰丽和光芒。

那是我们的先祖用智慧和文明留下的宝贵遗产,早已注进我们的精神血脉,无形地滋养着我们的先辈、我们及我们的后世。

"道"统天下的千年之谜

兴起于先秦，泽被于万世。周王室东迁以后，学术重心由王宫逐渐移向民间，周王朝气数殆尽之时，正是民间学术繁盛之期，所谓"国家不幸诗家幸"，思想的自由，文化的勃发……可以借古，可以讽今，可以知未来……成为后学的蓄水池。

《道德经》中的每一个字，都堪称老子给掌权者、君王和政治家的谆谆教诲。联合国教科文组织统计，《道德经》是除了《圣经》以外被译成外国文字发行量最多的文化名著。

"道可道，非常道。"《道德经》的开篇之语念了数千年。可至今为止，能够真正讲得通悟得透的，却没有几人。

如喷薄而出的红日,在积蓄了巨大能量之后,厚积而薄发,在烙上"先秦诸子"的特殊标签之后,井喷似的涌现出一批"泰斗级"人物。

这并非偶然。八百年周王朝所种下的,并非完全是"姬姓江山"之果,更是华夏三千年"集体智慧的结晶"。

铁打的征候流水的王朝。却说周王室东迁以后,学术重心由王宫逐渐移向民间,周王朝气数殆尽之时,正是民间学术繁盛之期,所谓"国家不幸诗家幸",思想的自由,文化的勃发……可以借古,可以讽今,可以知未来……自老子、孔子以后,大家如雨后春笋般辈出,如墨子、孟子、庄子、荀子、韩非子等,皆"揭竿而起",著书立说,各成一派。

兴起于先秦,泽被于万世。自此,诸子著作成为后世了解中国古代社会政治、经济、文化的资料库,更成为后学的蓄水池。

子,乃先秦时对人的尊称。之后特指孔子、老子、庄子、墨子、孟子、荀子等古之先贤。百家一般指儒家、道家、墨家、名家、法家、兵家、纵横家等学术流派。

这样一个列阵似的庞大的名人方阵和学术阵容,基本上代表了那个统称为"先秦"的方方面面……《汉书·艺文志》向我们透露了这样一个令人震惊的统计数字,这些方阵中有名的共有189家,4324篇著作。后来大约10家发展壮大成了学派。

那真是一个群星璀璨的光辉时代。这些思想之先进,学术之自由,智慧之博大,可谓领当时世界潮流之先声,于人类也是一笔可贵的财富。

《道德经》堪称这个时代最为杰出的代表,区区五千言,引发数千年顶礼膜拜。因对中国哲学、科学、政治、宗教等产生了深刻影响,被誉为"万经之王"。联合国教科文组织统计,《道德经》是除了《圣经》以外被译成外国文字发行量最多的文化名著。

其他朝代暂且不论,仅唐朝一代,道教变成国教。唐高宗尊称《道德经》为"上经",唐玄宗尊称为"道德真经"。唐太宗曾令人翻译为梵文。唐朝乃文人辈出之时,《道德经》有如此待遇,其影响力可想而知。

自古以来,世间万事万物都源于一个个预设的"道场"之中,中国古代哲学的源头,同样集中于一个"道"字。

方块字的构造十分独特,一个"首",一个"辶"。"首"即大脑,代表思想;"辶"即运动,代表行为。有了想法,付诸行动,谓之"初源之道"。

"道可道,非常道。"《道德经》的开篇之语念了数千年。可至今为止,能够真正讲得通悟得透的,却没有几人。

老子被尊称为中国古代伟大的思想家,生活于春秋时期,楚国苦县人。后世能深深记住他的,主要是那本开创了我国古代哲学思想先河的《道德经》。

自古以来，老子有如一个神仙般，萦绕于世间。

相传老子降生时，体弱而头大，眉宽而耳阔，目如深渊珠清澈，鼻含双梁中如辙。因其双耳长大，故起名为"聃"；因其出生于庚寅虎年（前571年），亲邻们又呼之曰小狸儿（即"小老虎"之意）。据说，因江淮间人们把"猫"唤作"狸儿"，音同"李耳"。久而久之，老聃小名"狸儿"便成为大名"李耳"一代一代传下来了。

却说老聃自幼聪慧，静思好学，拜师于通天文地理、博古今的商容老先生。教授三年，博学的商容便向老夫人辞行："老夫识浅，聃儿思敏，三年而老夫之学授？"

老聃入周，拜见博士，入太学，天文、地理、人伦，无所不学，《诗》《书》《易》《历》《礼》《乐》无所不览，文物、典章、史书无所不习，三年而大有长进。

就这样，十三岁就超过师傅商容，被荐去周室太学深造，十六入朝为官，且官至"守藏史"（相当于国家图书馆馆长），从而声名远播。

这里需要说明的一点是，守藏室是周朝典籍收藏之所，集天下之文，收天下之书，用汗牛充栋、无所不有来形容应不为过。老聃身处其中，如蛟龙游入大海，海阔凭龙跃；如雄鹰展翅蓝天，天高任鸟飞。老聃博览泛观，如虎添翼，通礼乐之源，明道德之旨，方能闻名遐迩。

当李耳升格为老聃，老聃再升格为老子的时候，一个闪耀在中华文明星空数千年的大师诞生了。

与老子相辉映的，是另一个"子"字辈的人，他的名字叫孔子。却说孔子年轻的时候，就已经是鲁国远近闻名的导师了。四面招徒，八方开坛。而立之年，当听说老子的名字后，一定要带着弟子前去会会，不知道内心深处有没有一种不服气的成分，反正他俩见面了。"会会"的结果，有一段孔子与弟子对话实录——

回到鲁国，众弟子问道："老子何样？"孔子道："鸟，吾知它能飞；鱼，吾知它能游；兽，吾知它能走。走者可用网缚之，游者可用钩钓之，飞者可用箭取之，至于龙，吾不知其何以？龙乘风云而上九天也！吾所见老子也，其犹龙乎？学识渊深而莫测，志趣高邈而难知；如蛇之随时屈伸，如龙之应时变化。老聃，真吾师也！"

字里行间，这世上能让孔子心悦诚服的人，恐怕只有老子了。孔子拜老子为师。

孔子与弟子的上述对话算是精彩了。其实，最为精彩的，还是老子与孔子师生间一段又一段经典的对白，其间无不显示出儒家与道家思想的碰撞。兹摘录一二——

行至黄河之滨，孔子伫立岸边，不觉叹曰："逝者如斯夫，不舍昼夜！黄河之水奔腾不息，人之年华流逝不止，河水不知何处去，人生不知何处归？"

闻孔子此语，老子道："人生天地之间，乃与天地一体也。天地，自然之物也；人生，亦自然之物；人有幼、少、壮、老之变化，犹如天地有春、夏、秋、冬之交替，有何悲乎？生于自然，死于自然，任其自然，则本性不乱；不任自然，奔忙于仁义之间，则本性羁绊。功名存于心，则焦虑之情生；利欲留于心，则烦恼之情增。"

孔子解释道："吾乃忧大道不行，仁义不施，战乱不止，国乱不治也，故有人生短暂，不能有功于世、不能有为于民之感叹矣。"

老子道："天地无人推而自行，日月无人燃而自明，星辰无人列而自序，禽兽无人造而自生，此乃自然为之也，何劳人为乎？人之所以生、所以无、所以荣、所以辱，皆有自然之理、自然之道也。顺自然之理而趋，尊自然之道而行，国则自治，人则自正，何须津津于礼乐而倡仁义哉？津津于礼乐而倡仁义，则违人之本性远矣！犹如人击鼓寻求逃跑之人，击之愈响，则人逃跑得愈远矣！"

稍停片刻，老子手指浩浩黄河，对孔子说："汝何不学水之大德欤？"孔子曰："水有何德？"老子说："上善若水：水善利万物而不争，处众人之所恶，此乃谦下之德也；故江海所以能为百谷王者，以其善下之，则能为百谷王。天下莫柔弱于水，而攻坚强者莫之能胜，此乃柔德也；故柔之胜刚，弱之胜强。因其无有，故能入于无间，由此可知不言之教、无为之益也。"

孔子闻言，恍然大悟："先生此言，使我顿开茅塞也：众人处上，水独处下；众人处易，水独处险；众人处洁，水独处秽。所处尽人之所恶，夫谁与之争乎？此所以为上善也。"

话说孔子与老子相别十八年后，五十一岁的孔子闻老子回归宋国沛地隐居，遂携弟子再次拜访。

历史文献里，只说老子西度流沙，过了新疆以北，一直过了沙漠，到西域去了。究竟是往中东还是到印度去了，不知道。在他离开中国时，有没有领到关牒——相当于现在的护照和出入境证，也不知道。

一生行踪诡异、神秘莫测的老子，最为后人津津乐道的，是类似于神话般的"出函谷关"故事。对此有无数个文字版本，但内容大体一致，这里也不妨再赘述一次故事的轮廓。

却说周敬王二年（前518年），老聃守丧期满返周。周敬王四年（前516年），周王室发生内乱，王子朝率兵攻下刘公之邑。周敬王受迫。当时晋国强盛，出兵救援周敬王。王子朝势孤，与旧僚携周王室典籍逃亡楚国。

老聃蒙受失职之责，受牵连而辞旧职。于是离宫归隐，骑一青牛，欲出函谷关，西游秦国。函谷关守关吏尹喜，少时即好观天文、爱读古籍，修养深厚，是老子的"铁杆粉丝"。加之他夜观星象，得诗一首："紫气东来三万里，圣人西行经此地。青牛缓缓载老翁，藏形匿迹混元气。"于是派人清扫道路四十里，夹道焚香，以迎圣人。

须发皆白的老子骑着一头青牛来到函谷关时，因为没有关牒，正好被尹喜拦下，老子不知是计，又有好酒好菜给供着。一心想出关的老子，思忖几日后，以王朝兴衰成败、百姓安危祸福为鉴，溯其源，著上、下两篇，共五千言。上篇起首为"道可道，非常道；名可名，非常名"，故人称《道经》。下篇起首为"上德不德，是以有德；下德不失德，是以无德"，故人称为《德经》，合称《道德经》。《道经》言宇宙本根，含天地变化之机，蕴阴阳变幻之妙；下篇《德经》，言处世之方，含人事进退之术，蕴长生久视之道。

尹喜得之，如获至宝，终日默诵，如饥似渴。连官也不做了，挂冠而去，不知所终。

老子长得仙风道骨，故后人常把他与仙与神联系在一起，好像那位名叫李耳的凡胎肉身，从没有来过这尘世一样。有关他的传说，都编得出神入化。

那些引人入胜的神仙故事我们暂且不论。但《道德经》由一部书逐渐演化成一门宗教，其嬗变历程值得研究。

由老子到列子、再到庄子……由《老子》改称的《道德经》，由《列子》改称的《冲虚经》，由《庄子》改称的《南华经》。道教三经，一路传下来，终为国粹。

三千年过去了，老子留下的经典仍为中华文化的瑰宝。其旺盛的生命力和影响力，可谓无与伦比。

古人云，"半部论语治天下"。这句话其实只说对了一半。还有半句留给孔子老师老子的，只需要半部中再半部的《道德经》，足可以一统江山。

《道德经》中的每一个字，都堪称老子给掌权者、君王和政治家的谆谆教诲，只是考验读者能不能真正读懂其中的新意与深意。

《道德经》中的"道"，能独霸中华文明三千年，不是偶然的。

一幅流传三千年的
情爱招贴画

　　孔子曾以"思无邪"点明《诗经》宗旨,并教育弟子读《诗经》以作为立言、立行的标准。面对流传下来的三千多首有人情、有社会现状、有喜怒哀乐……的诗,孔夫子一头扎了进去,倾注全力,以独特的眼光审视、筛选,去粗取精,去伪存真。将遗存下来的三千多首诗,经过归纳整理,挑出三百零五首他认为是精品的篇章,教给他的学生。

　　西方有《圣经》流传千年。可以说,《诗经》就是东方文明的《圣经》,流传了三千年。

　　谈情说爱的《关雎》算得上《诗经》的压舱石。是它,为一部中华文明的鸿篇巨制,定下了基调。好在孔夫子编辑整理《诗经》时,没有删除那些"淫词艳曲",才让我们今天一睹先人风采。

作为人类文明的源头，一部《诗经》，滋养了中华文明数千年。

《诗经》所透露出的，是我们的祖先对于政治、经济、社会等诸方面鲜活的折射。一部《诗经》经过三千多年的咀嚼，我们至今仍津津乐道津津有味，且常咀常新长嚼长香，可见其无穷的魅力。

《诗经》以前没有"诗"，可以说，"诗"这个字是专门为《诗经》造的。这些诗，是中国历史上最早留下来的诗歌——上，可追溯到周朝以前商朝的末年；下，可下溯到西周周平王东迁至西周覆灭的春秋中叶，其间跨越至少六百年。

何时又称为"经"？经历了春秋、战国、秦之后。汉代初年，一些读书人把先秦时期遗留下来的诗歌重新又分几家加以解释，"经者，常也"。自汉武帝时起就把"诗"称为"经"。

古代织布机上面的线，直的就是"经线"，横起用梭子穿来穿去的那根线，就叫"纬线"。所谓"经"，就是常说的以什么为"纲"，一个社会需要的有纲领性的东西，就叫"经"。

到了汉代，这些看似彼此不相关联的诗，必须"串"起来让人受用，就称为《诗经》。

对于诗和经，白手起家的古代，不像我们今天那么丰富，可信手拈来。很长一段时间，古代的文人应该是比较纠结的，至少在没有产生诗和经之前,他们不知道究竟什么是诗,什么是经。在他们手里,一切都是"开天辟地",没有规矩,他们就是"立规矩"的人。我们都是根据先人一代一代传承下来,形成今天的"规"与"矩"的。

正所谓江山代有才人出。一代人有一代人的义务,一代人有一代人的责任。这不,在互联网时代的今天,我们又成了"立规矩"的祖宗,再过成百上千年,我们的那些后代的后代,也会按照我们"立"的"规矩"去施行。

这是历史的使命,也是历史的必然。

如果普及一下历史知识和文学知识。我们知道,《诗经》中的诗大多源自周朝初年,就是周武王、成王那个时代,王室专门派官员出去到民间去搜集流行歌曲,拿到王宫里,由专门的人诵读、吟唱。

周王朝的人是很用心的,那时还形成了专门的制度,叫"采诗"。相传周代设有采诗之官,每年春天,他们摇着木铎深入民间收集民间歌谣,把能够反映人民欢乐疾苦的作品,整理后交给太师(负责音乐之官)谱曲,演唱给周天子听,作为施政的参考。那些没有记录姓名的民间作者的作品,占据了《诗经》的绝大部分。

孔夫子绝对是一个有文化担当的有心人。面对流传下来的三千多首有人情、有社会现状、有喜怒哀乐……的诗,他一头扎了进去,倾注全力,以独特的眼光审视、筛选,去粗取精,去伪存真。将遗存下来的三千多首诗,经过归纳整理,挑出三百零五首他认为是精品的篇章,教给他的学生。

孔子曾以"思无邪"点明《诗经》宗旨,并教育弟子读《诗经》以作为立言、立行的标准。《诗经》被儒家奉为"六经"之首。孔子之所以是孔子,在于他做了一件功德无量的大事。可以说,仅就他整理《诗经》这一件事,就足以进入不朽之列——《诗经》有人类的意义。

先秦诸子中的几乎所有大家,比如孟子、荀子、墨子、庄子、韩非子等都奉《诗经》为圭臬,能够享受这一待遇的,非《诗经》莫属。西方有《圣经》流传千年。可以说,《诗经》就是东方文明的《圣经》,流传了三千年。

《诗经》里的诗歌内容,可以说主要反映了劳动与爱情、战争与徭役、压迫与反抗、风俗与婚姻、祭祖与宴会,甚至天象、地貌、动物、植物等方方面面,堪称周代社会生活的一面镜子。

史载,周朝初期,太姒成为周文王夫人后,非常仰慕祖母太姜和婆婆太任的贤德。她极尽妇道,效仿前贤,以妇礼妇道教化天下,被尊为"文母"。与其夫君一道,仁德治国,形成了"文王治外,文母治内",前朝后宫琴瑟和鸣的和谐局面。

> 关关雎鸠,在河之洲。窈窕淑女,君子好逑。
> 参差荇菜,左右流之。窈窕淑女,寤寐求之。
> 求之不得,寤寐思服。悠哉悠哉,辗转反侧。
> 参差荇菜,左右采之。窈窕淑女,琴瑟友之。
> 参差荇菜,左右芼之。窈窕淑女,钟鼓乐之。

这首我们今天还常常挂在嘴边朗朗上口的《诗经·周南·关雎》，就是周朝人赞颂文王及夫人太姒其中的一首。这些历代士子们吟唱了千余年的佳句，让一个贤惠、聪明、能干的周王朝的母妃，逐渐清晰地站在了我们眼前，那么亲切，那么和蔼，那么让人仰视。

当初孔夫子在编《诗经》时，一定十分纠结——"我把哪一首放来开头呢？"犹豫再三，最后他还是把这首《关雎》放在了《诗经》的篇首，作为开篇之作。如果细究，这绝对不是随意放的，因为一个社会是以家庭为单位，而家庭的构成建筑在爱情的基础上。

可以说，《关雎》就是《诗经》的压舱石，是它，为一部中华文明的鸿篇巨制定下了基调。

我们可以透过《诗经》这个历史的窗口，管窥三千年前的六百年间，我们的先人身上，那种我们今天仍无限憧憬却难以碰触的文明、自由和娱乐方式。

"上巳节"是周王朝初年诞生的一个节日，这是为接受了笄礼和冠礼的姑娘和小伙子特设的一个盛大节日。时间是在仲春之月的三月三。按照周礼的规定，这一天所有成年男女都可以到荒郊野外，享受最充分的性爱和自由。

这堪称中国最早的情人节。

实际上，这样的节日，世界各民族都有。古罗马的叫"沙特恩节"，时间在冬至日。殷商也有，时间在玄鸟（燕子）归来时。周人，不过继承了传统。

可以想象，那真是一个全民联欢的日子，比现在人们过春节还要期待。桃花三月，春水碧绿，鲜花盛开。春心荡漾的少男少女们手执兰草，从四面八方赶到河边，举行爱的狂欢。如果遇到意中之人，女孩子还会主动搭讪。

《诗经·郑风·溱洧》："溱与洧，方涣涣兮。士与女，方秉蕳兮。女曰'观乎？'士曰'既且'。'且往观乎？洧之外，洵訏且乐。'维士与女，伊其相谑，赠之以勺药。"

用现代语言可作这样翻译："溱水和洧水，春波浩荡弥漫。少女和少男，手中拿着泽兰。女孩说：过去看看？男孩说：刚刚看完。女孩说：看了也可以再看嘛！那边地方又大又好玩。于是说说笑笑往前走。还相互赠送了勺药花。"

易中天先生曾把这样的场景比喻为东周版的《花儿与少年》。

爱情是人类永恒的主题，性爱自由是一个社会文明自由的重要标志。《诗经》里也不无例外地多角度多侧面展示了这样的主题。

以郑国和陈国为例，这两个国家是当时诸侯列国中最风流的。《诗经》收入郑国民歌共二十一首，其中可以确定为情歌的十六首。十六首情歌中，描述场景的两首，男性示爱的三首。其余十一首，都是女人向男人表达爱意的。

"萚兮萚兮，风其吹女。叔兮伯兮，倡予和女。"翻译成现代诗，会成这样："落叶遍地，秋风吹起。哥哥你就唱吧，妹妹我跟着你。"

示爱有多种多样，《萚兮》与《溱洧》的不同之处在于，《溱洧》的场景是春波浩荡弥漫；《萚兮》的时节却是秋风落叶满天，姑娘渴望爱情的心，也像落叶一样翻腾回旋。

《诗经·郑风·褰裳》："子惠思我，褰裳涉溱。子不我思，岂无他人?狂童之狂也且!"译成今天的话就是:"承你见爱想念我,就提衣襟渡溱来。你若不想我,岂无他人爱?傻小子呀真傻态!"

好一个"狂童之狂也且"。可以看出,一旦满心欢喜,郑国女孩的表达有几分泼辣。

可以说,在《诗经·郑风》里,暗恋、热恋、失恋等情爱内容应有尽有。也许,这就是郑国女孩的情感世界的真实写照。

其实,偷情在周代也时有发生,比如召南《国风·召南·野有死麕》:"舒而脱脱兮!无感我帨兮!无使尨也吠!""轻一点,慢慢来好吗?不要动我的围裙,别让那长毛狗儿叫个不停。"

这首诗形象地描写了一位猎人在山里跟小妞一见钟情的情形,猎人用刚刚打到的獐子作定情礼物,两人便一起走进了树林……

《诗经》真可谓一幅流传三千年的情爱招贴画。召南这对恋人在山上野合,齐国那对情人则在男人住处幽会。《齐风·鸡鸣》:"鸡既鸣矣,朝既盈矣。匪鸡则鸣,苍蝇之声。东方明矣,朝既昌矣。匪东方则明,月出之光。虫飞薨薨,甘与子同梦。会且归矣,无庶予子憎。""亲爱的,鸡都叫了,天亮了。什么鸡鸣?那是苍蝇。真的天亮了,太阳都出来了。什么太阳?那是月亮。别管那些虫子,让它们乱飞吧,我们再亲热一会儿。不行不行,我必须走了,你可别恨我啊。"

陈国人跟郑国人一样，风流成性。两国也都有一个特别的地方，叫"东门"。东门未必是"红灯区"，但可以肯定，东门是恋人或情人寻偶求爱的"约会区"。所以郑国的情歌便说"出其东门，有女如云"，而陈国情歌所谓"东门之池，可以沤麻；彼美淑姬，可与晤歌"，也可以理解为"东门之池，可以泡妞"。

郑国和陈国，都是性爱的"自由王国"。实际上，陈国比郑国更开放，郑国好在还有个称为情人节的"上巳节"，而在陈国，似乎天天都是情人节。陈人自称舜帝之后，巫风盛行，国人个个能歌善舞。他们甚至有一部分女子，专门从事巫术，以歌舞祭祀神祇。这种"神妓"，其实就是最早的性工作者。如《诗经·陈风·宛丘》，算得上是男子献给巫女的情诗："子之汤兮，宛丘之上兮。洵有情兮，而无望兮。坎其击鼓，宛丘之下。无冬无夏，值其鹭羽。坎其击缶，宛丘之道。无冬无夏，值其鹭翿。"

陈国的祭祀活动频繁，地点除了东门和宛丘，还有"南方之原"。每到这时，陈国的男男女女便成群结队倾城而出，泡巫女，会情人，找对象。

古往今来，有男女便有性爱，有婚姻便有偷情。正如恩格斯所说，一夫一妻的制度"决不是个人性爱的结果"。他甚至认为，天主教会禁止离婚的原因是"偷情就像死亡，没有任何药物可治。"婚外恋和一夜情，几乎任何民族和时代都有,社会也往往睁只眼闭只眼。

伦理道德归根到底是为了人。必须尊重人性,尊重人的各种需求。凡违背人性的,都会被抛却。这个道理,周公和孔子心里都明白。

好在孔夫子编辑整理《诗经》时,没有删除那些"淫词艳曲",才让我们今天一睹先人风采。尽管周公"制礼作乐",孔子也"克己复礼",他们的目标只有一个,就是以更加和谐的方式,维护姬周政权,维持封建秩序。

放眼远望,古希腊、古罗马、古埃及时代也有诗,由于是不同的民族,不同的文化性格,不同的地理环境,不同的社会衍变,他们的诗是另外一种形态,和我们的诗迥然不同。

古希腊、古罗马,所留下的几乎是神话,荷马唱的那些史诗,是曲艺艺人演唱的长篇故事,颂扬的是战争、英雄。古希腊、古罗马神话讲的都是天上的神,《诗经》里全是普通人,几乎没有神和英雄的位置。

十三国风、二南里面都是乡村里的民歌,小雅大雅尽都是当时知识分子的抗议,特别是小雅——很多知识分子对那时的社会状况不满,在诗中间有很多倾诉。

上面是苍天,下面是黄土,人在天地间苦苦奋斗。"劳者歌其事,饥者歌其食"。所以《诗经》里没有一首是为艺术而艺术的,结果恰恰相反,它们是最具艺术魅力的诗歌。

秦始皇统一天下后焚书坑儒,烧的第一本书就是《诗经》,可是他忘了有一种东西名叫文化,这种东西不是外力所能够摧毁的,也就是戴望舒的诗写的:"一切好东西都永远存在,它们只是像冰一样凝结,而有一天会像花一样重开。"

《诗经》就是这样,灭绝不了。

除埃及文明只有一条母亲河外,巴比伦、印度和华夏,都诞生在"两河流域"。巴比伦是幼发拉底河与底格里斯河,印度是印度河与恒河,西周文明则发源于泾水与渭水之间,以后发展为中华文明,又在长江与黄河之间,还是Μεσοποταμία(编注:美索不达米亚,希腊语,意为"两河之间的地方")。

两河之间的冲积平原,是农业民族的福地。然而埃及文明衰亡了,西亚文明陨落了,印度多元多变多种族,很难说有统一的印度文明。只有中华文明具有顽强的生命力,从未中断延续至今。

奥秘何在?两个字:制度。与埃及、西亚和印度不同,《诗经》里所描述的主角——周人创立了当时世界上最先进、最优秀,也最健全的制度——井田、封建、宗法、礼乐。历史学家易中天先生把这四层关系归结为一个"系统工程":井田是经济制度,封建是政治制度,宗法是社会制度,礼乐是文化制度。可以说,这些制度环环相扣,配套互补。能够产生这种制度的土壤,一定是丰厚的,这土地上的人之观念体系,也一定是开放和多元的。故而有专家把周人称为"早熟的儿童",不无道理。

可以说,《诗经》的出现不是偶然的。也只有在这样的制度之下,才会诞生一部伟大的《诗经》。

三千年过去了，耄耋之年的流沙河先生以"诗经点醒"为题目，字斟句酌、引经据典讲《诗经》，引起不小的反响，从而在全国也掀起了一股《诗经》热。他说："在《诗经》里，我没有看到半点奴隶社会的影子。"他的话是回应许多人不承认中国传统社会存在的"自由"，如果我们将"自由"界定为"强制减少到最低程度"的状态，就会发现，先秦民谣《击壤歌》所描述的"日出而作，日入而息，凿井而饮，耕田而食，帝力于我何有哉"，正是自由状态的最佳注脚。

帝力，即是对人构成最大强制的国家权力，而社会自发形成的自治组织与礼俗秩序，则形成了阻隔国家权力之强制的屏障。

周公离我们有多远

"中国"的概念,是从周公时代开始的——中华文明的底色和基调,是周人奠定的。

周王朝给了后世一个完整的"文明国家"样本。制定这个样本的,就是周公。

周王朝定下的这些"规"和"矩",其后中国封建王朝历代的君王们(编注:此处"封建"指中国古代秦汉及之后的政治制度,或称为"专制主义中央集权制度"),沿袭使用了几千年。

周公眼里,秩序贯穿于整个邦国,井田是经济秩序,宗法是社会秩序,封建是政治秩序。周王朝的封建制度,成为中国历史上第一个规范化的管理制度。

秩序就像井田一样形成序列,叫井然有序;又像阡陌一样条理分明,叫井井有条。

透过《诗经》唯美的文字,畅想一幅幅唯美的生活图景,梦回周朝。

周公是谁？为什么我们至今常常提起他？他离我们究竟有多远？

如果要说周公距今已经三千年，对于几十年前的历史都模糊不清的我们而言，周公的确离我们很遥远；而周人留下的许多文化礼仪影响着我们当下生活的方方面面，"周公解梦"、"周公吐哺"、"周公之礼"、"周公假王"……这些关乎周公的历史典故，我们今天还耳熟能详甚至朗朗上口，周公与我们似乎又很近。

周公本名姬旦，是一位生于公元前1100年的历史老人，因其采邑在周，爵为上公，故为周公。他生活在夏商周时期的那个"周王朝"，是周文王的儿子、周武王的弟弟、周成王的叔叔，也是周文化和周制度最重要的创始者。

形象一点说吧，"中国"的概念，就是从周公那时开始的。遥想三千年前，灭掉殷商王朝的周武王甚至来不及脱下战袍，就借用商王朝的宗庙向皇天上帝和列祖列宗秉告胜利，并宣布接手政权，以"中国"自居。

浩浩中华文明数千年，历史长河的伟人不计其数，为什么要把笔墨放在周公身上？

百度一下"周公"二字，可以搜索到这样的答案：中国商末周初儒学奠基人，西周初期杰出的政治家、军事家、思想家、教育家，被尊为"元圣"和儒学先驱。

如果说这些还不够的话,再看看我们所崇敬的伟人们是如何景仰这位周公的——

《论语》中记载孔子言论云:"甚矣吾衰也!久矣吾不复梦见周公。"东汉政治家、军事家曹操在其著名诗歌《短歌行》中,发出"周公吐哺,天下归心"的渴求。

文字记载,中华文明从夏朝开始,接着是商朝,然后就是周朝。史书上说的三代,系指遥远的夏朝、商朝、周朝。历史学家张富祥所著《〈竹书纪年〉与夏商周年代研究》这样为夏商周断代:夏,公元前1968—公元前1535年;商,公元前1535—公元前1027年;西周,公元前1027—公元前771年。三代王朝共历时1197年。

应该说,是周王朝给了我们后世一个完整的"文明国家"样本。制定这个样本的,就是周公。而周公在完成这个样本之前,却经历了一场人生前所未有的历练,那就是"三监之乱"。

"武王伐纣,周公平叛"的故事我们早已耳熟能详。用今天我们通俗易懂的话来讲,武王伐纣成功,只不过端掉了殷商的总指挥部。商朝大部分势力仍散布在中原,盘踞淮岱,随时可以卷土重来。因此,虽然胜利但十分弱小的周人没有把殷商贵族当战俘,而是分而治之。

有着出色政治家谋略的武王,出人意料地设立了一个傀儡政权,君主就是殷纣王之子武庚,在此大旗之下,把殷商的国土一分为三,让自己的兄弟管叔、蔡叔和霍叔各率一支部队作为"军监官",历史上称为"三监"。

以此怀柔之术，武王是想随着时间的推移，让商人在心理上归顺周朝。没想到的是，上苍并没有给武王更多的时间，他死后不久，商人真正摘掉了"傀儡"二字——全反了。

而起兵造反的，竟然是武王的三个兄弟。史称"管蔡之乱"。原来，周武王死后，其子成王继位时年仅十三岁，周公遂为摄政王，辅佐成王理政。周武王的弟弟管叔、蔡叔和霍叔不服，散布谣言说周公要篡夺王位，联合起兵清君侧，史称"三监之乱"。

新生的西周政权，遭遇前所未有的危机。周公不得已亲自东征，采取军事攻势与政治争取并举的谋略，先弱后强、各个破敌的作战方略，以重兵沿武王伐纣路线，直取朝歌，击溃武庚所部，攻占管叔、蔡叔治地，杀武庚、诛管叔、放逐蔡叔，贬霍叔为庶人。用时三年（于公元前1039年）方平定叛乱。

无疑，"三监之乱"对周公的一生有着极其重大的影响。

人类文明的历史就是在不断征服中一步一步向前走的。是周公和他的先辈，在中国历史上最早上演了"蛇吞象"的典范案例。

灭商之前，弱小的周部落源自华夏（汉）民族，因为遭到戎、狄等游牧部落的侵扰，部落首领古公亶父率领周人不断迁移。上天给了周人最好的馈赠，当他们迁到岐山之下（今陕西省岐山县东北）时，方发现这里分明的泾水和渭水，滋养着肥沃而丰腴的土地。泾渭两河之间，简直就是中国的Μεσοποταμία（美索不达米亚，两河流域）。"翩彼飞鸮，集于泮林。食我桑葚，怀我好音。"《诗经》里形象地比喻，这里连野菜都是甜的，猫头鹰叫起来也有如唱歌般动听。

虽不断休养生息，可在强大的殷王朝眼里，"周"依然是瞧不上眼的附庸部落。

天，真是说变就变。武王伐纣，子月（正月）出兵，丑月（二月）收兵，大逆转的胜利三十天便顺利实现。这一切天翻地覆般的变化，令"周"之上下都如同进入梦境般的沙盘推演。

或许正是这种梦幻般的"胜利"，让周公一直充满了危机感和使命感——由人及己，一天也不敢懈怠。他已经亲眼见证，城头大王旗的风云突变，只不过瞬息之间。他更真切地知晓，没有哪个民族是天生的上帝选民，没有哪个君王是铁定的天之骄子。

"一沐三捉发，一饭三吐哺。"忧患伴随周公一生。

《尚书·君奭》曾记载周公与公姬奭讨论商周换代的经验教训，探讨弱小的周部落为何打败不可一世的商纣王，周王朝如何避免重蹈覆辙……可以说，周公是第一个思考"历史周期律"的人。或许正因为有这样的高瞻远瞩，方找到令后世惊叹的管理智慧。他用《周礼》实现"惟王建国，辨方正位，体国经野，设官分职，以为民极"的管理理念。因而，周王朝的封建制度成为中国历史上第一个规范化的管理制度并非偶然。

从现代管理学的角度上讲，周公的思想体系和管理体系可谓脉络清晰，思维清楚：井田制（按"井"字将土地分成九块，中间是公田）是经济制度，封建制（即封邦建国、封爵建藩）是政治制度，宗法制（核心是嫡长子继承制）是社会制度，礼乐制是文化制度。井田顾民生，封建从民意，宗法敦民俗，礼乐安民心。

周王朝政治、经济和文化的系统软件安装完备。不断升级软件的那个大师，无疑就是周公本人。周王朝是一盘很庞大的棋局，布局者也是周公。

这套程序，这宗棋局，个中奥秘维系于"秩序"二字。周公眼里，秩序贯穿于整个邦国，井田是经济秩序，宗法是社会秩序，封建是政治秩序。

周王朝定下的这些"规"和"矩"，其后中国封建王朝历代的君王们，沿袭使用了几千年。秩序就像井田一样形成序列，叫井然有序；又像阡陌一样条理分明，叫井井有条。

用今天科学发展观的眼光来看，这样的制度创新一点儿都不落后。

著名管理学家成君忆先生曾形象地比喻，周武王通过授权建立起来的封建制度，就是一种连锁经营模式。其实，如果把武王之后的周王朝喻为一家股份公司，周成王就是董事长，周公只是首席执行官。而在遥远的古代，还找不到一部登记注册的法律时，精明的周公找到了最好的解释——天命，即上天之意。从而也为周王朝"坐江山"找到了最能说服人的恰当理由。

周人的上帝是自然界，即笼罩四野的天。天，高高在上，默默不语，但却明察秋毫，洞悉世间一切。一部《周易》影响中华文明数千年，其核心思想莫过于一个"变"字,六十四卦的推演变幻莫测、变化无穷。《周易》的人生观就是"天行健,君子以自强不息"。

由此看来,周公认为承接"天命"的并不仅仅是年幼的周成王,而是整个王朝的管理层。也就是说,整个国家组织都应该按照"天命—自然秩序"来运营,即使九五之尊的君王也应该成为这个秩序的一部分,并为此承担必要的责任。

为此,周公苦心炮制《周礼》。《周礼》堪称人类历史上最早效法于"天命—自然秩序"的管理制度,其中的六官制度,按照空间和时间的特点设计而成,分设天、地、春、夏、秋、冬六官。一直到隋唐时代,六官方又衍生为吏、户、礼、兵、刑、工六部。由此成为中国历代王朝制定管理制度时必定效法的圭臬,一部《周礼》"管"了中国封建王朝几千年,一直到清末最后一位皇帝寿终正寝为止。

这便是周公这位"首席执行官"所产生的影响。

周公的影响却远不止此,他留下了执政者至今仍广泛使用的"以人为本""以德治国"等管理和治国韬略。

以人为本。除了殷商灭亡之后没有大规模的屠杀之外,最为典型的是废除殷商时的活人献祭,真正"把人当人"。

以德治国。周公的伟大之处,就在于新政权诞生之际,把它变成了治国理念和施政纲领,上升为一种国家行为。周公摄政七年,当成王长大成人,便还政于成王。还政前,周公作《无逸》,以殷商的灭亡为前车之鉴,告诫成王要先知"稼穑之艰难",不要纵情于声色、安逸、游玩和田猎。在国家危难的时候,他不避艰辛挺身而出;当国家转危为安,又毅然让出权位。据说在周公的影响下,每年春耕时,周王都要去田间地头举行一种特别的仪式,亲自送饭给农夫。

礼乐成风。礼辨异,乐统同。礼乐并非周的发明,殷商就有,之前的夏也有。殷商之礼无不奢侈,殷商之乐也无不华丽。"以礼立序,以乐致和。"是周公,将礼乐升华为一种文明与道德的高度。礼的作用是维持秩序,乐的作用是安定人心。周公退位后,把主要精力用于制礼作乐,继续完善各种典章法规。礼和乐成为巩固政权、稳定社会、维持秩序和安定人心的工具。

对传统文化有着精深研究的易中天先生对周公甚为推崇,在其鸿篇巨制《易中天中华史》中有这样一段话来概括周王朝——

中华文明的底色和基调,是周人奠定的。周以前,从三皇五帝到夏,都是摸索;商,则是我们民族少年时代的顽皮和撒野。周以后就成熟了,也变得沉稳。国家制度,辛亥革命前只变了一次,时间在战国到秦汉。社会制度和文化制度,则从西周一直延续到明清,这就是以"小农经济为基础的宗法制度"和"以纲常伦理为核心的礼乐制度"。正是它们,决定了中华民族的精神气质。

这样的评价不可谓不高,也不可谓不在理。从古代与周同时代诞生的世界几大文明来看,达罗毗荼人创造的印度河文明,米诺斯人创造的克里特文明,阿卡亚人创造的迈锡尼文明,都相继陨落。唯独中华文明从未中断。

仅此,我们就不得不叹服周王朝的伟大,不得不敬佩周公的智慧。

"巧笑倩兮,美目盼兮。""岂曰无衣?与子同袍。""终温且惠,淑慎其身。""青青子衿,悠悠我心,纵我不往,子宁不嗣音?""高山仰止,景行行止。虽不能至,心向往之。""死生契阔,与子成说。执子之手,与子偕老。"

上面这些出自西周初年周公时代的佳句,源于中国第一部诗歌总集《诗经》。这些记录宗庙乐歌、颂神乐歌、人民生活……率性而为的文字,竟成为我们民族乃至全人类的宝典。

我们可以透过《诗经》唯美的文字,畅想那一幅幅唯美的生活图景,梦回周朝,无不让人羡慕之至。

三个女人与八百年天下

中国的历史上,周朝三位开国先君的夫人,都以母仪天下的德范,辅佐和教化了开万世太平的数位君王。她们是夫君的良佐,是胎教的良范。

三个女人一台戏。周王朝的三位女人,为周王朝八百年基业的巩固,联袂上演了一台千年大戏,是她们用博大的母爱与母性,奠定了周王朝坚实的三匹"砖"。

周人的独到之处,是在新政权诞生之际,把"德"变成了治国理念和施政纲领。

周王朝"三母"所扮演的角色,就是这个价值链条中最为重要的那一环。

母亲是人生的一所大学。古往今来，无数仁人志士都用世间最美的语言歌颂母爱。

唐代诗人孟郊有流传千古之诗句："慈母手中线，游子身上衣。临行密密缝，意恐迟迟归。谁言寸草心，报得三春晖。"曾任美国总统的林肯同样留下经典名句："我之所有，我之所能，都归功于我天使般的母亲。"

古代汉语里，"太太"是尊称，是"大圣人"的意思。所以有大德说，教育女孩最重要，因为女孩子长大后要当母亲，是人之根。一个人、一个家庭、一个国家、一个民族的未来几乎都交给母亲。

这样的经典故事，最早出现在三千年前的周王朝。

周王朝时期，天子称王，正妻称后。王有一后；三夫人：皇贵夫人，贵夫人，夫人；九嫔：华嫔，德嫔，淑嫔，贤嫔，敬嫔，惠嫔，丽嫔，昭嫔，柔嫔；二十七世妇；八十一御女，共一百二十一后妃。

在中国的历史上，周朝三位开国先君的夫人，都以母仪天下的德范，辅佐和教化了开万世太平的数位君王。她们是夫君的良佐，是胎教的良范，他们是以女德化育千秋百代的周初"三太"：太姜、太任、太姒。

太姜乃古公亶父（本名姬亶）之妻，季历（本名王季）之母，周文王（本名姬昌）的祖母。太任乃季历之妻，周文王之母。太姒是周文王之妻，周武王（本名姬发）之母。

太姜外貌端庄美丽，性情贞静柔顺。为古公亶父生下了太伯、仲雍和王季三个儿子。起初，势力弱小的古公不忍心看到治下的百姓受外族的侵掠，决定迁徙。因他广积善行、以仁厚待人，百姓们扶老携幼，都纷纷追随他迁居到岐下。太姜以相夫教子为己任，成为丈夫最得力的左膀右臂，是周创始之时最贤德的良母。

周王姬亶特别钟爱小儿子王季之子姬昌，周都是嫡传，为了让王位传给弟弟王季，以再传于姬昌，身为哥哥的太伯和仲雍兄弟俩一起，主动逃到荆蛮之地，以成全弟弟儿子继承大业，此举成为中国历史上兄弟礼让友爱的千秋佳话。子孝母贤，这一切，无不是母亲太姜自小教导他们的结果。

近朱者赤。有公婆的贤良与美德作表率，所谓环境育人；更何况太任生性端正严谨、庄重诚敬，凡事合乎仁义道德才会去做，太任将婆婆的贤良发扬光大。

太任是王季的夫人，周文王姬昌的母亲。而太任留诸后世令我辈知晓的，是她让人津津乐道的胎教故事。史载，"周妃后妊成王于身，立而不跛，坐而不差，笑而不喧，独处不倨，虽怒不骂，胎教之谓也。"相传，太任在怀周文王姬昌的时候，眼不看邪曲不正的场景，耳不听淫逸无礼的声音，口不讲傲慢自大的言语，嘴不吃气味不正的食物，睡从不歪着身子，坐也从不偏斜着，站不曾跛着脚……

太任算得上中国胎教的鼻祖了。这些看似自虐的作为，为其后出生的儿子打下了优秀基因的烙印。这样悉心呵护之下，文王生下来果然非常聪明，圣德卓著。《尚书》还记载有一段类似神话的文字，称文王姬昌出生后不久，有一只"赤雀"，嘴里衔着丹书，飞到了文王的屋子里。丹书上这样写道："敬胜怠者吉，怠胜敬者灭，义胜欲者从，欲胜义者凶。凡事不强则枉，不敬则不正；枉者废灭，敬者万世。以仁得之，以仁守之，其量百世。以不仁得之，以仁守之，其量十世。以不仁得之，以不仁守之，不及其世。"

"奉天承运"，文王出世便果然不凡，让"普天之下"的百姓得到了又一次教化。

由于自幼与众不同，姬昌因而深得祖父姬亶的疼爱；因教育得当，姬昌不负厚望继承祖先遗志。

太任为周王朝八百年基业铺下了一块极其关键的基石。

而为周王朝大厦铺下又一块基石的，就是太任的儿媳妇太姒。

身为周文王姬昌的夫人，太姒的名字我们或许有些陌生。但如果将她生下的十个儿子一一列出来，恐怕我们就得为这样伟大的母亲鼓掌击节，敬意有加——

长子伯邑考（姬考），次子武王发（姬发），三子管叔鲜（姬鲜），第四子周公旦（姬旦），第五子蔡叔度（姬度），第六子曹叔振铎（姬振铎），第七子成叔武（姬武），第八子霍叔处（姬处），第九子康叔封（姬封），第十子季载（姬载）。

十个儿子中,长子伯邑考是神话小说《封神演义》的明星,因得罪妲己而遭到商王杀害。次子姬发,四子姬旦,左右辅文王。及文王驾崩后,立姬发为武王。而武王驾崩后,姬旦又辅佐武王年幼的儿子为周成王(姬诵)。那个姬旦,就是我们今天仍家喻户晓的"周公"。

从太伯和仲雍兄弟俩主动出逃礼让周文王姬昌登基,到周公作为叔父辅佐侄子上位,姬姓一脉的和谐与礼数,后世无论是帝王将相家还是普通百姓家,莫不感动与感慨。他们树立了家道人伦和亲情典范。

我们常说"三个女人一台戏"。周王朝的三位女人,为周王朝八百年基业的巩固,联袂上演了一台千年大戏,是她们用博大的母爱与母性,奠定了周王朝坚实的三匹"砖"。

表面上看,周王朝硕大的舞台之上没有她们的影子,但她们却在另一个舞台,淋漓尽致地履行着属于自己的角色,让后世永远牢记,流芳千古。

有一种说法,我们今天把妻子称为"太太",就是为了纪念这三位伟大的女性以身作则,力行八德。不知这说法是真是假,有无来历,但无论如何,都反映了人们对她们的崇敬之情。

《列女传》有诗赞曰:"周室三母,大姜任姒,文武之兴,盖由斯起。大姒最贤,号曰文母。三姑之德,亦甚大矣。"意思是说,周室三母,太姜、太任和太姒,周王朝的兴起与这三位伟大的母亲分不开,太姒最为贤德,号称文母。

却说当初文王因十分仰慕太姒的美德,大婚时竟破例亲自到渭水边迎娶。清澈而湍急的渭水没有桥，文王便把船连接起来，搭成一座浮桥，亲自把太姒背到了彼岸。

这样的爱情故事，这样的结婚典礼，就是放在今天，也是浪漫而温馨动人的。

史载，太姒成为文王夫人后，非常仰慕祖母太姜和婆婆太任的贤德。她极尽妇道，效仿前贤，以妇礼妇道教化天下，被尊为"文母"。与其夫君一道，形成了"文王治外，文母治内"，仁德治国，前朝后宫琴瑟和鸣的和谐局面。

关关雎鸠，在河之洲。窈窕淑女，君子好逑。
参差荇菜，左右流之。窈窕淑女，寤寐求之。
求之不得，寤寐思服。悠哉悠哉，辗转反侧。
参差荇菜，左右采之。窈窕淑女，琴瑟友之。
参差荇菜，左右芼之。窈窕淑女，钟鼓乐之。

这首我们今天还常常挂在嘴边朗朗上口的《诗经·周南·关雎》，就是周朝人赞颂文王及夫人太姒诗歌的其中一首。这些历代士子们吟唱了千余年的佳句，让一个贤惠、聪明、能干的周王朝的母妃，逐渐清晰地站在了我们眼前，那么亲切，那么和蔼，那么让人仰视。

不仅周王朝国内一片祥和，还引得诸多他国贤德士人归附于周王朝。"德"已经泛化为周王朝的外交"软实力"。古籍上还载有这样一个不羁的故事,说是虞国和芮国的国君为争夺土地,久难分胜负,就想找贤君文王主持公道。来到周王朝边境,映入他们眼帘的,是他们难以置信的景象:农夫相互让田,路人相互让路,男女分开走路,士人礼让大夫,大夫礼让卿相。他们蒙着脸惭愧地说:"我们所争的,正是周人所羞耻的。"彼此主动把土地全让了出来。

这一个看似奇葩的传说,较为生动地诠释了周文王治下的版图上,百姓怡然自得的生活图景。而那些从百姓身上体现出来的生活细节,正是太姒身体力行、言传身教的结果。

周王朝如此注重于"德",主要是因为有前车之鉴——夏桀寡德,商汤失心,才相继走向覆灭。能够把"德"推向极致的,便是太姒的第四个儿子周公旦(姬旦)。

周王朝酷似三国时的蜀国,都相对弱小。周公可谓三国时期的诸葛孔明。因而不得不小心翼翼,个人的人格魅力便显得尤为重要。"德"的威力在这个时候便凸现出来。陕西岐山出土的青铜器毛公鼎,其铭文,详细记载了皇天对文王和武王的美德大为满意的情形。同时周公还发表《康诰》,语重心长地教育同胞弟弟姬封(排行第九,卫国国王),要他谦虚谨慎,戒骄戒躁,要他"遵循父王的传统,弘扬父王的美誉,继承父王的遗志",认为"天命是无常的,天威是可怕的"。显然,他们的道德并非天授,除残酷的争霸外,更多的或许源于母亲的言传身教。

对于政权而言,周人于道德与其说是一种品质,不如说是一种智慧。

说白了，相对于他们之前的夏朝与商朝而言，只是在"通过损人来利己"和"通过利人来利己"之间，做了明智的选择，可谓"聪明的自私"。但这种聪明，于己，于人，于社会均有利，可谓"普世"。

周人的独到之处，则是在新政权诞生之际，把"德"变成了治国理念和施政纲领。用今天时髦的话说，就是"以德治国"。他们知道，既然"君权天授"，定要"以德配天"；既然"以人为本"，当然"敬天保民"。

遥远的周人，就已经知晓"水可载舟，亦可覆舟"的道理。才使得他们用"道德倒逼"，残酷无情的生存危机告诉他们，只有如此，方能长治，方可久安。

周王朝"三母"所扮演的角色，就是这个价值链条中最为重要的那一环。

史学界把"周人"视为中华文明的耶稣基督或穆罕默德。

一个问题提了出来，为什么不是夏，不是商，而是周？寻找理由时，历史研究专家易中天归结为周王朝地处"两河之间"。遂找出世界上关于"两河文明"的实证来，比如西亚、印度等古文明，都诞生在两河流域。西亚是幼发拉底河与底格里斯河，印度是印度河与恒河，而西周文明发轫于泾水与渭水之间，后扩展为长江与黄河之间。它们都有一个共同的称谓——Μεσοποταμία（两河之间的土地）——两河沿岸因河水泛滥而积淀成肥沃土壤，称为"肥沃的新月地带"。

公元前4000年到公元前2250年是两河文明的鼎盛时期。易中天以为诞生于"两河之间"的中华文明源远流长的原因，就在于"周人创立了当时世界上最先进、最优秀也是最健全的制度"——井田、封建、宗法、礼乐。井田是经济制度，封建是政治制度，宗法是社会制度，礼乐是文化制度。这些制度环环相扣，配套互补，相得益彰，堪称一个"系统工程"。易中天也承认，这些制度的背后，最为重要的，在于观念体系——从"君权天授"，到"以人为本"，到"以德治国"，再到"以礼维持秩序，以乐保证和谐"。

但我想要阐述的是，这些观念的背后，却是以"周朝三母"为代表所派生的"非制度体系"和"非权力影响力"的东西，我们今天把它叫作"文化软实力"。这种软实力的辐射作用是令人难以想象的，"周朝三母"近千年后，在战国时期出现了"孟母三迁"，又过了上千年，在宋代出现了"岳母刺字"。

真是千年等一回，这样的母爱故事我们早已耳熟能详，奉若教子的经典与神明。

我们常说十年树木，百年树人。不可否认的是，人的培养是一个系统工程，社会习惯和良好风气的养成更是如此，太姜、太任、太姒不仅仅是三个"周王"的母亲，乃是周王朝所有百姓的母亲。一国之母的示范作用在遥远的周王朝有着不可替代的作用。可以说，正是像太姜、太任、太姒接力棒似的"母仪天下"，方可能培养出像周人那样的中华民族"早熟的儿童"，也才可能诞生周公那样的"文化的始祖"。

德治加法治成就了姬姓天下，八百年的周王朝，绝不是一个偶然现象。

一条大河延绵出的"中央集权"

凝望黄河,很容易让人浮想联翩。那些细末如粉的土壤在水的搅拌之下,又迅速变成黄色的糨糊状,它们构成了黄河水最独有的标签。

黄河注定要流淌在一个不可分割的国度之上。自古以来,黄河把中华民族紧紧地连在一起。正是有了黄河,才有了延绵两千余年的"中央集权"。

孟子所说的天下之"定于一",通俗易懂地指出,只有一统,才有安定。《春秋》中的"葵丘之盟",正是对"一统"的精彩记载。

河流有河流的生命。河流的流向和生存,自有其规律。它不会听从于行政区划的安排。黄河的治理,让中国人表现出前所未有的团结,也使中华文明源远流长。

冥冥之中，上帝把一条难治的河流，交给了中国这个东方文明古国，也许是有意要促成和考验一个民族的完整与意志。黄河注定要流淌在一个不可分割的国度之上，因为历朝历代执政者知道，要彻底驯服这个庞然大物，不仅需沿河两岸人民齐心协力，且非举国之力不可。

作为一个有着五千年文明的古老国度，中国之所以称为中国的重要标志，就在于其境内有黄河与长江两条"巨龙"。特别是被称为母亲河的黄河，可谓与中华民族唇齿相依、荣辱与共。一定意义上说，中华一脉，中华一统，正是因为有了这条蜿蜒五千公里的母亲河。是它，维系着我们独有的民族魂、华夏根。

很难想象，奔腾汹涌的黄河水系上，如果存在着数个国家，形成"群龙治水"的局面，那该会是一种什么样的场景。黄河不治，两岸人民遭殃。

很大程度上讲，也正是有了黄河，才有了延绵两千年的"中央集权"。

白圭曰："丹之治水也，愈于禹。"孟子曰："子过矣。禹之治水，水之道也，是故禹以四海为壑。今吾子以邻国为壑。水逆行，谓之洚水，洚水者，洪水也，仁人之所恶也。吾子过矣。"

用现在白话文通俗翻译，可以这样理解。白圭说："我治水的本领超过大禹。"孟子说："你错了。大禹治水是顺应水的本性进行疏导，所以大禹把四海作为蓄洪区。而你现在却把邻国当作蓄洪区。水倒流叫洚水,洚水就是洪水,是有仁爱之心的人都讨厌的。所以你错了。"

像这样提到治水的对白,在《孟子》一书中共有十一处。该书还用了整整一个章节,指陈当时人以洪水冲刷邻国之不道。孟子所说的天下之"定于一",通俗易懂地指出,只有一统,才有安定。

不仅如此,《春秋》对于大一统治水的理念,也有同样的记载。公元前651年,周王朝力不能及,齐侯乃召集有关诸侯互相盟誓,不得修筑有碍邻国的水利,不在天灾时阻碍谷米的流通。《春秋》所载的这一"葵丘之盟",正是对"一统"的精彩记载。

这一传统年复一年,朝复一朝,横贯整个封建时期,并在中华文明中逐渐凝成一个铁律,小至溪流,大到黄河,盟誓永续。

人类社会的历史,很长一段时间是与饥饿的斗争史。饥荒时拒绝接济粮食,可以成为战争的导火索。《春秋》里常有军队越界夺取粮食收成的记载,《孟子》提到的饥荒也有十七次之多。公元前320年,魏国的国君因他的辖地跨黄河两岸,曾告诉孟子当灾荒严重时,他须命令大批人民渡河迁地就食。此时,鲁国已扩充其疆域五倍,齐国已扩充其疆域十倍。

丛林社会,适者生存。春秋战国时期,大国比小国占有明显的优势,他们所控制的资源能够在赈灾时发挥强有力的功效,所以在吞并战争中也得到民众广泛的支持。当诸侯为了好大喜功而作战的时候,一般民众则随之争取生存的空间。这个时候,洪灾可谓战争指引下,开疆拓土的另一种信号极强的宣言书。

如果从地理意义上去仔细分析，不难发现，中国大多数地区的降雨量极有季候性，大致全年雨量的80%出现在夏季三个月内。"中国的季节风所带来之雨与旋风有关，从菲律宾海吹来含着湿气的热风，需要由西向东及东北之低压圈将之升高才能冷凝为雨。"如果这两种气流不断地在某一地区上空碰头，当地可能淫雨为灾，且生洪水之患。反之，如果它们一再避开另一地区，当地又必干旱。

　　只是我们的先人缺乏这种气象知识，只能在历史书里提及，到六岁必有灾荒，十二年必有大饥馑。有一组数字表明，从公元1911年之前的2117年间，中国大地上共发生水灾1621次、旱灾1392次，即平均每年有灾荒1.4次。

　　从狩猎者和捕鱼者变成农耕者，从"穴居野处"的游移不定的生活转为定居生活，由"采食经济"变为"产食经济"，是人类历史上具有决定意义的变革。除了中华文明以外，地球上各个古老文明，如古埃及（尼罗河文明）、古印度文明、古巴比伦（幼发拉底河与底格里斯河的两河文明）、玛雅文明、印加文明等，都是以大江大河为摇篮，并在定居农耕的基础上发展起来的。

　　并非偶然的是，世界古代文明发祥地都处在大江大河流域，而四大文明古国之所以能创造出辉煌的河流文明，原因在于它们很好地掌握和发挥了

"制河权"的作用。所谓制河权，主要是控制、治理河流的能力和保护、利用河流的能力。这两种能力越高，文明程度就越高。

英国历史学家汤因比说得不无道理，他认为，历史运行的基础是文明，而文明产生于挑战。文明的生长是挑战、应战、平衡，新挑战、新应战、新平衡这样一个发展过程。文明是通过活力生长起来的，这种活力使文明从挑战、应战、平衡再达到新的挑战、新的应战、新的平衡。

对于东方国家形成的原因，恩格斯同样有过一段著名的论述："同一氏族的各个公社自然形成的集团最初只是为了维护共同利益（例如东方是灌溉）、为了抵御外侮而发展成的国家，从此具有了这样的目的：用暴力来维持统治阶级的生活条件和统治条件，以反对被统治阶级。"

战国时期，经过兼并战争，黄河下游虽然只剩下魏、赵、齐、燕等国，但"壅防百川，各以自利"（《汉书·沟洫志》）的现象仍时有发生。直到秦始皇统一中国，"决通川防，夷去险阻"（《史记·秦始皇本纪》），对黄河进行了统一治理，才基本结束了这种状况。

凝望黄河，很容易让人浮想联翩，几百万年的时光洗礼，永不停歇的风把那些黄褐色土壤，变成纤细如面粉一般的飘浮物，而后堆积在一个广大的地区。那些细末如粉的土壤在水的搅拌之下，又迅速变成黄色的糨糊状，它们构成了黄河水最独有的标签。

这种现象于中国历史的展开，有好几重影响：因为黄土之纤细，可以供原始的工具耕耘，如木制之犁及锄。历史学家黄仁宇先生由是展开联想：

"周朝之开国,与推广农业互为表里,显然是得到这种土壤特性的裨益。于是在公元前1000年,中国社会即已在文化上表现出均匀的一致。它的基层细胞组织与小块耕地的操作结下不解之缘,也表现出家族的团结。"

对这样的团结,黄先生还进行过物理意义上精细的考证,通常河流的水内夹带着5%的泥沙已算相当多,南美洲的亚马孙河夏季里可能高至12%,而黄河的流水曾创下夹带着46%的泥沙纪录,其中"一条支流在某个夏天达到难以置信的63%的含沙量"。

按理说来,有一个最好坐落于上游的中央集权,又有威望动员所有的资源,也能指挥有关的人众,才可以在黄河经常的威胁之下,给予百姓应有的安全。黄河之水天上来?黄患之祸几回闻?黄河引发的"黄患",常常淤积河床,引发堤防溃决泛滥,大量生命与财产损失。况且,河流的水量在洪水期和枯水期变化甚大,潜在的危机尤甚。

这样的有效治理,正期盼一个强大的中央集权来实施。

在历史学家黄仁宇先生眼里,易于耕种的纤细黄土,能带来丰沛雨量的季候风和时而润泽大地时而泛滥成灾的黄河,是影响中国命运的三大因素。它们直接或间接地促使中国要采取中央集权式的、农业形态的官僚体系。

而纷扰的战国能为秦所统一,无疑,土壤、风向和雨量也是幕后的重要功臣。

自古以来,黄河把中华民族紧紧地连在一起,增强了民族的粘连度。河流有河流的生命。河流的流向和生存,自有其规律。它不会听从于行政区划的安排。所以，河流的治理，往往让执政者伤透脑筋。

亚述人的壁画在公元前9世纪就明确地告诉我们，由骑马的弓箭手所组成的游牧民族是如何威胁农耕民族的。北方的一些国家不堪其扰，只有筑建土壁构成一座相连的城塞。

这样的军事要塞的功能在秦始皇手里发挥至极致，万里长城构筑起世界上最长的国防线，其背后所透露出的，是"国防上的中央集权"是何等的必要。它更加说明，农业社会的官僚机构必须置身于一个强有力的中央体系之下。

中原的农民和塞外的牧人，连亘了两千多年的斗争历史，成为历朝历代统治者的心腹大患，尤其是灾年灾荒的时候，马背上的牧人便会不由自主地袭击种田人。如此一来，零星的侵略可能扩大为战事，而战事一开，劳民伤财就在所难免。

先秦时孟子还颇有微词，只用了区区五十年，他的传人的观点就和法家一致了，赞成中国需要一个中央的权威。只不过秦始皇是以残暴的力量来完成帝国的统一，而孟子的传人却还兜售"道德上的移风易俗"。

纵观中华文明的发展历史，治水与文明之间同样有着极为密切的关系。一部中华文明的发展历史，一定意义上就是与洪涝、干旱做斗争不断前进的历史，而黄河乃其中执牛耳者。诚如汤因比所言，自然的缺陷往往会激发人的精神和斗志，从而能克服这种缺陷所造成的影响。比如古埃及文明起源于对尼罗河下游和三角洲地区干旱气候发起的挑战，古埃及人对干旱的挑战进行了成功的应战——通过利用尼罗河水的泛滥引洪灌溉，才在洪泛平原上构筑起文明的基石。

黄河的治理，让中国人自古表现出前所未有的团结，也使中华文明源远流长。

这是上苍和大自然给予的特殊眷顾，还是中央集权延绵数千年的必然逻辑？

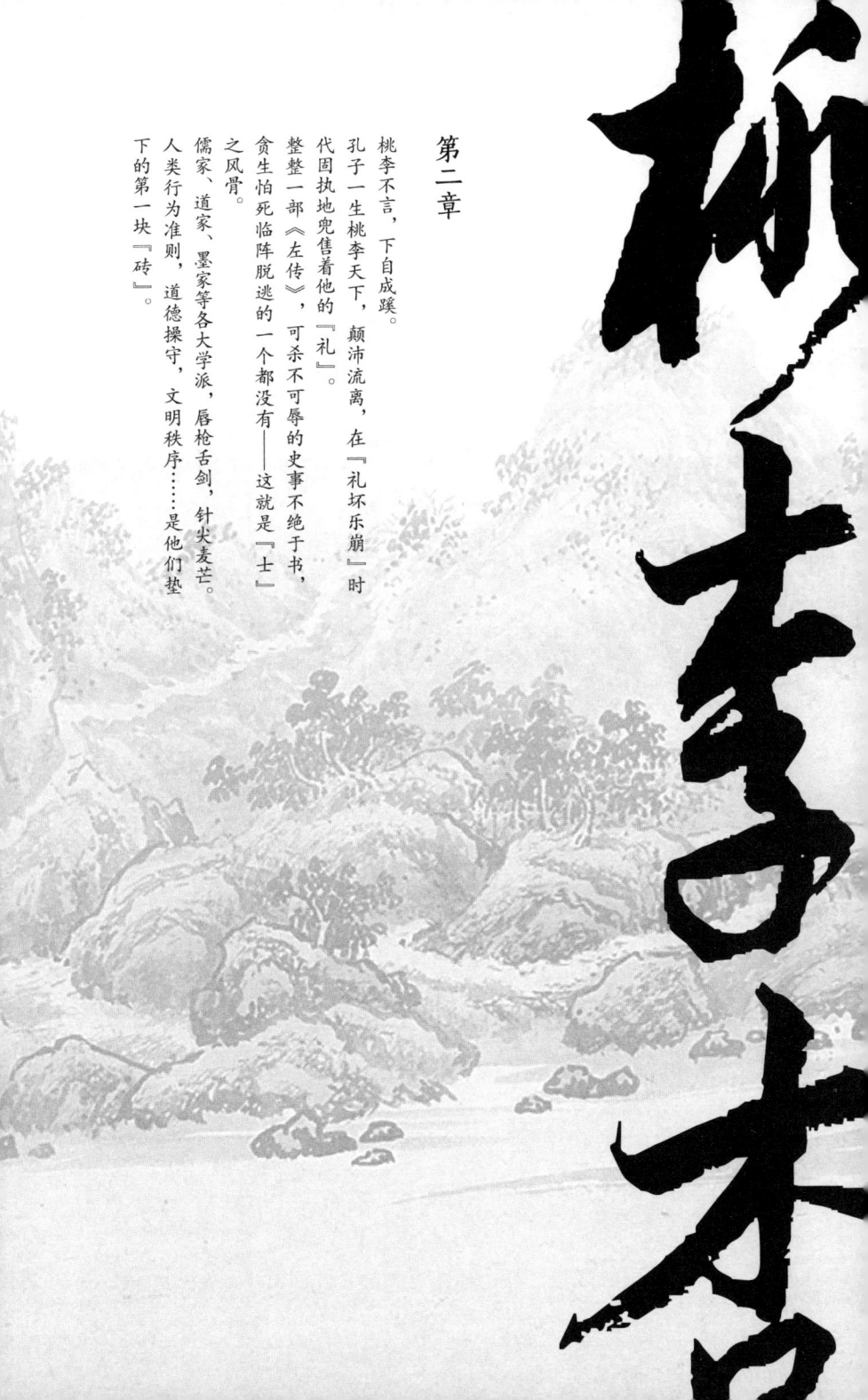

第二章

桃李不言，下自成蹊。

孔子一生桃李天下，颠沛流离，在『礼坏乐崩』时代固执地兜售着他的『礼』。

整整一部《左传》，可杀不可辱的史事不绝于书，贪生怕死临阵脱逃的一个都没有——这就是『士』之风骨。

儒家、道家、墨家等各大学派，唇枪舌剑，针尖麦芒。人类行为准则、道德操守、文明秩序……是他们垫下的第一块『砖』。

玉六尊，通高□厘米。方体，盖作四坡屋顶形，中脊又有方形柱，柱帽亦作四坡屋顶形，圈足四面中部有门洞形缺，通体四隅和四壁中部铸有扉棱。口沿下和圈足饰夔纹，盖面和腹部饰兽面纹。

以"德"治国的旷世大辩论

"以德治国"思想，上可溯到西周早期的周公，下可接到当下。

"德"在周公那里被提到治国安邦的高度来认识。"天"只辅佐那些有德之人，是谓"皇天无亲，惟德是辅；民心无常，惟惠之怀"。

春秋战国纵横五百余年，其意识形态基本上就是在"以德治国"和"以法治国"的无尽纠缠与较量中，翻开新篇章的。

孔子所处的春秋战国，正是"礼坏乐崩"的时代。儒家的"药方"是"克己复礼"。仁，是孔子学说的核心价值；礼，是孔子的政治主张。

回溯上下五千年的中华文明,重德释道由来久矣。"以德治国"思想,上可溯到西周早期的周公,下可接到当下。

殷商时期,当国家的雏形出现之时,自称是"天"、"上帝"在人间代表的最高统治者,却因奴隶的暴动,致使"天命改降于周"。这一历史大变革,使得获得执政权的周王朝最高统治者警醒,他们悟出了"皇天无亲,惟德是辅;民心无常,惟惠之怀"的"天命观",并清醒地认识到,"天"只辅佐那些有德之人。

也就是从此时起,"德"在周公那里被提到治国安邦的高度来认识。"以德配天"、"敬德保民"遂成为治国理政的重要韬略,这应该算得上"以德治国"的最初萌芽。

西周天下后来被春秋战国所接管。天下大乱之际,各类人才辈出,思想、文化和智慧得到极大的释放与张扬。儒家、道家、法家、墨家……纷纷登上历史舞台,你方唱罢我登场,可谓淋漓尽致人尽其才,给后世诸多启迪和深思。

由是,便开启了"以德治国"的旷世大辩论。

可以说,春秋战国纵横五百余年,其意识形态基本上就是在"以德治国"和"以法治国"的无尽纠缠与较量中,翻开新篇章的。

儒家鼻祖孔子最先提出"为政以德",这与周王朝的执政理念一脉相承,所以很大程度上迎合了统治者们的主张。孔子所说的"德",其实就是"仁"和"礼"。儒家的"药方"是"克己复礼",是孔子最初对颜回提出来的。仁,是孔子学说的核心价值;礼,是孔子的政治主张。

而对于孔子的这一套仁和礼,墨家、道家、法家……均群起而攻之,全都站到了对立面。

争鸣最初是从墨子批孔子开始的,这是春秋与战国之间的事。墨子反对仁爱,也反对礼乐。他主张兼爱。兼爱类似于西方人的博爱,主张不分男女老少、亲疏远近、尊卑贵贱,都一视同仁。他以为,这样一来,诸侯间就没有战争,大夫间就没有掠夺,庶民间就没有残害,天下也就太平无事了。在墨家眼里,儒家不过江湖骗子,礼乐则既虚伪又无聊。《墨子》一书中的《非乐》《非命》《非儒》中的"三大批判",集中起来可谓"礼乐之批判,天命之批判,儒学之批判"。

有一个极其重要的历史背景是,孔子所处的春秋战国,正是"礼坏乐崩"的时代——此典故出自孔子的学生宰予。一次宰予对孔子抱怨说,父母亲去世,守丧三年,时间太长了,一个君子,"三年不为礼,礼必坏;三年不为乐,乐必崩"。儒家看来,礼和乐俱为一体,没有乐就没有礼。孔子对学生的观点十分生气,他说,丧期定为三年,就因为"三年乃免于父母之怀"。也即是说,孩子长到三岁时,父母才不抱了,反之,爹妈抱你三年,你不该为他们守丧三年吗?一句话,爱必须得以回报。

墨家学派其兴也勃焉,其亡也忽焉,并未能真正撼动儒家的根基。

第二章 桃李杏 / 061

墨家之后,儒家的主要对手是道家。对孔子的"德治"主张,道家显然不苟同。庄子甚至极端地认为儒家和儒家伦理是大奸大伪。在他看来,一个好的天下,是不需要拯救也不需要爱的。"相呴以湿,相濡以沫"何以抵得上"相忘于江湖"?

庄子的见解堪称"无政府主义"。这与老子的观点如出一辙。老子说:"天地不仁,以万物为刍狗;圣人不仁,以百姓为刍狗。"天地轻贱万物,君主无视万民。正所谓,君无为,则民自治;君无情,则民自富;君无能,则民自由。道家认为,统治者最好不要作为。是无德才有德,不爱才有爱,越治越没治,越救越没救。老子也认为,禁忌越多,人民越穷;器械越多,国家越乱;技巧越好,怪事越甚;法令越明,盗贼越凶。这一切结果,都是因为统治者太有作为。

"君不治,则民自治;君无为,则民有为。"用今天的话来翻译,就是,有政府,无作为;小政府,大社会。

这跟当下世界倡导的政府"有所为有所不为"一脉相承,要知道,这可是两千多年前的春秋战国时代。所以,人类在孩提时代的思维,越天真越丰富越有创意,也越能启迪后世。

儒家与各派争论升级的焦点事件,集中在一个发生在公元前513年的刑典之争上。这一年,晋国决定将刑法的条款镌刻在刑鼎上"使民知之",而这一公诸于众的做法遭到孔子强烈反对。他的理由是"维护礼治",而礼治的核心是"尊尊"(即尊贵、尊崇),"民在鼎矣,何以尊贵?"

德治的手段是礼,法治的手段是刑。德治就是以德治国,法治就是以法治国。我们不禁纳闷,孔子为何要如此严厉地反对法治和刑治呢?孔子给出的理由是:"道之以政,齐之以刑,民免而无耻;道之以德,齐之以礼,有耻且格。"用我们现在的话说,就是,用政令来引导,刑罚来规范,人民不敢犯罪,但没有羞耻心;用道德来引导,礼仪来规范,人民不但知羞耻,还能自律。

在孔子看来,"德"乃"治本"之"方"。他所要的结果,是"治标"又"治本"。

但在法家代表人物韩非子眼里,孔子的这一理想设计根本不可能实现。其理由,"利之所至,趋之若鹜;害之所加,避之不及。"他认为,重赏之下必有勇夫,高压之下必有良民。

韩非子所说的法治,实际上也是巩固封建君主的统治。为此,他甚至提出文化专制和思想专制。"故明主之国,无书简之文,以法为教;无先王之语,以吏为师;无私剑之悍,以斩首为勇。"无德之德,必是伪善;非法之法,必为恶法。很显然,德治与法治之争,其实就是礼治与刑治之辩。

韩非是荀子的学生。荀子又是先秦儒家第三位大师。他的名言是:"天有常道矣,地有常数矣,君子有常体矣。"说的是,天,不会因为人们怕冷就没有冬季;地,不会因为人们怕远就不再广阔;一个君子,不会因为小人吵嚷就停止行动。

荀子眼里，道，就是规律；数，就是法则；体，就是标准。天有恒定的规律，地有恒定的法则，君子有恒定的价值观，也有恒定的道德规范和行为准则。君子的常体是什么呢？荀子认为是，"天行健，君子以自强不息"。

荀子的学生韩非循着师傅的名言，行走到了儒家的对立面，他在《韩非子》一书中，用了大量的方法和案例讲"防范"，比如人臣欺君窃国的"八奸"，比如人君丧权失位的"十过"。当然，这些方法和案例虽然大多在"术"的层面，但他的观点却显露无遗，根本的在于法，即制度。他认为有什么样的制度，就有什么样的文明。

不仅如此，韩非子与儒家的二号人物孟子也有过思想上的交锋。孟子说："恻隐之心，人皆有之；羞恶之心，人皆有之；恭敬之心，人皆有之；是非之心，人皆有之。"由此产生了以"德"为核心的仁义礼智。恻隐之心是谓仁，羞恶之心是谓义，恭敬之心是谓礼，是非之心是谓智。正所谓，水性向下，人心向善。只要努力追求，"人皆可以为尧舜"。

对此，韩非子也有不同见解。以伯乐相马为例，伯乐如果讨厌那学生，就教他相千里马；如果喜欢那学生，就教他相普通马。千里马百年不遇，好处来得慢；普通马天天都卖，佣金来得快。正所谓"君以计畜臣，臣以计事君。君臣之交，计也。"

儒家出道的韩非子并非要与儒家交恶，只是为了实现其"自由之思想，独立之人格"。韩非子的观点深刻之处就在于，人是靠不住的，只有靠制度。在韩非子看来，唯一能做的，是用制度来防范人们作恶。而最为管用的,就是"两面三刀",两面即赏与罚,三刀就是势、术、法。这些加起来,就是韩非子所谓的"法治"。

庄子的理想是"上如标枝,民如野鹿",墨家和法家的设计是"上如蜂王,民如工蜂",儒家的主张是"上如父母,民如子女"。这,就是封建社会。

道家讲道,儒家讲德。德的最高境界,是中庸。孔子有云:"中庸之为德也,其至矣乎!"中,就是不走极端;庸,就是不唱高调。故而,历代统治者都是兼用儒法,道家思想则一直为文人士大夫所青睐,因而不但有"外儒内法",且有"儒道互补"。唐代以后,更形成了儒释道"三教合流"。只有墨家思想万劫不复,被逼成了"地下党"。

君仁臣忠,父慈子孝,男耕女织,四世同堂,这就是儒家所倡导的"小康",小康是相对于大同而言的,"大道之行也,天下为公"。天下为家,则因"大道既隐",所以,前者称大同,后者叫小康。如果说小康是"德的时代",那么大同就是"道的时代"。

失道而后德,所以周公讲德;失德而后仁,所以孔子讲仁;失仁而后义,所以孟子讲义;失义而后礼,所以荀子讲礼。"夫礼者,忠信之薄,而乱之首"。历史学者易中天曾戏言,大同之世为何"路不拾遗,夜不闭户"?是因为物质匮乏,根本没东西可偷。

061

"德"字最早源于殷商,出自于甲骨文,见于卜辞。其字形是路口或路上的一只眼睛。意思有两层,"视线通直",所以"德"通"直";其二"看见了什么",所以"德"通"得"。卜辞中还被借用来表示"失"。有得有失,有治有乱。文化密码,自古神奇。

德,首先是得失,天命的得到与失去。必须"有德",首先得"有心"。所以西周的青铜器上的德,在眼睛下面加了"心",意即"心中所见",内心世界的得失与曲直。

古人果真了得。对这一本真,最初的周人悟得最为透彻。他们的独到之处,在于新政权诞生之际,即把它变成了治国理念和施政纲领。

062

道德与其说是一种品质,不如说是一种智慧。它是在"通过损人来利己"和"通过利人来利己"之间,做了明智的选择,是谓"聪明的自私"。

或许这也是两千多年来,历代统治者高举道德大旗以治国之关键,一以贯之,使得中国传统的德治思想获得了充分的发展,并形成相当完备的行政伦理体系。

这些遗传下来的成果,都得益于两千年前诸子百家关于德治与法治的旷世大辩论,那场持续五百年的头脑风暴,让中华文明受益良多。

春秋战国之"士",谁为"知己者"死?

春秋虽然礼坏乐崩,却还不至于道德沦丧,因为有"士"。而进入战国,"士"的权利和义务都没有了,只剩下一柄剑。

今天的专家学者给这个群体一个特别的称谓——先秦诸子。

德国著名哲学家雅斯贝尔斯站在世界文化的旷野上,把东周的春秋战国时代称为人类文明的"轴心时代"。他认为登上历史舞台扮演这个"轴"的,便是不可一世的"士"族阶层。

整整一部《左传》,可杀不可辱的史事不绝于书,贪生怕死临阵脱逃却一个都没有。

这便是春秋战国时期"士"之风骨所在。

山东省即墨市东部黄海的横门湾，有一座离堆一样的孤岛，此岛东西长六里，南北宽仅一里，距陆地不足八里。盖因西汉初年齐王田横曾率众在此栖居，故名田横岛，岛上西峰之巅有一直径近十米，封土高两米许，由石块与砂土筑成的巨型圆形墓。

就是这座千年古墓里，葬着田横和他的五百壮士。

田横本是战国时期齐国王族的后裔。汉高祖消灭群雄一统天下之后，田横不顾齐国的灭亡，同他的五百名战友困守在一个孤岛上。汉高祖听说田横很得人心，担心日后为患，便下诏令："田横来，大者王，小者乃侯耳；不来，且举兵加诛焉。"

田横为了保全岛上五百人的性命，便带两个部下，离开海岛，来到汉高祖刘邦所在的京城。但距离京城三十里之地，田横便自刎而死，死前叮嘱同行的两个部下拿他的人头去见刘邦，表示自己不受投降的屈辱。其死保住了岛上五百壮士的生命。

刘邦见到田横的首级后，热泪长流，说："田横自布衣起兵，兄弟三人相继为王，都是难得的大贤啊。"

刘邦用诸侯礼葬了田横，并封两个部下做都尉。未曾想在埋葬田横时，两个部下也自杀在其墓穴中。刘邦大惊，认定田横的门客都是不可多得的贤士，再派使者前去招抚留居海岛的五百人。五百壮士从汉使那里得知田横自刎，也全部"蹈海"自杀。

无论谁听到这样的悲壮故事，都会心生敬意。司马迁同样感慨万端："田横之高节，宾客慕义而从横死，岂非至贤？"

这个弹丸大小的海岛，被后人尊称为田横岛。

这则耳熟能详的故事是西汉太史令司马迁留给我们的。司马迁的鸿篇巨著《史记》除了为帝王将相树碑立传外,并没有忘却一些虽无重大影响力,但其言行被当世之人及后人称道的人物。历史长河中那些如"五百壮士"般的"群众演员",以他们殉道般的史诗行为,像流星一样在历史的浩渺夜空里,划出了短暂微弱却动人心魄的光芒,从而让冰冷的历史格外生动起来。

这些"生动的群体"有一个共同的名字——"壮士"。

自古以来,"士"这个字,总有一种杀身成仁、舍生取义、为知己者死的悲情。我们今天仍耳熟能详的,便有:战士、将士、谋士、勇士……

"士"之久远,还得追溯到国家文明之肇始的周王朝。太子自不必说,因次子和庶子不能袭爵,按封建制,封到大夫就不能再封。大夫的儿子如果没有继承权,只有贵族身份,没有贵族爵位。于是,这些无爵可袭的大夫之子,包括家道中落的公子王孙,王室和公室的旁支远亲,便构成了最低一级的贵族——"士"。

周代的"士",应该就是当时的知识分子和白领阶层。按地位尊卑贵贱,天子是一等贵族,诸侯是二等贵族,大夫是三等贵族,士是四等贵族。"士"看似身份低微,却因为人数众多,形成了巩固各级政权、维护社会稳定的中坚力量。他们同样享受贵族的权利,如:婚姻,一妻一妾;祭祀,三鼎二簋;乐舞,二佾(舞女两行)。

最初的"士"都是武士。身佩一把剑,学六艺,讲究修养,讲究礼仪,讲究风度,讲究文武双全,一直讲究到春秋。《左传》告诉我们,周代战争,领兵的是大夫,作战的是"士","士"的使命就是战争,常年仆役习武乃是其根本。庶人和奴隶只能做一些扛行李、扛武器、喂马、搭帐篷、做饭等后勤杂务。打仗是贵族的事，是高贵的事，而且极其讲究礼仪，无不体现出独有的贵族精神和贵族风范。

065

至春秋时代，"士"大多为卿大夫的家臣，有的以俸禄为生，有的有食田。到了战国时代，王纲解纽、礼坏乐崩，半独立主权国家变成了完全独立的主权国家，作为邦联最高的天下共主的天子没了，其他的小国家被兼并了，只剩下"战国七雄"。因而"士"的使命便发生变化，大多数的武士开始向文士转变。他们都依附于大夫、诸侯，甚至天子。剩余武士的使命是出生入死兼做刺客，所以又称为死士；而文士的任务则是出谋划策兼做文秘，也称为谋士。

春秋虽然礼坏乐崩，却还不至于道德沦丧，因为有"士"。而进入战国，"士"的权利和义务都没有了，只剩下一柄剑。长剑在手，他们只有仰天大笑。那剑是他们在举行冠礼时获得的，也是贵族的身份认同和象征。《史记》中，司马迁在记录秦始皇的成年礼时，特地写了"带剑"二字。剑，是贵族之器，君子之器，王者之器。所以被贵族格外珍惜，视为生命。

剑意味着身份，也意味着教养。因为他们有身份无地位，有义务无职务，有事业无产业。唯一的出路，是为更高级的贵族服务，换取俸禄或食田。这就非得有本事不可。

这有点像日本的武士。古代日本武士道，就是以为主君不怕死、不惜命的觉悟为根本，为实现个人于集体、团体的价值，强调以"毫不留念的死，毫不顾忌的死，毫不犹豫的死"为信条的为主君毫无保留的献身取义、舍己成仁的武士精神。

天下大乱之时，生死存亡之际，只有"士"最为活跃，他们走向历史前台。那些想要做大做强的各国诸侯们，都意识到"人才是兴邦立命之本"，所以都四处吸贤纳士。因而从春秋晚期开始到战国出现了很多了不起的"士"，今天的专家学者给这个群体一个特别的称谓——先秦诸子。

"士农工商"是古代所谓"四民"，指士、种田的、做工的、经商的。也就是说，这时的"士"既是最基础的贵族，也是最高级的百姓。他们形成了一个影响中国文明数千年的庞大阶层：有著书立说的学士，有为知己者死的勇士，有懂阴阳历算的方士，有为人出谋划策的谋士……如果出入朝堂，他们就是绅士（有资格系绅带插笏之人）；如果闲居乡野，他们就是隐士；如果四处游走，他们就是游士；如果行侠仗义，他们就是侠士……

因此，士人的第一要务，便是"修身"。身修好了，就可以出来工作。其中，帮大夫打理采邑，叫"齐家"；协助诸侯治理邦国，叫"治国"；辅助天子安定四海，叫"平天下"。

所以，自古以来士人都养成了修身齐家治国平天下的情结。但无论是齐家还是治国，士人都是"帮佣"，诸侯和大夫才是真正的"老板"。

德国著名哲学家雅斯贝尔斯站在世界文化的旷野上,把东周的春秋战国时代称为人类文明的"轴心时代"。他甚至认为登上历史舞台扮演这个"轴"的,便是一群不可一世的"士"族阶层。

其实,这样的"轴心时代"之说,在遥远的汉代就已经产生了,他就是史学家司马迁的父亲司马谈。司马谈在《论六家要旨》中特别总结了轴心时代的六个重要流派的思想:阴阳家、儒家、墨家、名家、法家和道德家。在他之后的两百多年,又一位史学家班固,在其《汉书·艺文志》中,又添了四家:纵横家、农家、杂家和小说家。

于是史学界便有了"九流十家"之说。可以说,每一个"家"的背后,都藏着一批了不起的"士"。千年之后,还能沉淀下这样一些如雷贯耳的名字:老子、孔子、墨子、孙子、孟子、庄子、商鞅、荀子、韩非子……他们鼓吹着这样一些概念:道、德、仁、义、礼、智、信、勇、法、术、势、王道、仁政、兼爱、尚贤、大同、小康……

德国哲学家雅斯贝尔斯也许想象不到,如此灿烂而辉煌的思想结晶背后,春秋战国该是一个怎样的开明盛世?

推开历史的窗户,我们可以遥望这样一个场景:天佑中华,诸子并出,百花齐放,百家争鸣,思想与智慧灿若星河、光芒万丈。

如果更深入到历史的肌理,看到的则是另一番满目疮痍:对于春秋时代,孔子称"弑君三十六,亡国五十二"。对于战国时代,孟子说"圣王不作,诸侯放恣,处士横议"。对于春秋战国时期,墨子用了九个字以蔽之:"国相攻,家相篡,人相贼。"通俗一点,就是,国与国之间相互侵略,家与家之间相互掠夺,人与人之间相互残害。

这就是春秋战国时代——思想开明但并非盛世。

真是国家不幸诗家幸。圣王之权没有了,诸侯自以为王;圣王之义没有了,诸子自以为是。一个血与火的时代,一个兴衰存亡的时代。

战国二百年间矛盾四起,危机四伏:民陷水深火热,士人备受尊崇;社会动荡不安,学术空前繁荣;道德普遍滑坡,思想充分自由。

中华史上最黑暗最痛苦的动乱时代,变成了思想文化的黄金时代。这个时代只剩下两类人最为活跃:诸侯和诸子。诸侯和诸子可谓"皮"与"毛"的关系。诸子,就是人们眼中的"士",而诸侯,则是"士"所依附的那张"皮"。

是他们,共同推动着历史文明前进的车轮。

如果说西周是王的时代,春秋是大夫的时代,那么战国就是"士"的时代。数百年的折腾,这个时候只剩下"士"了。可以说,"士"已经成为战国舞台的主角,他们是主人——周游列国,朝秦暮楚,拉帮结派,合纵连横,演绎出一幕又一幕惊心动魄的活的戏剧。

春秋战国时期有名的"士",比如荆轲,比如苏秦,比如张仪,比如范雎,比如甘罗,比如邹忌,比如冯谖,比如商鞅,比如孟子,比如孙膑,比如田忌……都为后世留下了数不尽的传说与佳话。

历史研究专家易中天在《百家讲坛》上,就曾经讲到一个十分有趣的佳话,说孟子到魏国见梁惠王,到齐国见齐宣王,"去见他们就像去见孙子一样"。

在梁惠王时魏国慢慢强大。孟子说,我问你用刀子杀人和用棍子杀人有区别吗?梁惠王说没区别,都是杀人。孟子又问,用刀子杀人和用政治杀人有区别吗?梁惠王说没什么区别。孟子说,你就是用政治杀人的。你的马厩里有肥马,厨房里放着肥肉,而你的国土上却遍地饿殍,你有什么资格为王?梁惠王不吭气了。

之后孟子又问齐宣王,大王,比方说你有一个朋友是你的铁哥们;你出差到楚国去了,你把你的老婆孩子托付给铁哥们,等你回来你老婆、孩子都快饿死了,遇到这个朋友你怎么办?齐宣王说,绝交。孟子又喻,再比如说你手下有一个官员,把治理的地方弄得乱七八糟,民怨沸腾,这个地方官该怎么办?齐宣王说,撤职。

孟子说,那好啊,如果一个国王把国家治理得民不聊生,按此逻辑就应该下台。《孟子》用"王顾左右而言他"来记载齐宣王的尴尬。

在"士"之孟子面前,这些不可一世的大王们,真的就像"孙子"一样了。没有办法,他们要从孟子那里"借脑",所以得供着他,还不得发脾气。

热播电视剧《芈月传》同样可管窥一斑,秦王嬴驷把那些谋士好吃好喝地供着,专门让这些"士"们"高谈阔论",为我所用。四方馆就是秦国思想的舞台和天下之"士"的聚宝盆,他们在那里通过头脑风暴找到人生的最佳位置。像张仪、苏秦、黄歇等都是精明过人的"士"人。

张仪就是穷途末路饿倒路边后,被芈月抢救而走向人生辉煌的。从张仪身上我们可以看到,先秦的"士"以无房无车的"游士"为主,甚至可以说,穷人不天然是游士,但游士天然是穷人。"士"可杀不可辱。"士"连饿死都不怕,还怕王侯吗?所以那时的"士"绝不自贬身价,坚持自诩为王侯的师友。真可谓"无恒产而有恒心者,惟士为能"。

诸侯以国为己任,大夫以家为己任,只有"士"以天下为己任。而"士"以天下为己任的前提,必须是经济独立,方才有理想和追求,没有经济的独立就没有人格的独立,没有人格的独立就没有思想的独立。

难怪曾子说:"士不可以不弘毅,任重而道远。"这也是为何"高岸为谷,深谷为陵"之乱世的春秋战国时代,却是思想文化黄金时代的缘由所在。

纵观上下数千年,先秦与后世朝代的区别,在于先秦的"士"虽然是"毛",但有很多张"皮"可以依附,而秦汉以后长达千年的封建王朝,却只剩下了一张叫"皇帝"的"皮",所以千年来中国的士人、知识分子逐渐没有了风范,虽然隋唐开科取士,看似给了每一个读书人以平等的机会,却早已失却了春秋战国"士"之风骨。以至于元代以降,"士"竟落到"九儒、十丐"的地位。

整整一部《左传》,可杀不可辱的史事不绝于书,贪生怕死临阵脱逃的一个都没有。"刑不上大夫,礼不下庶人。""士"这些贵族一旦发现自己错了就会自裁,不会上刑场。

这便是春秋战国时期"士"之风骨所在。

"轴心时代"的特殊培训班

"轴心时代"是指人类文明精神的重大突破时期。公元前800年至公元前200年之间，尤其是公元前600年至公元前300年间，大体算得上人类文明的"轴心时代"。

古希腊的苏格拉底、柏拉图、亚里士多德，以色列的犹太教先知们，古印度的释迦牟尼，中国的老子、孔子……，是他们，奠定了人类文明之后两千多年的走势。

儒家、道家、墨家等各大学派，往往是唇枪舌剑，针尖麦芒，你方唱罢我登台，上演一出出令士子们拍手叫好的思想大戏。

人类的行为准则，道德操守，文明秩序……往往都是他们垫下的第一块"砖"。

两千多年前，星汉灿烂的天际上，我们仰望不已。划过一道又一道醒目的亮光——古希腊的苏格拉底、柏拉图、亚里士多德，以色列的犹太教先知们，古印度的释迦牟尼，中国的老子、孔子、墨子、韩非子……，他们有如恒星一样，辉映着人类文明的苍穹。

后世的专家学者们把一个十分炫的词——"轴心"送给了他们，把他们所在的时代称为"轴心时代"。

何谓轴心？轴者，枢纽也。轴心即为中心。按照学术界的标准说法，"轴心时代"是指人类文明精神的重大突破时期。按照东西方人类学专家们的划分，公元前800年至公元前200年之间，尤其是公元前600年至公元前300年间，大体算得上人类文明的"轴心时代"。

标志在于，这一时期在北纬25度至北纬35度区间里——集中在今中国、印度、伊拉克、希腊等地区。世界各个文明都出现了伟大的精神导师，他们的思想、原则塑造了不同的文化传统，也一直影响着人类的生活。可以说，轴心时代的思想家，是世界各民族的精神导师。

能够受到这样的评价，殊为不易。有如上苍保佑一样的神奇，那些影响后世的"超人们"，都不约而同列阵似的来到世间，影响世界，他们联手创造了裂变出巨大能量的人类精神原子弹。

是他们，奠定了人类文明之后两千多年的走势。

我们主要看看东方的历史天空,那些"轴心时代"所铺陈的影响人类文明进程的伟人们。老子、孔子、墨子、韩非子……几大门派的掌门人自不必说,他们的学生,还有他们学生的学生,可以开出一个长长的名单——形成一个庞大的方阵。

传世经典《庄子》一书中有一篇叫《说剑》的雄文,不妨看成先秦诸子百家争鸣的象征。何为先秦诸子?先秦诸子,就是从春秋晚期到秦汉之前三百年间,我们民族最伟大的思想家。后来又称九流十家,又叫诸子百家。

在那个思想自由、行为自由、言论自由的黄金时代,他们在属于自己的舞台上,淋漓尽致地展现着各自的聪明与才干,可谓"轴心时代"之"轴"。

不仅如此,他们还四处设坛,以扩大自己的学术影响力和势力范围,以求桃李满天下。这之上,儒家、道家、墨家等各大学派,往往是唇枪舌剑,针尖麦芒,你方唱罢我登台,上演一出出令学者士子们拍手叫好的思想大戏。

在春秋战国那个人才辈出、见贤思齐、求贤若渴的时代,君王们、将相们、诸侯们都在四处网罗天下英才,为我所用。此间,一个又一个特殊培训班如雨后春笋般此起彼伏,这些特殊的"讲座"有着极强的煽动力和诱惑力。所以,整个社会都充满一种浓郁的学习氛围,不仅文人士子们如此,诸侯大臣们如此，连一些君王们，也都纷纷放下身段，加入到培训班中去虚心求教。轴心是各大门派的"思想掌门人"，他们都围绕着那些"轴"转。

其他的不必详说，姑且以梁惠王为例。梁惠王可谓一个不耻下问的"太学生"。孟子、荀子、韩非子，都当过他的老师。梁惠王是战国七雄中除楚以外第一个称王的，可见当时魏国实力之雄厚。然而他却先后败于齐国的孙膑，秦国的商鞅。马陵之战五年后，孟子到了魏国，开启了培训之旅。

之后梁惠王又拜荀子、韩非子为师，荀子讲王道，韩非子讲霸道。正是他的不耻下问，使魏国称霸天下长达五十年之久。

孟子算得上这些导师中名头最大的导师了。不仅梁惠王对他言听计从，就是不可一世的齐宣王，在他面前也是毕恭毕敬。有一次齐宣王想见孟子，但又实在不愿意放下"王"的架子，于是假称自己病了，不能吹风，就"托疾以召"，让孟子前去见他。

孟子当然知道齐宣王的"病因"，他也装病不见，并说出一大通道理来教育齐宣王：天底下最尊贵者有三，爵位、年龄和道德。他说，在朝廷，看爵位；在乡里，看年龄；要平治天下，首先看道德。哪怕贵为国君，也不能随便把有德之士呼来唤去。

原来，孟子早已看透了那些表面威风凛凛的君王们的软肋："说大人则藐之，勿视其巍巍然。"通俗地说，一个士人要想游说诸侯，就先得不把他放在眼里。也正因为此，在孟子看来，不是每一个君王都可以成为他的学生的，比如说梁惠王之子梁襄王，孟子就以"望之不似人君"而拒绝教之。理由也冠冕堂皇,论地位,你是君,我是臣,哪敢跟你交朋友?论道德,你是徒,我是师,怎么能够做朋友?

人不可有傲气,但不可无傲骨。有傲气,则骄人;无傲骨,则媚人。不骄不傲,是为大丈夫。大丈夫者,须有浩然之气。

这便是孟子特有的傲骨。

老子、杨朱和庄子,是道家"三剑客",他们分别代表道家的三个阶段。其中,杨朱是杨朱学派的开山鼻祖。

"损一毫利天下不与也,悉天下奉一身不取也。人人不损一毫,人人不利天下,天下治矣。"这出自于杨朱的名言,可谓世间最早的人权宣言。要我牺牲自己来满足天下,我不干;要我尽取天下来满足自己,也不干。这便是杨朱思想的现代解读。

杨朱的名字我们很多人甚为陌生,历史忽视了杨朱,应该是一个错误。在杨朱看来,智慧之所以可贵,就因为保护自己;武力之所以可鄙,就因为侵犯别人,包括侵犯小动物和自然界。此所谓"智之所贵,存多为贵;力之所贱,侵物为贱"。

杨朱与墨子,就像孟子与君权,都是一枚硬币的正反两面。杨朱的"一毛不拔",实际上真正的理想,在于"人人不损一毫,人人不利天下"。

这些思想和见解,往往是书本上所看不见的。与其说让帝王将相来讨教他们治国理政之高见,不如说通过耳濡目染,感受他们身上的气质与傲骨。

是他们的人格魅力,让那些高高在上的君王们,唯他们"马首是瞻"。

行文至此，仔细梳理一下诸子的百家争鸣，不由得发现一个值得关注的现象，虽然轴心时代的那些巨子们纵横捭阖，指点江山，似乎无所不能，但所有的质疑和争辩，都没有超出世俗生活的范围，这跟同为轴心时代的西方"民族思想家"颇有不同。

面对苦难，犹太先知和释迦牟尼超越了尘世；面对自然，古希腊哲学家走向了思辨……他们都在追问人的终极存在，追问世界的起源和本原。

翻开一部煌煌中华传承史，都少见到"宗教与科学"的理念与论述，源头就在先秦诸子那里，他们或许不关心宗教和科学，或许根本就没有这方面的思想基础。即便是老子高深莫测的道，也不是古希腊的"物理性之后"，而是中国的"伦理学之后"。易中天先生曾如是评论，"显然，我们的文明即便在她思想最活跃的时代，也缺失了宗教和科学这两个向度。"

事实上，我们的祖先也讲宗教，但与西方所倡导的关乎人类普世方面的宗教不是一回事；而科学，则从一出生开始便被历代统治者打入了另册。因为在孔孟先哲们的"培训班"里，老师几乎没有涉及这方面的内容。

可以说，老祖宗最初的争论与较量，就已经决定了东西方延绵数千年的发展与走向。这是偶然，还是必然？

历史学者易中天先生把三百年的轴心时代分为三个阶段。他认为，第一阶段：孔子与犹太先知，释迦牟尼与毕达哥拉期，四大文明礼炮齐鸣；第二阶段：墨子与苏格拉底，《老子》一书的作者与柏拉图，孟子、庄子与亚里士多德，中国与希腊并肩前行；第三阶段：希腊人退出历史舞台，只剩下荀子与韩非子。

  这样的划分，无疑是站在人类文明的高度考量的。是他们通过特殊培训班，支撑着世界"轴心时代"的到来并走向辉煌。事实上，他们不仅仅影响着关乎人类文明走势的帝王将相，同样影响着芸芸众生的生存方式和行为方式。

  人类的行为准则，道德操守，文明秩序……往往都是他们垫下的第一块"砖"。

徘徊在庙堂与江湖间的孔子

孔子一生虽然颠沛流离,却一直固执己见地兜售着他的"礼"。

孔子没有留下亲手写成的著作,其主要言论被弟子们记录在《论语》和《孔子家语》中。

从子贡开始,孔子就被称为"圣人"。宋代以来,《论语》便被确定了作为儒学核心经典的地位。

孔子晚年致力于整理《春秋》。鲁哀公十六年时,七十三岁的孔子辞世。去世两年前,他已经编不动《春秋》了,《春秋》到公元前481年结束。

孔子是中国文化的注册商标,孔子思想是中国文化的核心资产。

或许,孔子自己也没料到,他会成为中华文明征程上一个清晰的路标。

人类文明发展到公元前6世纪前后，三大哲人相继问世——古希腊出现了苏格拉底，古印度出现了释迦牟尼，古老的中国出现了孔子。

德国哲学家雅士培在《四大圣哲》里面，特地写了人类历史上最伟大的四个人——苏格拉底、佛陀、孔子、耶稣。对先哲的景仰不乏其人，苹果公司创始人乔布斯临终前的遗愿竟是："愿意用一生的成就与财富，换取跟苏格拉底共处一个下午。"

孔子（前551年—前479年）生活在动荡的春秋时代末期。这个时期正处于中国社会第一个转型期——东周王室衰弱、诸侯争霸、大夫专权、战乱不止——同时那又是一个向新的文明时期急剧迈进的时代。虽然如此，但这一时期在"礼"的约束之下，包括战争在内，都呈现出一种极其隆重的"礼仪"与"礼数"——

这个时代的车战，是一种贵族式的战争，有时彼此都以竞技的方式看待，布阵有一定的程序，交战也有公认的原则。根据原则，在某种情形之下，不追击敌人。在某种情形之下，不向主敌射击，不设险以谲诈取胜。既已给敌兵第一下的创伤，不乘势作第二次的戳刺。头发斑白的人，不拘为俘虏。

这些态度与欧洲中古的骑士精神神似。这样的"战争表演"，我们今天很难想象。但不得不承认,这时的战争却真正延续着"君子之战",交战双方都是"士"身份的贵族阶层。按照孔子"克己复礼"的路数在实施。

"述而不作,信而好古。"这也是孔子作为一个极端的理想主义者,毕生寻求恢复周礼统治以终止战乱的根源。

01

两千多年前,当鲁国人孔丘坐着牛车,带着他的追随者们周游列国,到处推销他的治国平天下的政治理想时,诸侯要么报之以冷眼,要么虚与委蛇,乃至于可怜的孔夫子竟然厄于陈蔡,惶惶如丧家之犬,从者七日不得食。

孔子的一生,见证了吴、越北伐齐鲁;晋六卿在西避秦、东掠地的道路上,你死我活地拼杀;而齐国为抵抗吴越、晋国,日益倚重田氏、晏氏家族的力量;鲁国"三桓"也在外敌环伺的过程中咄咄逼人……孔子走到哪里,都是战火纷飞,生灵涂炭。

可即使如此,孔子仍保持着自己的初心。《论语·乡党》中记载,孔子是一个严肃的人,从吃饭到睡觉、穿衣、行礼、走路都严格按照绅士风度要求自己。

或许是生不逢时,或许是先知先觉,孔子一生虽然颠沛流离,却一直固执己见地兜售着他的"礼"。

孔子对"礼"非常尊崇。虽然称赞管仲对国事有贡献,但孔子仍毫不迟疑地攻击他器用排场超过人臣的限度;颜渊是孔子的得意门徒,他死时孔子痛哭流涕,然而孔子却根据"礼"的原则反对厚葬颜渊;又因为"礼"的需要,孔子见南子,使子路感到很不高兴;孔子虽不齿阳货的为人,但为了礼尚往来,他仍想趁着阳货不在家的时候去回拜他。

孔子没有留下亲手写成的著作,其主要言论被弟子们记录在《论语》和《孔子家语》中。孔子在《论语》中留下许多脍炙人口的佳句,树立了儒者良好的形象,比如"己所不欲,勿施于人"(《颜渊》),"敏而好学,不耻下问"(《公冶长》)。这种语录体的形式,反而增加了孔子的传奇色彩,成为诸多"语录"式作品的鼻祖。

从子贡开始,孔子就被称为"圣人"。历史越是往后靠,圣人的思想传播就越广。自宋代以来,《论语》被确定了作为儒学核心经典的地位。

在孔子看来,"礼"的另一种解读便是"仁",是"礼"给个人提供了发展"仁"的最好机会。"仁"在《论语》中出现了一百多次,可谓孔子思想的核心。孔子追求的"仁者,爱人",具体来说就是不要打仗。他在《宪问》里举齐相管仲作为"仁"的典型代表:"桓公九合诸侯,不以兵车,管仲之力也。如其仁,如其仁。"——"不以兵车"就是"仁"的直接表现。

孔子所谓的"仁"和"孝"延续了管仲的说法，都是针对执政者，而不是针对老百姓的。执政者别打仗，就是"仁"；仗打得少了，不用上战场的成年人有机会留在家中赡养老人，照顾幼儿，就能实现"孝"——仁是条件，孝是结果，缺一不可——"孝"其实是"仁"的隐喻形式。孔子主张用三年时间为父母守孝。这才有了后世官员"丁忧"的规制。

《孔子家语·王言解》记载，曾参问孔子"成就王业"的道理，孔子说了"七教"，头两条就是"上敬老则下益孝，上尊齿则下益悌"，即"敬老、尊齿"，同时直接指向了"上"，也就是执政者。只有执政者先"敬老"，老百姓才能进一步"孝"。

这应该是一生颠簸却从未享受"敬老"待遇的孔子，对"上"位者发自肺腑的呐喊。

与其他圣贤相比，孔子并没有留下自己的专著。为什么历代帝王僭主都如此看重孔子，把他封为万世师表？一些帝王眼里，孔子的话就是圣旨，为何博得如此欢心？著名历史学者刘军宁给出了耳目一新的答案，他说，孔子的主要身份有先知、君子、帝师三种。孔子自己最为神往的，还是"帝师"的身份，这是他周游列国的最大动力。刘军宁认为，从孔子与其弟子对话录《论语》中也不难看出，帝师的本质，就是教授君王如何把天下的民众都变为君王的臣民，不论其用心多么良苦，在效果上都是在巩固君臣关系的格局，扩展君臣关系的秩序。

孔孟的民本思想，最终是站在君王立场上的。君王即使优先考虑百姓的利益,最终还是落实到维护自己的江山上。这样的"民本"背后还是"以君为本"。

孔子在《论语·八佾》说:"君使臣以礼,臣侍君以忠。"孟轲也在《孟子·离娄下》为之呼应:"君之视臣为手足,则臣视君如腹心;君之视臣为犬马,则臣视君为国人;君之视臣如土芥,则臣视君如寇仇。"可是,一旦君主的地位不可动摇,任何"民为邦本"的民本思想在强大的君权面前,都无济于事。孟轲讲"民为贵"、"君为轻",主张对暴君可以诛之、杀之。但即便是诛杀之后,还是要回到以君为主的君臣格局。

一旦出现暴君,历史便会重演一遍。中国的历史就是这么走过来的。

以君臣平等关系为架构的政治秩序,不论君王是贤明还是暴虐,都不具有道德与政治正当性。承认君王权力至上,坚持君臣格局,等于主张天下私有,认可基于暴力的统治的正当性。

或许,这正是历代王朝统治者让孔子高高在上的重要缘由。

也就不难理解,两千多年来,无论是庙堂还是江湖,孔子都享有极其崇高的地位。

先说庙堂,孔子被历代统治者一而再再而三地加封追谥。汉平帝时追封褒成宣尼公,汉和帝时追封褒尊侯,唐太宗时追封先圣、先师,唐玄宗时追封文宣王,宋真宗时追封至圣文宣王,元成宗时追封大成至圣文宣王,嘉靖皇帝称他为"至圣先师",清世祖时追封大成至圣文宣先师,就连兵连祸结的民国二十四年(1935年),国民政府也照葫芦画瓢地追封为大成至圣先师。

再看江湖，历朝历代以来，"孔庙"或"文庙"可谓遍布宇内，延伸至县乡一级，难以计数。史载，最早的文庙建于孔子去世次年，即后来的全国规模最大的曲阜孔庙。贞观年间，唐太宗下诏，"天下学皆各立周、孔庙"，自此文庙遍地开花。时值明清，几乎每一府、州、县治所在地，都有文庙的红墙黄瓦。

孔子是至高无上的文化庇护者，每一地的文庙，都要在一定的时间，举行盛大的仪式进行祭祀，这就是祭孔。红色的围墙，高耸的飞檐，沧桑的琉璃瓦，处处透出一种与一些小城格格不入的王者气派。这，就是供奉孔子的文庙。

就是今天，密布世界的孔子学院依然具有强大的生命力，成为向世界展示中华文化的重要窗口和载体。自古至今，没有哪一位先哲圣人有如此崇高的地位和号召力。

真可谓前无古人，后无来者也。

在儒家的道德与政治秩序中，君臣关系是最高、最重要的关系。在回答齐国君主关于如何治理国家问题时，孔子曾不假思索地说："君君，臣臣，父父，子子。"齐景公听后心领神会，大喜过望，马上接着说："善哉！信如君不君，臣不臣，父不父，子不子，虽有粟，吾得而食诸。"

如此一来，双方便达成高度的共识：君主要像君主的样子，大臣才有大臣的样子；父亲要有父亲的样子，儿子才有儿子的样子。所有社会成员要恪守"君王至上"的政治秩序，国家才能安定。以至到后来，中国的君臣关系竟演变为"君要臣死，臣不得不死；父要子亡，子不得不亡"。

追根溯源，孔子"君君，臣臣，父父，子子"的主张，显然是一个清晰的源头。因而，刘军宁发出如是呼吁："中国必须要拒绝作为帝师的孔子，找回作为先知的孔子。我希望，在未来，帝师的孔子被遗忘，君子的孔子被欣赏，先知的孔子被弘扬。"

孔子是中国文化的注册商标，孔子思想是中国文化的核心资产。不可否认，孔子同样是"中国两千多年专制的精神教父"。

孔子晚年致力于编辑整理《春秋》。鲁哀公十六年（前479年）时，也即是周敬王去世后第八年，孔子以七十三岁高龄辞世。去世两年前，他已经编不动《春秋》了，《春秋》到公元前481年结束。

或许，孔子自己也没料到，他会成为中华文明征程上一个清晰的路标。

诸侯时代的"高峰论坛"

葵丘寺尚存有三间会盟殿，殿内塑有齐桓公邀集八国诸侯的彩雕，一直定格在两千多年前的那一刻。那一刻就是"葵丘会盟"。

中国寺庙众多，唯独这一座寺庙不供奉神仙菩萨，专为葵丘会盟而存在。这，就是诸侯时代"高峰论坛"的唯一见证者。

诸侯之间的问题，在战争频仍、烽烟四起的春秋战国时代，主要是军事合作，其次是政治势力划分，还有一部分针对具体问题，诸如对黄河治理、灾荒处理等进行协商。

按照丛林法则，弱肉强食的程序一直处于启动状态。方式是兼并，手段则是战争。春秋战国时期的战争数不胜数，各诸侯都希望在"重新洗牌"中占得先机。

河南省商丘市民权县往东行三十里地，是一段古老的黄河故道，这里有一个村庄，名唤七乡西村。村头有一处占地二十多亩古朴端庄的寺院，寺院正门两边镶嵌着一对威武的石狮，两只石狮子对视的山门上供奉着一块浑厚匾额，匾额上"葵丘寺"三个金黄色古体隶字直逼着每一位外来人，再配上一副精致的楹联，联云："葵丘寺内会诸侯，王帽土地传千秋。"两千多年过去了，带着古老的传说与神秘，这里依然熠熠生辉，光彩照人。

　　这就是中国历史上久负盛名的"葵丘会盟"之地——葵丘会盟台遗址。

　　什么是葵丘会盟？葵丘会盟为什么会发生？葵丘会盟要解决什么样的问题？葵丘会盟给后世带来什么样的重大影响？在理清这种种问号之前，让我们首先看看"会盟"二字背后隐藏的含义。

　　在古时候，会盟是国与国之间外交政治的一种重要手段，最早可追溯到夏商时期。也就是说，会盟就好比现在的国际首脑会议，大家坐在一起解决一些国际争端，从而达成共识，签署协议，这个过程在古代就被视为"会盟"。

　　诸侯之间的问题，在战争频仍、烽烟四起的春秋战国时代，主要是军事合作，其次是政治势力划分，还有一部分针对具体问题，诸如对黄河治理、灾荒处理等进行协商。

什么情况下,诸侯国才"坐在一起"会盟呢?春秋战国时期大体有三种情况:一是昔日最权威的周王室已经无法控制列国,诸侯们开始争着当老大。于是,一些强大的诸侯国就胁迫弱小的诸侯国参加会盟,然后在会上选举自己为霸主。二是强国与强国对抗时,其中一方通过会盟将其他相对弱小的诸侯国绑上战车,以实现共同征伐敌对国的目的。第三种情况是,小国为了抵御大国侵略,也时常以会盟的方式抱团取暖。

我们来看看距今2671年(前651年)的时代背景。

已经延续近四百年的周王朝,各种问题暴露无遗,进入其尾声。周厉王横征暴敛,周幽王破坏宗法制度,"废后立妾,废嫡立庶"并"烽火戏诸侯",失去各路诸侯的信任,各诸侯国与周朝王室的关系渐渐疏远。公元前771年,周幽王废去的王后申氏的父亲申侯,联合西方部族犬戎攻打镐京,导致风雨飘摇的西周王朝灭亡。不得已,周王朝迁都洛阳,建立东周,这时,周王朝实力已经相当羸弱,分封制使得周天子的权力被架空,加之周平王东迁后沦为傀儡,无力控制诸侯。

各地诸侯的势力日渐增大,都意欲利用"周王朝"这个旗号,"挟天子以令诸侯",不断发展自己势力。与此同时,边境族群趁机入侵,华夏文明面临空前的危机。齐桓公所拥有的齐国最为强大,齐国精明的一君一相,看准了时机,提出一方面尊重周天子宗法制度,一方面帮助诸侯国攘斥夷狄。这就是历史上有名的"尊王攘夷"。

于是乎,就有了葵丘会盟。

公元前655年（历史纪年已经进入到东周时期）那个夏天，已经坐大的齐国得到一份重要的情报，周惠王欲废掉太子郑，准备将自己爱妃生的儿子王子带立为太子。

依照当时的"政治规矩"，一个诸侯国是无权过问周王朝"国事"的。但齐国的臣相管仲却嗅出了几分不同寻常的味道，齐桓公采纳了管仲的建议，他决定出面管一管这事。他出面的主要原因还不仅仅是因为迁都洛阳的东周王朝日薄西山，更重要的在于"教训"一下周惠王，以试探各诸侯的态度。

按说，周王朝的传统美德一直是后世所景仰的。如果把春秋战国比喻成一个联合国的话，联合国名誉秘书长必定是周王。春秋时诸侯会盟是十分常见的政治活动，各种各样的高峰会议之后，通常都会发表公告或宣言，也可能签属公约或协议。而周王则是不轻易到会的，最多派一个特使作代表，各诸侯国就倍感荣幸了。

到了周惠王时代，情况就大不一样了。主要在于他的短视和贪婪，把祖上积下来的"德"丢失殆尽。有这样一件小事可资佐证，说惠王即位以后，便夺取了姬颓家臣的园子，用来给自己做动物园。姬颓是什么人呢？是周惠王父亲周庄王的弟弟，也就是周惠王的叔父，且姬颓深受周庄王的宠爱。俗话说，打狗也得看主人。姬颓当然清楚这是侄子和自己过不去，于是便大怒，召集朝廷五大臣和自己的儿子姬子颓发动叛乱，并且联合燕、卫两国的军队攻打惠王。这便是历史上有名的"子颓之乱"。

如此些小的一件事都处理不好，不仅引来内乱，还挑起国际争端。其结果是，周惠王战败后逃到郑国。随后联合郑国和虢国，二国联军攻进周朝都城，杀死王子颓和五大夫。周惠王复位后，为了答谢郑国和虢国，将酒泉赐给虢国，将虎牢以东之地赐给郑国，使得周王朝本来就不大的疆土再一次缩小。

狡猾的齐桓公以诸侯要拜见太子为借口，利用齐国的实力和国际威望，联合八国诸侯，选在首止（今河南睢县东南，春秋时属卫，地近郑国）这个地方开会，参加会盟的齐、鲁、宋、卫、郑、许、曹等国的国君都悉数到会。

作为"联合国"的继承人，太子郑和诸侯们相见甚欢，这样停留数月，目的是让周惠王断了传位于王子带的念想，周惠王仍不死心，又利用自己余威，密派使者让郑国不要参加结盟。不用看任何人脸色行事的齐国，立即攻打郑国，迫使郑国改变主意。

"九合诸侯，一匡天下"，保全了姬郑的太子地位。从夏天走到了秋天，各诸侯又移师葵丘，并形成了葵丘之盟的五大成果。葵丘之会上，齐桓公代表诸侯各国宣读了共同遵守的盟约。《孟子》中比较详细地收录了这些条款。原文如下——

五霸，桓公为盛。葵丘之会诸侯，束牲、载书而不歃血。

初命曰:"诛不孝,无易树子,无以妾为妻。"再命曰:"尊贤育才,以彰有德。"三命曰:"敬老慈幼,无忘宾旅。"四命曰:"士无世官,官事无摄,取士必得,无专杀大夫。"五命曰:"无曲防,无遏籴,无有封而不告。"

曰:"凡我同盟之人,既盟之后,言归于好。"

用今天的语言来解释,其主要内容可以归纳为——

第一条是关于诸侯的家庭的,不孝之子要杀掉,不得更换太子,不得以妾代妻。

第二条是关于教育的,要尊重贤人,培养人才,表彰有德行的人。

第三条是关于家庭美德和社会良序的,要尊敬老人,爱护孩子,不要忽视外国的来宾。

第四条是关于政治的,士人的官职不能世袭,官员不要兼职,用人首先要注重品行,不能专断地杀死大夫级别的官员。

第五条是关于国际关系的,不能建筑堤坝做损人利己的事,邻国有饥荒不能限制粮食的出口,有分封的大事要互相通报,并上报天子。

今天看来,这次会盟看似军事意义不大,重要的是政治考量,但往往政治与军事连在一起,只不过政治是军事的前奏罢了。

此次会盟,齐国赚了个盆满钵满,成为最大的赢家。史载,春秋五霸,以齐桓公最盛;齐桓公九合诸侯,以葵丘之会最盛。通过葵丘的盛会,齐桓公终于达到了联合诸侯、称霸中原的目的。

不到三年时间,周惠王就一命归西,太子郑继位,是为周襄王。周襄王对齐桓公十分感激,继位后专门派人给他送去极其厚重的礼物。齐桓公当然是个聪明人,他再次特地召集各诸侯,招待周王的使者。

此后,整个"周家天下"都牢牢掌握在齐桓公手里了——标志着齐国的霸业达到顶峰。春秋战国时期的诸侯国并不是主权独立的国家,从法律层面讲,它们都是周天子统率下的地方政权。心知肚明的齐桓公,不可能没有考虑过改变这个格局,只不过在瞬息万变的时代,需静候时机。

先秦历史中,诸侯会盟一定程度上是不可或缺的成分。其中,以东周的会盟最为频繁。《左传》是我国儒家"十三经"之一,是春秋时期的一部编年体史学著作。自春秋时期,我国奴隶制逐步瓦解开始,周王室便走向衰微,齐、晋、楚、秦、吴、越等国争霸,仅据《左传》统计,就有诸侯会盟109次,诸侯会见97次。周王朝运行八百年间,各诸侯会盟数量至少有四百次,越往后越频繁。以葵丘会盟、践土会盟、黄池会盟、徐州会盟"四大会盟"最为有名。尤其是"葵丘会盟",可以说开启了一个极其不好的"先河",它无疑是周王朝从兴盛的礼仪之邦,发展到权势旁落的傀儡政权的鲜活写照。

时间是一个公正的看客,忠实地记录着人间的所作所为。周本为殷商时的附属小国,经过文王姬昌和武王姬发两代的苦心经营,国力日渐强盛起来,使得众多诸侯前来归附。

商朝末年,纣王无道,拒纳忠言,滥施酷刑,终日沉湎于酒色之中。还自恃大国而发动旷日持久的征伐东夷之战,十分尖锐的各种矛盾,加上统治者内部的争斗,不断显现出来。这一切,为西周的崛起提供了良机。

八百诸侯会盟津,不期而会"八百诸侯",奠定了武王牢固的盟主地位。

盟津会师,敲响了商纣的丧钟。之后,经过决定性战役——牧野之战,联军彻底打败商军,攻入了殷商国都朝歌,纣王走投无路,焚火而死。由是,商朝灭亡,周朝建立。

历史有着惊人的相似。正是因为周王室逐渐衰微,分散在各地的诸侯开始强大起来,才有了中国历史上的春秋战国时期。

底气不足的齐桓公主持下的"葵丘会盟",颇有点拉大旗做虎皮的意味。他一面扛着"周王朝"的大旗,一面显示着自己的实力与霸气。

历史小说作家二月河总结得很有道理,他说,亡国速途有二,一者劳役过重,人民不堪其负,起义造反;二者,诸侯权势滔天,中央无力管制,造成诸侯自立为王,天下大乱。

诸侯会盟当然属于第二种情况,加速了分封制度王朝的灭亡。

按照丛林法则,弱肉强食的程序就会自动启动。方式是兼并,手段则是战争。春秋战国时期的战争数不胜数,各诸侯都希望在"重新洗牌"中占得先机。

不难看出,"赢家通吃"早已贯穿了人类历史长河。

如今,葵丘寺内立有三座石碑,石碑上如是记载:"会盟台高出周围地表约2米,东西长约335米,南北平均宽约60米,面积约2万平方米,四面环水,呈月牙形。"此外,葵丘寺尚存有三间会盟殿,殿内塑有齐桓公邀集八国诸侯的彩雕,一直定格在两千多年前的那一刻。那一刻就是"葵丘会盟"。

中国寺庙众多,唯独这一座寺庙不供奉神仙菩萨,专为葵丘会盟而存在。葵丘寺东侧,还建有会盟亭立此存照。

三面环水,林木葱郁,景色秀美。"盟台夕照"曾是古代著名景点,历代文人、官吏多到此凭吊。2671年过去了,随着岁月的推移,战乱的频发,这些美景早已湮灭于历史长河的烟尘之中了。

宋襄公是一头怎样的"蠢猪"?

作为"春秋五霸"中的"五霸之一",被毛泽东称为"蠢猪"的宋襄公,是一个典型的"异类"。

春秋时代的上层社会中,"礼"如同空气一样无所不在。黄仁宇在《赫逊河畔谈中国历史》中说,"春秋时代的车战,是一种贵族式的战争,有时彼此都以竞技的方式看待,布阵有一定的程序,交战也有公认的原则:也就是仍不离开礼的约束"。

先秦时代,每个贵族生下来就是武士。"执干戈以卫社稷"是贵族的成人礼,"礼乐射御书数"是贵族的必修课。

宋襄公的"愚蠢",就是那个时代贵族风度的光彩流露。

一定程度上讲,作为一个极具争议的"贵族标本",宋襄公开启了我们前行的路标。

公元1938年5月26日，陕北延安正值初春的勃动，毛泽东在这里发表了一篇著名的战争理论宣言——《论持久战》。那篇万余字有关战争的滔滔宏论里，特地提到了一个古战场上的历史名人——宋襄公。

"我们不是宋襄公，不要那种蠢猪式的仁义道德。"博览群书的毛泽东，极好臧否历史人物，比如刘表生性多疑，虚有其表；比如郭象无行，只懂清谈；比如王建庸人，不懂政治。如此等等。但用"蠢猪"来评价作古之人，还是第一次。从此，沉寂了两千五百多年的宋襄公声名鹊起，成为20世纪上半叶中国政界知名度最高的历史人物。

离这个"延安抗日战争研究会"讲台不足三公里，尚有一处残存的城垣，那是春秋战国时的产物——正是宋襄公所处的时代。

宋襄公何许人也？他做过哪些"蠢猪"之事？

这里所说的宋襄公，还是历史上"春秋五霸"之一。历史教科书般的《史记》，不吝惜笔墨，将宋襄公和齐桓公、晋文公、秦穆公、楚庄王放在一起，并称为"春秋五霸"。除宋襄公外，其余四位均称霸一时，且各领风骚，建丰功伟业。宋襄公不仅未曾称霸中原，并且还在"泓水之战"中被楚国杀得狼狈不堪。然而，正是这次"狼狈不堪"成就了宋襄公，他不仅赢得了"春秋五霸"之尊，还博得了"春秋大义"之名。

宋襄公出身于春秋时代宋国王室，系宋国第二十任国君。

宋襄公的出名与齐国内乱莫不相关。周襄王九年（前643年），齐国君齐桓公重病之时，他的五个儿子为争夺王位，彼此水火不容。以致晚年昏庸的齐桓公活活饿死后，尸体竟放在床上六十七天难以下葬，"身死不葬，虫流出户"。

你死我活的恶斗中，齐桓公的二儿子公子昭被迫逃到了宋国。原来，宋襄公的父亲宋桓公跟齐桓公私交甚笃。公元前651年，正是齐桓公举办旷世规模的"葵丘会盟"那一年，没想到宋桓公去世了，宋襄公就参加了这次最著名的大会盟。这次高峰会上，齐桓公非常欣赏宋襄公，并把公子昭托付给了他。

宋襄公就有了打抱不平的理由。他带着卫、曹、邾几个小国，组起一支"国际维和部队"，趁机到齐国讨要说法。哪曾想小国的作用不小，他不仅平定了齐国之难，将公子昭硬是扶上齐国君主之位，成为齐孝公，还异常顺利地帮助齐国这个当时的超级大国稳定了局势。

此举奠定了宋襄公在江湖上的地位，他也因此声名鹊起，为当时国际社会所侧目。

其实，真正让宋襄公为历史所记住的，还是那场著名的泓水之战。

起因还是齐国，齐桓公是宋襄公心中的偶像，为了传承齐桓公的霸业，他不惜与强大的楚国争霸。公元前638年,宋襄公讨伐郑国时,就在泓水这个地方,郑国与楚国唇齿相依,楚国当然会出兵相救。楚宋大战当前,宋襄公心中存"仁",待楚兵渡河列阵后再战,结果不但大败,自己也受重伤。第二年,宋襄公因伤重而逝。

后人从泓水之战认识了宋襄公,并随着时间的推移不断演绎,勾兑得刻骨铭心。战争的胜负已经不重要了,重要的是战争过程中宋襄公的临场表现。那些历史细节一再被挖出来,供人品评、质疑,甚至拷问。赞赏者有之,批评者有之,嘲笑者有之……赞赏者说,这是贵族精神的杰出典范;批评者称,这是迂腐实施所谓"仁义"之师的典型;嘲笑者言,宋公此举徒留千古笑柄。

由一场战争演变成为道德公案。这桩千年道德公案,一直余音绕梁,成为后辈佐证各自观点的重要案例。

透过极其有限的历史遗存,我们借助《韩非子》的记载,来看看宋襄公"仁义"之师的点滴细节——

面对强大的楚国军队,以宋襄公为统帅的宋国军队已经列好了阵,此刻楚军正在泅渡泓水。这正是以弱胜强的最好时机,一位军官建议发动进攻,"那样楚军必败"。宋襄公挥手制止,理由是"不合仁义,也不符合战争规则"。

"君子不重伤,不禽二毛。古之为军也,不以阻隘也。寡人虽亡国之余,不鼓不成列。" 君子说,不能攻击已经受伤的敌人,不能擒获须发已经斑白的敌人；敌人处于险地，不能乘人之危；敌人陷入困境，不能落井下石；敌军没有做好准备，不能突施偷袭。

"现在楚军正在渡河，等楚军全部渡过河，列好阵，我们再进攻。"宋襄公不可能不知道这样做的后果是什么，他还是坚定地选择了"君子之为"。

用我们今人的眼光看，那位宋襄公的行为简直不可思议，一定是脑子出了问题。我们只要对宋襄公所处的时代有所了解，就会理解并赞赏他的"荒诞之举"。他令人费解的愚蠢行为，正是对春秋时代"贵族精神"的最好诠释。

春秋时代的上层社会中，"礼"如同空气一样无所不在。战场上同样需要遵守"战争礼"，黄仁宇在《赫逊河畔谈中国历史》中说，"春秋时代的车战，是一种贵族式的战争，有时彼此都以竞技的方式看待，布阵有一定的程序，交战也有公认的原则：也就是仍不离开礼的约束"。

这样的战争，更像是体育比赛，战争双方就似运动员。要在竞技场上一展身手，不是人人都有资格的。这时的战争更像是绅士间的决斗，所以春秋时期的战场上，战士几乎都是贵族，那些平民和奴隶，都是为战争服务的边缘人员。

先秦时代，每个贵族生下来就是武士，都有当兵打仗的义务，"执干戈以为社稷"是贵族的成人礼，"礼乐射御书数"是贵族的必修课。那个时候当兵，为国家牺牲是一件非常光荣的事情。战场上贵族们比的是讲究承诺，比的是遵守信义，比的是视死如归，这样的战争让阴谋走开，让狡诈遁迹，这也构成了春秋战争礼最大的特点。

据说，宋襄公所恪守的是春秋时盛行的兵法——《司马法》。这部中国兵法的经典著作在当时影响很大。其上说："古者逐奔不过百步，纵绥不过三舍，是以明其礼也；不穷不能而哀怜伤病，是以明其仁也；成列而鼓，是以明其信也；争义不争利，是以明其义也；又能舍服，是以明其勇也；知终知始，是以明其智也。六德以时合教，以为民纪之道也，自古之政也。"对于战争的规矩，《司马法》规定得很细，追击逃散的敌人不能超过一百步，追寻主动退却的敌人不能超过九十里，这是礼；不逼迫丧失作战能力的敌人并哀怜伤病人员，这是仁；等待敌人摆好作战阵势再发起进攻，这是信；争天下大义而不争一己小利，这是义；能够赦免降服的敌人，这是勇；能够预见战争胜负，这是智。

故而宋襄公眼里的"不重伤"，"不禽二毛"，"不鼓不成列"，正是《司马法》中"仁"、"信"的内容，也和《淮南子》所说"古之伐国，不杀黄口，不获二毛"异曲同工，同样是公认的战争规范。

可以说，宋襄公的"愚蠢"，就是那个时代贵族风度的光彩流露。对这样的行为，《公羊传·僖公二十二年》也是大加肯定："君子大其不鼓不成列，临大事而不忘大礼，有君而无臣，以为虽文王之战，亦不过此也。"认为即使周文王遇到这种情况，也不会比宋襄公做得更好了。

与泓水之战"仁义"相呼应的，是宋襄公早年时的又一桩"蠢事"。周襄王元年（前651年），宋襄公的父亲宋桓公病重。按照当时嫡长子继承制，宋襄公是天然的合法继位人。可他却在父亲面前恳求，要把太子之位让贤于庶兄目夷，其理由是"目夷年龄比我大，而且忠义仁义"。

宋襄公为宋桓公正室夫人所生，是嫡子；目夷的母亲只是宋桓公的妾侍，目夷是庶子。

这两兄弟真是"蠢"得可爱，面对如此诱人的职位，都不愿往之。目夷为躲避弟弟的让贤，竟逃到了卫国，宋襄公的太子之位最终也没有让出去。宋桓公去世后，宋襄公即位，封兄长目夷为相（相当于宰相之职），主管军政大权，行"东宫图治"。

这里，我丝毫不带有主观的溢美之词来粉饰宋襄公，而是想从如海的史料中，试图找到宋襄公能够成为"春秋五霸"的有力证据。

《孟子·离娄·丁音》有云："霸者，长也。"言为。霸，在古代就是老大的意思，特指"诸侯之长"，也即率领天下诸侯的头头——霸主。这样的荣誉，在"侠客傲视王侯，对任何人都不假辞色"的春秋时代，何其难得。宋襄公能在五霸中居其一，绝非偶然。

"春秋五霸"出炉的时代背景在于，此际"天子衰，诸侯兴"，周王室势力衰微，权威不再，已经无法有效控制天下诸侯。这个特定阶段的历史产物，为之后战国时期的兼并统一战争做了先期准备。

是否成为霸主，最重要的一个标志，就看是否得到了周天子的册封。齐桓公生前身份有两个：一是齐国君主，二是诸侯霸主。作为天下最大的君主，齐国就是他的私有财产。作为诸侯霸主，他就是"周王朝诸侯协会"会长。能够与之相提并论，宋襄公不愧为春秋时代的佼佼者。

中国贵族文化的首要标志是"礼"。正如钱穆先生所评价:"当时的国际间,虽则不断以兵戎相见,而大体上一般趋势,则均重和平,守信义。外交上的文雅风流,更足表现出当时一般贵族文化上之修养与了解。即在战争中,尤能不失他们重人道、讲礼貌、守信义之素养,而有时则成为一种当时独有的幽默。"

只可惜那个美好的时代只停留了300多年,便一去不复返。这也是我们至今对中世纪西方骑士精神津津乐道,而对2000多年前春秋时代贵族精神陌生的原因所在,以至于在历史研究者张宏杰的眼里,"古代的中国人和后来的中国人,根本不是同一物种"。对此,他进行了深层的探究与总结,"从春秋,到唐宋,再到明清,中国人的性格历程如同直跌下来的三叠瀑布,其落差之大,令人惊讶。源头的中国人,品格清澈;唐宋时的中国人,雍容文雅;及至明清,中国人的品质却在大幅劣化,麻木懦弱,毫无创造力。"

某种程度上讲,作为一个极具争议的"贵族标本",宋襄公开启了我们前行的路标。

第三章 精气神

作为先秦哲学概念,精气神是指形成宇宙万物的原始物质。作为道教内丹学术语,精气神又是人体生命活动的根本。

《周易·系辞上》云:"精气为物,游魂为变,是故知鬼神之情状。"

泰山封禅的神圣仪式,"第一富豪"范蠡的人生哲学,"三家分晋"的历史玄机,"战国四公子"的时代影响,"宋国现象"的警醒与自觉……都是哲学意义和道教意义上精气神的典型表征。

虬龙兽面纹盉 器腹作四分,鼓凸似袋状;腹部左侧有一管状流嘴,右侧是一牛头把手,腹下用四柱足支立,厚重壮观。全身除了底部,都满布纹饰,腹部作四幅有角的兽面,流嘴饰「夔龙纹」,颈部饰兽纹,足部作蝉纹。

蟠龙兽面纹盉

"四大公子"如何搅动战国时局？

战国时期"四大公子"分别是，魏国信陵君魏无忌，赵国平原君赵胜，楚国春申君黄歇，齐国孟尝君田文。

影响最大的是信陵君。不少人视其为偶像，最为著名的是汉高祖刘邦。刘邦少时，"数闻公子贤"。当皇帝后，每过大梁，都不忘祭祀信陵君。

春秋战国扰攘五六百年，常被当作乱世。这样一个极好的历史舞台，赌徒、骗子、食客、商人……各色人等粉墨登场，有唯利是图的小人，有毫无底线的赌徒，有厚颜无耻的流氓……吊诡之处在于，这一个乱世里，中国却经历了前所未有的扩张和融合。

"战国四公子"也是"战国四君子"，他们身上释放出来的巨大能量，某种程度起到了关键作用。

第三章 精气神 / 111

公元前243年，中国的版图上发生了两件值得纪念的事，其一是秦始皇公开挂牌"叫卖"官爵，并明码实价："粟千石，拜爵一级"，此举开启了中国历史上"卖官先河"；其二是信陵君去世。信陵君何许人也？他的死何以可以与"卖官拜爵"相提并论？

信陵君本名魏无忌，战国时代魏国人，魏昭王的儿子，战国时代著名的政治家、军事家，官至魏国上将军，公元前276年，被封信陵，被后世称为信陵君。

除此之外，更为关键的在于，有两件事让信陵君名扬天下。

第一件事是"礼让侯嬴"。魏国有个有名的老头名叫侯嬴，虽有一腔抱负，但因家贫，一直是大梁夷门的守门小吏。信陵君知道侯嬴非等闲之辈，携礼前去拜访，侯嬴拒不收礼。信陵君设筵席大会宾客，都已坐好，他才带领随从的车骑，亲自去接侯嬴。侯嬴整理破旧的衣冠，并不谦让。还故意刁难，说要见他的"屠户朋友"朱亥，信陵君亲自握着马缰，越发恭敬。信陵君向宾客隆重介绍侯嬴，又起立为侯嬴敬酒。侯嬴视为知己。

"礼贤下侯嬴"，让信陵君的名声不胫而走。以"礼"闻名，宽厚待人，对贤能之人都谦逊待之，绝不会因自己位高权重而蔑视。信陵君广招门客，麾下许多贤能之人都忠心耿耿。各诸侯国的有贤之士听闻后，纷纷归附其门下。鼎盛之时，贤士多达三千之众。各国诸侯都忌惮信陵君和魏国的势力，十多年间不敢举兵犯魏一草一木。

第二件事是"窃符救赵"。公元前257年,秦昭王派兵攻打赵国,赵国屡屡战败且处于危命之际。赵国平原君赵胜的夫人是信陵君的姐姐。秦兵围邯郸,赵国多次向魏国求救,魏王派将军晋鄙领兵十万救赵,但因恐惧秦国,只是作壁上观。屡次请求,魏王均不相救。信陵君便决定带一百多辆车骑去跟秦军死拼,侯嬴见势不好,献出"窃符救赵"之计,此举威震天下,不仅挽救了赵国和魏国危局,还将秦国的统一大业向后推迟了数年。

对于信陵君的这两件事,唐代大诗人李白特地创作一首《侠客行》,淋漓尽致地表达出自己的崇拜之情。诗曰:"赵客缦胡缨,吴钩霜雪明。银鞍照白马,飒沓如流星。十步杀一人,千里不留行。事了拂衣去,深藏身与名。闲过信陵饮,脱剑膝前横。将炙啖朱亥,持觞劝侯嬴。三杯吐然诺,五岳倒为轻。眼花耳热后,意气素霓生。救赵挥金槌,邯郸先震惊。千秋二壮士,烜赫大梁城。纵死侠骨香,不惭世上英。谁能书阁下,白首太玄经。"

诗开头四句从侠客的装束、兵刃、坐骑来刻画侠客的形象,紧接着描写侠客高超的武艺和淡泊名利的行藏。之后再引入信陵君和侯嬴、朱亥的故事,进一步歌颂侠客,同时也委婉表达自己的抱负。最后四句表示,即使侠客的行动没有达到目的,但侠客的骨气依然流芳后世,并不逊色于那些功成名就的英雄。

意气慷慨激昂如白虹贯日,许下比五岳还重的诺言,赞扬朱亥挥锤击杀晋鄙而震惊赵国。作为唐代豪放派诗人的典型代表,李白被信陵君、侯嬴和朱亥的大义和感情所动,是他,无意放大了战国时期"侠士"的风骨。

群雄并举的战国时期，核心竞争力是什么？人才。招揽人才成为各国的国策。

国家的行为影响到国相等实权人物，他们一方面为国家，一方面也为自己。正是出于国家和个人的双重需要，战国四公子以礼贤下士、广招门客闻名于当时，门客都达三千之多。他们的这种嗜好可以说是战国特定政治环境的产物。

虽然人们对战国四公子或褒或贬，但有一点却不可否认，那就是他们在当时利用收养的几千门客，对内维护自己的势力以对付政敌，对外与敌国做政治、军事上的斗争，他们都是战国时期举足轻重的风云人物，他们一旦联手，其力量是任何人都不可小视的。

与信陵君一样，赵国平原君赵胜，楚国春申君黄歇，齐国孟尝君田文，他们都是门客盈门、乐善好施之人。他们的地位相似，都是本国的卿相，都"争相倾力待士"，都对国家有过贡献。平原君合纵楚国制秦；信陵君率五国之兵破秦军于河外；春申君雄辩秦昭王，使其"止白起而谢韩魏，发使赂秦，约为与国"；孟尝君曾任齐相，使秦不敢轻举妄动。

他们都有一个共同的敌人——秦国。

战国末期，秦国越来越强大，各诸侯国贵族为了对付秦国的入侵和挽救本国的命运,竭力网罗人才。他们礼贤下士,广招宾客,以扩大自己的势力,因此养"士"(包括学士、方士、策士或术士以及食客)之风盛行。

赵孝成王七年(公元前259),秦军进围赵都邯郸,赵王派平原君向魏和楚求援。九年,食客毛遂自告奋勇,说服了楚王,楚王派春申君率军救赵,是为"毛遂自荐"。援军到来之前,邯郸城内兵困粮尽,平原君尽散家财,发动士兵坚守城池。直到楚军和魏信陵君援兵赶到,邯郸之围才解。

齐国宗室大臣孟尝君田文,用鸡鸣狗盗与秦人斗智斗勇。春申君黄歇年轻时曾四处拜师游学,见识广博,以辩才出众深得楚顷襄王赏识。楚考烈王元年(前262年),秦军围攻邯郸时,春申君带兵救援,在楚、魏、赵三国的联合下,一举击溃秦国,解除了邯郸之围。

当然,影响最大的要数信陵君。信陵君在秦汉都是一个有影响的人物,《史记·太史公自序》称:"能以富贵下贫贱,贤能诎于不肖,唯信陵君为能之。"

公元前361年,魏惠王迁都大梁,开封迎来了历史上的第一次辉煌。孟子以仁义说惠王于宫廷,邹衍、淳于髡受礼遇于梁都。张仪相魏亲秦,苏代有"以地事秦,譬犹抱薪救火,薪不尽,火不灭"的劝诫。地处东西南北交会之地的大梁,成为辩士的乐土,游侠的天堂。最难忘的是信陵君,他在大梁建府邸,备车马,敞胸开怀,开游侠养士的时代风气。

千千万万的新潮青年,视信陵君为偶像,视大梁为时尚的圣地。

他们当中,最为著名的,要数汉高祖刘邦,他"习染先人遗风",也成为信陵君忠实的追随者。刘邦少时,"数闻公子贤",当皇帝后,每过大梁,都祭祀信陵君。汉高祖十二年(前195年),刘邦为信陵君"置守冢五家,年年四时举致祭"。

这样超豪华的规格,已经接近于圣人了。

司马迁更是把信陵君作为一个礼贤下士的人物来写。他认为信陵君的"接岩穴隐者,不耻下交""名冠诸侯",都实有不虚,所以将信陵君排在四公子之首。

他们是中国古代先贤中真正的男人,他们没有主子,没有约束……天地间独来独往,任我逍遥。这是一种超越自我的人生。

因为有了孕育他们的土壤,有了诞生他们的气场,他们才可以无所顾忌。

俗语云:"得民心者得天下,得士者得民心。"战国末期,中原诸国为了抵制强秦,网罗了很多人才,形成了为各自君王尽力的贵族团体。战国四公子的人才观和影响力,对后世无疑影响深远。

与其称他们为"战国四公子",我更愿意称他们为"战国四君子"。

泥沙俱下的战国,无疑是一个极好的历史舞台,赌徒、骗子、食客、商人……各色人等次第亮相,粉墨登场,其间有唯利是图的小人,有毫无底线的赌徒,有厚颜无耻的流氓……演绎出五光十色、轰轰烈烈的悲剧和喜剧。

"四大公子"如此仗义疏财,其胆识,其涵养,其名望,令李白这样的人都钦羡不已。我们不禁要问，战国究竟是一个什么样的时代？

历史学者易中天先生特地概括为"赌徒的时代"和"无德的时代"。他认为，如果把春秋和战国比作人，那么春秋是贵族，战国是平民；春秋是君子，战国是小人；春秋是英雄，战国是赌棍。只不过，战国的赌棍往往也有血气和血性，甚至同时也是豪侠。那一份豪情与侠义，依然令人神往，让人心仪。

在易中天眼里，战国还是一个"真小人"的时代。二百多年间，社会为各色人等提供了广阔空间和无限可能。孟尝君的食客中什么人都有，结果，会学狗叫的，帮他窃得狐白裘，买通秦王宠姬；会学鸡叫的，帮他哄开函谷关，顺利逃出秦国。鸡鸣狗盗也派上了大用场。

政治性的都会，聚集了来自各处的人才，"四公子"门下的游士、集结于各国首都的说客、城镇中的医生和技师，是他们，把战国时代搅得风生水起。

这个时代能走向战国舞台中央的，是士。正如每一个时代都有其风流人物一样，西周是王，东周早期是侯，春秋中后期是大夫，战国的历史，是由士来谱写的。

士在春秋是最低一等的贵族，在秦汉和秦汉以后，是最高一级的平民。战国的士，则是精神贵族。根本原因，是士没有不动产，也没有统治权。没有物质，便只有精神。

这个时候，多功能的都市已经足以维持许多流动人口的互动和流转。都市里的人群不再归属、认同于过去以族群为标志的血缘共同体。他们甚至不必认同为某一国人,只是以个人的身份寄居于都市,或流转各地。

这就迫使各国的王侯和卿相,不得不卑躬屈节,礼贤下士,以至于普天之下,尊贤成风。他们甚至不惜自己节衣缩食,也要供养士人。

总体生产能力和生产数量,在战国时期可谓大幅度地成长。这些条件促使了商品经济的出现。各地产品互相交换,货币在区间贸易的广泛使用便是无可否认的证据。活泼的市场经济带动了都市化,城镇的复杂性质及其具有的活力,都不是单纯以农村为基盘的经济形态可以相比的。

易中天说的不无道理,早期华夏文明的制度支持,是井田、宗法、封建、礼乐;全民共识,则是以德治国,以礼维序,以乐致和。早期华夏民族的核心价值观,就体现在这一整套系统中。然而这一整套系统,都在战国分崩离析。

井田制废,授田制立;封建制废,郡县制立;世卿制废,官僚制立。从经济基础到上层建筑,一切都变了。社会生活,文化心理和意识形态,岂能不变?

如果说春秋还只是礼乐崩坏,那么战国便已是道德沦丧。在人们眼里,这样的时代没什么道德可言。这个时代的王侯将相,不少就是赌棍出身,他们在国际关系中的作为,其实难免存赌徒心态。正所谓"篡盗之人,列为侯王;诈谲之国,兴立为强"。

于是上流社会弃仁义而重权谋;诸侯各国,废礼让而重战争。结果,应运而生的，是谋臣策士；平步青云的，是地痞流氓。

春秋战国扰攘五六百年，在中国历史上常被当作乱世。吊诡之处在于，正是这一个乱世里，中国却经历了前所未有的扩张和融合，最后整合为秦汉大帝国的基础。

不可否认，"四大公子"所释放出来的巨大能量，某种程度上起到了关键作用。

此宋彼宋，都是肥硕的羔羊

"战国第八强"的称号，理当属于宋国。

带有周王朝的"贵族血统"，春秋战国时期，宋国出现的圣贤最多。

两千多年后，如雷贯耳的历史名人，莫不与宋国有关：老子，是宋戴公的直系后裔；墨子，其先祖是宋桓公的庶长子公子目夷；孔子，其先祖是宋前湣公（子共）的玄孙正考父。

文化与经济一脉共生，这也成为宋国最先走向富裕的一个佐证。

不知是偶然巧合，还是历史必然，相差一千二百余年的两个"宋"一前一后，虽没有关联但结局却惊人一致。我们至今都津津乐道大宋的美好，须深知，丛林时代，再美好的也不过昙花一现。

或许，这正是"宋国现象"提供给后世的最大警醒与自觉。

战国上承春秋乱世,中续百家争鸣,后启秦朝,是中国的思想、学术、科技、军事以及政治发展的黄金时期,这一时期关于思想的争论,史称"百家争鸣"。与此同时,图强求存的各诸侯国展开了许多举世闻名的变法和改革,如吴起、商鞅的变法图强;在兼并战争过程中,如张仪、苏秦的纵横捭阖,廉颇、李牧的战场争锋,信陵君、平原君的政治斡旋……诸如此类,不胜枚举,涌现出了大量为后世传诵的成语和典故。

可以说,这个时期无论大小,诸侯各国都争先恐后举起"变法"大旗,不"变"要落后挨打,"变"得不快、不对、不科学、不彻底,同样要挨打……彼此都有一种危机感。

令人意外也令后世最易忽略的是,这个时候最为富庶的国家,却并不是诸侯列强中的战国七雄:齐国、楚国、燕国、韩国、赵国、魏国、秦国,而是并不起眼的二流国家——宋国。

对于宋国这样一个特殊国家,《史记》中有这么一段记载,公元前318年宋国"东伐齐,取五城。南败楚,拓地三百余里,西败魏,取二城,灭滕(山东滕州),有其地"。意思是说,宋国分别打败了齐国、楚国、魏国这三个大国,还灭了滕国,因此被后人称为"五千乘之劲宋"。

直到现在还有专家认为,"战国第八强"的称号,理当属于宋国。

春秋战国时期，随着生产力和工商业的发展，人口大量增加，城市进入快速发展的轨道，大小城邑星散于各国。战国中后期，更是出现了千丈之城、万家之邑相望的稠密城邑格局。

是时，宋国的主要大都会城市有商丘（今河南商丘市）、相城（今安徽淮北市）、陶邑（今山东菏泽市定陶区）、彭城（今江苏徐州市西）、吕邑（今河南商丘市夏邑县）等。而且有些城市已经发展成为区域商业中心。比如，司马迁在《史记·货殖列传》中所列举的邯郸、燕都、洛阳、陶邑、睢阳、彭城、番禺等地方都会，宋国就占据了三个：睢阳（商丘）是宋国的都城，时称宋城；陶邑一直是宋国最为富裕的属地；彭城在春秋时期就是宋国城邑，战国时还曾为宋国都城。

宋国境内水系众多，泓水、获水、泗水等河流穿境而过。"东有海盐之饶，章山之铜，三江五湖之利"。这些水路四通八达，南贾苏州，北贾临淄，睢水北岸的宋都睢阳、济水北岸的陶丘，获水和泗水交汇处的彭城……水所到处，货畅其流。是日夜不息的水流，把一个个商业都会巧妙地连接起来，成为繁荣和富裕的代名词。

《史记·货殖列传》载，"陶、睢阳（即宋城）亦一都会也……彭城亦江东一都会也"。值得一提的是，宋城、陶邑与彭城三个都会城市鼎足而立，彼此相距不过一二百里地，其间都有陆路和水运相通，"马驰人趋，不待倦而至"，形成了内互补、外通达的货物集散格局。

考古发现，位于商丘的宋城面积就已经超过十平方公里，人口约在十万人以上。这里聚居着众多手工业工匠和各类商人，专门设有贸易市场，"百工居肆"，店铺林立，除粮坊、油坊、车市外，还有丝麻织品、木器、漆器、玉器、陶器、鞋、帽等各种货物。政府专设"褚市"（一种官吏名称）

管理市场……此时的宋国可谓政通人和,蒸蒸日上。这独特的商贸优势,在当时独领风骚,令诸侯各国垂涎三尺。

春秋末年,诸侯争霸,周室衰微,昔日的政治都会洛邑(今洛阳)日渐凋敝。于是乎,诸侯各国政治、经济都会便迅速崛起,作为宋国的经济中心,陶邑便是宋国富裕的缩影。

我们且以陶邑为例,一窥宋国的繁荣景象。

西周时,陶邑是一个名叫曹国的诸侯国之都城——陶丘。曹国虽是一个诸侯小国,但有着得天独厚的地理位置,"襟带河济,扼控鲁宋",居于要冲,诸侯四通,成为各国往来的必经之地——在曹国会盟和征伐频繁,使得曹国成为诸侯政治活动的中心地区。

鲁哀公八年(前487年),宋灭曹后,其都城陶丘变为宋国的陶邑。

宋,乃殷商后裔,而"商"是较早出现商品交换的部族。宋国对曹国的兼并,无疑为陶邑注入了新的商业文化。"诸侯四通,货物交易",陶邑的雄厚底子加上区位优势,很快发展成为诸侯国间商品集会的中心城市——人口集中,客商云集,商业辐辏天下。在当时新兴经济都会中,唯陶邑独享"天下之中"美誉——陶邑的繁荣程度,超过了诸侯国所有城市。

陶邑是一个绝佳的"窗口",可一窥战国时期宋国的繁荣景象。

其实,陶邑兴盛的背后,缘于一个大的时代背景。那就是春秋战国时期,运河开凿蔚然成风,位于济水岸边原本就有舟楫之利的陶邑,能够冉冉崛起,正得益于运河的开凿。

《左传·哀公九年》给我们留下了这样的史料:"秋,吴城邗,沟通江淮。""于邗江筑城穿沟,东北通射阳湖,西北至末口入淮,通粮道也。"说的是吴王夫差开凿古运河菏水,菏水的开凿使原本独流入海的江、淮、河、济四渎得以互相联通——它是世界上有确切纪年的第一条大型运河,堪称水路交通历史上的一个新纪元。

陶邑北是卫国,东是齐鲁,西是魏韩。正因为此,近水楼台的陶邑也大沾其光——运河开通后,陶邑北临济水,东北有菏水沟通泗水,又横亘于济汝淮泗构成的交通网上,正好成为水陆交通的枢纽,名副其实的天下之"中"。

古语有云:"木秀于林,风必摧之;堆出于岸,流必湍之;行高于人,众必非之。"占尽了天时地利,于陶邑而言未必是好事,古往今来的例子比比皆是。公元前286年,齐湣王发动合纵战争,齐、楚、魏灭宋,三分其地,陶邑归属齐国;公元前284年,燕、韩、赵、魏、秦五国连横攻齐,秦国首先攻取陶邑,并以此作为秦相魏冉的封邑;公元前254年,魏安釐王救赵败秦,又乘机攻占陶邑。

短短数十年间,陶邑三易其手。作为合纵连横必争的"午道",陶邑在战国诸雄的你争我夺之中,城头随时变换"大王旗",命运一直操持在他人手中。

陶邑如此,宋国当然也不例外。

因为年代太过久远，于宋国而言，或许我们稍嫌陌生，那就先来复习一下宋国的历史过往。

宋国（前1040年—前286年），周朝的一个诸侯国，国都商丘。周初被周天子封为公爵，国君子姓。春秋时期，宋襄公在齐国内乱时，帮助齐公子复国，代齐作为盟主，成为春秋五霸之一。战国时期，宋国末代国君宋康王"行王政"，即实行政治改革，宋国强盛起来。公元前286年，齐国、楚国与魏国联手灭掉宋国。宋国从第一位国君微子启至最后一位国君宋王偃，历经三十五君，时跨西周、春秋、战国三个时期，长达七百五十四年。其版图约有十万平方公里，皆膏腴之地。

宋国的历史源头，最早要追溯到周武王灭商的时候，当时周武王并没有对商朝遗民赶尽杀绝，他封商纣王的儿子武庚于商朝故都殷。周武王死后，武庚发动叛乱，周公辅佐周成王平定武庚叛乱，遵循"兴灭国，继绝世"的传统，封殷纣王的庶兄微子启于商朝故地，建立宋国，另一部分封给了周成王的叔父康叔，建立卫国。

宋国地位特殊，与周为客，被周天子尊为"三恪"之一。宋国是商周遗民的封地，宗祀商的祖先。宋的"国际地位"有点特殊，宋国从国君到国民，大都是商朝遗民，周准许宋使用天子礼乐，因之他们在保留商朝礼仪文化方面较为完整，连宋国国君宋襄公都以"亡国之余"自称——这或许成了一句谶语。公元前638年，宋襄公讨伐郑国，与救郑的楚兵展开泓水之战。宋襄公发现楚军还没有排好兵布好阵，以"仁义"之名拒绝攻打对方，结果贻误战机，最终兵败。此战留下一个千年笑柄，但其"不重伤，不禽二毛"、"不鼓不成列"的道义精神，为后世称道。作为春秋五霸之一的宋襄公，在战场上看似荒唐迂腐之举，正是天子礼乐滋生出"贵族气"使然。直到中世纪，欧洲的骑士精神，也是"宋襄公精神"的另一种延续。

这种精神影响了整个宋国。两千多年过去了,我们今天还如雷贯耳的历史名人,莫不与宋国有关:老子,是宋戴公的直系后裔;墨子,其先祖是宋桓公的庶长子公子目夷;孔子,其先祖是宋前湣公(子共)的玄孙正考父。尤值一提的是,孔子一直将宋国看成"祖先之国"、"梦回之地",一生多次还乡。孔子的"仁爱"思想,很大一部分就是殷礼、周礼的一脉传承。一大批孔门贤人,诸如司马耕(又名司马牛)、原宪(字子思)等活跃在宋国的版图之上。孔子的得意门生子贡在曹、鲁之间经商,"家累千金","国君无不分庭与之抗礼",成为孔子弟子中最富有的人。

带有商王朝"贵族血统"的宋国在各诸侯国中,出现的圣贤最多。

文化与经济往往一脉共生,相辅相成,这也成为宋国最先走向富裕的一个倚仗。

战国时期,国家之间的交往频繁,跨国商人不断涌现,他们负任担荷,服牛辂马,以周四方。公元前579年,宋国执政华元撮合晋、楚两国于宋都西门外相会,盟约中有一条款为交贽往来,道路无壅,就是规定两国以后要保证交通往来的畅通。公元前562年,各诸侯在宋国亳地会盟,共同约定各会盟国要保证彼此之间粮食和山林川泽产品相互流通。宋国所倡导的"国际公约",在保护商人利益、保障列国间正常的商贸活动方面起了重要作用。

宋国向商人征收关税在春秋诸侯国中应该是最早的。"司门掌授管键,以启闭国门。"司门一职,便是宋国的"海关"。

那是一个弱肉强食的丛林时代。

战国时期,诸侯国普遍发生卿大夫夺权,江山改姓或由旁支取代,像田氏代齐、三家分晋,宋国也发生了戴氏取宋,宋桓公被宋剔成君(戴氏)推翻。俗话说,堡垒往往是从内部攻破的。公元前286年,宋国再次内乱,早已跃跃欲试的齐国便联合楚国、魏国攻打宋国,自此宋灭。

宋国是不幸的,最大的不幸缘于历代国君都埋头发展经济,军事国防上却是有国无防,使得宋国后来虽然成为战国时期的"膏腴之国",最终也仅仅是列强口里垂涎的肥肉而已。

不知是历史的偶然还是必然,战国时期宋国的命运,跟后世宋朝的命运有着惊人的巧合——经济繁荣,军事虚弱。"十四万人齐解甲,竟无一个是男儿。"不讲政治的经济,永远是表面欣欣向荣的虚假繁荣,有如一个虚胖的巨人,不堪一击。

不知是偶然巧合,还是历史必然,相差一千二百余年的两个"宋"一前一后,虽没有关系但结局却惊人一致。

我们至今都在津津乐道大宋的美好时代,须深知,在丛林社会,再美好的社会也不过是昙花一现。"一手硬一手软"的结果,必然是走向灭亡。或许,这正是"宋国现象"提供给后世的最大警醒。

熙熙攘攘的"封禅"路

封禅,即是人间"帝王"与天、地通话的一种神圣仪式。

用我们今天的话说,封禅就是宣示天地认可帝王执政合法性的仪式。以上天的名义颁发给自己的"营业执照"。

史载,远古自夏商周三代至春秋战国,计有七十二位帝王在泰山进行封禅活动。沿至秦汉,封禅成为帝王的旷世大典;至唐宋时代,封禅仪礼臻于完备。

这是古代帝王的最高大典,只有改朝换代、江山易主,或者在久乱之后,天下太平之时,才可以封禅天地。

也就是说,没有治理功绩的人是不配去面天的。

正因为有这样的观点根植骨髓,才有了泰山封禅的巨大市场。

古代祀典，最隆大者，莫过于天地之祭；而在天地之祭的诸种祀仪中，最典型、最庄重者又莫过封禅。"封禅"，堪称中国古代民族或国家的最高祭典。

何谓封禅？司马迁在《史记·封禅书》云："此泰山上筑土为坛以祭天，报天之功，故曰封。此泰山下小山除地，报地之功，故曰禅。"

所谓封禅，便是在泰山上筑土成坛，燔柴（烧柴火）在坛顶，以祭天，此称"封"。在泰山下面的小山（梁父）上选择一块地方（称为折）瘗埋祭品，叫作禅。两方面合而称为"封禅"。

通俗地理解，封禅即是人间"帝王"与天、地通话的一种神圣仪式。

中华先民心中最高的主宰神是"天"，其次是"地"。即所谓"皇天后土"。《尚书·大禹谟》："皇天眷命，奄有四海，为天下君。"皇天是至高无上的君主，主宰着人间万民万物，君权是皇天授给的。因此，"易姓而王，致太平"，必封泰山禅梁父，上报天，下报地，以"报群神之功"。

用我们今天的话说，封禅就是宣示天地认可帝王执政合法性的仪式。拿到了以上天的名义颁发给自己的"营业执照"——以此来征服竞争对手和心存疑虑的老百姓。不然，他们"坐江山"的合法性便会不断地遭到质疑，从而就会有人不间断地向他们的"王位"甚至"皇位"提出挑战。"封禅"实际上就是强调君权神授的一种手段，统治者借这个仪式告诉上天已经改朝换代。新的帝王是接受天命，代天统治群民——你看，上天都发话了，要我来管理这个国家，我已经取得了"营业执照"，你们就服从于我，认命吧。

这个执照就是民意，由天意转向民意，以此体现执政的合法性，让百姓心服口服，接受统治。很大程度上讲，"天意"也是"民意"。"民意"跟"天意"是相通的。

有学者研究认为，封禅起源或可追溯到新石器时代先民筑坛祭奠的习俗。可以想象，那个叫作"远古"的时代，原始的宗教观念主要是对自然界各种事物与现象的崇拜。当人们的思维发展到一定阶段以后，像这种繁杂絮多的信仰也得到进一步概括与归纳，由是产生出"天"和"地"的观念。人们把日月星辰归结于"天"，山川湖海归结于"地"，对天地的信仰也慢慢得以形成。

泰山封禅便是这种信仰的一种最具体的体现。

封禅乃是建立于帝王的统治"受命于天"观念基础之上的。帝王也在自己的统治获得一定成绩后，前往"汇报政绩"，以证明自己的统治受命于天。当然，还有更深一层的意思，即感谢天地之庇护，让国家风调雨顺、民生安乐。

据记载，远古自夏商周三代至春秋战国，计有七十二位帝王在泰山进行封禅活动。传说中无怀氏、伏羲氏、神农氏、炎帝、黄帝、颛顼、帝喾、尧、舜、禹、汤、周成王都曾经去泰山封禅。由此可以推断，我们的祖先信仰天地的起源相当古远,沿至秦汉,封禅成为帝王的旷世大典;至唐宋时代,封禅仪礼臻于完备。

正因为这是古代帝王的最高大典,而且只有改朝换代、江山易主,或者在久乱之后,天下太平之时,才可以封禅天地,向天地报告重整乾坤的伟大功业,同时表示接受天命而治理人世,所以,每一次封禅仪式都是举国关注,分外隆重。

泰山贯穿山东中部,绵亘于泰安、济南、莱芜三市之间,古称"岱山"、"岱宗"、"岱岳",远古时始称火山、太山,"大"在甲骨文与金文中均见其形,读音为"太"。"太山"意为"大山",因先秦古文中,"大"、"太"通用。春秋时改称"泰山"。

泰山和封禅自古以来就是两个圣洁的词汇。当它们连接在一起的时候,神奇就自然而然地发生了,这也是历代君王趋之若鹜的关键。泰山被古人视为"直通帝座"的天堂,成为百姓崇拜、帝王告祭的神山,有"泰山安,四海皆安"的说法。随着每一个君王的认识不一样,"封禅"二字也越来越变味,从而塑造出一些意外的结果来。

人们不禁会问,泰山究竟是一座什么样的神山?

五岳为群山之尊,泰山为五岳之长。古人形容"吞西华,压南衡,驾中嵩,轶北恒"。论高、论大,它不仅在中国大地上轮不上数,就是在五岳之中也仅排位第三,北岳恒山最高,中岳嵩山居中之尊位。

如此隆重的封禅祭仪,为何独独选中泰山?

其实，古之先贤选中泰山之缘由，并不在于其实际高度，泰山在人们心目中，占有众山的至高、至大、至重、至尊的地位，其精神高度已无与伦比。这种看不见摸不着的"精神"，只有到"文化"那里寻找答案。我们不要忘了，泰山地处儒家思想发源地——前邻孔子故里曲阜，背依泉城济南。东临大海，西靠黄河。

孟子有云："孔子登太山而小天下。"这样的"特殊话语权"，是其他众山望尘莫及的。

"封禅"一词最早应出现在《管子》中的《封禅篇》。古人认为群山中泰山最高，为"天下第一山"，因此人间的帝王应到最高的泰山去祭过天帝，才算受命于天。《五经通义》写得更为明白："易姓而王，致太平，必封泰山，禅梁父，何？天命以为王，使理群生，告太平于天，报群神之功。"

值得一提的是，这里的"梁父"不是一位姓梁的父亲，而是一座小山的山名，坐落在新泰境内的徂徕山东。因为与泰山常连在一起提，所以月亮跟着太阳走，沾光了，也一起出名了。秦始皇第一次"封禅"时，就封泰山而禅梁父。汉唐间乐府流行的《梁父吟》，乃是脍炙人口的名曲。

我们可以想象，一座小小的"梁父"都如此有名，何况泰山乎？

泰山祭祀起源于远古时代的泰山崇拜。《尚书·舜典》载，岁二月，东巡狩，至于岱宗，柴望秩于山川。所谓柴，就是燔柴祭天，积薪于焰上，而取玉及牲置柴上烧之。所谓望，就是望祭山川。这种祭祀天地的形式可以说是后来封禅的雏形。《史记·封禅书》中所谓七十二帝王封禅泰山的记载，便是最早泰山崇拜活动的记录。

据大汶口文化发掘和传说的无怀氏、伏羲氏、神农氏、炎帝、黄帝等封禅泰山的丰富资料考证，古人有人死魂归泰山的说法，这是泰山一带古民族聚居的一个佐证。历代儒生强大阵容的不断扩展，使"泰山最高，上可通天"的理念渐渐深入人心——泰山一定程度成了代表天地主生主死之神。

"岱宗夫如何，齐鲁青未了，造化钟神秀，阴阳割昏晓。荡胸生曾云，决眦入归鸟，会当凌绝顶，一览众山小。"杜甫的这首《望岳》诗，可谓赞誉泰山"五岳独尊"的千古绝唱，也成为千百年来民众最为知晓的最为鲜活的广告。

对于历代帝王将相而言，走向泰山，也正是走向功德圆满的重要标志。他们之中，谁不想成为"会当凌绝顶，一览众山小"中的那一位佼佼者？

正因为是以"封禅"作为主体礼仪的思想体系的地理支点，泰山，在每一个君王心里，无疑都是一个至高无上的道德地标。

封禅被看作庄严至上的政治仪式。故而,泰山的神性,在历朝历代也有着深刻的文化印痕。《淮南子·说林》有"太山不上小人"的说法,东汉文豪高诱解释称,泰山是"王者所封禅处",所以"不令凶乱小人得上其上也"。

封禅的目的是"答厚德,告成功"。也就是去报答上天深厚的恩德,告诉上天自己治理天下的成功。对于历代君王而言,封禅是一种标志——是一种得到上天认可,也是希望百姓认可的标志。古代宗法礼仪程序里,一般帝王是没有资格封禅的,一定要受命于天,奄有四海,致天下太平者才有资格。一些君王面对高耸的泰山,是心虚的——他们没有勇气面对如压顶般的泰山。

也就是说,没有治理功绩的人是不配去面天的。

相传远古时期,黄帝曾登过泰山,舜帝曾巡狩泰山。商周时期,商王相土在泰山脚下建东都,周天子以泰山为界建齐鲁;除却秦汉以前七十二代君王例行到泰山封禅以外,之后的秦始皇、秦二世、汉武帝、汉光武帝、汉章帝、汉安帝、隋文帝、唐高宗、武则天、唐玄宗、宋真宗、清帝康熙、清帝乾隆等封建帝王,都争先恐后到泰山封禅致祭,刻石纪功。

历代帝王借助泰山的神威巩固自己的统治,使泰山的神圣地位被抬到了无以复加的地步。

我们所熟知的以唐玄宗为代表的大唐盛世,有记载,他治下的天下,是这样一个繁华局面:"今百谷有年,五材无眚,刑罚不用,礼义兴行,和气氤氲,淳风澹泊。蛮夷戎狄,殊方异类,重译而至者,日月于阙廷;奇兽神禽,甘露嘉醴,穷祥极瑞,朝夕于林御。王公卿士,馨乃诚于中;鸿生硕儒,献其书于外。"

唐玄宗对这个局面的一个概括性的解释是:"莫不以神祇合契,亿兆同心",而且"斯皆列祖圣孝,垂裕余庆。"

在唐玄宗眼里,形成这样一个良好局面,有两个重要的因素:一个是神祇,一个是列祖。难怪公元725年那年,唐玄宗也毫不例外地走向了泰山。

《礼记正义》说得在理:"祭天则燔柴也,天谓日也;祭地,瘗者,祭月也。"原来,封禅的种种目的与象征,都包含着一层更为深潜的意识:沟通天人之际,协调天、地、神、人之间的关系,使之达到精神意志与外在行为的和谐统一。

可以说,正是因为有这样的观点根植骨髓,才有了泰山封禅巨大的市场。

史上"第一富豪"
命运品鉴

越国相国、上将军、政治家、军事家……这些荣誉加身，对于任何一个人而言，足可以荣耀祖宗、泽被后世。范蠡抛却这些"身外之物"，终炼成中国历史上"儒商鼻祖"。

范蠡所处的春秋战国时代，与其说是乱世，不如说是相对自由的时代。自由流通是商业繁荣之"根"，正是有了自由的气场，范蠡的生意才会风生水起，如鱼得水。

司马迁的《史记·货殖列传》从春秋到汉武帝时代，排列出众多豪民巨富，"太史公富豪榜"上最早出现的，就是范蠡。

范蠡的成功不仅在于他有智谋、善于捕捉商机，重要的是得益于他从事过政治活动，以此开阔了眼界，聚集了人脉……"政治经济学"从他开始，延绵后世。

山东省菏泽市定陶区往东北行走数十公里,有一个叫崔庄的小村落。小村落看上去毫不起眼,村落里藏有一巨型大墓,让人大开眼界,此墓呈椭圆形,占地面积700平方米。封土南北长70米,东西宽100米,最高处2米。

气势磅礴,风度硕然。大隐隐于市,小隐隐于野,这是哪位隐士藏龙于此?墓碑上书七个大字解开了人们心头之谜——"陶朱公范蠡之墓"。

"陶朱公范蠡"何许人也?司马迁在《史记》中是这样描述的,"范蠡辅越灭吴后,弃官经商,先到齐国,后定居于陶,自称陶朱公,曾三致千金。死后葬于此。"

如此算来,那位"陶朱公范蠡"距今也有差不多三千年历史了。如今,墓地周围还可拣到春秋战国时期的陶器残片。

历史有记载以来,他应该算得上中华历史上第一个富豪。我们不禁好奇,在中华文明历史长河中,大多"轻商重文",这样一个富豪是如何诞生的?

范蠡,字少伯。楚国宛城三户(今河南南阳)人。一生活了八十八年(前536—前448年)。可以说,八十八年人生履历是颇为传奇、曲折而令人击掌的,堪称旷世奇才。司马迁赞之"范蠡三迁皆有荣名"。李斯更是誉为"忠以为国,智以保身。商以致富,成名天下"。

越国相国、上将军、政治家、军事家……这些荣誉加身，对于任何一个人而言，足可以荣耀祖宗、泽被后世了。可范蠡居安思危，一生都有一颗清醒的头脑。

都道江湖险恶，岂知政坛是更险恶的江湖，很多时候都是高空走钢丝，命悬一线间。范蠡因而悟出"飞鸟尽，良弓藏；狡兔死，走狗烹"这样的传世绝句，并非偶然。

史载，范蠡出身贫寒，但聪敏睿智、胸藏韬略，少年有志，时人未知。《越绝书》里说他"一痴一醒，时人尽以为狂。然独有圣贤之明。人莫可与语""被发佯狂不与于世"。《史记·越王勾践世家》称他"佯狂倜傥负俗"——假装疯癫，与一般人行为迥异。

时任宛县县令名叫文种，此人有政治抱负，认为"狂夫多贤士，众贼有君子"，于是想找范蠡共同干一番事业。经"两顾茅庐"，终得范蠡认可，两人"抵掌而谈"、"终日而语"、"疾陈霸王之道"、"志合意同，胡越相从"。

公元前511年，二十五岁的范蠡和文种离开楚国进入越国，越王勾践慧眼识珠，将他们吸入麾下。范蠡官至相国，文种拜为大夫。

公元前496年，吴王阖闾攻打越国时，在檇李（浙江嘉兴）之战中大败，因伤势过重，不久死去。吴王阖闾且死，告其子夫差曰："必毋忘越！"（《史记·越王勾践世家》）

越王勾践即位的第三年，即公元前494年，吴王夫差日夜筹备攻越，以报杀父之仇。勾践意欲先发制人，抢先伐吴。范蠡权衡利弊，力谏不可。但勾践一意孤行，导致灭顶之灾，伐吴的结果是仅剩残兵五千，在会稽被吴军包围得铁桶一般。勾践后悔莫及，一筹莫展，最后是范蠡审时度势，答应吴国的所有条件以求保全性命。

按照吴越双方议和的条件，勾践夫妇等到吴国为人质，昔日的国王、王后、上大夫尽执贱役。危难之际，范蠡主动随勾践同往，留下文种在国内发挥重要作用，说："四封之内，百姓之事……蠡不如种也。四封之外，敌国之制，立断之事……种亦不如蠡也。"危急时刻，范蠡舍身而取义，既保护了自己，更保存了越国。

夫差欣赏范蠡的文武兼备，让他弃越归吴。一边是享锦衣玉食，一边是伴亡国之君，范蠡却十分坦然："亡国之臣，不敢语政，败军之将，不敢语勇。"说得有理有节，"臣在越国不能辅佐越王为善，以致得罪大王，不被诛灭，已是万幸。"

夫差曾在远处高台上眺望范蠡与勾践夫妇，虽乱头粗服，身处马圈，做笨重肮脏之活，但恪守君臣之礼，处困厄艰险而不失规矩秩序，夫差禁不住赞叹歆羡。这样处心积虑背后，由范蠡导演、勾践出演了一出出荒诞好剧，以迷惑夫差。一次在夫差病时，范蠡还指使勾践尝夫差之粪便，夫差不禁对勾践动了恻隐之心，三年后，他们被释放回国。

勾践回国，卧薪尝胆。范蠡力谏勾践劝农桑，务积谷，不乱民功，不逆天时。先抓经济，继而亲民，稳定社会。施民所善，去民所恶。内亲群臣，下义百姓……短短数年，百废待举，百姓安定。

元气恢复，范蠡重建国都城，一座小城，一座大城。小城是建给吴国看的，大城建得残缺不全，面对吴国的方向，不筑城墙，以迷惑夫差。

自会稽之败后，范蠡的见识卓绝让他深孚勾践的信任，勾践对他言听计从。报仇雪恨的过程中，范蠡是运筹帷幄的灵魂人物。史载，勾践常问范蠡："我们现在攻伐吴国可以了吗？"范蠡每次都说："不行。"有一次勾践又问他："可以了吗？"范蠡终于说："可以了。"

二十年磨一剑。公元前476年，范蠡建议勾践兴兵伐吴。公元前473年，吴军全线崩溃，勾践看到了二十年前的自己。吴王夫差派出使者向勾践乞和，允许保留吴国社稷，而自己也会像当年的勾践一样倒过来为之服役。

勾践动摇了，这时范蠡站出来，陈述利弊，平复了勾践动摇的心态。夫差悔恨万分，此刻方想起当初未采信大臣伍子胥"今不灭越，后必悔之"的进言，遂蒙面自杀。

一个优秀的政治家，同样是一个出色的商业家。这在范蠡身上得到充分的体现。

范蠡因此向勾践辞职,在遭拒之后便收拾细软悄然逃走,乘舟浮海前往齐国领地,同时更改姓名,自称"鸱夷子皮"(鸱夷,指一种皮革制成的袋子),带领儿子和门徒在海边结庐而居,"耕于海畔,苦身戮力"。

懂得进退出处的分寸和君臣关系的微妙,这是范蠡的智慧。二十年足可以看清一个人的秉性与韬略。其时,范蠡早已将勾践看穿。《史记·越王勾践世家》记载,范蠡认为勾践的为人,可以共患难,不可共安乐。因而他放弃任何幻想,进退有序,张弛有度,审时度势,当机立断,激流勇退,避开了政治旋涡,机智地弃官从商。

范蠡选择地处胶东半岛沿海地带的齐国,并非偶然为之,齐国当时便是社会经济相当发达的诸侯国。没过几年,就积贮了数十万银两。

已经富起来的范蠡并未摆脱从政的"阴影",因他仗义疏财,施善乡梓,齐王把他请进国都临淄,拜为主持政务的相国。

乱世中已经看淡了政治的范蠡,仅仅"从"了三年便又一次急流勇退,拒绝齐国人的高官厚禄,散尽家财,随身携带少量珍稀宝物,悠闲自在地离去。

一身布衣,两袖清风。范蠡第三次迁徙至一个叫作"陶"(今山东定陶)的地方定居下来,自号"陶朱公",过上了闲云野鹤的生活。看似率性,其实他是看中了这个东邻齐、鲁,西接秦、郑,北通晋、燕,南连楚、越的"天下之中",认为是最佳经商之地。因而,没出几年,又成巨富。

政治跟商业可谓殊途同归,本质上源于同一道理。其实,陶朱公的致富

第三章 精气神 / 141

之谜也并不神秘，与他的治国之道可谓同一经脉。他将其"计然之策"（根据时节、气候、民情、风俗等，人弃我取、人取我予，顺其自然、待机而动）灵活运用于商业实践。具体说来，大致有五——

其一，市场行情，如阴阳五行，轮回循环，变动不居；大地时旱时涝，谷物时丰时歉。旱时造舟船，涝时修车马，以备后乏，这是万物之理。

其次，"知斗则修备，时用则知物，二者形则万货之情可得而观已。"知道战争要爆发，就要积极做好战备；了解各类货物为人需求的时令，才能把握市场行情的变化。

再次，商品价格，瞬息万变，物价贵到极点，必然下跌，贱到极点，必定攀升。当商品昂贵之时，就应毫不犹豫迅速抛出，视之如粪土而不惜；当商品低廉之际，又要毅然乘时买入，视同珠玉而倍加珍惜。

其四，积贮货物，务求完好，以防日后滞销。易腐易蚀的货物，即使价格再高，也不要长期存留，不能轻易囤积居奇。

其五，水纳百川，奔流不息，方能汇成大江大河。货币也一样，如果让资金积滞不用，就会成为一堆死钱。只有使它周转不息，才能变成与日俱增的利润。

一言以蔽之，范蠡的经商诀窍，在于运用市场价格变化来掌握供求关系，采取"贵抛贱收"经营对策。据时而动，得失均衡。正如他的名言："贵上极则反贱，下贱极则反贵。贵出如粪土，贱取如珠玉。"

范蠡所处的春秋战国时代,与其说是乱世,不如说是自由时代,人们拥有流动的自由、从商的自由、思考的自由。自由流通是商业繁荣之"根"。某种程度上讲,正是有了这自由的环境,范蠡的生意才会风生水起,如鱼得水。

范蠡从实践中总结出来的经商思想和较为完整的经商理论,无论是对他的同代人,还是后代人,都产生了很大的影响。而受范蠡经商思想、理论影响之最深者,当数越王勾践本人。越王深知范之道能振兴国家,完成报仇雪耻之重任,所以励精图治,"治牧江南,七年而擒吴",建立霸业,全仗"商贾"兴国。

司马迁的《史记·货殖列传》从春秋到汉武帝时代,排列出众多豪民巨富,"太史公富豪榜"上最早出现的两位,除范蠡之外,第二个便是子贡,孔夫子的高足。

从历史的高度看,范蠡和子贡的成功不仅因为他们有智谋、善于捕捉商机,更为重要的,是得益于他们都从事过政治活动,以此开阔了眼界,聚集了人脉……这些资源,受用终身。

陶朱公不愧为儒商之鼻祖。

商鞅老师的"变法"之路

春秋初期,中华大地上共有一百四十多家诸侯,经过三百多年的兼并,到战国初期只剩下二十余家。魏文侯心里清楚,魏国唯一的生存之道,就是变法求新。

李悝骨子里还是法家思想,一定程度上讲,是对儒家思想的一种"背叛"。

变法,将躲在鬼谷子身后的一代宗师李悝嵌入历史"第一道年轮"。

李悝变法的"第一桶金"是农业。"平籴法"规定,每家农民收入的粮食中,除交十分之一的税及自己食用、消费外,多余的粮食,由国家出钱收购。

短短三年之内,魏国便粮库充盈,人民富裕。

只可惜,魏文侯离世之后,一些被动过奶酪的利益阶层上台,他身后的魏国又退回到了从前。

周贞定王十四年（前455年），山西盂县境内发生了一次影响中国历史走向的战争——晋阳之战。晋国内部的四大家族发生内讧，此战的结局，便是历史上有名的"三家分晋"——司马光的鸿篇巨著《资治通鉴》便以此开篇，将此事件视为揭开战国历史帷幕的重要标志。

历史的巧合，往往胜过小说家笔下的杜撰。恰恰就在这一年，一位重要的历史人物诞生于世间——他的名字叫李悝。就是这个在中国历史上一直不常被提及的李悝，也让许多历史学者容易忽略的人物，很大程度上影响着整个战国时局。

李悝的身世史无记载，只显示他是魏国安邑（今山西运城一带）生人，因年代久远，迄今无墓可考。认识李悝之前，我们先看看历史上那一个个显赫的人物，都与他有什么样的关系——

李悝是身怀旷世绝学、精通百家学问、被誉为中国历史上千古奇人鬼谷子的得意门生；李悝是孔子学生子夏的入室弟子；李悝是由儒家转为法家，被历史公认的法家始祖；李悝是商鞅和吴起等人的宗师。

如果这些还不足以衬托其身份的话，还有一个十分重磅的符号嵌在他名字前面——李悝是"中国历史上变法第一人"。也就是说，我们耳熟能详津津乐道的"商鞅变法"，其源头却在他那里。

有两个关键人物,直接决定了李悝后来的人生之路——子夏和魏文侯。

子夏,是孔子的弟子,乃"孔门十哲"之一。在春秋末叶,子夏的影响波及列国,李悝遂拜他为师。

儒家思想的熏陶,对初入社会的李悝影响颇深。孔子毕生所倡导的"克己复礼"影响至深,而子夏是儒家学说的一个"异端"。在老师子夏那里,李悝所接收的儒家思想却是另外一个模样——君子应该"知权术";君王,更应该懂得"用权之术。"

这种"子夏特色"的儒家思想,影响了李悝一生。从老师那里他逐渐意识到,"法"比"礼"更重要,应该要建立一套行之有效的法制,来为统治者服务。

潜移默化之间,李悝由一个"儒家"转为"法家",后来被历史公认为法家始祖。李悝骨子里的法家思想,一定程度上讲,是对儒家思想的一种"背叛"。

魏文侯,是"三家分晋"之后魏国的创立者,也是一位有着雄才大略、善吸纳各类英才的君主。巧合的是,此人也曾拜子夏为师,并将子夏请到魏国的西河(今河南安阳)开"讲座",形成名震一时的"西河学派"。

韩、赵、魏三家分晋后,魏国所得的领土有"三河"之称。其中"河东"在今山西黄河以东;"河内"在今河南黄河以北;"河南"在今河南黄河以南。"三河"地区虽然土壤肥沃,良田众多,人口密集,六畜兴旺,算是中原最为富庶的地方。可对于管理者而言,有一个致命的弱点,它们分处于各国之间,犬牙交错,未能连成一个管辖的整体。

军事上稍有不慎,便将陷入万劫不复之境地。以近邻西面的秦国为例,他们日夜虎视眈眈,对魏国的"三河粮仓"(今陕西省北部的黄河以西一带)早已垂涎欲滴。

如此兵家必争之地,当然得能臣把守,魏文侯遂将中山相任上的李悝,提拔为"上地守",加强对魏国边防要塞的防守。李悝所辖防区,短短十余年间,魏秦两国在此进行了四次激烈的战争,分别在魏文侯十三年(前434年)、十六年(前431年)、十七年(前430年)、二十四年(前423年)。这些战争,都是由最前线指挥官李悝布兵和调遣。

可以想象,"上地守"李悝,已经成为魏文侯手中一枚举足轻重的棋子。李悝也不负所托,表现得十分出色,仅以一战例足以说明,公元前425年的秋天,又一支秦国的军队逼近魏国。李悝早有防备,秦军偷袭不成便加以强攻。强攻也难以获胜,秦军发现魏国守军的弓箭非比寻常,又长又尖的箭矢如箭雨般倾泻狂扫,大队的秦军瞬间倒地一片。正当秦军慌忙败退之际,魏军阵列中升起猎猎战旗,大大的"李"字赫然醒目,这正是李悝的精准部署与指挥。

原来,李悝为使上地郡军民提高射箭技术,便下令以射箭来决断诉讼案的曲直,"中之者胜,不中者负"。令下后,当地人演习骑射技术风靡一时，人们都争相练习射技，日夜不停。

由于李悝在"关键岗位"上政绩斐然，仕途也青云直上，最终被魏文侯任命为"相"——出生卑微的李悝，已经晋升为"一人之下，万人之上"不可或缺的股肱之臣。

实际上，魏文侯大胆重用李悝，远非因其赫赫战功，而是要把整个魏国未来的命运，都全部交到这位"同学"手里。

魏文侯深知魏国当时的处境，刚刚从晋国脱胎而出的魏国，可谓百废待举，羽翼稚嫩，又被紧紧裹夹在晋东南中间，是所谓无险可守的"四战之地"。西边，是一河之隔的秦国；东面是齐国；北边，是同自己一起"三家分晋"而诞生的赵国；南边，越过中条山和黄河，便是秦、楚、郑三国拉锯争夺的地带。

春秋时代初期，中华大地上共有一百四十多家诸侯，经过三百多年的兼并，到战国初期只剩下二十余家。其中又以嬴姓秦国，田姓齐国，三晋（赵、魏、韩），芈姓楚国，姬姓燕国最强，史称"战国七雄"。春秋时期由于小国众多，大国之间的争斗还存在一定的缓冲空间，然而进入战国后，大国不得不面对更加直接的斗争和更加残酷的格局。

据统计，从公元前475年至公元前221年的两百多年间，为了生存，发生过大大小小二百三十次战争。

魏文侯心里比谁都清楚，魏国这样一个随时都可能被吞并的小国，唯一的生存之道，便是变法求新。

善于审时度势的魏文侯，无不看到了问题的实质，他此刻启用李悝，旨在酝酿一场大变革。他知道，只有实施一场前无古人的变法，方可让魏国拓展狭小的生存空间，走出困局而涅槃重生。

既然魏文侯如此倚重李悝，人们不禁会问，李悝究竟有什么灵丹妙药，让魏国走向强盛之路？他"变法"的主要内容又是什么？

中国的农业，开始于黄河中流的黄土地带。黄仁宇先生曾精辟地指出，黄土的土壤能够垂直地堆砌，内中保留着很多由下至上的细管，因之地下的水分能够向上浸淫，不待灌溉，加以土质疏松，在农业初兴的时候，即用最原始的工具，也能在这地区耕耘。

从土地上走出来的李悝，对土地感情最深，也研究得最透。李悝变法，首先瞄准农业。他以为，当时生产力水平低下的魏国，"第一桶金"必须依靠农业。因而他提出了"尽地力之教"的原则，意思是，教会农民尽可能地提高土地单位面积的粮食产量。

"民伤则离散，农伤则国贫。" 无论粮贵粮贱都会引起恐慌，如何做到"使民不伤，而农益劝"？李悝终于想出了解决之道——"平籴法"。"平籴法"规定，每家农民收入的粮食中，除交十分之一的税及自己食用、消费外，多余的粮食，由国家出钱收购。为让百姓感受到更加公平，法令还把丰年和灾年分为上、中、下三等。丰年时，官府按等级籴进一定数量的余粮；灾年时，官府也按等级平价粜出一定数量的粮食。

这样的价格杠杆，无论是丰年还是灾年，粮价都能保持相对稳定，从而达到"取有余以补不足""虽遇饥馑水旱，籴不贵而民不散"。

李悝的"民本思想"很快就有了丰厚的回报,短短三年之内,魏国便粮库充盈,人民富裕。

李悝知道,只有百姓填饱了肚子,国家的基石坚固了,其他的"变法"才有可能。继"尽地力之教"百姓刚刚填饱肚子之后,李悝便高高举起"变法"利剑,挥向了"爵禄世袭制"。那些贵族世代享有其祖上获得的爵位、官位以及相应俸禄的制度,不仅消耗大量国家财富,更影响一大批有志之士建功立业。

放眼历史,我们佩服秦始皇,其最大的功劳,是消灭了封建制度。殊不知,魏国早在秦国百年前,就已经施行了这种制度。更为吊诡的是,李悝未完成的事业,让他的学生商鞅在后来的秦国开花结果。

李悝的人才新政立竿见影,天下英才纷纷侧目,像吴起、乐羊、西门豹、田子方、段干木等非魏国人才,为魏国所用。

土地新政和人才新政后,李悝又制定了一系列的配套改革。比如,在军事上建立"武卒"制,对军队的士兵进行考核,按照不同士兵的作战特点,重新将他们进行队伍编排,以发挥军队最大的作战优势。

最能让后人受益的,是李悝制定出了中国历史上第一部封建制度下的法律——《法经》。这部法律对国家法令、政府职能、官员的升迁奖惩、军功的奖励，都做了完备的规定。

　　李悝的变法，不仅拉开了魏国从人治到法治的序幕，其不断雄厚的实力，也令各诸侯国刮目相看。魏文侯也从此走上了扩张之路，公元前419年西攻秦国，尽取其河西之地；之后北越赵境，灭中山国；再后东伐齐九年，破其长城；紧接着又南征楚地，连克数镇……一路所向披靡，大有并吞天下之势。

　　用我们今天的话来总结，李悝的变法既有丰富的理论作指引，又有成熟的案例作支撑。

　　两千多年间，历朝历代经历过无数次"变法"与革新，如果用年轮来表达变法的话，李悝应该是最初的那道年轮。

　　李悝很清楚地知道，他此生有涯。所以才把希望寄托在制度身上，他应该也清楚地看到，一个国家的兴亡不能把赌注押在某一个或几个旷世之才身上，而是应建立一套经得起历史考验的制度来保障。

　　他希望通过"变法"来固化一套成熟的制度，以确保魏国的精神血脉延续下去。

　　只可惜，李悝的时间有限，加之强大的旧势力集团，一些被动过奶酪的利益阶层肯定不会善罢甘休，所以一旦他和支持他变法的魏文侯离世之后，制度的力量如何，谁也不敢保证。

　　事实证明，李悝的担心不是多余的，他身后的魏国又退回到了从前。

　　撇开历史不说，就是李悝所在的战国时代，其变法就成为"当下潮流"，还形成一种独特的蝴蝶效应。李悝的变法思想，几乎被当时各诸侯国统治者所接受，从而引发了中国历史上第一次轰轰烈烈的"变法大潮"——齐国邹忌的清明吏治，郑国子产的修政图治，楚国吴起的新招变法，韩国申不害的君治独断……战国烽火下的各诸侯国，都纷纷举起改革大旗，将"变法"二字醒目地写在大纛之上。

这一变法实践，最终在秦国结出丰硕的成果，从而一统天下。

作为"鼻祖"的管仲

中国最早的青楼名叫"女闾"。也即是说,"女闾"开了中国娼妓业之先河。那个创办"女闾"的"鼻祖",便是春秋时期,大名鼎鼎的管仲。

这项"国策"的成效立竿见影。一时间,天下商贾归之若流水,齐国都城临淄生意兴隆,熙熙攘攘。作为繁华的东方大国,齐国竟然"冠带衣履天下"。

不论是有意还是无意,管仲最先打开了潘多拉魔盒。

皇帝在官场以皇权凌驾于百官之上,古代官吏在风月场以男权凌驾于娼妓之上。

妓院官营体制下,来自娼妓业的花税便成为古代官府的一项主要税种,而管仲也顺理成章成为娼妓行业的祖师爷,享受万世香火。

梭伦堪称"西方的管仲",他创设国家妓院大抵为公元前594年;而管仲相齐在周庄王十九年,即公元前685年。

公元前645年,山东临淄牛山北麓的半山之上,垒起了一座气势非凡、建筑恢宏的新坟,此墓唤名为"管仲墓"。墓之主人,便是春秋时期齐国大名鼎鼎的宰相——管仲。这位非凡人物的身上,还有一长串修饰语——周穆王的后代,法家代表人物,中国古代著名的经济学家、哲学家、政治家、军事家。

齐国能雄踞春秋五霸之一,全拜管仲。为了齐国富国强兵,管仲实施了一系列的经济政策,比如"遂滋民,与无财"(《国语·齐语》),其办法是"轻重鱼盐之利,以赡贫穷"(《史记·齐太公世家》)。或言"通轻重之权,徼山海之业"(《史记·平准书》),以至"通货积财,富国强兵"(《史记·管晏列传》)。

管仲实行粮食"准平"的政策,即"民有余则轻之,故人君敛之以轻;民不足则重之,故人君散之以重,凡轻重敛散之以时,则准平。……故大贾富家不得豪夺吾民矣",(《汉书·食货志下》)。这种"准平"制,不但是一种平衡粮价的政策,也间接承认了农民自由买卖粮食的权利及自有私田的合法性,并且还保障了私田农的生产利润。

面对当时"竭泽而渔"的经济开发,为了有效利用齐国的林木和渔业资源,管仲制定了"山泽各致其时"——历史上最早的自然环境保护法。禁止人们为了眼前利益而滥伐滥捕,以保护树木和鱼类的正常生长,使其免遭破坏。

为了控制金融风险，管仲还在齐国设立了专管货币的机构——"轻重九府呻"。由政府统一铸造货币，这种规范的货币呈刀形，名为"齐法化"或"节墨法化"，俗称"齐刀"。

然而，管仲大胆的富国强兵经济思路还不止于此。他站在政治经济学的角度，竟创造性地利用并开发"人力资源"。

《战国策》二卷"东周"引周文君云："齐桓公宫中女市女闾七百。按周礼五家为比，五比为闾。则一闾为二十五家。管仲设女闾七百，为一万七千五百家。"

"闾"是门的意思，女闾，即妓女居住的馆所。在宫中以门为市，使女子居之，这意味着中国历史上国营妓院的开始——春秋时齐国于公元前七世纪中期开设的。

中国最早的青楼名叫"女闾"，也即是说，"女闾"开了中国娼妓业之先河。那个创办"女闾"的"鼻祖"，便是春秋时期，大名鼎鼎的管仲。

作为一国之相和政治家的管仲，不可能不讲政治。他创设国家妓院，显然不仅仅是为了淫乐，更不是为了异想天开，他有着四个方面的政治考量：

一曰富国。置女市收男子钱入官，通过税收增加政府财政收入，即后世所谓"花粉税"、"花粉捐"。清人褚学稼一语道破实质："管子治齐，置女闾七百，征其夜合之资，以充国用，此即花粉钱之始也。"

二曰侍宫。齐桓公好色，对宫中的妻妾玩腻了，常常出宫寻求刺激。《韩非子·外储说右上》云："桓公之伯也，内事属鲍叔，外事属管仲，被发而御妇人,日游于市。"明确记载齐桓公"好冶游",管仲创设妓院正好投桓公所好。

三曰纳才。诸侯争雄,人才最为关键。春秋时期各国游说之士乃诸侯们争夺的对象,那些游士大都浪漫而放荡不羁,女人和美酒是最吸引他们的两样东西。名目张胆设立妓院,正好网罗天下之"士"。

四曰稳定。管仲的理由十分充足:"蓄积有腐弃之财,则人饥饿;宫中有怨女,则民无妻。"齐桓公积极响应"国策",把他宫中的七百名美女献了出来,还有齐桓公在称霸征战中俘获他国的众多女子,把她们放在妓院,正可以发挥"作用"。

无论是经济上,还是政治上,这项"国策"的成效立竿见影。他们设"女闾"以招商引资,一时间,天下商贾归之若流水,齐国都城临淄生意兴隆,熙熙攘攘。《国语·齐语》记载:齐国商人"负任担荷,服牛轺马,以周四方"。商业的繁荣促进经济繁荣,作为繁华的东方大国,齐国竟然"冠带衣履天下"。

不论是有意还是无意，管仲无疑最先将潘多拉魔盒打开了一个口子。

管仲的发明很快被效仿，诸侯各国一时官妓大兴。有些诸侯还利用妓女来制服强国，亡其宗社，妓女的力量比十万雄兵还要强大。比如秦穆公送西戎女乐二列，使戎王耽于声色，不理政事，贤臣由余多次进谏无效，愤而离戎去秦，使西戎国力大弱。

古籍载，春秋时官府开设经营的娼妓业主要是为了收税，"俗性多淫，置女市收男子钱以入官"。（《魏书·龟兹传》）还有一个重要意图，则是缓和社会上旷夫和工商市民的性饥渴。因为皇宫贵族、士大夫以及富豪乡绅均蓄养大量美女，造成了社会上男女性别比例失调。

皇帝在官场以皇权来凌驾于百官之上，古代官吏在风月场以男权来凌驾于娼妓之上。

追根溯源，中国古代妓女的出现比较复杂。三皇时代就开始有分类但不够细化的妓女、歌妓等。明代著名文学家冯梦龙所著的《黄莺儿》一书中，竟列出四十多种，不过他的分法比较烦琐。以服务对象区分，有宫妓、官妓、营妓、家妓、市妓等；以所属性质区分，有公妓与私妓；以职业性质区分，关歌妓、舞妓、乐妓、优妓等；以年龄区分，有老妓与雏妓等。

相比之下，最初以"家妓"为主，可以上溯到夏桀，蓄女乐、倡优达三万人，有人把这称为"奴隶娼妓"。

像世间的瘟疫一般迅速蔓延开来,上自天子和王侯将相,下至大夫富豪,都以广蓄女奴为乐,并以蓄女奴的多寡,作为炫耀权势和财产的一个重要标志。那些女奴往往都负有呈身与献技的双重使命,供奴隶主淫乐。这些"家妓"史书上称她们为侍姬、小妾、声妓、歌姬、舞姬,也有称为美人、女乐、娼妓的。

史载,西周蓄女奴之风甚广。《周礼》上所举女酒,女舂抗,奚以下千人而弱,一般都选貌美才长的女子供帝王淫乐。

还有宫妓、官妓、营妓、巫妓(巫娼)等,她们统称为公妓,主要为少数特权者服务。以后又发展为"市妓"、"私妓",逐渐渗透到更广泛的社会生活领域中去。

中国娼妓制度,既自"女闾"开其端,自此以后,无代无之。作为一个古老的职业和行业,古代的妓女种类极其繁多。歌妓、舞妓、乐妓、优妓等是以艺术表演为主,卖身为辅。这些妓女,代表了中国古代的音乐水平、舞蹈水平、戏剧水平,体现出一种"妓女文化",而且体现出中国古代的文人雅士狎妓往往具有以精神享受辅以肉体享受的特点。

上至秦代,秦始皇的生母赵姬便是吕不韦的家妓。到汉武帝时,由官妓衍生而来的"营妓"也粉墨登场。即《万物原始》中说的"至汉武帝始置营妓，以待军士之无妻者"（见《汉武外史》）。也就是说，营妓是为军队官兵提供性服务的。但后世也有把在乐营中的妓女称为营妓的。确切地说，营妓也是官妓的别称。

到了隋朝，隋炀帝设立教坊，广纳歌舞艺人，纵情声色。唐朝沿袭了隋朝的教坊制度，风流皇帝唐玄宗更是扩大教坊机构，教坊艺人达到11409人；他还不满足于此，又设立梨园，极尽荒淫无耻之勾当。

唐承六朝金粉之后，娼妓之多，空前未有。开元天宝年间，仅宫妓就有四万。长安都城中就有所谓"北里""平康里"与"教坊"者，即为当日风流渊薮。

宋代虽以理学弥漫，但色情文化丝毫不逊盛唐。《马可·波罗游记》载，杭州"青楼盛多，皆靓妆艳饰，侍女如云，见者倾倒"。马可·波罗记载，蒙元时代，汗八里（今北京）操皮肉生意的官妓达25000人，并实行军事化管理。

随着时代的进步，官妓文化也呈现出新的样式。明代特设立管理妓院的"教坊司"，明末的南京，秦淮河两岸，妓院酒楼林立，流动的画舫在水中穿梭，成为当时全国最著名的红灯区。

到了清代，一度禁止官吏狎妓，咸丰之后禁令渐弛，官场几乎"无妓不欢，无妓不饮"。直到晚清和民国时期，北京的娼妓业依然操持着不可思议的繁荣。据载当时上海娼妓之多，堪称世界之最，每八个成年女性中，就有一个是妓女，甚至有不少欧洲来的妓女，故有"东方花都"之誉。

妓院官营体制下，来自娼妓业的花税便成为古代官府的一项主要税种，而管仲也顺理成章成为娼妓行业的祖师爷，享受万世香火。

据说在有史之前,就已经存在卖淫现象。动物学家发现,雌性大猩猩也会用性来从雄性大猩猩那里交换食物。

对原始初民来说,性交是神圣的,有神力的,男女性交意味着人口繁衍,五谷丰登。所以他们经常在祭神的盛大节日里,在神前性交,以祈求神灵保佑。这就需要有一群女子为了祭神而在神庙里专司性交,以祭拜神灵。这种女性就是"圣妓"。和"圣妓"性交,并不是狎邪的行为。"圣妓"获得的报酬也不敢私有,而要献之于神,因为她的整个人已属于神了。

无论是东方还是西方,虽然远隔千山万里,但人类的文明历程大抵相若。"妓"不仅仅限于东方,此时西方的同类也几乎同步风靡开来。事实上,欧洲的色情业也有类似的历史。罗素就坦言:"古代娼妓,绝不如今日之为人鄙视,其原始固极高贵。最初娼妓乃一男神或女神之'女巫',承迎过客为拜神之表示。"

据载,西方的国营妓院始于古雅典的大政治改革家梭伦,他决定开设国营妓院受到当时百姓的大力称颂:"梭伦啊伟大的梭伦,你设立了国营妓院,使良家妇女在街头避免了轻薄少年的追逐,保护了她们的安全。"在希腊和罗马时代,妓院随处可见,大量的妓女甚至渗透到了旅馆、浴室、面包房和理发店,罗马城的注册妓女就达32000人,她们已经成为一个不容忽视的有产阶层,而且她们的文化素养还要高出一般自由民。

即使在欧洲中世纪的"黑暗时代",妓女也同样存在,并且得到骑士阶层的保护和尊重。中世纪一般被认为是性禁忌最为严厉的时期,侍奉上帝的教士和修女是不可结婚的,修女被称为"上帝的新娘"。事实上,这个时候的某些修道院并不比妓院高尚多少。最为有名的,要数意大利著名作家乔万尼·薄伽丘创作的《十日谈》。该书讲述,在1348年,意大利佛罗伦萨瘟疫流行,十名男女在乡村一所别墅里避难讲述的故事。每一个故事都无不辛辣地揭露了基督教会的罪恶、教士修女的虚伪,等等。教会经营"教会妓院",那些身为教徒的妓女,一面庄严地祈祷,一边谄笑着接客。"许多受过教育、性成熟的青年女子,披上了修女的长袍;只要有满足她们性饥渴的机会出现,她们就打算立刻脱下这长袍。"中世纪罗马教廷所在地,几乎变成了一个举世无双的"红灯区"。

无论东方还是西方,人类的思想和行为运动轨迹,大体是差不多的。

梭伦堪称"西方的管仲",他的改革大抵为公元前594年,他创设国家妓院大概也是在这一时期;而管仲相齐在周庄王十九年,即公元前685年,死于周襄王七年,即公元前645年。

由此推算,管仲创设国家妓院至少比梭伦早五十年左右。

虽然管仲创下了世间第一个官妓场所,但这并不影响他在后世的形象和威望。

孔子云:"微管仲,吾其被发左衽矣。"(《论语·宪问篇》)意思是,管仲辅助齐桓公做诸侯霸主,尊王攘夷,一匡天下。要是没有管仲,我们都会披散头发,左开衣襟,成为野蛮人了。太史公司马迁提及管仲也不无赞美之辞:"管仲,世所谓贤臣,然孔子小之。""晏子俭矣,夷吾则奢;齐桓以霸,景公以治。"蜀汉名相诸葛亮干脆就把自己比作管仲、乐毅。

管仲堪称人中龙凤。虽然他打开的那个"潘多拉魔盒"为后世所诟病,但不得不说,此一时也,彼一时也。"经"还是那"经",不同的人会读出不同的味道来。

第四章

自古被喻为岁寒三友。松竹梅是中国传统文化中高尚人格的借喻。松四季常青,竹经冬不凋,梅迎寒开花。为古往今来世间所颂扬。

春秋初期,中华大地上有一百四十多家诸侯,经过三百多年兼并,到战国初期只剩下二十余家。前后煌煌五百余年,无论是人、城,还是事件,都为后人留下了咀嚼不尽的养分。松之品格,竹之丽质,梅之高洁,在其间交替闪现,滋润着这片丰厚的土地。

亚牧父辛鼎，其器形纹饰与亚牧母辛鼎大致相似，其口沿下饰兽面纹，并衬云雷地纹，主纹下腹部有三道乳丁纹，腹壁中央则作勾连雷纹，整体精致华丽。腹部后壁之内铸铭二行，全铭释为"作父辛宝尊彝，亚牧"，"亚"代表家族，"牧"意牧氏家族。

吕不韦的"政治经济学"

人类历史上第一次向国家政权投资,直接投资于国家间的战争,从而开辟资本与战争相结合的大路,是从吕不韦开始的。

吕不韦不愧为人类历史上第一个伟大的风险投资家,正是在他的资产的支持和运作下,当时最强大的国家——秦国进行了权力重组。而通过以秦政权为抵押进行资本运作,吕不韦自己成了真正的"无冕之王"。

更为关键的,正是资本与武力的完美结合,为秦最终一举击溃六国,称霸天下,奠定了根本基础。

一部《吕氏春秋》,奠定了吕不韦的历史地位——他不只是"商人"和"政客"。司马迁在《报任安书》中为吕不韦留下了八字总结,叫作"不韦迁蜀,世传《吕览》"。

围绕吕不韦的种种过往,算得上一部历史悬幻大剧。千百年来,一直没能落下帷幕。

从洛阳市区出发，东行二十公里，便来到了偃师市境内，这里有一片植被甚好的农田，中原的肥沃一览无余，这片农田的属地，如果按今天中国行政区划来界定——地名叫"首阳山镇南蔡庄大冢头村"，"大冢头村"名的由来，是源于村的东头有一座大型墓冢。事易时移，这座大墓如今已淹没在一所中学之内，学校名为"偃师第一高中校"。这座大墓，便是大名鼎鼎的吕不韦墓。

或许时光老人老眼昏花看不清楚，或许世俗眼里逝者死得太不光彩。吕不韦墓虽然高大，但却十分低调，直到1981年，方公布为"县级文物保护单位"。

围绕吕不韦的种种过往，算得上一部历史悬幻大剧。千百年来，一直没能落下帷幕。

让我们穿越时空，先把目光聚焦到两千四百年前的模样。公元前239年的秋天，大秦故都雍城被金黄色浸染得通体华贵，分外迷人。这里可是大秦的风水宝地，自东周以来就是秦国国都，十九位秦国君王在这里统治了294年之久，看着这座凝聚祖先荣耀的古都，二十一岁的秦王嬴政心情很好，他马上就要举行加冠礼，正式亲政了。

面对这宜人的景色和一统天下的大好局面，并不见得人人都有好心情，朝廷上下，有一个人心里忐忑不安，他就是一人之下万人之上的丞相吕不韦。身为秦王的"仲父"，他为何如此惶恐呢？

事情还得从吕不韦的商人身份说起。

吕不韦本是战国末年卫国阳翟（今河南禹州）的一位商贾，其最有名的经商秘诀，便是往来各地，囤积居奇，低价买进，高价卖出，凭借其出色的商业头脑，不长的时间便累积起雄厚家产。

秦昭王四十年（前267年），秦太子去世。两年过后，昭王立次子安国君为太子。安国君有个非常宠爱的妃子，名曰华阳夫人；安国君有二十多个儿子，唯独华阳夫人没能生育。夏姬也是安国君的妃子，给安国君生了一个名叫异人的儿子。因夏姬不受宠爱，异人便作为秦国的"人质"派到了赵国。

中国的"人质制度"源远流长，很早就成为国与国之间设防的一种承诺。互换人质，旨在保证两国之间的友好关系。质子一般都为国之公子，即皇帝除太子之外的儿子。《左传》记载，周、郑之间就曾交换人质，这一"政治习俗"，一直持续到17世纪中叶。

因秦国多次攻打赵国，异人在赵国每况愈下，乘的车马和日常的开销都难以为继，生活困窘。

吕不韦到邯郸去做生意，恰好见到异人，在了解其身世后，大喜。在他这位精明的商人眼里，"异人就是一件奇货可居的奇货，只待高价而售"。

原来吕不韦不是一般的商人，他头脑里的"政治经济学"逻辑严密，精准实用。

秦王年事已高，立为太子的安国君虽儿子成群，只因与华阳夫人无子嗣，很难选出他称心的接班人。"你兄弟二十多人，你排行中间，不受秦王宠幸，只能长期被留在诸侯国当人质，这就是你的命运。"吕不韦单刀直入的分析，让异人如遇到知音与救星一般，不禁问道："接下来，我该怎么办呢？"吕不韦显现出生意人的本色："你只要愿意过继给华阳夫人为子，就有立为太子的可能。"这一承诺对于不谙世事的异人而言，不啻为天方夜谭。"我可以拿出千金为你去秦国游说。"吕不韦又抛出一个诱人的承诺。看不到任何前途与希望的异人有些恍惚，他不敢相信眼前的这位商人有如此"通天本领"，但感觉长长的黑暗通道里看到一丝光亮，他"叩头拜谢"。

吕不韦果然拿出千金作为投资。先拿出五百金送给异人，作为日常生活和结交宾客之用；又拿出五百金买奇珍异宝，自己带着西去秦国"公关"。他先拜见华阳夫人的姐姐，通过其姐姐把奇珍异宝统统献给华阳夫人。并漫不经心地提及异人聪明贤能，"日夜哭泣思念太子和夫人"，"诸侯宾客遍及天下"……吕不韦"王婆卖瓜"的口才很好，令华阳夫人非常开心。

就这样，吕不韦说动了膝下无子的华阳夫人，老家在楚国的华阳夫人，高兴地收下了这位叫异人的质子作为儿子，遂更名为子楚。华阳夫人的枕边风很快见效，还是太子的安国君暗自刻下玉符，决定立子楚为大秦的继承人。

吕不韦的投资很快成效显著，大功告成的他，还顺利成为子楚的老师。

我们今天看来，商人和企业家最大的区别就在于，商人只挣今天的钱，而企业家的眼光看得更远，他们考虑更多的是挣明天的钱。无疑，商人出身的吕不韦，一夜之间跃升成为出色的企业家。

吕不韦的眼光还远不止于此，有钱又有势的他，选取了一位非常漂亮而又能歌善舞的女子一起同居，此女子名叫赵姬，来自邯郸，一来二去，赵姬便很快有了身孕。

不知是天意还是人为，子楚看到赵姬后喜欢异常，或许他只以为这只是老师身边的一位侍女，一次酒席间便情不自禁地求吕不韦把赵姬赐予他。吕不韦虽然心里很生气，但转念一想："这何尝不是一笔天降的大生意？"于是大方地献出了有孕在身的赵姬。

尚在赵国为质的子楚很快就当了爸爸，是个男婴，唤名为"赵政"。这时，正逢秦军进攻赵国，围困邯郸，子楚与吕不韦逃脱出城，赴秦军回到秦国。留下赵姬母子滞留赵国八年之久，娘儿俩吃尽了人世间的苦头。

秦昭王在位五十六年，太子安国君嬴柱继位为王，安国君继位秦王仅一年便去世，谥号为孝文王。子楚回到咸阳时，年方二十五岁，正式做了安国君的继承人；七年后，继位为庄襄王。此时，秦国与赵国和解，九岁的赵政与母亲赵姬由邯郸回到咸阳，成为太子子楚的继承人。

子楚成为庄襄王后，吕不韦便摇身一变为丞相，封为文信侯。哪曾想子楚也仅仅当了三年庄襄王，便匆匆离世，只活了三十五岁。

这一年是公元前247年，那个曾经名叫赵政的小孩刚满十三岁，此时已经改名为嬴政。

大秦帝国便接力棒一般，由庄襄王子楚传到嬴政手里。新立为秦王的嬴政，奉吕不韦为相国，并尊为"仲父"，即第二个父亲。有这位"仲父"的听政，嬴政的王位无虞。

越来越让吕不韦担心的，是那位已经升任为太后的邯郸女子赵姬，正值青春妙龄却丧了夫君的她，无数个慢慢长夜空守寂寞。作为曾经一张床上的情侣，起初吕不韦在早朝过后，还会过去与赵姬缠绵悱恻一番，但随着嬴政一天天长大，作为"投资人"的他，清醒地知道，不能拿自己的财富和身家性命冒险。于是淡出了与赵姬的厮守，哪知赵姬欲壑难填，已尊为太后的她，却不愿就此罢休。

吕不韦怕事情败露，日后殃及自身，委实费了一番功夫。他暗中寻求到一个叫嫪毐的男人作为门客，此人最大的特点是性能力特别强。吕不韦让人告发嫪毐犯下了宫刑之罪，又拔掉其胡须让其假充宦官，并设法将此人进献侍奉太后。

就这样，在后宫的太后赵姬有了与嫪毐长期通奸的机会和条件，相安无事。

一生足智多谋的吕不韦没有想到，出身于市井无赖的嫪毐，本性难改，他仗着有太后的宠幸，竟忘记了自己姓甚名谁，靠太后庇护，胆子越来越大，建立起数千仆人的私党。他与太后纵欲之后，就在宫外为非作歹，惹得满朝上下愤懑不堪。

不仅如此，随着一天天羽翼丰满，嫪毐竟也干起了谋权夺位的勾当。而到这时，吕不韦已然难以驾驭嫪毐了，他后悔莫及，却悔之晚矣。

秦始皇九年（前238年），也就是嬴政亲政的"元年"。就有人告发嫪毒实际并不是宦官，常常和太后淫乱并生有儿子，还与太后密谋"若秦王死去，就立子继位"。

这让嬴政听后大吃一惊，如五雷轰顶。

公元前238年初冬，正当嬴政在雍城举行加冠典礼时，以为正是时机的嫪毒，利用太后的玉玺调兵，发动叛乱。岂料嬴政早有防备，叛军还没出咸阳，就遭遇雍城开来的秦军剿灭。

嫪毒最终被灭了九族。太后所生两子（实际上是嬴政的两个弟弟）也被赐死。嬴政收回玺印，将太后软禁在最远的雍宫域阳宫中。

聪明与智慧看似毫厘之差，有时却千里之巨。嬴政知道嫪毒惑乱宫廷没那么简单，他要追根溯源，弄清全部真相，吕不韦自然浮出了水面。虽说是仲父，嬴政还是接受不了残酷的事实。

嬴政给足了"仲父"面子。吕不韦被免，回河南洛阳享受十万户封邑。此时，吕不韦门下已有食客三千，家僮万人。这些还不为惧，真正让嬴政害怕的是，一年过后，各诸侯国使者还络绎不绝，到没有一官半职的吕不韦府上朝拜。

有了嫪毒的前车之鉴，嬴政又下令"迁蜀"，让吕不韦举家迁往偏远的蜀地。对政治颇有心得的吕不韦心里自然明白，嬴政要对自己下手了。他怕被诛九族，迫不得已，喝下鸩酒了却性命。

这一年是公元前235年。

司马迁在《报任安书》中为吕不韦留下了八字总结，叫作"不韦迁蜀，世传《吕览》"。《吕览》就是我们今天看到的《吕氏春秋》。

《吕氏春秋》是吕不韦能名垂青史的重要砝码。可以说，一部《吕氏春秋》，奠定了吕不韦在历史上的地位——他要以此告诉世人和后人，他不只是"商人"和"政客"。

吕不韦当政的战国末年，正是豪门养士、游侠鼎盛的时代。各国权势政要，礼贤下士，王族公子，侯门竞开，皆以禄利网罗人才。此间，魏国有信陵君，楚国有春申君，赵国有平原君，齐国有孟尝君，四大公子，名重天下。吕不韦入秦主持政权期间，除了继承富国强兵路线，积极对外扩张外，更为重要的，是在文化建设和振兴上着力，因为当时秦国的"国际形象"还停留在"头脑简单，四肢发达"的武夫阶段。他以"四大公子"为重要参照，以优厚待遇遍寻天下英才，为的就是编撰《吕氏春秋》，在文化上树立自己和秦国的形象。

待群贤毕至，吕不韦让他们各尽所能，然后博采众长。可文章荟萃于一起时，才发现古往今来、上下四方、天地万物、兴废治乱、士农工商、三教九流……真可谓五花八门，写什么的都有。这一点也难不倒商人出身的吕不韦，他又挑选几位高手筛选、归类、删定。历经数年之力，那部包揽"天地、万物、古今"、"上揆之天、下验之地、中审之人"的奇书《吕氏春秋》终于面世。

从阴阳五行的理论架构，到经验主义的具体论证；从养生和贵己的"内圣"，到君臣之道和善治天下的"外王"；从个人和国家、社会和政权之间的关系调适，到自然之道支配下的生理、物理、事理和心理的互相配套，《吕氏春秋》总括先秦诸子，开启秦汉先声，形成了一个完整的管理思想体系。

商人天生有广告意识。《吕氏春秋》成书之后，吕不韦策划出一个绝妙的"一字千金"炒作计划，他请人把全书誊抄整齐，悬挂于咸阳城门，称如有谁能改动一字，即赏千金。此举轰动咸阳城，人们蜂拥而至，最终却无一人能改动一字，这正是吕不韦所要的效果。

轰动效应无疑是空前的，《吕氏春秋》和吕不韦的大名远播。

今天看来，吕不韦不愧为人类历史上第一个伟大的风险投资家，正是在他的资产的支持和运作下，当时最强大的国家——秦国进行了权力重组，而通过以秦政权为抵押进行资本运作，吕不韦自己成了真正的"无冕之王"。更为关键的，正是资本与武力的结合，为秦最终一举击溃六国，称霸天下，奠定了根本基础。

"半两"是秦代货币的名字，也是中国历史上第一次统一使用的流通货币。据说，铜钱上的"半两"二字出自李斯的书法，而"天圆地方"的"孔方兄"格局，也是肇始于"秦半两"。值得一提的是，吕不韦招纳天下学者编撰《吕氏春秋》时，荀子的得意门生李斯就在其间，也就是这个时候，李斯怀着施展抱负的愿望入秦。

有意无意间，吕不韦为秦国引进了一位经天纬地之才。

"天圆地方"堪称一个极富天才的创意，预示了当时人们最为简单的世界观，意味着普天之下可以共享战争的成果。

"天下千钧我半两"系清代诗人严我斯对秦代币制的历史评价，此言在理。"半两"虽小，却有着兼济天下、造福桑梓的价值。

钱穆先生曾说，春秋还并不是货币经济的时代。根据《左传》记载，春秋时代列国之间，或君臣之间互相馈赠，甚至纳罪、纳欢，都不是用金钱，而是用礼物，包括车、马、锦、钟、鼎、美女乃至乐师，而绝无用黄金相赠者，即使有，也是从战国开始。

吕不韦的投资工具当然就是货币。因此我们须知道，除铁器的大规模使用之外，货币经济的普及，是战国时代的另一个重要标志。

人类历史上第一次向国家政权投资，直接投资于国家间的战争，从而开辟资本与战争相结合的大路，就是从吕不韦开始的。

或许"政治经济学"应该从那时开始了，虽然秦始皇心目中政治的成分远大于经济的成分。当然，这是后话。

"公元前"的移民故事

一部人类文明史,就是一部不断迁徙的历史。

皇权是神经中枢,移民是神经末梢。移民像帝国的种子一样,帝国打到哪里,铁蹄所到之处,移民就"撒"到哪里,也就在哪里生根发芽,枝繁叶茂。

中国历史上大体有三种移民方式:战争、饥荒、国家强制迁移,或者说战争移民、灾害移民、行政性移民。

任何复杂的系统,无论是宇宙或者是花朵,是世界或者是沙粒,都包含不同的部分,其间又不断因为各自力量强弱而发生对抗、分合等"函数关系"。

放眼全球,文明的进程,主要是世界大移民的过程。人类无时无刻不在移民之中,最终走向大融合。

公元前316年，成都的冬天特别寒冷，一直少风的盆底洼地，时而狂风大作，时而冰雪交加，与以前温润的气候判若两重天。

天灾与人祸并行。灭顶之灾说来就来，古蜀整个王城还没有反应过来，兵就已经临城下了，无疑，那是如狼似虎的秦兵。

慌乱之中，举国进入紧急状态。蜀国王子泮率兵奋力抵抗，可为时已晚。不到一个时辰，王城大乱，喊声、杀声、兵器的撞击声交织在一起，淹没在一片火海之中。

《华阳国志·蜀志》详细记录了蜀亡的过程，"周慎王五年秋，秦大夫张仪、司马错、都尉墨等从石牛道伐蜀，蜀王自于葭萌拒之，败绩。王遁走，至武阳为秦军所害，其相、傅及太子退至逢乡，死于白鹿山。开明氏遂亡，凡王蜀十二世"。

这一幕血腥被凝固在时光老人的档案里，两千多年过去了，成都西郊的金沙遗址在一次偶然的机会被发现，这一尘封的历史才重见天日。

最能体现古蜀国文明高度的，非三星堆遗址和金沙遗址莫属。当年，三星堆遗址被发现曾轰动世界。如果说三星堆遗址展示的是古蜀文明辉煌的话，那么金沙遗址更多在诉说着当时战争的惨烈，零乱的祭祀场所，草草掩埋的重器，一切都显得那么浮躁与急切。

古蜀国经历了蚕丛、柏灌、鱼凫、杜宇、开明五个王朝后，公元前316年为秦国所灭。

家国已破，万劫不复。望着锦衣玉食的富饶国度，蜀王子泮知道硬拼这帮虎狼之师无异于鸡蛋碰石头，他立即召集部族三万敢死队，杀出重围，逃往异乡，为的是保存实力，力图东山再起。

蜀王子泮率三万人马由蜀地循岷江南逃入南中（其路线后来被汉朝时的唐蒙开成"僰道"，即由四川宜宾、庆符诸县地入南中），然后继续南迁，拐入贵州、云南。从滇池走至开化府，再由云南叶榆水顺流入红河，沿泸江上游进入越南北部宣光地区，辗转而入交趾。

《岭南摭怪·金龟传》载："瓯雒国安阳王，巴蜀人也，姓蜀名泮。……举兵攻雄王，灭文郎国，改号瓯雒国而王之。"蜀王子"泮"率兵讨降当地雒王雒侯后（《交州外域记》载："后蜀王子将兵三万，来讨雒王、雒侯，服诸雒将"），站稳了脚跟，便辗转到达现在越南北部，建立瓯雒国。

公元前257年，蜀王子泮自立为安阳王。安阳王在越裳地区建立新都思龙城，因其盘旋如螺形，所以又称古螺城（在今越南河内近郊永福省东英县）。

秦始皇统一六国之后的公元前214年，派大军越过岭南占领今日的广西、广东、福建，征服当地的百越诸部族，秦朝在这一带大量移民，设立了三个郡，其中越南北部（即骆越）归属于象郡管理。

其时，已经尊为安阳王的蜀王子泮，一刻也没有忘记自己来自何处。公元前210年，当他得知秦始皇的死讯后，乘大秦内乱，便一举夺取象郡地区。

第四章 松竹梅 / 177

象郡在越南，该地虽为中国秦代领土，实为封建土酋所治。

瓯雒国当于战国时代末期，建国于红河下游的平原一带。秦朝末年天下大乱，秦国赵佗率军入侵，安阳王退据一隅。秦朝灭亡时，志在复仇的安阳王意欲卷土重来，可后来还是被自立为南越武王（后改称南越武帝）的赵佗所灭。自此，越南北部成为南越国的一部分。

在那个弱肉强食的丛林社会，生存与死亡，成功与失败变得捉摸不定。可以说，安阳王和他的部族，算得上"公元前"最早也是最远的移民。与之相应的，是移往蜀地的"移民浪潮"。

有着高远志向的秦国，正力敌六国之师，急切需要巴、蜀为统一大计提供强大的后援保障。移民，便是最好的举措。《汉书》载："秦法：有罪，迁徙之于蜀汉。"公元前314年，秦惠文王一纸令下，六国王公贵族、地主富贾，与秦人为敌者，秦国国内作奸犯科者，统统流放至蜀。

自此，原本人烟稀少"难于上青天"的蜀道，成了一条繁忙的交通要道。数以万计的移民，构成了巴蜀历史上第一次大规模移民浪潮。他们之中，有富可敌国的赵国卓氏、鲁国程郑，也有一些衣衫褴褛、戴着镣铐的罪犯。战国年间，铁器在蜀地尚不流行，卓氏的铁器因而极受蜀地百姓欢迎。几年下来，卓氏（卓文君的先祖）便十分富有，家中仆僮千人之多。鲁国程郑也靠在临邛铸铁发家，富比卓氏。晋人常璩在《华阳国志》中说他们"富绛公室，豪过田文"（田文即战国门下有门客三千的齐国孟尝君）。

成都自古就是一座移民之城。"湖广填四川"的故事就像"闯关东"一样,为人们津津乐道。事实上,四川这块土地上,历朝历代"填四川"的岂止是"湖广"?仅就成都而言,历史上就有五次大移民的壮举。所以成都被世人称为"移民之城"。

一部人类文明史,就是一部不断迁徙的历史。

皇权是神经中枢,移民是神经末梢。移民像帝国的种子一样,帝国打到哪里,铁蹄所到之处,移民就"撒"到哪里,也就在哪里生根发芽,枝繁叶茂。对统治者而言,那些移民看似像流放的猪羊,无足轻重;而对于历史学者和小说家而言,移民故事便是一个个生动的案例;对研究者来说,那些移民故事的背后,就是体制、机制和皇权的折射。

战国末年,强迫移民的手段是相当残酷的,比如浙江的瓯越,就在北移过程中有数十万人北迁。帝国要完成对一些我们今天看来比较富裕地方如江浙、福建一些地区的控制和扩张,早期的移民起着很大作用,因为他们和原住民混合居住,已经形成了一个文化认同体。

还有南越地区,当时主要由珠江三角洲,延伸到交趾——今天越南的北部。秦始皇留在南越的部队的将领(原籍赵国的)尉佗,自立为南越王。汉代容忍南越存在两代之久,才以大兵征服。从两湖到五岭之间,那片广大的湖泊、沼泽和山陵地区,经过两汉的长期浸润,才逐渐融合于帝国的疆域。

秦汉时,西南地区的居民族群成分非常复杂,他们并没有组织为国家,最大的不过是一些部落群。直到三国时诸葛亮南征后,通过大量的移民汉人,不断融合,方得以进行有效的控制。

统一后的中国,疆域辽阔,其重要方式之一便是通过不断的移民来促使民族融合,从而产生广泛的认同。在历史学家许倬云先生眼里,秦汉时的越南、朝鲜和日本却是个例外,它们也大量接受中国文化,也接受中国移民,却没有成为中国的一部分。在他的历史专著《说中国:一个不断变化的复杂共同体》里,他对此进行了深入的探究——

中南半岛的越南在秦汉时已有中国的行政单位,大量的移民也在此立足。其建筑和风俗、使用的文献,都无异。直到法国占领后方有所改变。交趾在中国历史上经常被列入版图之内,又经常独立。

朝鲜半岛的历史、文学和日常的交流工具,无不是中文。直到距今400年前,才有了自己的拼音文字。朝鲜在汉代还曾经有四个中国的郡(乐浪、玄菟、真番、临屯)。曾经有过不同的族群分别建立的国家,长期留在中国的疆域之外。秦汉时,许多中国移民从山东经过海道进入朝鲜,或者循陆路,由辽东进入朝鲜。半岛上的生活习惯也和中国北方相近。

还有日本,日本考古学上一个划时代的转变,是在弥生文化时代,相当于中国的战国晚期和秦汉。这个时期以前的日本,还在新石器时代晚期。一进入弥生文化时期,立刻出现了稻米、铜器、铁器和国家的组织。而日本学者们普遍认为,弥生文化就是"中国进入的族群带来的"。

这也正应了中国和日本都耳熟能详的传说，秦时的官员徐福，带领三千童男童女移民日本。据日本学者估计，秦和两汉的四百多年间，自中国移入日本的人口不下三百万。

"华夏"这两个字的来源，自古没有具体的解释。传统字面解释，"华"是华美，"夏"乃伟大——华美而伟大的文化，就是"华夏"。与"华夏"这一名词相对应的，则是"中国"。在古人眼里，此处的"国"多指"范围"，范围之内的地区就是"国之中"，简称"中国"。

从公元前8世纪到前6世纪，战争不断。这个时候战争的潜台词意味着百姓无奈地不断迁徙，他们为了躲避战争而不断地迁到他们认为较为安全的地方。诸侯各自扩张，有的吞灭弱小的邻国，有的则向各自的后方发展，将权力伸展到原本"周王朝"封建不及的外族地区。

任何复杂的系统，无论是宇宙或者是花朵，是世界或者是沙粒，都包含不同的部分，其间又不断因为各自力量强弱而发生对抗、分合等"函数关系"。

秦汉帝国的交通路线编织了一个庞大的道路网，由纵横主干道，经过分支，一步一步地从核心地带渗透到各处。移民开拓了新的分支道路，也就将中国的行政权力带进了新的地区。海路交通没有可循的主干道和分支道，只是从一个港口到另一个港口，乃是跳跃式的连接，不同于陆路交通，而后者能够编织为持续存在的道路网，网罗新的地区于中国的版图内。

许先生的观察不无道理，他认为这一特点，应该是秦汉帝国的扩张和罗马帝国的扩张两者之间的区别。

我们知道，西周建构的封建体系，本是血缘共同体和权力共同体的重叠：周王既是君主，也是大家长，宗法体制也就是封建统治机制的基础。春秋时期，内外发生种种权力斗争，周王成为各诸侯手上的傀儡，接着，诸侯所属的卿大夫，比如鲁国的"三桓"，郑国的"七穆"，齐国的田氏，晋国的"六卿"，等等，纷纷篡夺了国君的权位。

可以说，每一次的内斗与兼并，都是他们治下百姓一次又一次痛苦地迁徙。辩证地说，这种"痛苦迁徙"的好处，在于促使了商品经济的出现、城市经济的繁荣，使都会聚集了来自各地的人才，例如战国四公子门下的游士、集结于各国首都的说客、城镇中的医生和技师。这些足以维持流动人口的互动和流转。他们不再归属、认同于过去的族群，亦即那些以"姓"（姬姓、姜姓、子姓……）为标志的类血缘共同体。他们甚至不必认同为某一国人，只是以个人的身份寄居于都市，或者流转于各地。

"姓"失去了共同体的归属功能，个人至多以"家庭"扩大为血缘的家系。这也是战国以后，"人民"与"百姓"两个词已混用不分的根源。这一本质的转变，可以理解为个人对"中国"与"华夏"大共同体的最初认同，也是对"人"当做最大也是最基本的认同与归属。经过五六百年的巨大变化，中国和中国人从封建制度的束缚中渐渐释放出来，"人"开始具有自己独自寻找的意义。这一个时代，堪称中国历史上最有活力的时代。

因金字塔尖的摇摆不定而导致金字塔尖底部的不断游弋，在中国大地上巡演了上千年——

西晋末年，发生了"八王之乱"，晋朝的实力大打折扣，北方的少数民族趁机南下，侵占了中原的腹地洛阳，这就是历史上的有名的五胡乱华。永嘉之乱，晋室南迁。中原水利失修，旱灾、蝗灾、疾疫连年不断，加上西方和北方五胡势力的冲击，引起大规模的移民潮。

黄河流域的人口迁徙到长江流域，长江流域的人口向更南的地方迁徙，形成中国古代第一次人口大迁徙高峰。这次南迁人口约90万，使秦汉以来人口分布显著的北多南少格局开始变化，南方人口得到较快增加，这成为中国人口分布中心向长江流域转移的一个标志性事件。

之后便是唐朝"安史之乱"。"安史之乱"历时七年零两个月，主要战场基本上都是在北方，而南方则繁荣依旧。南方重镇如金陵、广州等，照样有着大批来自波斯和阿拉伯的商人来大唐做生意。战争使上百万人南迁，从根本上改变了中国人口分布以黄河流域为重心的格局，中国南北人口分布比例第一次达到均衡。

历史来到宋代，北宋末年的"靖康之乱"，使山东、河南等地的汉人纷纷跟随着朝廷，大批地迁移到长江中下游地区。到南宋末年，忽必烈出动大批蒙古兵南侵，长江中下游地区的居民为躲避战乱，大量向广东、广西、福建等地迁徙。

朱元璋打下明朝江山时，蒙人留下的是满目疮痍和一片萧瑟。"国朝初，人稀少"乃基本国情，朱元璋不得不命令百姓和士兵去人口稀少之地开垦、守卫。这次移民规模之大，堪称空前绝后。《简明中国移民史》载，明代初年，长江流域移民700万，华北地区移民490万，西北、东北和西南边疆也有150万，共计1340万，几乎占到当时全国总人口的两成。到永乐年间，北京、开封等城市才逐渐恢复昔日的繁荣。

历史在原地循环往复。明朝末年经过数十载战乱，明朝江山被大清取代后，四川已是"十室九空"。清康熙二年（1663年），顺天府尹张德地擢升为四川巡抚，此时重庆城中不过数百户人家，州县居民也往往只有数十家乃至十几家，有的甚至只有一二户。张献忠巡四川，包括成都都已成为虎狼出没之地。

此种情况之下，"湖广填四川"便应运而生。

至近代，中国还有同一时期三个不同方向的移民潮，人们习惯称之为"闯关东"、"走西口"和"下南洋"。跟"湖广填四川"不同的是，这三次移民，都是民间自发的。

康熙年间，东北实行封禁，不许汉民进入"龙兴之地"垦殖、采矿，但是私闯关卡，到禁区开垦土地的农民，依然难以禁绝。到了咸丰末年，封禁政策解除，鼓励移民垦荒，关内移民开始大批进入东北。到民国之后，闯关东的移民潮越来越多，最高时，一年有上百万河北、山东的居民举家迁往东北。

"走西口"的流民主要来自华北各地，以山西人为主流。盖因中原地区人多地少，常年闹灾荒，所以流民越过张家口以西的长城沿线关隘，去到蒙古草原和河套一带谋求生计。难以置信的是，这一特定的移民潮竟持续了三百年。

"下南洋"是指前往海外的移民。自清代晚期以来，南洋华人中的杰出人士就不断反哺大陆。尤其值得一提的是，抗战期间，仅在滇缅公路服务的华侨就多达三千人，其中三分之一牺牲在那里。

闯关东，走西口，下南洋，填四川……古往今来，一个个悲壮的移民故事，就是我们祖先不屈的生存故事，也是人类生生不息的延续之本。麻城县、孝感乡、大槐树……一个个记忆中的地名在不断迁徙中，被珍藏并流传下来。

总体而言，中国历史上大体有三种移民方式：战争、饥荒、国家强制迁移，或者说战争移民、灾害移民、行政性移民。

在历史学家许倬云先生眼里，中国历史上的管理制度大体上可分为四种，一是周武王通过授权建立起来的封建制度，这是一种连锁经营模式；二是楚武王在其新领土上实行的垂直管理，开创了中国历史上的郡县制度；三是诸葛亮七擒孟获，委任孟获继续管理南中，用羁縻制度建立了中央政府与南中地区的行政隶属关系；四是明清两朝的理藩制度，作为一种古老的政治联盟形式,可以追溯到黄帝时代的共主制度。

管理学家成君忆先生认为,如果用管理学的眼光去看待中国历史,就会像"剥洋葱皮"一样,看到更深层次的历史真相。比如,封建与专制是两回事,封建意味着授权,专制意味着集权。

作为最先一统中国的秦帝国,为什么"秦人"在西方档案里面,会成为"China",而在中国的历史里面,"汉代"这一皇朝称谓则存在得更持久,代替了"秦人"成为中国的另一名称,甚至于后世的唐、明皇朝竟都不能取代"汉人"。

这是一个值得研究的现象。

值得注意的是,2009年12月,《美国人类遗传学杂志》上发表了一篇新加坡学者关于汉人基因的研究论文。他们在八千多个来自中国十个省份的华人身上获取基因,进行分析,发现这八千多人的基因成分有高度的共同性,有87%左右是一致的。这篇报告也指出,基因差异性的转换,从北到南有一定的差序,从西到东并没有特殊可见的差异。他们将华人的基因成分与日本人的基因成分对比,发现华人的一致性远比日本人高。

许倬云先生认为,这篇报告的发现相当程度符合中国历史文献所记载的人类迁徙和混合现象。比如,每次北方高原地区气候变化,当地的牧民便大举南下侵入中国,然后落地生根,他们的基因也就进入中国人的总基因库内。相应地,犹如后浪推前浪,本来在中原一带的居民,由于北方的战乱,一批又一批地向南迁移,于是乎,南方各地的基因成分也被改变。

中国的地形，在同纬度天然条件下从西到东的差异，不如从北到南之间那样显著。北方牧民进入中国，又往往牵涉战争与征服——不同族群经过迁徙，基因不断融合，形成新的基因库。

循着迁徙的足迹，还有专家大胆地求证着"一大发现"，那就是"现代人类"从非洲扩散的"迁徙说"。具体内容是指：从太平洋的西海岸北上的一批；经过东南亚北部，穿越今天的中国西南部，然后一路直接北移，一路东移，进入长江流域的一批；经过中亚北上，东转进入中国西北部的一批；直上至乌拉尔山下，再东转扩散于亚洲北部的一批。

这四批大迁徙，涵盖今日中国的整个疆域。

当然，这样的大胆设想还有利于复杂的求证，真的得到证实的话，四海一家就成为现实了。

放眼全球，文明的进程，主要是世界大移民的过程。人类无时无刻不在移民之中，最终走向大融合。

祭坛上的郑国渠

郑国渠是"四战之地"的一枚棋子。

此乃韩国走投无路之下的"疲秦之计",真实意图在于耗竭秦国实力,以拖延战术求生存之道。

郑国渠的开工时间是公元前 246 年,也就是嬴政元年——这算得上秦始皇的"一号工程"。

一水灌溉关中,"疲秦之计"最终变成"强秦之策"。郑国渠建成六年后,也就是公元前 230 年,秦国统一中原的战车正式驶向战场,战车所向披靡,最先被压得粉身碎骨的,却是苦心孤诣的韩国。

都江堰、郑国渠和灵渠,三大水利工程就是三个不同风格的水利博物馆。

三项水利工程,助秦始皇一统天下。长城是为了防人,郑国渠是为了惠人。曾是战争产物的水利工程,最终走向了利民利国。

一个政治上的阴谋,在履行其历史使命后,戏剧性地演变成一个惠民的水利工程——郑国渠实现了自身功能的巨大转换,两千多年来极具标本意义。

陕西省泾阳县王桥镇上然村的村头,竖有一块黑色的碑,碑上刻着"全国第四批重点文物保护单位郑国渠首遗址"字样,落款是"中华人民共和国国务院,一九九六年十一月公布"。

这便是赫赫有名的郑国渠所在地。王桥镇以西的船头村至泾河峡谷出口,就是郑国渠的渠首。作为秦国三大水利工程之一,郑国渠为秦一统天下,发挥了巨大的历史作用。

要弄清郑国渠的前世今生,就得把它放在先秦时期历史背景下研判与考量。直接涉及的两个国家分别是秦国和韩国。作为春秋战国时的诸侯国,秦国自不必说。韩国的诞生,缘于春秋与战国交接时期,与中国历史上一个著名的事件直接相关,这个事件就是"三家分晋"。

三家分晋,乃中国历史上重要的标志性事件。其实质,是周王朝以王公贵族为世袭的"封建制度"走到了尽头。晋,原本强悍的春秋五霸之一,拥有六个世家大族,但至春秋末年,王室权威耗损严重,终至孱弱不堪,这就使得远亲公族势力逐渐强大,正所谓"树大分枝",分崩离析在所难免。

这里所说的"三家",即韩、赵、魏。公元前403年,原来的"晋国"由韩、赵、魏三国替代。由是,韩国建立。开国君主是晋国大夫韩武子的后代韩昭侯,建都于阳翟(今河南禹县)。

此间，正值春秋走向战国时代，群雄并起，泥沙俱下，大家磨刀霍霍。魏有李悝变法，齐有孙膑练兵及稷下学宫的智囊团，赵有胡服骑射……各国都在厉兵秣马，纷纷变革。一些强大的诸侯国，都想以自己为中心，完成统一大业。

特别是秦国的动作最大，先后有商鞅、张仪、范雎、李斯等重臣能臣承前启后，不断变法谋国，在此形成了合纵连横、远交近攻等一整套"战国策"。而韩国倚重丞相申不害"内修政教，外应诸侯"的策略，帮助韩昭侯推行"法"、"术"之治，虽然十五年间"国治兵强，无侵韩者"，但夹在大国之间，弹丸之地的韩国终未能脱胎换骨。

从地理位置上看，地势狭窄的韩国，被魏、齐、楚、秦等国所包围，疆域为七雄之中最小，西和秦国、魏国交界，南和楚国相接，东南和郑国交界，东和宋国接壤。

今天看似扼交通枢纽之利，可在古代就是火上烤的"四战之地"。

公元前238年，秦王嬴政开始亲政后，在李斯、尉缭等人的协助下，制定了"灭诸侯，成帝业，为天下一统"的国家发展战略。其具体战术思想是：笼络燕齐，稳住魏楚，消灭韩赵。远交近攻，逐个击破。从公元前230年攻打韩国到前221年灭齐国结束，只用了十年时间，先后消灭韩、赵、魏、楚、燕、齐六国，结束了中国自春秋以来长达五百多年的诸侯割据局面，建立了中国历史上第一个君主制中央集权国家。

韩国不幸成为六国中最先祭旗的国家，也是秦"远交近攻"小试牛刀最初的成果。对于韩国这样一块肥肉，各国都在觊觎，这一点韩国心里也十分清楚。秦欲有事于东方时，首当其冲的韩国，只得小心翼翼，施以怀柔政策。

郑国渠就是怀柔政策最生动的案例。郑国本是韩国一位主管水利的官员，系大禹之后有名的治水名家。公元前246年，郑国以公派的身份进入秦国，公开名目是作为友邦邻国，帮助发展秦国农业。具体任务是，游说秦国修一条大型灌溉渠道，把泾水和洛水连接起来，利用泾水丰富的水量灌溉洛水一带的土地。这样，关中就不怕干旱了。

这一点正合秦国"耕战"的战略定位，水利是"耕"的命脉，之前连年干旱的关中是秦国的基地，提高秦国粮食产量，发展农田水利乃重中之重。

未曾想，这其实是韩国走投无路之下的"疲秦之计"，真实意图在于耗竭秦国实力，以拖延战术求生存之道。郑国这样一个专业人才，在关键时期被赋予了极其重要的政治使命——间谍。

请注意，郑国渠的开工时间是公元前246年——嬴政开始亲政打理秦国的第一年。仔细研判一下郑国渠的修建时间，就可以发现这项水利工程对于秦国的重要性，这应该算得上此间秦国的"一号工程"。因而，"老子天下第一"的嬴政很快采纳了这一建议，并任命郑国全权主持该项工程，征集大量人力和物力，立即上马。

世上没有不透风的墙。韩国"疲秦"的阴谋在渠修成之前败露，秦王大怒，要杀郑国。郑国早就知道会有这一天，他已经想好了说辞："始臣为间，然渠成亦秦之利也。臣为韩延数岁之命，而为秦建万世之功。"（详见《汉书·沟洫志》）意思是说，即使修建郑国渠消耗大量财政收入，也不过是让韩国多苟延残喘几年而已，而该渠可以使秦国"富民强国，建万世之功"。

远见卓识的嬴政很欣赏郑国这个"解释"，虽然引来秦国上下热议，但他仍然重用郑国。可以想象，强大的秦国在情报工作也应该算一流，他们其实早就想到了韩国的心思，只是嬴政来了个将计就计。虽然没有历史资料记载，但仔细分析，完全可以推断，以秦相吕不韦的精明，很可能知道郑国的间谍身份。

一个是有心疲秦，一个是将计就计，主动被动之间，胜负已见分晓。就在这钩心斗角中，郑国渠开工了。

郑国不愧为经世济用的水利专家，在他的设计下，泾河从陕西北部群山中冲出，西引泾水东注洛水，东西长达三百余里，南北数十里。在泾阳、三原、富平、蒲城、白水等县二级阶地的最高位置上，由西向东，沿线与冶峪、清峪、浊峪、沮漆（今石川河）等水相交，流至礼泉就进入关中平原。

郑国还充分利用郑国渠地处"西北略高，东南略低"这一地形，在礼泉县东北的谷口开始修干渠，使干渠沿北面山脚向东伸展，很自然地把干渠分布在灌溉区最高地带，不仅最大限度地控制灌溉面积，而且形成了全部自流的灌溉系统。

十多年的努力，工程修毕，人称郑国渠。

我们不禁要问，建成后的郑国渠究竟是韩国送给秦国的厚礼，还是韩国疲秦政策的成功之道？郑国渠对秦国统一大业又产生多么大的影响？

《史记》和《汉书》两部权威著作是这样评价郑国渠的："渠就，用注填阏（淤）之水，溉舄卤之地四万余顷，收皆亩一钟，于是关中为沃野，无凶年，秦以富强，卒并诸侯，因名曰郑国渠。"

"钟"为秦时计量单位，一钟六石四斗，比当时黄河中游一般亩产一石半，要高许多倍。

灌溉"四万余顷"在当时的秦国，无疑是一个天文数字，据说可以足够养一支百万军队。这条我国古代最大的一条灌溉渠道，无疑使秦国从经济上完成了统一中国的战争准备。

郑国渠首开了引泾灌溉之先河，工程之浩大、设计之合理、技术之先进、实效之显著，在世界水利史上少见。后人在郑国渠遗址上，发现有三个南北排列的暗洞。地面上开始出现由西北向东南斜行一字排列的七个大土坑，土坑之间原有地下干渠相通，故称"井渠"。

治理滔天洪水、划定中国版图为九州的大禹，曾在此治水。千年过后，这片大地上又出现了一个"大禹式"的郑国。韩国如此稀有的人才,白白献出为秦人所用。

一水灌溉关中,"疲秦"成了"助秦",最后变为"强秦"。其实,诡谲中贯穿着必然的逻辑。

186

君临天下,主扫六合,南征越族,北击匈奴,扫荡四夷,一统中华……兵马俑,万里长城,书同文车同轨……这些丰功伟绩,与中国历史上第一个"皇帝"称号的君主连在一起,也同时成就了暴虐成性,刚愎自用,焚书坑儒,拒谏饰非……"千古一帝"的专横形象。

无论功过还是是非,世上难有一个帝王能与秦始皇相匹敌。我以为,能把秦始皇与伟大一词紧紧连在一起的,还是他留下的三大水利工程。

秦国统一战争前的八十五年,在咸阳宫,秦相张仪和大将司马错之间,就秦国的扩张战略产生了分歧。张仪认为应该先向东攻打韩国,开疆拓土;而司马错主张攻打巴蜀,先把统一天下野心收起来,防止六国再次合纵抗秦,以巴蜀建立起坚实的后援基地。

秦惠文王最终采纳了司马错的建议。

公元前316年,司马错征服巴蜀后,三十岁的秦国人李冰来到蜀担任郡守。按照秦国耕战文化的策略,蜀地要建成秦统一天下的战略基地。李冰不负厚望,经过十四年的艰苦卓绝,世界水利史上的惊世之作都江堰水利工程得以建成。《史记》评价,成都平原从此"水旱从人,不知饥馑,时无荒年,天下谓之天府也"。强国的根在土地上,秦国重新划分了土地,开辟了新的土地以供耕种。天府之国的成都平原成为大秦最放心的"天下粮仓"。

兵马未动,粮草先行。都江堰建成仅仅十数年,也就是公元前246年,秦王嬴政开始亲自执掌秦国的大印。此时,都江堰灌溉下的成都平原,已经有源源不断的粮食,支撑着秦国这辆军事战车,一路前行。

正当秦国厉兵秣马之际,韩国又主动送来了郑国渠——"疲秦之计"最终变成"强秦之策"。郑国渠建成六年后,也就是公元前230年,秦国统一中原的战车正式驶向战场,战车所向披靡,最先被压得粉身碎骨的,却是苦心孤诣的韩国。

却说完成统一大业后的秦始皇,陶醉在巨大的胜利喜悦之中,公元前221年又乘胜追击,派兵五十万南下,剑指岭南越人,欲一鼓作气扩大版图。

广西桂林一带山峦叠嶂,森林密布,后勤补给线长,战争进行得很不顺利。最后导致军中粮草枯竭,饥饿不仅蚕食秦军的战斗意志,也在摧毁帝国征服南方的野心。

要想结束南方战争,首要问题是解决后勤补给。从北方的粮仓到南方前线,秦军的后勤保障主要依靠陆路运输,可否凿一条便捷的水道运粮?

有一名叫史禄的秦朝官员站了出来,提出了"打通南北两大水系"的构想,并大胆提出"在湘江和漓江之间修一条运河",船队从巴蜀一带的粮仓出发,进入长江的支流湘江,再通过这条运河到达珠江的支流漓江。如此,后勤物资方可用水路送到战争前线。这样一个惊人的壮举,必然面临着巨大的施工难题。

第四章 松竹梅 / 195

主要难度在于，如何通过设计解决湘江和漓江数百米高低差的问题。整整五年时间，十万兵卒，不仅解决了技术难题，而且还修成了。感佩先人的智慧。这条当时唤名湘漓渠的渠道，被誉为灵渠。

此渠建成后的次年，秦军就平定了南方土著人的反抗，帝国的疆域一直拓展到了南海之边。

灵渠把长江流域与珠江流域通过水路彻底连通，这无疑是一个划时代的工程。自此以后，直到现代湘桂铁路、京广铁路通车以前的两千一百多年间，灵渠始终是中国南北交通的水上要道。

用今天的眼光看，都江堰、郑国渠和灵渠，三大水利工程就是三个不同风格的水利博物馆，其设计与布局，无不见证着高超的智慧和过人的胆识。

它们能诞生在两千多年前的秦国并非偶然，它是秦人坚定执行"耕战国策"的强有力体现。有一个事例可以佐证，20世纪80年代，考古专家在陕西省凤翔县发掘一座秦国国君的坟墓时，墓葬中除了高等级的礼器之外，令人意外的是，还发现一大批铁制农具。

当军队还在使用青铜兵器厮杀的时候，秦国就鼓励农民大量使用铁制农具。工欲善其事，必先利其器。他们知道，先进的生产工具会给他们带来梦想的一切。

三项水利工程，助秦始皇一统天下。长城是为了防人，郑国渠是为了惠人。曾是战争产物的水利工程，最终走向了利民利国。

朝秦暮楚的历史恩怨

春秋时代,秦国和楚国都被中原诸侯瞧不上,同处文化落后的华夏边缘地带,秦国在西边被视为西戎,楚国在南边被视为南蛮。可谓难兄难弟同病相怜。

在古代,"结成生死同盟"最好的方式,便是联姻。秦楚两国联姻,共延续二十一代四百余年。古往今来,都不啻为一个奇迹。

世易时移。到了战国初期,"战国七雄"当中,真正称得上"雄"的,只有秦与楚。

国家利益面前,任何感情都很脆弱。秦先亡楚,楚使秦亡。

秦楚之战如拉锯战,朝秦暮楚形象地描绘出一幅戏剧性画面:朝为秦地,为秦管辖,插秦旗,穿秦衣,行秦礼,言秦语;待到傍晚,被楚军占据,百姓又易楚帜,着楚衫,行楚俗,说楚话。

公元前207年,有专家如是总结秦楚最后一战:"其声势之浩大,场面之壮阔,三千年来未曾有也。"

自此,世上再无秦国,也不复有楚国也。

湖北省竹溪县蒋家堰镇和陕西省平利县长安乡紧紧相连，彼此的交界处，有一个唤名为关垭子的古战场——战场的古老，可追溯到两千多年前的春秋战国时代。

靠近陕西一侧，一块黑色的石碑上，刻着"陕西省文物保护单位，关垭界墙"，系陕西省平利县人民政府所立。古战场湖北一侧，也同样立有相应的石碑，湖北省竹溪县人民政府在碑上还特别提醒："秦楚边际山脉绵延陡峭，此地隘，成要塞，两山对峙，一道中通，称关垭。"

两块碑同时告诉我们一个重要的历史信息，"关垭"历来就是兵家必争的军事要地。

两山对峙，一道中通，横亘南北，形如一个马鞍。关垭的前方是正南面，连接着山宝寨；北面即马尾巴处，连接着擂鼓台。

关垭古堡残碉犹存。千百年过去了，身临其境，耳畔仍会升腾起一种旌旗猎猎、战鼓阵阵的恍惚之感。

尤值一提的是，这座被当地人称为"边墙"或"绉城"的土石建筑，乃楚长城城堡遗址。夯土里拌魔芋浆、阳桃藤汁作黏合剂，使城墙坚硬如石，历经两千多年风剥雨蚀，至今仍留有一段夯土城垣，任后人凭吊。

要知道，楚长城乃中国历史上修筑最早的一条长城。

古时，这里是秦楚两国的分界线。秦山绵延陡峭，楚水平缓东流。如今，这里是两省的省界，站在公路上方平台向东西俯瞰，无限风光，尽收眼底。

楚长城依山势而筑，背楚面秦，设有城墙、城楼、箭垛。堡内有屯兵场地，防守为阵地，进攻为据点，退却为屏障。

于是乎，有专家考证，作为兵家必争的战略隘口，关垭就是春秋战国时期"朝秦暮楚"之地。

早已耳熟能详、家喻户晓的成语"朝秦暮楚"，是一个十分"抢"手的历史典故，由于陕鄂两省紧邻，因为时代久远，所以"朝秦暮楚"的发生地，有了多种版本。

三个地方都可能成为"朝秦暮楚"之地，除了前述所说的"关垭之说"外，还形成了"上津之说"和"漫川关之说"。

"北通秦晋，南联吴楚"的漫川关为秦楚咽喉，自古乃兵家必争之地。春秋战国时，漫川关称蛮子国，楚置方城。战国中后期，尤其是公元前312年后秦楚交恶，楚晋联合缔结盟约，与秦国常在"蛮子国"交战。《郡县志》载："漫川即古蛮子国。"

同样，地处鄂西北边陲的上津古城，与陕西省漫川镇接壤。南依汉水，北枕秦岭，这里自古就是兵家必争之地，故而上津古城屡毁屡建。

"上津"一词最早源于北魏郦道元《水经注》："丰乡水西南合关村水而南入上津。""津"为渡口之意。古为商国之地，春秋属晋，战国属秦，北朝西魏时，建立上津县。上津古城曾设有五个门，东门向郧、南门达楚、西门通汉、北门接秦。另,西南一角还有一个为方便百姓劳作而开的角门称为小西门。

游走于古城内,巷道曲径通幽。三五人家,几缕炊烟,一畦菜地……恍若置身陶渊明笔下的世外桃源。

"朝秦暮楚"这个成语典故出自北宋才子晁补之《鸡肋集·北渚亭赋》:"托生理于四方,固朝秦而暮楚。"说的是,战国时期秦楚两个诸侯大国相互对立,经常作战。一些小国为了更好地生存,时而为秦国效力,时而向楚国靠拢。许多谋士也不免时而替秦国出主意,时而向楚国献计策。

更有甚者,形象地描绘出一幅戏剧性很强的画面,说秦楚之战如拉锯战,朝为秦地,为秦管辖,插秦旗,穿秦衣,行秦礼,言秦语;待到傍晚,又被楚军占据,又机智地易楚帜,着楚衫,行楚俗,说楚话。这也算得上战争年代老百姓不得已的一种生存智慧。

不过,朝秦暮楚这个成语,形象地向我们证实了当年两国势均力敌的情况。

实际上,"朝秦暮楚"这个说法直到宋朝时才正式出现,也让人有些费解。

春秋时代,秦国和楚国同处文化落后的华夏边缘地带,秦国在西边被视为西戎,楚国在南边被视为南蛮。都被中原诸侯瞧不上,可谓难兄难弟同病相怜。

这样的现实,使秦楚两国不得不抱团取暖,继而结成生死同盟。在古代,"结成生死同盟"最好的方式,便是联姻。秦楚两国的联姻史,可追溯到秦穆公和楚成王时代。

秦穆公晚年,秦国和晋国开战。公元前627年,秦晋之间发生崤之战,晋军打败秦军后,秦国开始援引楚国一起对抗晋国。

"秦之亲楚,何其至也。"秦穆公死后,秦康公即位,秦楚关系依然牢固。康公六年(前615年),楚国闹饥荒,楚的周边属国庸国发动叛乱。秦国派军队协助楚国,灭了庸国后,送还楚国。

到了秦景公时期,双方恩爱如昨,最直接的体现,便是景公把妹妹嫁给楚王。

至秦哀公时期,还留下了"申包胥哭秦庭"的典故。秦哀公以后,秦楚两国的婚姻关系依旧连续不断,在血缘上不断"亲上加亲"。一直延续到秦孝公执政的时候。此间秦国著名的大臣商鞅,便是孝公宠臣景监推荐的,而景监不是秦国人,而是楚国人,可见秦楚已经进入"你中有我,我中有你",水乳交融的阶段。

此时,秦楚两国已经有了十八代姻缘。

一直到秦惠文王死后,秦武王即位,这个局面才有所改变。因为秦武王是魏太后之子,只可惜秦武王婚后不久,就意外早亡。

武王之后便是同父异母的弟弟秦昭王即位,秦楚的姻缘又接续起来。以宣太后为首的"楚系外戚"在秦已经形成一个强大集团,牢牢地控制着秦国朝政。这种"外戚"的势力长期左右着秦国的外交,不可避免地埋下了极大的隐患。

秦昭王在位时,不仅把老爸从楚国手里夺走的上庸等地归还给楚国,还出军帮助楚国反击齐国、魏国和韩国的联合进攻。此际,羽翼尚未丰满的秦昭王,只是隐而不发而已。

直到宣太后病逝,范雎献策帮助秦昭王清算楚系势力。其实宣太后早已料到这一点,所以生前就做了安排,让秦太子安国君(即秦孝文王,嬴政祖父)和华阳公主(楚系外戚)联姻。

两国关系的恶化甚至决裂,取决于一个人,这个人就是纵横家张仪。

张仪并非楚国人,而是仇国魏国贵族后裔。张仪先以"六百里之地"诱骗楚怀王,离间齐楚关系,楚国吃了个哑巴亏;芈八子之子秦昭襄王又约楚怀王聚会,楚怀王觉得吃亏也就认了,想着朋友还可以继续做。但,秦昭襄王不地道,直接把人扣到秦国,直到楚怀王死也没逃出来。

怎么看,也像是张仪与秦昭襄王事先串通好了一样。

只可惜人算不如天算,华阳公主一生未育,只得认子异(即秦庄襄王,嬴政父亲)为养子,并改其名为"楚",又名子楚。照例,到孙子嬴政新晋秦王时,华阳公主又选了一位楚国女子进宫。

就这样,秦楚两国联姻,共延续二十一代四百余年,古往今来,都不啻为一个奇迹。

按理,对于秦王室来说,秦楚的血脉早已融为一体,两国应该休戚与共,但事实却远非如此。可以说,春秋战国时各国王室的婚姻状况,都是各国外交角力的重点,当然随着秦国的实力越来越大,其王者婚姻更是各国竞争的焦点。

从秦始皇出生一直到成人,就一直活在华阳太后为首的"楚系"保护与控制之下。只缘从其父开始,就是楚系将他们"推"上王位的。当年子异逃回国时,嬴政母子被留在了赵国邯郸。如果没有"楚系外戚"的强力保护,嬴政的王太子身份不仅会被其他公子取代,其性命也可能不保。楚系保护秦始皇,缘于吕不韦和华阳公主达成的政治联盟,认子异为儿子,旨在确保嬴政的地位。

这是楚系的"母国力量"最大的诉求,因而嬴政刚刚成为"始皇",羽翼尚未丰满之际,也只有靠"楚系外戚"。

像他的先辈当年一样,秦始皇也只能看在眼里,记在心里。

而立之年的秦始皇开始乾纲独断，酝酿已久的灭楚大计，被提上议事日程。秦楚两国的联姻彻底走入历史的尽头……当时楚仍为中国南方大国，拥有今河南西部及东南部，山东南部，湖北、湖南两省，洞庭湖以东和江西、安徽、江苏、浙江全部。

灭赵、破燕并魏后，秦王政二十一年（前226年），秦将王贲率军进攻楚国北部，开道击魏，揭开了攻灭楚国的序幕。

秦王政二十四年（前223年），王翦率领秦军一举攻破楚都寿春（今安徽寿县西南），俘楚王负刍，楚亡。王翦继续进军江南，占领楚国全部土地。秦在楚地设立楚郡，不久，又分为九江郡、长河郡和会稽郡。

楚国是在西周晚期开始建立的。本来东方"祝融八姓"中的芈姓，迁移到汉水流域和当地的百蛮合作，方建立楚国。春秋时期，楚国与中原霸主不断斗争，不仅没有失败，而且继续壮大，就是因为楚国有广大的腹地可以开发。到了战国末期，大半个后世中国的领土，都是楚国的疆域。

一定程度上讲，战国初期，最有实力与秦国一争天下的，当数楚国。"战国七雄"当中，真正称得上"雄"的，是秦与楚。

从公元前230年攻打韩国到公元前221年灭齐国结束，秦军只用了十年时间。也就是说，从王国变成帝国，秦只用了十年工夫。从称帝到灭亡，也不到十五年。真可谓昙花一现，来去匆匆。

实际上，秦二世胡亥继位的第二年，楚人陈胜吴广就反了。义军大旗一举，天下云集响应，星火顷刻燎原。这个时候，看似坚如磐石的大秦帝国，就已经进入倒计时了。此刻，赵高又成为大秦的主角，他谋杀了二世皇帝，立子婴为秦君，去帝号，称秦王。也即是说，仅仅风光了十四年的大秦帝国，就身败名裂，由帝国重新回到了王国。这样的屈尊并没有消除六国对它的恨，由是，子婴很快就投降了另一位楚人刘邦。只可惜，子婴在大位上只做了四十六天短命君王，就承担起大秦崩盘的所有责任。

天下再次大乱，重归"战国时代"。

子婴投降仅仅一个月，又出来一位楚人项羽，率诸侯联军入秦，尽灭秦宗族，尔后分封天下，自号霸王，史称"西楚"。

历史真会开玩笑。屠城的项羽，本不过一介武夫；首义的陈胜，本不过一名戍卒；受降的刘邦，本不过帝国一个小小的亭长。在今天看来，亭长，比乡长还低的"股级干部"，却能取秦皇而代之，成为新帝国的第一任皇帝。

历史的玄机，几人能看透？

196

公元前207年，秦楚最后一战可谓至惨至烈。这一战，历时整整七个月，战线一万三千余里，遍及当今大半个中国，战况一波三折，战后一百四十万秦军灰飞烟灭。

秦楚战局此消彼长。战争初期，秦将章邯、李由各率二十万秦军出关东，令王离率三十万秦军从长城南下，令赵佗集合岭南五十万秦军北上，向楚国军民大举进攻。这一阶段，北路王离的三十万秦军千里挥师，一路高歌南下；中路章邯、李由的两路四十万秦军势如破竹，消灭楚军十几万，斩楚将项梁于定陶。

胡亥万万没有想到的是，在南路，岭南五路秦军在当年进攻岭南时早已死亡过半，实际上只剩下二十万兵，这二十万秦军分驻于两广、福建三省，正当秦将赵佗奉命集合部队，向北挺进之时，三路闽粤兵擎起楚军大旗，杀向赵佗秦军，不得已，赵佗将屯驻于广东的十多万秦军兵分四处，一处守粤东，驻揭阳岭，一处守粤西，驻封开，一处守粤北，驻英德，一处守粤中，驻番禺。

吕臣彭城东，项羽彭城西，刘邦军砀郡，宋义之彭城，遏住了章邯中路秦军的进攻。

在南面，瓯越首领率军向广西北部和贵州东南部挺进，粤君梅绢率领粤北楚军，连克江西赣州、湖南郴州、衡阳，直抵长沙，闽君无瑶率领闽北楚军，连下江西鹰潭、抚州、吉安，直抵南昌，迫使吴芮不得不举旗反正，加入楚军行列，举兵与梅绢、无瑶联合，收复九江、南昌、长沙。在云南和广西西部，夜郎、滇楚连兵，击秦军于昭通、宜宾、贵阳，收复贵州大部分地区，与四川、重庆的秦军相持于巴渝。在北部，秦将王离军围邯郸，与章邯的秦军合击赵、齐两地，楚怀王令楚军助齐救赵，秦楚双方遂处于相持阶段。

楚怀王熊心命楚将项羽、范增、英布、蒲将军、吕臣率大军渡过黄河，截击章邯、王离的军队，与秦军主力决战，命楚将刘邦率领楚军千里挥师，收复河南，命楚将彭越率军于封开、新乡、开封一带，接应项羽、英布、蒲将军、吕臣、刘邦的军队，命魏豹率领楚军收复山西魏地，命张良率领楚军收复山西韩地，命楚将共敖率军收复江汉、巴渝，命楚将吴芮、梅绢、无瑶收复江西、湖南、贵州、浙江，秦军节节败亡，楚军越战越勇，不断向秦国本土挺进。

198

在咸阳，秦皇胡亥声嘶力竭："顶住，顶住。后退者死。"在徐州，心怀楚国亡国之恨，被尊为楚怀王的熊心战剑一挥："楚军将领听令。先入定关中为王。"

于是，一面面楚旗在猎猎战场上铺天盖地而来，百万楚军齐踊跃，席卷浙江、江西、湖南、贵州、重庆、四川、湖北、河南、河北、山西，直捣秦地关中和咸阳，十几路楚军相继进入陕西关中平原。楚将项羽、范增、英布、蒲将军、吕臣战安阳、濮阳、邯郸，楚将刘邦战荥阳、洛阳、南阳，楚将彭越战开封、延津、新乡，楚将魏豹战晋城、晋中、河津，楚将张良战沁阳、济源、风陵，楚将梅绢战武汉、信阳、荆紫关，楚将吴芮战长沙、黔中，楚将共敖战荆州、宜昌、奉节。

短短三年时间，不可一世号称万世之基的大秦帝国，在一片呼啸中灰飞烟灭。

是非恩怨，百年情仇，在最后一战之后，彻底了结。有专家总结叹曰："其声势之浩大，场面之壮阔，三千年来未曾有也。"

自此，世上再无秦国，也不复有楚国也。

《史记·项羽本纪》云："楚虽三户，亡秦必楚！"历史就是这样的诡异和不可捉摸。起初发难攻秦，由陈胜开始；暴厉灭秦，出于项羽；拨乱诛秦，平定海内，成就帝业，则是刘邦。这三人，都和楚国有着紧密的关联。

　　自战国以来，秦、楚两国争战不已，数百万将士的尸骨，草草掩埋，遗弃荒野，数百万将士的亡魂，冥冥游离不得超度。秦灭楚，楚又灭秦，秦楚再融合建成汉。历史学家李开元说得有道理，放眼历史，事后想来，究竟当初为了哪桩？人人都是历史的工具，生死胜负，都不过是在执行历史所赋予的使命。

大秦顶层设计师的
命运渊薮

自秦孝公后，中经惠王、武王、昭王等，及至秦二世亡国，历时130余年。其中为丞相、相国者，有张仪、樗里子、甘茂……吕不韦、李斯、赵高等人，他们来历不同，政治主张也不尽一致，但从秦孝公以来的制度，都得到了很好的传承，包括律令在内的法律得以发展，秦法已是相当成熟。

这一切之发轫，都缘于商鞅变法。

历来变法者无好下场。商鞅命运悲惨——车裂其身，灭其家族。

商鞅被车裂后，其追随者为其收殓遗骨，在黄河德丰渡口被秦军截获，当地百姓将遗骨悄悄埋于秦驿山下，法家的后学者立碑，上书"商君之墓"。

公元前338年的秋天极为诡谲，秦国治下的天空更是一片肃杀。

北方的风说来就来，一派凄凉。黄昏时分，魏国与秦国边境上的"悦来客栈"店招，在风中孤独地飞扬，似乎在召唤着"未晚先投宿"的各路行者。

店小二正要关上店门，忽见匆匆赶来一位疲惫的客官投宿。此人六旬开外，相貌不凡，出手大方，从衣袋里掏出银钱排在桌上，嚷着要菜要酒要房间——看样子是饿坏了。

边关要地，见投宿者风尘仆仆，慌慌张张。年轻的店小二却少年老成，有着极强的政治敏感，望了望墙上的通缉之令。"商君之法，舍人无验者坐之。"他条件反射般请客官出示"身份证"（验）："钱挣不了是小事，违反了大秦条律是重罪，那可是商鞅定下的铁律。"

秦律规定，全国范围内登记户口，禁止百姓擅自迁居。《商君书·境内》云："四境之内，丈夫女子皆有名于上，生者著，死者削。使民无得擅徙，则诛愚乱农之民无所于食而必农。"

未曾带有"身份证"的客官，一听到商鞅这个名字，便摸着花白的胡须无奈长叹："为法之敝一至此哉！"岂不知，这位特殊的客官，正是大名鼎鼎的商鞅。

此刻，商鞅已是大秦通缉要犯，亡命出逃的他，哪里会有什么身份证件？

原来这都是商鞅制定的严苛律令，将自己逼向绝境。

商鞅知道自己注定是个悲剧人物。也就是三个月前，还是大秦庙堂之上呼风唤雨的商鞅，同所有秦国人一样，收到一个晴天霹雳般的消息——秦孝公驾崩。聪明过人的商鞅大脑一片空白，此刻，他感受到一种前所未有的茫然与无助，一种大厦将倾之预感不时袭击着他。

果不出他所料，秦孝公之子秦惠文王刚刚继位，便收到了"商鞅谋反"的奏折。

这封"实名举报"的奏折，是由公子虔上奏的。公子虔何许人也？原来，公子虔就是嬴虔，秦孝公嬴渠梁的大哥，也即秦惠文王的伯父。曾为秦孝公太子嬴驷之右傅，公孙贾为左傅。秦律规定，执法不避权贵、刑上大夫。一次嬴驷犯了法，商鞅以秦律规定"太子犯法，他的师傅应当替他受罚"为由，将公子虔处以割鼻、刺字的刑罚，致使公子虔闭门八年难以与人相见。

秦律严明的那笔账，公子虔自然算到了商鞅名下。

事实上，像公子虔这样记恨商鞅的，在大秦不乏其人。孝公卒，公子虔与老世族等列出十大罪状告商鞅。墙倒众人推，刚刚上台俘获民心的秦惠王，也要给众人一个交代。

商鞅的命运可想而知——车裂其身，灭其家族。

作为大秦帝国成长壮大的一个关键人物，秦孝公嬴渠梁可谓居功至伟。

公元前362年，其父秦献公去世后，秦孝公继位时年仅二十一岁。早在孝公出生前，秦国便经历了自秦厉共公之后几代君王王位的动荡，国力大为削弱。是时，魏国趁秦国政局不稳之机，夺取了山西、陕西两省间黄河南段以西的"河西地区"。秦孝公之父秦献公继位后，割地、讲和、迁都（至栎阳，今陕西省渭南市富平县东南），一系列带有屈辱性的示好之后，方使魏国停下了进一步的"动作"。

为洗刷屈辱，秦献公在有生之年数次东征，想要收复河西失地，无奈老矣，含恨而终。

秦孝公继位时与齐威王、楚宣王、魏惠王、燕文公、韩昭侯、赵成侯并立。黄河和崤山以东的战国六雄已经形成，淮河、泗水之间尚有十多个小国。此间，天下共主周王室势力衰微，鞭长莫及，诸侯间直接用武力"喊话"，相互间征伐吞并，自然界丛林法则显露无遗。

当时的"国际形势"错综复杂。战国六雄中，楚国、魏国与秦国接壤。楚国自汉中郡往南，占有巫郡和黔中郡。魏国占有原本属于秦国的河西地区，从郑县（今陕西省华县）沿洛河北上修筑长城。秦国地处偏僻的雍州，被诸侯们疏远，被诸侯们像对待夷狄一样对待，根本无权参加中原各国诸侯的盟会。

秦孝公继位后，以恢复秦穆公时期霸业为己任，遂广纳天下名士，广集兴秦之策。

高山流水遇知音。商鞅与秦孝公，真算得上一对政治上的知音——站在历史长河上审视，大秦帝国，如果他们两人中少了任何一个，历史都会是另外一种走向。

却说出生于魏国的商鞅，年轻时在魏国国相公叔痤身边工作，其职位是中庶子（即战国时国君、太子、相国的侍从之臣）。公叔痤病重时特地向魏惠王推荐商鞅，说："商鞅年轻有才，可以担任国相治理国家。"（痤之中庶子公孙鞅，年虽少，有奇才，愿王举国而听之。）又对魏惠王说："像商鞅这样的人，主公如果不用，一定要杀掉，千万不要让他投奔别国。"（王若不听用鞅，必杀之，无令出境。）太史公司马迁特地在《史记·卷六十八·商君列传·第八》中记载了这个历史细节。

颇有心计的公叔痤，却又转而让商鞅赶紧离开魏国。商鞅明白魏惠王不会采纳公叔痤"用他之言"，也不会采纳"杀他之言"，所以并没有立即离开魏国。果然不出所料，魏惠王并未有所反应，认为公叔痤已经病入膏肓，系语无伦次之言。

实际上，病入膏肓时荐举商鞅，是公叔痤经过深思熟虑的。司马迁特著一笔："公叔痤知其贤，未及进"，很有深意。言下之意，若过早地推荐商鞅，可能会取而代之，而临终时郑重托付，博得荐贤之名，对自身利益也没有什么影响。

这个历史细节还透露出重要的信息，商鞅是一个能力非凡之人。

后来的历史事实证明,商鞅的确如公叔痤所料。他就像一匹千里马,疯狂地寻找着发现自己的伯乐。

机会来了。秦孝公在遍寻变法高人,而苦找明君的商鞅却握有变法之术。相见恨晚,两人的思想紧紧地拥抱在一起。

古往今来,变法谈何容易?商鞅的变法同样遭到秦国守旧派极力反对,双方产生激烈的交锋。比如,商鞅首先制定"什伍(五家一伍,十家一什)连坐"之法,鼓励军功,在战场上立功者予以重赏,宗亲王室如果没有军功,将不得有爵位,不能享受宗室待遇。这些变法内容,严重动摇了宗亲皇室的利益。许多大贵族、保守派暗中反对,更有甚者,秦孝公的太子嬴驷也在保守派的挑唆下犯了法。而太子犯法事件,成为保守派向商鞅示威的最好借口,他们笑看商鞅如何处理太子一案。商鞅明白其中利害,向秦孝公进言,因为太子身份特殊,不能按律对他在脸上刺字或者当众杖责。最后,决定对太子右傅公子虔用刑,又将太子左傅公孙贾刺面。

这一特例,起到了杀一儆百之效。

在变法之争时,商鞅提出"圣人苟可以强国,不法其故;苟可以利民,不循其礼",得到秦孝公的极力赞赏,并以此作为秦国政治改革的准则。

公元前359年,秦国颁布《垦草令》,主要内容是,刺激农业生产、抑制商业发展、重塑社会价值观,提高农业的社会认知度,削弱贵族、官吏的特权,让国内贵族加入到农业生产中,实行统一的税租制度以及其他措施。

《垦草令》仅仅是"商鞅变法"的前奏,秦孝公赋予了商鞅更大的"野心"。《垦草令》成功实施后,已经为左庶长的商鞅,开始了大刀阔斧的"变法":改革户籍制度、实行什伍连坐法、明令军法、奖励军功、废除世卿世禄制度、建立二十等军功爵制、奖励耕织、重农抑商、严惩私斗、改法为律、制定秦律和推行小家庭制……整个秦国的天空,都被各种"律"的气息充塞着。

变法的好处立竿见影,秦国变得强大起来:公元前358年,秦国击败韩国;公元前357年,楚宣王主动与秦国联姻;公元前355年,秦孝公与魏惠王会盟,结束了秦国长期被中原诸侯看不起的局面。

扬眉吐气的秦孝公由是拜商鞅为大良造(相当于宰相),商鞅遂毫无顾忌地拉开第二次变法的帷幕:开阡陌封疆、废井田、制辕田、允许土地私有及买卖、推行县制、加收口赋、统一度量衡、燔诗书而明法令、塞私门之请、禁游宦之民和执行分户令。

这一系列顶层设计,使秦国发生了脱胎换骨的深层次变革。于内,百姓家家富裕充足,路不拾遗,山无盗贼,乡邑大治;于外,秦国国力强大,周显王派使臣赐予秦孝公霸主称号,诸侯各国都派使者前来祝贺。公元前342年,秦孝公派太子嬴驷率领西戎九十二国朝见周显王,显示秦国西方霸主地位。

商鞅在秦国做了十年大良造,因为动了宗亲皇室贵族们的"奶酪",故而贵族们对他怀恨在心。其间,有一个叫赵良的名士劝商鞅急流勇退,还特别指出他所面临的两重危局,一是来自皇亲国戚们的积怨很深,二是功高震主所造成的臣君难容。

此刻,自信到了自负地步的商鞅,认为法令严明如山,那些贵族做不了什么。可他却忽视了最为重要的一点,那些所谓严明如山的秦律,跟他商鞅是不能"画"等号的。《韩非子·定法》说得明白:"及孝公、商君死,惠王即位,秦法未败也。"换句话说,秦律可以不朽,而他商鞅只是一个随时可以取代的匆匆过客。

也正因为此,秦孝公一死,商鞅便身败名裂,彼此看似毫不相干,但冥冥中却有着千丝万缕的逻辑关系。稍加分析便不难得出结论,商鞅担任大良造十年,长期掌握军政大权,秦惠王一上台便轻而易举地除掉了他,看似难以置信。《战国策》中记载的一个历史细节,似乎若隐若现告诉了我们答案,说秦孝公病重时,曾提出把君位让给商鞅,商鞅没有接受。这实际上是孝公在安排自己后事时对商鞅的试探。秦孝公一死,商鞅便丧失军政权力,束手待擒的事实也明白告诉我们,孝公对其后事是做了精心安排与准备的。

商鞅虽精明过人,深研政治,但在最为关键之处,却还是未能悟透。

令人欣慰的是,商鞅被车裂后,他的追随者为其收殓遗骨,正准备偷运回商鞅故里安葬时,在黄河德丰渡口被秦军截获,当地百姓后将遗骨悄悄埋葬于附近的秦驿山之下,法家的后学者寻访至此,专门为商鞅立碑,上书"商君之墓"。

自秦孝公死后,中经惠王、武王、昭王等,及至秦二世亡国,历时130余年。其中为丞相、相国者,有张仪、樗里子、甘茂……吕不韦、李斯、赵高等人,他们来历不同,政治主张也不尽一致,但从秦孝公以来的制度,都得到了很好的传承,包括律令在内的法律得以发展,秦法已是相当成熟。

秦始皇更是坚持"明法度,定律令",通过以吏为师、以法为教等手段,建立了"天下之事无小大,皆决于上"的专制主义中央集权统治。

这一切之发轫,都缘于商鞅。

千古一人唯其君也——商鞅,你可以瞑目了。

三千童男童女的"海漂"故事

徐福本是一位闯荡江湖的山东方士,在江湖上行走的他,将"海那边"的世界说得神乎其神——"长生不老之药"。沉浸于长生不老迷幻之中的秦始皇,似乎找到了不老仙方。

俨然一出荒诞历史大剧,携三千童男童女、杂技百工,连同各种谷物和财宝,"漂"到了"海那边"的日本岛。

世易时移,日本人今天依然承认"徐福是我们日本人的国父"。

有多项世界纪录桂冠的秦始皇,一不留神又缔造了一项新的纪录——诞生了中华民族第一位远航日本的航海家。

提起中外历史上著名的航海家,郑和、麦哲伦、哥伦布自然而然会浮现在人们脑际。可很少有人知道的是,在"公元前"的两千多年前,那还是人们对海洋认识还蒙昧的时代,就有一位航海家漂洋过海,实现了东渡日本的壮举。

他,就是秦朝著名的航海家徐福。

越是远古时代,尚处于幼稚阶段的人类对未知世界就越发神往。春秋战国时期,传说燕、齐东面的大海里,有蓬莱、方丈、瀛洲三座仙山,山上遍野长满瑶花芳草,住着天仙海神,神仙们饮着琼浆玉液,吃着灵丹妙药,过着长生不老的"神仙日子"。

那是一派令人神往、飘飘欲仙的景致,神山上云霞掩映,瑞气浮腾,用黄金和珠宝堆砌而成的宫殿屋宇在缥缈的轻雾云中光芒四射,遍体雪白的珍禽异兽在奇花异木中奔腾飞跃……而这一切巧夺天工之景色,却让人神往而不能至,可望而不可即……正当人们驶向这天景之时,却忽然又沉入茫茫的碧波之中也。

今天,我们尽可以用早已获得的科学知识,将之归结为海市蜃楼。但"无所不能的君王们"却不甘心,他们更愿意相信神与仙。

种种传说,让那些幻想长生不老的君王,做梦都向往之,不禁心旌摇荡。这其中的君王之中,秦始皇不愧为一个典型代表,他就是在种种诱惑之下,特派一位名叫徐福的人,乘船到海里寻访神山,探求仙药。

徐福也因此成为历史记载以来,第一位航海最远的中国人。司马迁也曾在其《秦始皇本纪》《封禅书》和《淮南衡山列传》等著述中,将徐福东渡的传说写得美轮美奂。

公元前221年,秦始皇横扫六国之后,建立起中央集权的封建专制国家,至始皇二十八年(前219年),秦始皇巡海出游,北至山东,面对茫茫沧海,已经"无敌可御"的他,便忽然心生感慨——"如今,这世上最大的敌人就是自己,我如何能做到长生不老呢?"

却说徐福本是一位闯荡江湖的山东方士,在江湖上行走的他,凭三寸不烂之舌,将"海那边"的世界说得神乎其神,玄之又玄。上有所求,下有所效。

这样的"奇人"很快便被带到了秦始皇的跟前,这无疑引起了秦始皇的极大兴趣。

公元前219年,秦始皇特遣徐福入海,其最大的使命,便是寻求长生不死之药。虽说常在沿海飘泊,有一定的航海经验。但直到领下圣旨之后,平时颇能夸海口的徐福,心里却一点儿"底"也没有了。

他知道风雨无情,凶涛暴戾,而此番入海求药,且不说药不知在何处,而自己也将一去不复返。但在暴戾恣睢的秦始皇面前,他就是满身是嘴,也没有任何借口可以"开小差"。

神圣的特殊使命需要圣洁的仪式作铺垫,为了得到长生不老之药,秦始皇做足了排场,举行了一场特别气派的"送行典礼",以期能感动上苍,赐予那神圣之药——在没有见到药物和药效之前,人们心里都没底,包括秦始皇本人。

夸下海口的徐福,带着天子最倚重的期望,就这样被抛到了海面之上。骑虎难下,真可谓"两眼四顾心茫然"。海上漂荡的徐福,最大的收获,便是逐渐认识了苍茫的大海,从而增添了不少天象水文知识。

而对于徐福而言,如何向秦皇"复命"才是他成天想得最多的命题。

凭借江湖术士特有的精明,几年之后,徐福苦思冥想了一套让秦始皇知难而退的说辞,称登上仙山,觐见了金甲神王,看到了琼楼玉宇,奇花异草,珍禽异兽……至于仙丹妙药,必须要秦始皇斋戒沐浴,并差三千童男童女和各种本领高深的工匠随船同往,方可得到。

哪知,已经走火入魔、发誓长生的秦始皇竟然听信了徐福的"神话"。当即下令,火速召选三千童男童女、杂技百工,连同各种谷物和财宝,交与徐福,再次入海。

众所周知,秦始皇是个好大喜功之人,修万里长里,建阿房宫,筑骊山墓。为了长生不老,也不惜广寻术士,遍问仙丹。

秦始皇仿佛看到了长生的药方,因而出海仪式更加隆重,为表达虔诚,还特地举行为时三天的"徐福大祭",人们都兴高采烈地送上祝福并渴望奇迹出现。只有徐福望着浩瀚无垠的大海,愁肠百转,思绪万千。

与其被处死,不如冒险直至大海的尽头——黄鹤一去不复返。心里已经有了某种答案的徐福,只得破釜沉舟,冒险一搏,他要找到"海那边"的尽头,方可死而复生。

经过数月漫无边际的航行,徐福的船队终于看到了岸边——那是日本东瀛、蓬莱一带的岛屿。原来,他们已经到了今日日本的版图之中,完成了古代史上举世瞩目的远征。

已经远离秦始皇的视线,看到生的希望,找到安身立命之本的徐福,长长地出了一口气:"我终于可以不用向始皇帝复命了。"

《史记》载,徐福来到"平原广泽",他感到当地气候温暖、风光明媚、人民友善,便"止王不来"。也就是说,停下来自立为王,教当地人农耕、捕鱼、捕鲸和沥纸的方法,不回来了。

史圣司马迁所说的"平原广泽",究竟是哪里呢?司马迁没有直接给出答案,到了西晋,陈寿在《三国志·吴书》称,徐福到达的是亶洲。东晋时葛洪在《枕中记》认为亶洲在"对东海之东北岸",这个位置就是日本。

到唐宋时,中日交往频繁。五代后周义楚和尚《义楚六帖》中记载:"日本国亦名倭国,在东海中。秦时,徐福将五百童男、五百童女止此国,今人物一如长安。……徐福至此,谓蓬莱,至今子孙皆曰秦氏。"北宋欧阳修《日本刀歌》:"传闻其国居大岛,土壤沃饶风俗好。其先徐福诈秦民,采药淹留丱童老。百工五种与之居,至今器玩皆精巧。前朝贡献屡往来,士人往往工词藻。徐福行时书未焚,逸书百篇今尚存。令严不许传中国,举世无人识古文。"

这些古籍都纷纷证实"徐福东渡日本"之举,只是在童男童女的数量上有所不同而已。

日本《和歌山县史迹名所志》中还详细写道:"秦徐福之墓在新宫町,墓前有石碑,上刻'秦徐福之墓'五字。"《异称日本传》里有一则故事说,明初之际,日本遣明僧绝海和尚来访,明太祖朱元璋召见他时,问他"遗邦有什么名胜古迹?"绝海首先介绍的,就是徐福祠,并当场赋诗一首:"熊野坟前徐福祠,满山药草雨余肥。只今海上波涛稳,万里好风须早归。"朱元璋听后十分感慨,也和诗一首:"熊野峰前血食祠,松根琥珀也应肥。昔日徐福求仙药,直到如今竟不归。"

另据日本人考证,徐福从山东琅琊出发不久,便在海上遇到了一场持续的大风暴,船队被刮到朝鲜半岛,在朝鲜半岛稍事停留,他们便南下到达日本九州,并在九州熊野县新宫市的波多须浦登陆。徐福的人马在筑紫平原中心佐贺屯扎了九年,在和歌山县的新宫之地停驻了三年。至今,佐贺地区还保留有不少徐福的遗物和传说。

佐贺、新宫等地神社都把徐福作为神来大会奉祀,每年都要举行声势浩大的祭祀活动。据说,为了保存徐福东渡的史迹,在徐福墓和徐福祠所在地的日本和歌山县等地,还成立了"徐福史迹保胜会",研究、考察、宣传徐福一行的东渡业绩和留下来的珍贵文物。直到1930年,这里还举行了"徐福来朝二千年祭"。

日本皇室人员也不无骄傲地称徐福为方丈、瀛洲。日本第八十任首相羽田孜甚至公开自称是徐福的后代，他曾带队来浙江慈溪三北一带寻根。裕仁天皇御弟三笠宫给"香港徐福会"的一次贺词中，也承认"徐福是我们日本人的国父"。

中国古代四大发明中，战国时期就已经出现的指南针——由铜盘和磁杓组成的"司南"，曾引誉世界。我们完全可以相信，徐福出海时，一定带上了这个航海"方向盘"。尽管使用时铜盘必须得放水平，尽管在摇晃颠荡的船只上很容易使磁杓滑落下来，但大海也有风平浪静、平静如镜的时候，这时"司南"就可大派上用场。

"黄帝刳木为舟，剡木为楫"的传说，表明了远古时的先人们就已经知道"舟楫之利，以济不通，致远以利天下"之道理。史籍载，最初先人们的航海活动都局限于内河湖泽，随着对海洋认识的逐步深入，渐次扩至近海水域，再而漂洋过海，远航异域。

据记载，秦代在造船技术上已经脱离了"独木舟时代"，出现了平底大木板船、高大的战船和今日双体船的雏形——舫船。据《史记·张信列传》载，尚在战国争雄时，秦国就已用舫船来沿江运兵。"一舫载五十人与三月之食，下水而浮。"可见，依当时造船技术，装运三千名童男童女和各色工匠及粮食之类供应品，应该不是什么大的困难。

但令人质疑的在于，当时冷兵器时代，船的动力全部来自于人力。而单凭人力划桨，要横渡茫无边际的黄海，沿着哪条航线，凭借什么动力而准确到达日本……种种"不可能"在今天看来，确实令人费解。

有如神话和传说一般,徐福东渡就这样以不可思议的方式,刷新了中国航海史上最光辉的"第一页"。

21世纪初,中日学者对秦汉史和海上交通史做了大量研究,人们根据史料旁征博引,对徐福有否到达日本,史学家们持不同意见。日本学者神田秀夫的《日本的中国文化》一书,注意到中国古代难民东渡问题,他考察认为,早在中国春秋末年和战国时期,随着越王勾践灭吴和楚威王灭越事件的发生,就有大量难民乘船东渡,虽然当时的航海技术和造船技术都很落后,但这些难民中,就已经有一部分人不可思议地到达了日本的九州。

秦朝的苛政和秦末战乱导致了一次大规模的移民浪潮,即所谓"秦民走海东"、"秦民东渡"。秦末大起义时,从秦、燕、齐地避难朝鲜的秦民多达数万。日本典籍《古事记》《日本书纪》《新撰姓氏录》和《古语拾遗》等,都对秦民东渡以及移民情况有记载。

史载,徐福在九州岛等地向日本土著民族传播农耕知识和捕鱼、锻冶、制盐等技术,还教给日本人民医疗技术等秦朝先进文化,深受日本人民敬重——被尊为"司农耕神"和"医药神"。

可以想象,在那平原广泽、沃野千里之地,徐福凭借跟他一起出生入死的三千童男童女、杂"伎"百工,还有随身所带的各种谷物和财宝,很快建立起生活基地，并在此自立为王，繁衍后代，延绵不绝。

历史已经明白地告诉我们，秦始皇执政十五年便匆匆离世——长生不老之梦戛然而止。也就是说，再也没有人来关注徐福以及他身负的"长生不老之药"了。当然，在那个信息闭塞的"公元前"，他们在有生之年，彼此都不知道"故事的发展与走向"。

已经有多项世界纪录桂冠的秦始皇，一不留神又缔造了一项新的纪录——在其当政时期诞生了中华民族第一位远航日本的航海家。

刺秦，一个婴儿成长为刺客的暗杀密码

战国末年，秦帝国初年，那是一个刺客横行的时代，后世称之为"战国时代"，对于刺客而言，那更是个"刺客时代"。

秦灭六国一统天下。但绝不是说，当时的天下只剩这几个国家，如中山、卫、宋等一批小国仍存在。每一个国家的覆灭都要伴随着杀戮，大批的贵族成为囚徒，大批的门阀之家在外逃亡。他们或出于国家大义，或出于自保，难免不惜身家性命派出大批刺客，以"刺秦"为使命。

秦始皇很有可能成为史上遇刺次数最多的皇帝。史载，秦始皇一生曾遭遇过有特色有影响力的行刺共计四次。创下历代帝皇遇刺之最，每一次行刺都可谓高潮迭起，荡气回肠，堪称一部历史大片。

和煦的阳光轻拂着大地,长长的车队在恢宏的官道上列阵前行,旌旗猎猎,阵势宏大,前呼后拥手执兵器的卫队,仪仗一般,庄严整齐。整个队伍极尽威严与华丽,普通民众退避三舍。列前阵的鸣锣开道,紧跟着是马队清场,黑色旌旗仪仗队走在最前面,车队两边,大小官员前呼后拥。延绵上千米的队伍中间,三十六辆豪华的"官车"簇拥其间,无疑,帝国的"最高行政长官"就掩映在里面。

这是公元前218年的仲春,也是秦始皇即位二十九年的大好春光,帝国上下都知道,始皇帝又要东巡他的大好河山了。

春天是万物皆绿的季节,沿途映入眼帘的,也正是江山如画般的美丽。不知不觉,浩大的仪仗队来到了一处茂密的青纱帐,这里有一个诗意般的名字——博浪沙。四周一马平川,满眼一派绿意,有如此诱人的景致作铺垫,没有人怀疑会有什么不测。

就在人们沉浸在上天赐予的美景之际,突如其来的一幕不仅惊扰了帝国的仪仗队,更让阵中的"最高行政长官"惊魂万分。陡然间,一只硕大无朋的铁锤,击中庞大车队中最豪华的那辆,顷刻之间,只听哗啦啦一声巨响,鲜血一片,车毁人亡。

这显然是一次有预谋的、针对性极强的刺杀事件。秦始皇又逃过一劫,大铁锤砸中的只是一辆用来迷惑刺客的"副车",秦始皇根本没在其中。

"秦皇帝东游,良与客狙击秦始皇博浪沙中,误中副车。秦皇帝大怒,大索天下,求贼甚急,为张良故也。良乃更名姓,亡匿下邳。"司马迁在其巨著《史记》中,留下了这样的文字。

没错,那位寻仇者,正是历史上大名鼎鼎的张良。原来,张良料定秦始皇东巡车队将到达河南阳武县时,于是,与一名叫仓海的大力士埋伏在必经之地——古博浪沙。令他意外的是,所有车辇全为四驾,分不清哪一辆是秦始皇的座驾,只看到车队最中间的那辆车最豪华。于是,张良指挥大力士挥动120斤大铁锤向该车击去,乘车者当场击毙倒地。张良趁乱钻入芦苇丛中,逃离现场。

原来,秦始皇因多次遇刺,早有预防准备,所有车辇全部四驾,时常换乘座驾。张良自然很难判断哪辆车中是秦始皇。仓海力士被抓,"为知己者死"的他,最后撞柱子死掉,没供出张良。幸免于难的秦始皇十分恼怒,下令全国缉捕刺客,但因无从查起,使张良得以"逍遥法外"。

张良为什么要冒死行刺秦始皇?他与秦始皇有什么不共戴天之仇?

张良刺秦,缘于国仇家恨。张良是韩国贵族的后人,与韩国王室同姓,先祖出于周天子王室,是姬姓的一支,后代在晋国出仕任官,受封于韩原,取封地韩原的韩字为姓,从此姓韩。张良的父亲韩平,是韩厉王和悼惠王的丞相。一家父祖两代辅佐五世韩王作丞相，虽说是古来世卿世禄的遗留，如此越代久任，毕竟是少有，足以见得张良一家与韩国关系的深厚。

我们先看看历史纪年表所载，韩国是如何在秦军的逼迫之下，一步步走向灭亡的——

公元前249年，秦军攻取韩国要塞成皋和荥阳，建立三川郡，将韩国拦腰截为南北两部。

公元前246年，秦军再次攻取韩国北部领土上党郡。

公元前244年，秦军夺取韩国十三座城池。

公元前233年，在秦国的强大军事压力之下，韩王安被迫表示愿意成为秦国的藩臣，纳地效玺，顺从秦王政的要求，送王室贵族、法家学者韩非子到秦国见秦王。

公元前231年，韩国南阳郡代理郡守腾投降秦国。

公元前230年，秦军攻破韩国首都新郑，韩王安被俘，韩国灭亡。

公元前230年，张良二十多岁。历史真会开玩笑，一个婴儿进入童年、少年、青年黄金般的20年，也正是他的国家从被蚕食开始，一步步走向覆亡的二十年。我们很难想象，整整20年间，耳闻目睹国势一天天衰微，在幼小的张良心里有着怎样难言的苦难和心酸。

当他已经成长为可以为国效力的男人时，他的国家却再也不存在了，而自己却身不由己成为亡国遗民。

我们不难理解，内心深藏对于秦国的仇恨，一心一意要为韩国复仇的种子，早已经深深地种下了。

秦始皇心里很清楚，只要他在世一天，对于他的暗杀就不会停止。让他十分自信的是，他的军队可以横扫天下，保护他的安全当然不在话下。针对复仇者而言，更为不容易的还在于，秦灭六国统一天下后，军事镇压和法制建设双管齐下，逐一平息各国的武装反叛，以郡县什伍户籍制为基础的帝国化政策在各地推行，人就像树一样被"钉死"在地上。

年轻气盛的张良，眼见复兴祖国的希望越来越渺茫，他觉得别无选择，决心以个人之力，刺杀秦始皇以报家仇国恨。

这样的决绝，是张良经过深思熟虑的。"韩破，良家僮三百人，弟死不葬，悉以家财求客刺秦王，为韩报仇。"亡国之际，家中尚有家童三百余人和大量的土地财产。张良连弟弟死了都来不及好好埋葬，就将全部家产变卖出售，仗义疏财，广交天下豪杰，四处寻求可以刺杀秦始皇的勇士。"良尝学礼淮阳。东见仓海君。得力士，为铁椎重百二十斤。"张良先在陈县一带活动，后来继续东去，据说他曾经流落到朝鲜半岛，终于会见了一位东夷君长仓海君，并以此寻找到了一位大力士，量身定制了一个重120斤的大铁锤，作为行刺的最佳武器。

嬴政是一个不甘寂寞的人，统一天下以后，"一览众山小"的他开始频频大规模巡游天下。十二年间，他五次巡游。吊诡的是，秦始皇最终还是死于他风光无限的巡游途中。当然，这是后话。

不知不觉，浩浩荡荡的秦帝国巡游大军行进到了一个叫博浪沙的荒野，这里曾是韩国和魏国的国界处，张良对这里的山川地形、交通要道，了如指掌。当他得到始皇帝出行消息及其东巡行踪后，判断巡游大军必定经过博浪沙。早已埋伏于此的他，和大力士密切地注视着始皇帝的动向。按照君臣车辇规定，天子六驾，即秦始皇所乘车辇由六匹马拉车，其他大臣四匹马拉车。他们目标十分明确，120斤的大铁锤直指那乘六匹马拉车。

这实际上是两股力量不均衡的博弈，也是一次次争取民众心理的博弈。六国已逝，精神尚存，六国贵族亡国之恨淤积不散，一直蠢蠢欲动，要想推翻大秦的统治，唯一的可能就是"斩首行动"。而君临天下的秦始皇在铁桶般虎狼之师的保卫之下，更是春风得意。他多次出游，其中一个重要的目的，无疑是鼓舞稳定民心，以震慑天下。

刺杀行动失败之后，张良只好隐姓埋名，躲藏到了下邳（今江苏睢宁西北），并在那里得到了《太公兵法》。并以此助汉灭秦，最终了却夙愿，这又是一个传奇。

怀揣《太公兵法》，后来张良义无反顾地参加了反秦义军，与萧何、韩信一起被誉为"汉初三杰"，刘邦高度评价他"运筹帷幄之中，决胜千里之外"。

自此，博浪沙因张良刺秦从此闻名遐迩。历朝历代文人墨客以"博浪沙"为主题，创作出了大量的诗篇，最为有名的，要数明代诗人王光的诗作。诗云："博浪遥连汴水浔，千年沉迹到如今。熏风披拂消阳影，古木敷荣蔼绿阴。莫道沙头舞浴鹭，且闻林下有鸣禽。人道楚汉交锋事，谁似张良报国心。"

两千多年过去了,直到1932年,秦史专家马元材再次考察了这片历史现场后,留下了历史考察文章《博浪沙考察记》——

博浪沙在今河南省旧阳武县城东南隅。有邑令谢包京立古博浪沙碑尚存。一九三四年十二月,予至阳武,曾特往游观。当未至其地时,每疑所谓博浪沙者,必为深山大泽,茂林曲涧之地,可以薮匿遁逃;否则,发笥门,却笠居,凭力斗于穴,可幸免耳。不然,则张良何以必于此地狙击始皇帝?又何以狙击不中后,竟能大索十日而不可得?及亲莅兹土,始知除荒沙一大堆之外,殆全为无草木、无山涧溪谷之一大平原,牛羊散其间,可数而知也。

……盖博浪乃当日一地名,其地必多风沙。……大概探知始皇东游,必经由此道,故与仓海力士预伏于此。又至天幸,始皇车马过此时适风沙大起,故遂乘此于风沙中狙击之。此种风沙起时,往往弥漫空中,白昼如夜,对面不辨景物。不仅阳武如此,予在开封,即已遇有三四次之多。正惟其狙击系在风沙之中,故观察不确,致有误中副车之事。亦惟其系在风沙之中,故虽狙击未中,亦无法能从万人载道之内,将主犯明白认出。及至大索十日之时,则张良等已去之远矣。

战国末年，秦帝国初年，那是一个刺客横行的时代，后世称之为"战国时代"，对于刺客而言，那更是个"刺客时代"。

在那个风云际会英雄辈出的时代，什么人间奇迹都可能发生。

客观地看，秦灭六国一统天下，所谓的"六国"指的是齐、楚、燕、韩、赵、魏六个实力强大的国家。但绝不是说，当时的天下只剩这几个国家，如中山、卫、宋等一批小国仍存在。所以，秦所灭国家绝非六国，而每一个国家的覆灭都要伴随着杀戮，大批的贵族成为囚徒，大批的门阀之家在外逃亡。他们或出于国家大义，或出于自保，难免不惜身家性命派出大批刺客，以"刺秦"为使命。

秦始皇很有可能成为史上遇刺次数最多的皇帝，他的一生究竟被行刺多少次，可能早已成谜。史书记载，秦始皇一生曾遭遇过有特色有影响力的行刺共计四次。即使如此，也创下历代帝皇遇刺之最，这四次中，每一次行刺都可谓高潮迭起，荡气回肠，堪称一部历史大片。

秦始皇第一次遇刺发生在秦王政二十年（前227年），即有名的荆轲刺秦王事件。秦始皇当时已经攻破了赵国，军队继续北上，直抵燕国边境，燕国太子姬丹非常着急。燕赵自古多慷慨悲歌之士。荆轲主动请缨，带上燕督亢地图和樊於期的首级，太子丹主谋，以国使献图为名前往秦国。在秦王宫，随着地图徐徐展开，图穷匕首现，荆轲拿起匕首刺向秦始皇，荆轲的剑已划破嬴政的衣袖，眼看成功，功亏一篑。嬴政大惊，绕柱而逃，狼狈不堪。最后拔出背后的剑，反手刺伤了荆轲，方保住性命，荆轲当场被秦国卫士杀死。

送荆轲到秦王宫廷行刺，可以说是弱国对强国赤裸裸的国家恐怖行为。

荆轲刺秦的故事非常悲壮，告别燕太子丹前，荆轲在易水边唱起了"风萧萧兮易水寒，壮士一去兮不复还"的千古名句。荆轲刺秦王之详情细节，由于有当事者御医夏无且的口述传承，《史记·刺客列传》叙述得惊心动魄，不仅成为历史叙事的经典，更成为永恒的艺术题材。

荆轲刺秦失败，嬴政大怒，提前发兵攻燕。公元前226年，燕王喜杀死太子丹，期望秦国能够罢兵。但秦国继续进攻，公元前222年，燕国灭亡。

秦始皇第二次遇刺，是荆轲刺秦王的续篇延续。这次事件发生在秦始皇二十六年（前221年）天下统一以后，刺客是荆轲的挚友高渐离。

高渐离乃一乐师，擅长击筑，与荆轲是燕国蓟都时代的知音。《辞海》载，筑是一种古代弦击乐器。形似筝，有十三根弦，弦下设柱。演奏时，左手按弦的一端，右手执竹尺或竹棒，击弦而发音。击筑之声悦耳，秦始皇早有耳闻，荆轲死后，高渐离为完成荆轲的未竟之业，以筑艺入秦宫。

秦始皇知道高渐离是荆轲的朋友，心里已有防备，迷上筑音的他事先命人把高渐离的眼睛弄瞎，以为这样高渐离便无法刺杀他。

哪知高渐离以重铅灌入筑中投掷行刺，无奈双目不见，听得入迷的秦始皇也没有被砸中。这场刺杀更像一场游戏，无疑以失败告终。高渐离以凄美的死回应了知音荆轲。

秦始皇最后一次遇刺,是秦始皇三十一年(前216年)。一天晚上,秦始皇一时兴起带上十多名卫士夜游咸阳城,在蓝池突然遭到一伙刺客袭击,刺客人多势众,武器精良且早有准备。情势非常危险,有赖随行四名训练有素的武士,终于将刺客击杀。

仓皇回宫后,秦始皇令"关中大索二十日"。大肆搜捕刺客同党,一时民间恐慌,物价飞涨。

古语云:"大难不死,必有后福。"屡次遭遇刺杀的秦始皇都能逢凶化吉,化险为夷,但还是没能带来后福,可谓英年早逝。而他的家族,也因为他的早逝而过山车般惨遭灭顶之灾——

公元前210年,秦始皇死在出巡途中,小儿子胡亥篡位,将他的兄弟姐妹悉数诛杀。公元前207年,赵高杀死胡亥,立秦始皇的孙子嬴子婴为秦王。公元前206年,刘邦攻占咸阳,只做了四十六天秦王的嬴子婴投降,秦朝灭亡。两个月后,项羽"杀子婴及秦诸公子宗族",嬴氏家族被连根拔起,灰飞烟灭。

打江山三百年,坐江山三年,这账无论从哪个方面算,这样的结果都不划算。秦帝国的列祖列宗都会死不瞑目。

有什么办法呢?于中国历史而言,这大概就是一个帝王和帝国的宿命。

第五章

孔子曰，三才者，天地人。上有天，下有地，人在其中，是以像天地般有容乃大，才可并称三才。《周易·系辞下》：「有天道焉，有人道焉，有地道焉，兼三材而两之。」宋代陆九渊《三五以变错综其数》：「天地人为三才，日月星为三辰，卦三画而成，鼎三足而立。」

双龙绕器口，圆腹圜底，圈足上承器盖，器身侧出双半环耳，双耳下有垂珥，腹底有铭文『作宝簋』。本件器物造型特殊，盖与器的纹饰连成一体，为双龙盘绕。器盖为两龙首，分别为柱状角与锥状角，装饰着菱格纹的身躯则盘绕于碗形器身。足部则以夔纹装饰。

双龙纹筐

一个荒诞的故事
与古蜀国的消亡

那个荒诞且有几分喜剧色彩的情景剧，主角有两个，一个是秦惠文王嬴驷，一个是开明十二世蜀王。整个剧情由两个高潮构成，一个是"石牛计"，一个是"美女计"。

蜀道通了。蜀王迎来的不是能日粪千金的石牛，而是秦国的十万铁骑。

春秋时期的蜀国"东接于巴，南接于越，北与秦分，西奄峨嶓，地称天府"。从三星堆遗迹和金沙遗址出土的文物中，我们今天仍可感受到古蜀文明的辉煌……，这些文明却在一夜之间走到了尽头。

秦灭蜀后，即设蜀郡，其下又设县。不久又设严道、青衣道。

上帝是公平的。秦人派来了一位智吏李冰，修建了举世闻名的都江堰水利工程，使蜀地成为天府之国，百姓得以享天伦之乐。

春秋战国之前，世外桃源般的古蜀国，偏安一隅十分神秘，没有一条"国道"与他国相通，其陆路通道都是翻山越岭的民间小径。

"尔来四万八千岁，不与秦塞通人烟"的古蜀道，一路上无数雄关当道，险隘迭起，云栈连绵，恶水滔滔……"蜀道之难，难于上青天"的古之喟叹，令人谈之色变。李太白那首千古名诗《蜀道难》，以山川之险言蜀道之难，给人以回肠荡气之感。无论是山之高，水之急，河山之改观，林木之荒寂，连峰绝壁之险，皆有逼人之势。其气象之宏伟，其境界之阔大，诗仙二百九十四字，说明文一般写清了蜀道何其难，道明了蜀道何其险。

而其中的"道"，指的就是金牛道。

古蜀历史上曾有过数条著名的蜀道，北通中原的有金牛道、米仓道、阴平道，南下滇越的有五尺道、灵关道，水路则有岷江道与三峡水道。这些古道中，金牛道是最引人注目的，就在于它是古蜀国最早的一条"官道"——全长二千余里的金牛道，是古蜀接通外界的重要通道。

从南至北，古金牛道穿秦岭，出斜谷，直通八百里秦川。陕西境内有金牛峡、五丁关、西秦第一关……经黄坝驿入蜀后，还有七盘关、清风峡、朝天关、明月峡、石柜阁、葭萌关、剑门关……白龙江一线，尚有古白水关、飞鹅峡等险隘。再经梓潼、德阳、广汉，一直到成都。

从地理角度而言，金牛道经过了褒水（今褒河）、嘉陵江诸多河川，在龙门山脉与秦岭山脉之中开凿出一条道路，连接起了汉中平原与成都平原，其工程之艰巨，可想而知。从历史角度而言，金牛道是古蜀历史上首次见于史书的道路，连接起了古蜀王国与历代中原王朝。

而金牛道真正的历史，或许远比史书记载的更为久远。三星堆不少青铜器与商朝如出一辙，诸如青铜尊、青铜罍等，应该是蜀地工匠模仿中原青铜器制作的；而三星堆的玉戈、玉瑗在安阳殷墟都能找到原型，可见三星堆传承着中原地区的玉石祭祀体系。暗示着蜀人与商王朝之间早已有着频繁的交流，而这样的交流，必定建立在道路通畅的基础之上。从地域关系来看，蜀与商的交流，大概也是顺着金牛道的路线吧，只是当时还没有金牛道这个称呼罢了。

从汉中到蜀中，主要有三条道路，从西向东分别是金牛道、米仓道、荔枝道。其中金牛道从古阳平关（在汉中勉县附近，不是今天的阳平关）出发，翻越米仓山，到达四川广元，再经过剑门关，到达梓潼、绵阳，最后抵达成都。今天的川陕公路（即国道108）仍然走的是这条路线。

从蚕丛到柏灌、鱼凫、杜宇、鳖灵，古蜀一路走来，漫长的时间使一切开始变得混沌模糊。传说中的蚕丛、柏灌、鱼凫各活了数百年，望帝杜宇死后化成杜鹃，鳖灵则死而复生，沿江而上，来到成都平原，创立了开明王朝。

那些超凡脱俗的蜀王无疑是古蜀历史的缔造者，如果说古蜀的历史是一条长河，一代代蜀王便如同河流的转弯处一样，决定着长河的流向。

三千年前的古蜀王国，不仅开国时扑朔迷离，每个王朝最后的去向，也无人能晓，只留下一点点零星的蛛丝马迹，任凭后人猜测。"巴蜀图语"便是其中之一，作为世界上尚未被破译的类文字符号之一，至今存留着古蜀诸多谜团，以至于后人们误解为"不晓文字，未有礼乐"。

鳖灵称帝开创了古蜀最后一个王朝——开明王朝。开明王朝统治古蜀三百五十余年，共传十二世，这个王朝的末期，就是刀光剑影的春秋时期。

因而，这条古之蜀道从源起、修建到畅通，始终被蒙上了一层神秘幕布，留下了荒诞不经的传说。历史久远、史料简约、人事代谢，这个近乎于寓言的神话故事，添油加醋流传了数千年。

抛开那些近乎于神话的传说，历史上金牛道始建于战国后期，这个时期的中国已是大小诸侯国林立，为了争夺地盘、人口，诸侯国间或以武力相胁，或以计谋制胜，各种威逼利诱无所不用其极。

今天看来，那个荒诞且有几分喜剧色彩的情景剧，主角有两个，一个是秦惠文王嬴驷，一个是开明十二世蜀王。整个剧情由两个高潮构成，一个是"石牛计"，一个是"美女计"。

年代太过久远，记录太不充分。历史只留下了草草几笔粗略介绍——

关于石牛计，《水经注》卷二十七引来敏《本蜀论》说："秦惠王欲伐蜀而不知道，作五石牛，以金置尾下，言能屎金。"话说秦国欲征服蜀国，但关山万里，道路险阻大将司马错心生一计，让秦惠文王给蜀王写了封信，称秦国得了宝贝，不敢独享，愿把神牛连同珠宝、美人献给蜀王，但蜀道自古难以通行，运送不便，请派使者过来迎取。《艺文类聚》卷九十四引《蜀王本纪》说，蜀王对秦国诈称五条能屎金的石牛信以为真，"即发卒千人，使五丁力士拖牛成道，致三枚于成都，秦得道通，石牛力也"。未曾想，这个从天而降的大馅饼，竟真的"砸"中了蜀王。内心的贪欲利令智昏，他竟派人修筑了这条古蜀自取灭亡的耻辱之道——金牛道。命五位大力士开路，迎接石牛。

关于美女计，《华阳国志》载："许嫁五女于蜀，蜀遣五丁迎之。"说的是秦惠文王在使用石牛计之后，又投蜀王所好，不断送美女给蜀王。

古籍中提到的五丁力士，是蜀国的奇才，个个力大无穷。《华阳国志》说他们"能移山，举万钧"，犹如希腊神话中的英雄。成都武担山即是五丁力士为蜀王妃担土作冢的遗迹，传说五丁力士担土的石担就有三丈长。成都至今还有专门的"五丁路"和"金牛区"用作纪念。

奇怪的是，当这五位神力猛士迎送美女返还到梓潼地界时，见有一条大蛇钻入石穴。其中一人掣住蛇尾，奋力拔之不出，于是五人齐力相拔，以致突如其来山崩地裂，五丁及那五位美女同时葬身于山谷……这些神奇元素，构成一桩千年无头公案。好在李白的《蜀道难》一诗，以"地崩山摧壮士死，然后天梯石栈相钩连"一句，给我们讲述了来历。

不难想象，石牛计，美女计，山崩裂，都是秦人的足智多谋。"蜀王负力，令五丁引之，成道。秦使张仪、司马错寻（循）路灭蜀，因曰石牛道。"只不过，偏安一隅的古蜀王在安乐窝里，未曾知晓罢了，他们凭借上苍赐予的天然屏障，变得十分单纯与天真。

其实，这样的故事在那个游戏规则十分粗放的丛林时代，已经见惯不惊。各大封国高薪聘请的谋士们，成天的主要精力，就是"算计"与"反算计"。

道路修通了，蜀王迎来的不是能日粪千金的石牛，而是秦国的十万铁骑，蜀国的灭顶之灾在所难免。

这个看似不经的神话故事，透露出两个重要的历史信息，一是秦人太过精明狡诈，二是蜀人太过幼稚迂腐。可以想象，如果不事先开通一条道路，要征服古蜀国几乎是不可想象的。除非蜀国引狼入室，自愿去打通。我们很难想象，今天看来这个如此小儿科的低劣骗术，竟能成功欺骗古蜀国王，无异于天方夜谭。

历史不能假设，不管真相与这些传说相距多远，但一个不争的事实是，蜀国真的就这样在"滑稽中"走向灭亡。

春秋战国时期的蜀国疆域"东接于巴，南接于越，北与秦分，西奄峨嶓，地称天府"。从三星堆遗迹和金沙遗址出土的让世界惊叹的文物中，我们今天仍可感受到古蜀文明的辉煌，这些文明却在一夜之间走到了尽头……为古蜀王的天真和幼稚扼腕长叹。

秦人为何如此觊觎"蜀"？仅仅是因为地理意义上的需要吗？

钻进历史故纸堆里不难发现，实际上古蜀与秦国彼此的恩怨由来已久，只不过此消彼长，百年征战各有胜负。

早在开明王朝之初，丛帝鳖灵之子卢帝便率蜀军北上，一度曾越过渭水，"攻秦至雍"。雍地大约在今天的陕西凤翔一带，至此，整个汉中平原都掌握在古蜀国手中。

秦蜀拉锯战的反复较量中，"南郑"是一个标志性舞台。

公元前451年，秦国突袭南郑，蜀人一时手忙脚乱，人力粮草等补给供应不上，最后丢失了南郑，一度靠剑门山区的险关危隘，才阻止了秦人进一步进攻。秦人偷袭得手之后，开始在南郑修筑城墙，以重兵把守，史称"秦左庶长城南郑"。蜀人又不断集结兵力反攻，最后终于将南郑艰难收复，《史记》中则称之为"南郑反"。

此后，古蜀王国与秦国之间断断续续，展开了长达一百多年时间的冲突与较量。公元前387年，秦国再度大举进攻蜀国，攻下南郑，《史记》用五字轻轻掠过："伐蜀，取南郑"，但很快，蜀国再次反攻，重新夺回南郑，在对南郑的多年争夺中，再次占据了优势。

不难看出，战国时代早期的古蜀王国，仰仗天赐丰饶之地不思进取，加之地理绝险，秦人每次挑战，均没有占到什么便宜，因此骄妄日生。末代蜀王刚愎自大，一直存在着蜀强秦弱的超级幻觉。史载，蜀王曾率万余随从过汉中平原，深入到边境秦岭的褒谷一带狩猎，丝毫没有把秦国放在眼里。另据《蜀王本纪》记载，有一次蜀王要在褒地举行军事操练演习，还专程传话给秦惠王，要他前来观看。殊不知秦惠王将计就计，从而对蜀人的军事部署、行兵布阵等了若指掌。

正是因为这里富庶安康,地势险要,导致蜀王沉浸在这个安乐窝里耽于享乐,防备松懈,无意进取中原,称王称霸。事实上,后来到蜀的历代君王,也多如此。

时值公元前316年,巴国、蜀国互相攻击,蜀王因为王弟苴侯私下和巴国交好,率军讨伐苴侯,迫使苴侯逃到巴国,求救于秦。秦惠王想着趁机一举灭蜀,但因道路险峻难行,韩国又可能来侵犯,犹豫不决。秦之名将司马错极力主张伐蜀,其理由是,"欲富国者务广其地,欲强兵者务富其民,欲王者务博其德。"

秦惠王听从了司马错的建议,张仪、司马错、都尉墨率大军十万从金牛道挥师南下,直取成都。蜀国不得已从巴国撤军,兴兵于葭萌关拒敌,仓促应战。葭萌关虽然地势险要,史称"虽为弹丸之城,而有金汤之固"。

且说当时蜀王兴兵于葭萌关拒秦,若按常理守关不出,坚壁清野,倚仗葭萌关的险要地势,纵使秦军虽强,也应无计可施。只要坚持月余,待到秦军久攻不下,粮草耗尽,锐气尽失,自然不战而退。对于此次战争之初的失利,蜀王却不以为然,认为不过是秦人偷袭得手,只要自己御驾亲征,就没有什么大不了的。何况前几次秦蜀之间的战争,也是秦人先攻占了南郑等地,等蜀王大军一到,蜀王很快就能收复失地。

葭萌关成为蜀、秦战事的分水岭,这无疑考验两国最高决策层的政治决断和军事智慧。故而,秦、蜀两军排开阵势,一举决定古蜀国命运的"葭萌大战",就在葭萌关外的旷野河谷上演。

葭萌一战的结果不言而喻,蜀王大败南逃,整个古蜀王国的全部家当,也在此一战之中灰飞烟灭。秦军未给蜀王半点喘息之机,从葭萌关一直追至武阳(今四川彭山县东北一带),蜀王终于被秦军包围,厮杀中蜀王死于乱军之中。蜀国王子安阳王见大势不妙,带领一支残部辗转南迁,最后一直流亡到交趾(今越南北部东英县),方找到一块残喘之地,建立了一个新的王国"蜀朝"。至今,越南北部还留有很深的古蜀文化痕迹。

"起兵伐蜀,十月取之。"短短十个月蜀国便并入了秦国的版图。经历了上古蚕丛、柏灌、鱼凫,到杜宇开创的开明十二世王朝那漫长岁月的古蜀王国,自此便在中原铁蹄的践踏下,宣告结束了。

可以说,秦人最先拿古蜀王国祭旗,以此拉开了征服天下的大幕。秦军取得蜀国之后,再一举南下巴渝,灭掉了巴苴国。至此,秦国北有上郡,南有巴蜀,东有黄河与函谷关,地势易守难攻,故而当时被称为"天府雄国"。

如果把古蜀国和秦国比喻为两个集团。一条金牛道,便可管窥这两大集团的管理之道和运营之策,彼此之间有着天壤之别。这也直接决定了孰生孰死的生存哲学。

大秦不仅有铁蹄的战术勇猛,更有运筹帷幄的战略计谋。秦国的灭蜀之路不是偶然的,秦统一天下更是必然的。

秦灭蜀后,即设蜀郡,其下又设县。不久又建严道、青衣道。

上帝是公平的。秦人派来了一位智吏李冰,修建了举世闻名的都江堰水利工程,使蜀地成为天府之国,百姓得以享天伦之乐。

历史将永远铭记公元前316年。乙巳年。

这一年,在世界范围内也极具纪念意义——

这一年,罗马人重新发动与萨莫奈人的战争,经过二十多年的苦战后,终于赢得了胜利。

这一年,魏国迁都大梁(今河南开封)。

这一年,孟子出吊滕文公。

这一年,阿尔西诺伊二世出生,及后与她的兄长共同管治埃及。

这一年,古希腊著名将领及学者攸美尼斯逝世。

……

公元前 243 年放出的恶魔

秦始皇嬴政首开了卖官先河,宣告中国历史上买卖官爵从此开始。

"乌纱帽生意"并非秦始皇首创,早在他爷爷秦孝公时期就开始了,丞相商鞅当时就提出了一个天才的构想——让老百姓交纳余粮而给以爵位。

将"乌纱帽生意"做到极致的,是秦始皇的仲父吕不韦。吕不韦用金钱为自己获得了相位,为子楚(秦始皇的父亲秦庄襄王)获得了王位,用自己的成功经历撰写了"奇货可居"这个成语典故,他用自己绝妙的"政治经济学",一度将大秦玩于股掌之中。

与其说大秦靠武力征服了列国,不如说他们用灵活多样的战略战术——更准确一点地说,是靠一笔又一笔"生意"赢得了"天下"。秦完成统一的重要计谋之一,就是用重金贿赂六国重臣。

作为封建社会统治者,在生产力水平较为低下,且财政收入又主要依靠农业税收的社会而言,面对频发的自然灾害以及不断的战乱和社会冲突,捐纳实属帝国的"延命毒药"。

公元前243年的10月，也就是秦始皇执政第四个年头，整个大秦帝国飞蝗成灾，天灾连带着人祸，百姓苦。刚刚诞生的大秦帝国经受严峻考验。《史记》用"蝗虫从东方来，蔽天，天下疫"短短十一字阐述其甚之后，紧接着，又写道，"百姓内（纳）粟千石，拜爵一级"。这看似漫不经心的一笔，猛然间打开了潘多拉恶魔的盒子——也就是说，秦始皇嬴政首开了卖官先河，宣告中国历史上买卖官爵从此开始。

所谓"拜"实际就是卖，不过比卖好听。这对于一个民众靠实力来建功立业的国度而言，不可谓不是一个严峻的挑战。

仔细解读"百姓内（纳）粟千石，拜爵一级"十字内容，不难看出，大秦帝国遭受到了建国以来前所未有的考验，秦始皇才不得不下诏书，向天下公开出售爵位以解国家之危。

可以肯定的是，秦始皇的这次破天荒之举，目的是增加财政收入，以渡过难关。也可以想象，尚未一统天下，靠战争机器碾过的大秦，已经到了国不富民贫穷的边缘。

我们不禁会问，这样的公开挂牌"叫卖"，效果如何？那些有钱人会勇敢地站出来响应吗？

在回答这些问题之前，先用"粟千石，拜爵一级"这个题目寻解，用古今对照的方式,来做一道算术题。

首先说"石"。以秦量制计算,1石等于4钧,1钧等于30斤;1斤等于16两,1两等于24铢。秦时的"斤"相当于今天的0.5斤,秦时的1石差不多今天的30公斤。也就是说,秦国的"千石"相当于今天的30吨。

粟,俗称小米。如果按今天小米每公斤3元人民币的行情推算,"千石"就是9万元人民币。

再来看"爵"。秦二十级军功爵位制是商鞅变法时的产物,二十级爵位分别为:一级公士,二上造,三簪袅,四不更,五大夫,六官大夫,七公大夫,八公乘,九五大夫,十左庶长,十一右庶长,十二左更,十三中更,十四右更,十五少上造,十六大上造(大良造),十七驷车庶长,十八大庶长,十九关内侯,二十彻侯。

秦孝公三年(前359年)秦国首次变法时,特别制定了二十级爵位以激励全国所有人等建功立业。最低一级为"公士"爵,最高一级为"彻侯"爵。所谓"授爵封田"之说,换种方式表述,就是有爵者才可以拥有"自留田"、"宅基地"。公士至彻侯二十等爵,专门用来论功行赏。

按"粟千石,拜爵一级"来理解,9万元进一"爵"来计算的话,其实价格还是非常昂贵的。因为最初级别的"公士"爵,也就是"斩获敌人甲士(相当于低级军官)一个首级"。

用9万元买一个军官的人头,在战场上并不容易。

可以想象,秦始皇面向全国做的这个官场买卖,对于大多数"百姓"

而言，真是可望而不可及。虽然如此，对公众仍然有极强的诱惑力，因为秦代的爵重于官，并且"官爵合一"。也就是说，拥有爵位就等于拥有许多权益，包括益田宅、给庶子、赐邑赐税、免除徭役、豢养家客、减刑抵罪、赎取奴隶等，这比居官俸禄要优厚得多。

秦汉时官吏制度分为爵位、秩品、职务三种。"爵"，用来区分社会地位的高低，是贵族的标志，以别于"民"；"秩"是工资级别，收入多少依"秩"为准；"职"是行政位置，权力大小由"职"决定，这一等级制影响中国数千年，直到今天。

政府卖爵取得了收入，实际上丧失了一部分未来的收入，这类似于借债。拥有众多一流智囊的秦始皇，肯定做过精打细算，他是要用这些软实力，将帝国的利益最大化。

乌纱帽原本是民间常见的一种便帽，随着秦开启卖爵先河以后，逐渐演变为官吏戴的一种帽子，慢慢地就直接用来比喻官位。到东晋以后，官员就开始头戴乌纱帽；到隋朝，乌纱帽作为正式"官服"的组成部分；到唐朝，中国官场上便盛行"乌纱帽"一词；到宋朝时，已经十分完善了，乌纱帽不仅加上了双翅，还按官阶大小在材质和式样上进行严格的区分；明朝以后，乌纱帽则正式成为做官为宦的代名词，卖官被民间讥为"卖乌纱帽"。

严格说来，秦始皇的这一"乌纱帽生意"并非他首创，早在他的爷爷秦孝公时期就开始了，丞相商鞅当时就提出了一个天才的构想——让老百姓交纳余粮而给以爵位。《商君书·靳令》如是记载这个前无古人的创举："民有余粮，使民以粟出官爵，官爵必以其力，则农不怠。四寸之管无当，必不满也。授官、予爵、出禄不以功，是无当也。"意思说，民众有了多余的粮食，让民众用粮食换取官爵，得到官爵一定要靠自己的力量，那么农民就不会懒惰了。四寸长的竹管子没有底，一定装不满。授给官职，给予爵位和厚禄不靠功绩，对爵位的欲望就像没有底的竹管一样。

这项政策真可谓一石"数"鸟，既解决了秦国因军力不断扩张的吃饭问题，又削弱了民间的财富，让"民不积粟"成为现实，还摧垮了私下进行粮食交易的基础，精明的商鞅可真是大秦最忠实的军师。

如果再深层次探讨，将"乌纱帽生意"做到极致的，也轮不上秦始皇，而是他的仲父吕不韦。吕不韦用金钱为自己获得了相位，为子楚（秦始皇的父亲秦庄襄王）获得了王位，用自己的成功经历撰写了"奇货可居"这个成语典故，他用自己绝妙的"政治经济学"，一度将大秦玩于股掌之中。

与此同时，大秦也用自己不断壮大的历史向世人表明，与其说是靠武力征服了列国，不如说是用灵活多样的战略战术——更准确一点地说，是靠一笔又一笔"生意"赢得了"天下"。因为秦完成统一的重要计谋之一，就是用重金贿赂六国重臣。《史记》卷六《秦始皇本纪》明确记载，秦灭六国时，立下汗马功劳的重臣尉缭向秦王嬴政建议："以秦之强，诸侯譬如郡县之君，臣但恐诸侯合从，翕而出不意，此乃智伯、夫差、湣王之所以亡也。"此时，已经一览众山小的他，继而提出大胆的谋略，"愿大王毋爱财物，赂其豪臣，以乱其谋。不过亡三十万金，则诸侯可尽。"

在尉缭眼里，只要拿出"三十万金"，就可以"搞定"各诸侯豪臣。古语云："人为财死，鸟为食亡。"这一招确实管用，齐国就是秦国用此计谋直接"拿下"的。平心而论，战国时期齐国在综合实力上与秦国相差不大，就因"多受秦间金，而不修战备，也不助五国攻秦，故秦得以从容灭其国"。《史记》卷四十六中《田敬仲完世家》的这一段文字，十分形象地记载了"秦间金"的功劳。

不仅仅是齐国，赵国也同样如此，郭开是赵国幽穆王赵迁的宠臣，也是受秦贿赂，排挤大将军廉颇，诬陷大将李牧、司马尚。公元前229年，秦将王翦率兵攻赵，赵王派李牧、司马尚率兵迎战。李牧是当时赵国继廉颇之后的名将。数年间，他率兵北破燕军、南拒韩魏，且几败秦军，秦将王翦畏之如虎。于是秦国便用重金贿赂郭开，让其设法说服赵王迁召回李牧。贪婪成性的郭开收受贿赂后，诬陷李牧、司马尚等谋反，赵王迁不察真相，盲目决策，派赵葱和颜聚取代李牧、司马尚，并将李牧杀害。曾经辉煌的赵国，就这样一步步沦为秦国的郡县。

中国历史上，官爵很早就是政府的一项垄断资源，以无与伦比的优势向社会公开出售，会取得十分丰厚的回报。秦始皇的"粟千石，拜爵一级"或许被人们认为是不光彩的行为，所以后来的"政府"便伪装了一个看似体面的称谓——"捐纳"。在古代,捐纳又叫赀选、开纳。通常由政府条订事例,定出价格,公开出售,并逐渐形成制度,这就是捐纳制度。与卖官鬻爵相匹配的"捐纳"二字,早在战国时期就正式出现了。史载,每逢军兴、河工或灾荒,"政府"每多举卖官爵,以增加财政收入。

公开吆喝着卖官鬻爵,可以说,秦王朝开了一个极其不好的先河,也为自身留下严重的制度内伤。庞大的帝国,仅仅运行了短短十五年时间便停止了运转,不可不令人唏嘘。

然而,这一"历史先河"却并没为后来当政者所警惕,反而变本加厉,成为满足统治者无厌贪欲的最好手段。当历史的接力棒传到东汉王朝时,汉安帝将此挥洒到了新的高度。《后汉书》载,安帝永初三年(109年),三公以国用不足为由,"奏令吏人入钱谷,得为关内侯、虎贲羽林郎、五大夫、官府吏、缇骑、营士各有差",将关内侯等官爵,按其俸禄的多少,明码标价,像商品一样出售。

至汉灵帝刘宏时代,卖官鬻爵之风更是到了登峰造极的地步。《后汉书》记载,光和元年(178年)"初开西邸卖官,自关内侯、虎贲、羽林,入钱各有差。私令左右卖公卿,公千万,卿五百万。"也就是说,为了标价卖官,他竟在皇家园林西园设了一个"乌纱帽交易所"。

在汉灵帝刘宏这位皇帝眼里,不论才学,不论品性,不论操守,但凡是有钱,就可以买官。不仅如此,刘宏还统一了官职的市场价,为了稳定市场秩序,他亲自制定卖官相关规则。比如,地方官比朝官价格高一倍,县官的价格则根据所治县的大小、贫富而定。

据悉，卖官所得钱款都流入了他自己的腰包，真弄不明白，整个江山社稷都是他的，要那些钱有什么用？利令智昏到如此地步，江山也枉自归他。历史上有名的黄巾起义便是他治下发生的，东汉王朝就在刘宏的恣意挥霍之下，趋于崩溃，好在他自己只活了三十四岁便短命而亡。

却说如此昏天黑地的汉灵帝治下，也有清醒之人。司马直时为钜鹿太守，因清正廉洁，汉灵帝还是要他出三百万以保官。司马直无奈怅然道："为民父母，而反割剥百姓，以称时求，吾不忍也。"一封上书之后，服毒自杀。刘陶为京兆尹，到职后，要他出"修宫钱"（即买官钱）一千万。由于刘陶清贫且以买官为耻，遂称疾不听政。羊续是汉灵帝时代的有名功臣，汉灵帝欲任其为太尉，即使如此，也必须交钱一千万。羊续手指自己那件乱麻为絮的袍子，愤而说道："臣之所资，唯斯而已。"但刘宏不为所动，此职位最终换了另外的"买家"。

刘宏当然是一个特例。总体而言，历史上以政府为主体的捐纳或者买卖官爵的动机通常只有一个，那就是弥补财政不足，以便应付临时突发危机事件，如自然灾害、战争、修缮河道、赈济等。如果政府提高普遍税率，恐怕会引致民怨，甚至民变；而通过捐纳、卖官爵等，则仅对特定对象，如豪强地主、商人阶层，转移财富。

最为突出的是清康熙年间，不仅捐纳规模大，频次多，而且将其制度化，康熙在户部还专门成立主管捐纳的机构——捐纳局。真可谓滑天下之大稽。上海财经大学经济史学系教授李楠先生一语中的,作为封建社会统治者,在生产力水平较为低下,且财政收入又主要依靠农业税收的社会而言,面对频发的自然灾害以及不断的战乱和社会冲突,捐纳实属帝国的"延命毒药"。

田野里生长出来的大秦帝国

"秦律"中并没有什么高深的道理，都是些百姓看得懂的大白话。

说到"秦律"，就不得不提到一个人，他的名字叫商鞅。大秦帝国有两个"军师"，一个是李斯，另一个就是商鞅。他们为秦统一中国，立下了汗马功劳，是不可或缺的人物。

秦国的基本国策就是"耕战政策"。商鞅变法的主旨，就是立"耕战"为国策，一切都围绕这两个要素展开。

"国之所以兴者，农战也。"秦治下的广大百姓，唯一的使命，便是"耕战"，百姓平时为农，战时为兵。

连接"耕"与"战"的纽带就是强大而稳固的法制体系，这就充分地保证了社会的公平。

从每一条每一款的生动细节可以看出，商鞅对基层百姓，可谓了如指掌。每一条款的针对性都很强，让谁也钻不了空子。

丰饶富裕的荆楚大地,历来是帝王将相必争之地。当时光流逝到公元前262年之际,也就是秦昭王四十五年的初春,荆楚一个叫"南郡"的地方,诞生了一名叫"喜"的男婴。

这里地势高耸,形如卧虎。楚国令尹斗縠於菟出生后被鄖夫人弃于梦中,一只老虎卧于此地,给斗縠於菟喂奶,故而这里又被称为"睡虎地"。

时光荏苒,身逢乱世的"喜",自小就目睹了山河破碎、家国消亡的历程。秦王政元年(前246年),也就是"喜"十七岁那年,他因为天资聪颖,学业优异,顺利在秦国服徭役,历任安陆御史、安陆令史、鄢令史、治狱鄢等与法律相关的低级官吏,并亲历了始皇亲政到统一六国的整个过程。

秦代提倡做好官,认为为官者不忠、不智、不廉都是大罪,均受法律约束。因而,对官吏的基本要求是"明法律令",以此做到"职臣遵分,各知所行"。所有官吏,每年年末都必须到御史(专管律令文书的官吏)那里核对律令。

官吏是执法者,故知法是第一要务。作为秦始皇三十年(前217年)以前的一位县级官佐,"喜"也像秦代其他官吏一样,必须把自己所在部门用律抄录下来,并且熟记。

抄写并熟记大量的"秦律",成为"喜"在基层官场一生的必修课。

话说公元1975年11月初,想正值枯水期,农民张泽栋抢工期修建排水渠,他一锄头下去,挖出了不一样的青黑色泥土,再一锄下去,渠道里便现出了一角椁盖板。这一带古墓迭出,他敏感察觉到又会有故事发生……果真有惊喜发现。循着这一锄头的轨迹与脉络,考古工作者竟发掘出12座秦代木椁墓,特别是其中11号秦墓地内,一具成人骨架的四周摆放着大量竹简,经清理登记共1155枚,残片80枚。其内容包括:《秦律十八种》《效律》《秦律杂抄》《法律答问》《封诊式》《编年纪》《语书》《为吏之道》、甲种与乙种《日书》等十种。

张泽栋这不经意间的一锄发现,被列为新中国成立五十周年中国十大考古发现之一。

那些让人叹为观止的简文为墨书秦隶。没有人会想到,字迹清晰端秀,笔画浑厚朴拙的近四万字竹简,竟然出自"喜"的手笔。考古学家开棺之后,墓里的尸骨以外全部都是简,头枕的也是简,头两边也是简,身上是简,手里还按着简,脚底下还是简。

震惊世界的云梦秦简,就是由"喜"的墓葬向世人揭开。历史学家李学勤称,云梦睡虎地秦简出土以前,关于秦代历史的研究,只能根据司马迁的《史记》、班固的《汉书》及卫宏的《汉旧仪》。而"喜"最为重要的角色——秦朝县级的法律官员,兢兢业业的他在墓葬里留下了大量的秦国法典内容。

原来,是"喜"有意让那些伴着一生的竹简陪葬,他以这样奇特的方式将他生前全部的大秦信息,安全地传送到了两千多年后的今天。

时间横跨两千余年,"喜"与张泽栋,两个社会最底层的人,冥冥之中完成了一次无声的精彩对话,只不过,时代已经将这个地方变成了"湖北省孝感市云梦县肖李村睡虎地"。

记载"喜"一生的文书《编年纪》,记载了秦最辉煌的时代。

墓葬竹简中的法条部分是"喜"生前从事法律活动而抄录的有关法律文书,主要抄录了行政管理与"治狱"方面的律令条文,记录了刑事、经济、民事和官吏管理的法律条文,从法条结构看,这些法律条文肯定不是秦朝的全部法条,只是墓主人"喜"在日常工作中常用的法条摘录。即便是摘录,也可以管窥秦朝的法制状况。

我们知道,秦人靠铁蹄征服天下,秦军所向披靡,无往不胜。而这一切胜利之果,是如何保证的?我们更知道,"人是铁饭是钢,一顿不吃饿得慌"的古训。而庞大的秦军背后,又是怎样确保后勤供应的?

史载,秦一个士兵每月口粮大概在四十斤左右。仅以秦国灭楚为例,战争打了将近两年时间,需要的粮食至少在五十万吨以上。连年负担如此沉重的军粮生产，可以推想，没有空前发达的农业，根本就无法保障这种规模的战争。

答案就在"秦律"那里。最为精彩，也最让人感慨的，就是《秦律十八种》的"田律"。

"喜"抄写的一千多枚竹简，为我们了解秦国的农业提供了珍贵的信息密码。这些法律条文清清楚楚地显示：两千多年前，秦人是如何管理农业的。

我们来看看秦国的田野里，发生了哪些不为人所知的事？让我们从秦法中的"田律"，一窥端倪。

田律，主要是有关管理农田生产的法律，其中也包括有关分配土地的内容。"田律"是世界上第一部有关环境保护的法律一说流传颇广，主要涉及农田管理、农业耕种、粮食处理等方面，其内容非常简单——

田律规定，播种时，水稻种子每亩用二又三分之二斗；谷子和麦子用一斗；小豆三分之二斗；大豆半斗。如果土地肥沃，每亩撒的种子可以适当减少一些。

田律规定，庄稼生长后下了及时雨和谷物抽穗，县里负责农业的官吏应及时向朝廷书面报告受雨、抽穗的土地面积及已开垦而还没有耕种的土地顷数。如遇旱灾、暴风雨、涝灾、蝗虫及其他自然灾害也都要详细向朝廷书面报告。

田律规定，地方官在时雨之后，或连受旱、涝、虫、风等自然灾害时，必须及时向上级报告得益和受灾面积，以便上级掌握农业生产情况，采取相应措施。

田律规定："它物伤稼者，亦辄言其顷数。近县令轻足行其书，远县令邮行之,尽八月之。"意思是说,如有旱灾、暴风雨、涝灾、蝗虫及其他虫害等损伤了禾稼,也要报告受灾顷数。距离近的县,由走得快的人专送报告,距离远的县由驿站传送,在八月底以前送达。

田律还规定,农户归还官府的铁农具,因为使用时间太长而破旧不堪的,可以不用赔偿,但原物得收下。

我们今天看来,有一条虽然归入"田律"之中,但其内容却涉及环境保护、自然保护、捕猎捕鱼限制等多方面。

云:"春二月,毋敢伐材木山林及雍(壅)隄水。不夏月,毋敢夜草为灰,取生荔麛鷇,毋……毒鱼鳖,置阱罔,到七月而纵之。唯不幸死而伐绾(棺)亨(椁)者,是不用时。邑之,皂及它禁苑者,麛时毋敢将犬以之田。百姓犬入禁苑中而不追兽及捕兽者,勿敢杀;其追兽及捕兽者,杀之。河禁所杀犬,皆完入公;其它禁苑杀者,食其肉而入皮。"

用现代语意翻译,大意是,春天二月以后,不可以砍伐山中的树木、木材,不可以在河流中筑坝阻挡河流。不到夏天不可以烧草为灰用以肥田,不可以逮刚刚出生的幼兽,不可以取鸟卵,不可以在水中用下毒的方式逮鱼鳖,不可以在森林中设置陷阱捕猎。到七月以后限制才解禁。如有人死亡,可以不受以上限制,砍伐树木制造棺材。居邑靠近牛马的皂和其他禁苑的,幼兽繁殖时不准带着狗去狩猎。百姓的狗进入禁苑和捕兽的,不准打死;如追兽和捕兽的要打死。在专门设置的警戒地区打死的狗要完整上缴官府,其他禁苑打死的,可以吃掉狗肉而上缴狗皮。

除田律之外，仓律在秦律中占了相当大的篇幅，从粮食的收藏到加工、使用都有详细的法令。下面这些出自"喜"摘抄的"仓律"，不由让人大开眼界——

谷物入仓，以一万石为一积而隔以荆笆，设置仓门。由县啬夫或丞和仓、乡主管人员共同封缄，而给仓啬夫和乡主管禀给的仓佐各一门，以便发放粮食，由他们独自封印，就可以出仓，到仓中没有剩余时才再给他们开另一仓门。（入禾仓，万石一积而比黎之为户。县啬夫若丞及仓、乡相杂以印之，而遗仓啬夫及离邑仓佐主禀者各一户以气，自封印，皆辄出，余之索而更为发户。）

啬夫免职，对仓进行核验的人开仓，验视共同的封缄，不必称量，只称量原由仓主管人员独自封印的仓。谷物出仓，如果不是原入仓人员来出仓，要令加称量，称量结果与题识符合，即令出仓。此后如有不足数，由出仓者赔偿；如有剩余，则应上缴。共同出仓的人员中途不要更换。（啬夫免，效者发，见杂封者，以堤效之，而复杂封之，勿度县，唯仓自封印者是度县。出禾，非入者是出之，令度之，度之当堤，令出之。其不备，出者负之；其赢者，入之。杂出禾者勿更。）

谷物入仓不满万石而要增积的，由原来入仓的人增积，是可以的；其他人要增积，增积者必须先称量原积谷物，与题识符合，然后入仓。此后如有不足数，由后来入仓者单独赔偿；要把入仓增积者的姓名、职务、籍贯记在仓的簿册上。已满万石的积和虽未满万石但正在零散出仓的，不准增积。（入禾未盈万石而欲增积焉，其前入者是增积，可；其它人是增积，积者必先度故积，当堤，乃入焉。后节不备，后入者独负之；而书入禾增积者之名事邑里于儋籍。万石之积及未盈万石而栿出者，毋敢增积。）

在栎阳,以二万石为一积,在咸阳,以十万石为一积,其出仓、入仓和增积的手续,均同上述律文规定。长吏共同入仓和开仓,如发现有小虫到了粮堆上,应重加堆积,不要使谷物败坏。(栎阳二万石一积,咸阳十万一积,其出入禾、增积如律令。长吏相杂以入禾仓及发,见之粟积,义积之,勿令败。)

在秦国,不但大量粮食亏损要受到惩罚,即使少量耗损也不行。比如湖南湘西古城里耶的井下发掘出十几条秦简,详细记录了不同官员的捕鼠数量,某人捕鼠七只、某人十只、某人三只。严密的仓库保管制度减少了粮食储藏过程中的贪污和损耗现象。可看出,秦时仓库保管制度非常严格。

秦律规定,仓库物资的保管责任重大,仓库的墙垣要高,闲人不准靠近它,不是主管官吏不准入内。要悉心管理,要"慎守为敬"。违背这些规定,或发生火灾,或损败了物资的,"官吏有重罪"。捕鼠则属于防止物资损败的行为。

封建国家有没有足够的粮食,不仅关系到农业经济的发展,而且也影响到地主阶级政权的巩固,仓律正是从这一个侧面反映了秦统治者的重农思想。

这种农业生产的法律规定，从云梦秦简中，还渗透到各种秦代的考核制度中，给人深刻印象。比如，秦人对工程、手工产品、漆园和采矿冶炼等的考核十分严格，对落后者要实行责罚，连续三年落后者，更加重责罚。这样一个团体，上至主管官吏、县令、县丞，既然福祸与共，就必须同舟共济。

与此同时，《秦律杂抄》的规定又有相当的合理性，"比赛落后而经济上未造成损失的，虽也因其无能而废其官职，却并不给与经济上的制裁"。

我们不得不感叹，从考核制度经常化和细化，可见秦时法律的严格和管理水平之高。

春秋战国时期，牛开始代替人力耕田，它的意义在当时绝不亚于现代农业中用拖拉机代替耕牛。因此，牛的地位在秦国的耕战国策中至关重要。

"喜"在竹简上告诉我们，厩苑律、牛羊课规定："牛大牝十，其六毋子，赀啬夫、佐各一盾。羊牝十，其四毋子，赀啬夫、佐各一盾。"也就是说，如果一个人负责喂养十头成年母牛，其中的六头不生小牛的话，饲养牛的人就有罪。如果十头成年母羊，四头不生育，相关人员也要受到不同程度惩处。

另外，各县对牛的数量要严加登记。如果由于饲养不当，一年死三头牛以上，养牛的人有罪，主管牛的官吏要受惩罚，县丞和县令也有罪。

国家用法律来保障所有农户都用当时最先进的方法耕种。以国家的名义，对耕作的管理，竟能具体到如此程度。这种精细化的管理，就是十分现代化的今天，也让人难以置信。

我们常说，"农业稳，天下安"，"农业是一切的命脉"。不难看出，两千多年前秦国对此的认识之深，之透，粮食对秦国的重要性程度，已经深入其骨髓——简直就是他们的生命线。

从精打细算，精耕细作，精雕细刻的粮食生产和制度管理中，我们看到了一个强盛秦国的另一面。它告诉我们，秦能统一中国，绝不是侥幸和偶然。

"秦律"是秦统一天下的秘密武器。一切围绕战争，但一切又从百姓的生存出发。《睡虎地秦墓竹简》中提到的秦法规有三十多种，其中经济法规就有十一种，占有相当大的比重。有关于维护乡间社会秩序、农事管理、田赋征收和土地分配的田律，关于粮草、甲兵、财帛等物品管理的仓律，关于管理畜牧业生产的厩苑律，关于府藏管理的藏律，关于官营手工业的工律，关于调度手工业劳动者的均工律，等等。

《史记》形容秦朝的法律"繁如秋荼，密若凝脂"。"喜"在秦简中给我们留下的秦律，得到了相应的印证。虽然这些条文"繁如秋荼"，但却通俗易懂，读起来有趣，这应该也是大秦法律普及的关键所在。

"秦律"中并没有什么高深的道理，都是些百姓都看得懂的大白话。从每一条每一款的生动细节可以看出，商鞅对基层百姓，真可谓了如指掌。每一条款的针对性都很强，让谁也钻不了空子。有点像今天美国的宪法，看似冗长繁文，却十分实用。

"秦律"调整的范围遍及国家、社会和家庭各个领域，达到了十分细密、详备的程度，可以说从生产到生活，从个人到牛马，从国家到家庭，基本实现了"治道运行，诸产得宜，皆有法式"。

"秦律"为何对"农事"如此重视？这不难理解，秦国的基本国策就是"耕战政策"。

说到"秦律"，就不得不提到一个人，他的名字叫商鞅。大秦帝国有两个"军师"，一个是李斯，另一个就是商鞅。他们为秦统一中国，立下了汗马功劳，是不可或缺的人物。

商鞅变法的主旨，就是立"耕战"为国策，一切都围绕这两个要素展开。"国之所以兴者，农战也。"（《商君书·农战》）秦治下的广大百姓，唯一的使命，便是"耕战"，百姓平时为农，战时为兵。

连接"耕"与"战"的纽带就是强大而稳固的法制体系，这就充分地保证了社会的公平。

商鞅所颁布的新法是一种军政合一的新型国家法律体系，其高明之处在于紧紧抓住了封建国家的两大主题：对内促进农耕，以农为本发展生产；对外发动战争，以战养战拓土开疆。没有强大的农耕，没有充足的军粮作为保证，国家的军事实力是虚浮的，取得一两场战争的胜利是可能的，但要想长期称雄于诸侯是绝对不够的，更不用说统一华夏了。

透过两千多年厚重的历史尘埃，秦王朝留下的"苛政"符号，随着秦简的发掘有了另一层解读——秦代法、律、令较完善，"奸邪不容，皆务贞良"，致使秦代官吏"慎遵职守"，凡事"细大尽力，莫敢怠荒"。

一场"屠战"
如何换得一个帝国

"我为刀俎,人为鱼肉。"秦人嗜杀成性,谁敢杀人谁就是勇士,谁杀的人多谁就是英雄。数十万人的杀场,该是一种怎样的血腥?血色染红了赵国的疆域,也染红了大秦的王冠。

著名的长平之战,是检验六国合纵的一块试金石。

长平之战后,战神白起说,秦军精锐损失过半,优秀将领死伤无数,实际是秦军未胜,赵军未败。秦昭王说,长平大战,秦失六十万,赵失七十万,秦可谓小胜。而赵括死,武安君存,可谓大胜。范雎说,长平巨战,大胜的是秦王。

精明的秦昭王捋着胡子,笑而不答。

山西省东南部。泽州盆地北端。太行山西南边缘。这三个方位同时锁定的，是一个叫作"高平"的古地名。"高平"二字可谓历史悠久，名声远播，可以追溯到中华原始文明的源头——相传中华民族的始祖，炎帝仙逝后就葬在这里。

或许正因为此，这里也成为历来兵家必争之地。最让人刻骨铭心的，是战国时期有名的长平之战——这场著名的古战役，直接决定了中国历史的走向。

高平，春秋时称泫氏，战国时改为长平。一场长平之战，遍及今天大半个高平县，涉及的山岭、河谷、关隘、道路、村镇五十多处。据说1995年考古人员来这里发掘时，目睹了很多不一样的尸骨。两千年了，尸骨上遭砍、射的痕迹尚清晰可见，有的仅剩下躯干而无头颅，还嵌着射入胯骨中的短箭头。铁炉村，酒务村，秦庄村，赵庄村，围城村，三军村……这些标注着战争痕迹的村名，或许正是为了永世记住那场举世闻名的"屠战"。

可以说，是今天这些村庄和村名作为物质的和非物质的实证，共同贮藏着一个两千多年前的"长平战役"。

两千多年过去了，因战而逝的白骨不时浮出地面。就是今天，在古战场遗址要捡到生锈的箭头、刀币、布币、半两、带钩等文物并不难。西起骷髅山、马鞍壑，东到鸿家沟、邢村，宽约十公里；北起丹朱岭，南到米山镇，长约三十公里,东西两山之间,丹河两岸的河谷地带……战争持续三年时间,消逝四十万生灵……这两大元素,构成了炼狱般的古战场。

长平之战是战国末年秦国与赵国共同演绎的经典战例。经此战,赵国军队被杀人数,《史记·秦本纪》称:"大破赵于长平,四十余万尽杀之。"《史记·赵世家》载:"秦人围赵括,赵括以军降,卒四十余万皆坑之。"《高平县志》"坑赵考"记载得更为详细:"赵括乘胜追至秦壁,即今省冤谷也。其谷四周皆山,唯有一路可容车马,形如布袋,赵兵既入,战不利,筑垒坚守……后赵括自出搏战,以秦射杀之,四十万人降武安君,诱入谷尽坑之。"

史料指向那个血腥的数字——四十万。且言之凿凿,是"坑"(活埋)。因为杀人太多,当地老百姓都记得祖上流传下来另一个形象的地名——杀谷。

这是世界古代战争史上一次坑杀最为惨烈的战争,没有之一。不仅仅在东方,就是世界冷兵器时代的人类战争史上,其规模之大,其死亡人数之多,其影响之广,堪称之最。

这场战役在中国历史特别是历代帝王将相中的影响,也堪称深远。以至于这场战争过后千年的唐代,都不忘立碑建庙以祭祀。据说,唐明皇巡幸泽、潞两郡时,特地来到高平,千年过去,惨状仍未消减,映入唐明皇眼里的头颅堆积似山,"将村南之山改为头颅山,更杀谷为省冤谷"。被震撼的他,又命建骷髅庙一座,"择其骷骨中巨者,立像封骷髅大王",以祭祀四十万被坑杀的赵卒先灵。

又据说，骷髅庙的香火一度十分旺盛，庙宇历代均有修葺，庙内至今存有明万历三十七年（1609年）和清光绪十年（1884年）所立重修骷髅庙碑记。明代有一位叫于达真的诗人，特地留下如泣诗句："此地由来是战场，平沙漠漠野苍苍。恒多风雨幽魂泣，如在英灵古庙荒。赵将空余千载恨，秦兵何意再传亡？居然词宇劳瞻拜，不信骷髅亦有王。"

之所以用如此纵深的笔墨来作铺陈，是因为那场灾难性的战争为后世留下了太多的悬念和论争，也留下了诸多让人猜想的谜团。引得一波又一波考古专家、历史学家趋之若鹜，考证和研究出了若干"研究成果"，有时历史也常常捉弄人，却不免让人糊涂。让我们还是回到历史现场，重温一下那个看似遥远但影响深远的古战场——

这场发生于战国时代的"长平之战"，肇始于公元前262年至前260年间，此间正是中国历史上最混乱的时期之一。战争经过了上党归赵、廉颇与秦坚壁对垒、秦使反间计、赵孝成王换将易帅、白起暗使长平、赵括被围等几个关键阶段，耗时三年，秦国取得了决定性的胜利。此战之后，东方六国再无抵御秦国的实力，使秦国一统天下进入倒计时。

想当初，号称"战国七雄"中的齐、楚、赵、魏、燕、韩，哪个不是狼子野心，虎视眈眈？平心而论，当时疆域最广的要数楚国，其次才是秦，还有赵，接下来是齐、魏、燕，即便是齐，也已经兼并了宋，拥有七十二城池。地盘最小的韩国，也都在灭了郑之后壮大起来了。而楚灭国最多，比如陈、鲁、蔡,还有兼并了吴国的越,都在它的麾下。也即是说,"战国七雄"中,没有天然的弱者,他们都是在一城一池拼杀的"淘汰赛"中,纷纷胜出的"种子选手"。

依兵力多寡而言,七国中楚国实力最为雄厚,拥兵百万。齐、魏也过七十万,然后是赵,四五十万,韩和燕各三十万,如果六国合纵,总兵力相加有三百四五十万之众。而此时的秦国,只拥兵六十万,是六国兵力的五分之一。也就是说,如果韩燕联手,兵力也与秦相差无几。

为何秦国能够一举拿下长平之战,从而拉开统一大幕?这需要一个理由。

这场战争堪称秦国与东方六国中军力最强的国家——赵国之间的战略决绝。

周赧王四十五年(前270年),秦军越过韩国进攻赵国,被赵将赵奢大败于阏与(今山西和顺西北)。这时,秦相范雎提出了"远交近攻"战略,被秦昭王采纳后,收到奇效。秦先攻魏,然后转向韩国。韩国的国君韩桓惠王决定忍痛割下一块肥肉——将上党郡献给秦国,以求秦国息兵,可上党郡郡守冯亭不愿降秦,密谋利用赵国力量抗秦,把上党郡的十七座城池拱手献给赵国——面对眼前飞来的如此丰厚的横财,赵国上下都睁大了眼睛。

在赵国笑纳了上党后,秦国当然不会答应,于是出兵攻赵。赵国名将廉颇数次战败后,依托有利地形固守城池,以疲惫秦军……由此拉开了长平之战的大幕。

战争之初，虽然胶着之态胜负难定，但秦人的破釜沉舟和赵国的左顾右盼，胜负也大体能见分晓。秦国战略目标非常清晰，削弱乃至攻灭赵国，为秦扫平六国一统天下开路；赵国的战略目标却摇摆不定，有点像足球场上的攻防战术，前锋想的是先进攻而后卫却想的是先防守，可谓首尾难顾。赵人深知秦强赵弱，赵国需要奋发图强方可求存，而自阏与之战赵奢大破秦军后，赵人便以"首胜强秦"自诩，心中便滋生和强秦一争天下的豪情壮志。

可要命的是，关键时刻赵国两员大将廉颇和赵括在用兵上发生分歧。廉颇主张布设西线三道防线，高垒深沟以坚守上党，赵括却提出集中已抵达上党的二十万精兵主动攻秦。"攻""守"难达成一致，廉颇以王命领军之权否决了赵括的提议。赵军依廉颇部署老马岭、中线丹水和东线石长城三线设防。

廉颇老矣。老将廉颇固执地认为，守住上党就圆满完成了任务，却未能深刻理解进军上党的"政治意义"。

这场大战不仅在两军厮杀的战场之上，更延伸至方方面面。上党之变余波荡漾之际，秦赵博弈的要点已经不在土地城池，而在如何破解六国的连横合纵。

韩魏虽已与赵结盟，但在秦军的虎视眈眈之下，心里始终是七上八下；楚燕齐更是骑墙观望，见风使舵。这样混乱的局面之下，赵括深知，此刻不能用胜仗来显示出赵国的实力和决心，三晋同盟便成为纸上谈兵，六国合纵更是水中之月。而长平之战唯一的胜机，在于楚国乘秦赵对峙发兵北上，直取秦国腹地，当秦军被迫回师之时，赵军随后掩杀，方可获胜。可秦相范雎对这一"七寸之扼"看得一清二楚，他使出浑身解数把楚国作为伐交重点，确保南线平安。

这种严峻形势下，赵国唯有用军事来支持伐交，方可收到事半功倍"以战求和"之效。赵括力主进攻，乃是建立在对局势的深刻理解之上，到头来经验不足的赵括被困之后，知道赵国气数已尽，为时晚矣。

秦赢下这场战争，既有偶然可能，也处处充满了必然因素。对这场战争的准备，秦国可谓倾举国之力，从硬件到软件，从人力到物力，从国内到国际……所有"可能性"俱在掌控之中。仅以后勤为例，秦深谙"兵马未动，粮草先行"之道，长平之战伊始，战争经验十分丰富的白起就派大将王陵率五万铁骑抢占要塞，修筑仓廪疏浚河道，务求后勤供应畅通无阻。

长平之战后，战神白起说，秦军精锐损失过半，优秀将领死伤无数，实际是秦军未胜，赵军未败。秦昭王说，长平大战，秦失六十万，赵失七十万，秦可谓小胜。而赵括死，武安君存，可谓大胜。范雎说，长平巨战，大胜的是秦王。精明的秦昭王捋着胡子，笑而不答。

事实上，统一天下的步伐，是按秦国的一项长期战略部署来实施的。直到秦昭王时，秦国才举起战争利剑，加快了兼并六国的步伐。垂沙之战，楚国的地盘一度被瓜分成零星几块；伊阙之战，拿下韩魏以扫平东进之路；鄢郢之战，楚国连国都郢（今湖北江陵西北）都难以保住，被迫迁都，楚国从此一蹶不振，著名诗人屈原愤而投江成仁；华阳之战，大败赵、魏联军，不仅斩杀魏赵联军十五万,大大消耗其有生力量,秦国还获得赵魏大片城池……可以说,长平之战正是检验六国合纵的一块试金石。

"我为刀俎,人为鱼肉。"秦人嗜杀成性,谁敢杀人谁就是勇士,谁杀的人多谁就是英雄。数十万人的杀场,那该是一种怎样的血腥?就是我们的想象力再丰富,也难以想象出其中的悲壮,血色染红了赵国的疆域,也染红了大秦的王冠。

历史总是喜爱捉弄人。十分吊诡与喜剧的是,秦赵长平之战正酣之际,秦始皇的父亲子楚却作为人质一直住在赵国首都邯郸。秦昭王四十七年(前260年),长平之战结束,邯郸城内,悲愤恐慌。

次年,也就是秦昭王四十八年,嬴政出生。为了表示誓死抗秦之决心,赵国决定处死子楚一家,生死存亡关头,吕不韦用重金收买了赵国的看守官吏,救出子楚。而嬴政与其母赵姬却仍滞留邯郸城内,可谓险象环生,好在赵姬是赵国颇有势力的名门大户,在家人的拼死保护下,赵姬和嬴政方转移隐藏。嬴政回到秦国时,已经是九岁的小孩了。

自己的头号敌人在眼皮下都未能找到,也该大秦一统天下了。

几个小人物的万里长城

"孟姜女哭长城"这个不断花样翻新的故事里,"孟姜女"和"长城"无疑是两个绝对的主角。

历朝历代的人们把对当局的怼与怒,都融进了这个"哭"的故事里予以宣泄。长城背后,是历代帝王以此为统治标志的"接力棒"。

一定意义上讲,秦朝是背了历代统治者的黑锅,但秦王朝的暴政与酷治,不可否认地成为历代文人墨客同题文学创作中,集中的矛头所向。

长城后来存在的意义,或许已经不再是军事的防御,而是边界的标示。游牧和农耕以此为界,中原和北边由此划线。

每修一次长城,民间都会把"孟姜女哭长城"这个老掉牙的故事搬出来,从而添加新的想象不断演绎,创造出丰富多彩的艺术作品来。成为不同时代同一主题的"控诉长城宣传品"。

孟超是山东淄博临淄的一个乡绅。公元前210年的一个夏夜,为躲避修长城劳役,一个叫杞梁的民夫慌不择路,误入了其后园,并迅速爬到园中的一棵树上。此时,孟超的女儿孟仲姿正在水池里沐浴,赤身裸体的一幕恰好被杞梁尽收眼底。听见不远处嗖嗖的树叶声,孟仲姿也发现了仓皇中的杞梁:"你是谁?为什么躲到这里?"杞梁见追兵走远,下得树来,嗫嗫地说:"我是燕国人,被强掳来修长城,实在太苦了,我受不了……"

　　望着眼前这个蓬头垢面的青年,孟仲姿突然对正欲逃走的杞梁说:"你把我娶走吧。"杞梁大吃一惊:"小姐冰清玉洁,高贵美丽,又深藏于后院,怎能与我为妻?""女人的身体是不能给第二个男人看的。"孟仲姿望着满天的星星,喃喃说道,"这是天意。"她恳请杞梁接受这份意外的邂逅。两人最终拜堂成亲,结为夫妻。

　　这个故事源于一本叫作《同贤记》的笔记小说,出自唐代文人手笔。紧接着,《同贤记》将故事这样延续下去,短暂的蜜月之后,逃跑的杞梁看到了生活的希望,他再度返回修筑长城,期盼早日服完劳役,携爱妻回家好好过日子。未曾料凶多吉少,他竟被残忍的监工活活打死,其尸体又被残忍地筑进了长城的墙体,杞梁瞬间"被"人间蒸发了。

　　孟仲姿当然不知道丈夫遭受这等变故,还遣用人去工地替换丈夫。活不见人,死不见尸,最后知道实情后,性烈的孟仲姿奔赴燕山,悲愤号啕,竟哭塌了城墙,瞬间,倒塌的废墟里便露出累累白骨。孟仲姿已然辨不出哪具是夫君的遗骨,于是她把所有的白骨全带回家乡埋葬,一个烈女,用极其悲壮的仪式,终结了这段痛不欲生的姻缘。

这只是无数个"孟姜女哭长城"的版本之一。两千多年来,不知道诞生了多少个这样的故事版本了。

话说齐庄公四年(前550年),春秋时代的超级大国齐国,派兵攻打卫国和晋国,撤军时又顺手牵羊打了一下邻近的小国莒国(今山东莒县),不料竟损兵折将,两位大夫杞梁和华周相继战死,后来齐、莒讲和罢战,齐人载两位大夫遗体回临淄。他们的妻子在路上迎接运回的尸体后,哭声震天,哀号撼地,一时成为齐国上下最动人的谈资。

杞梁妻认为自己的夫君有功于国,而国家领导人齐庄公的吊唁既缺乏诚意,又仓促草率,便回绝了齐庄公的郊外吊唁。后来,齐庄公亲自到杞梁家中吊唁,并把杞梁安葬在齐都郊外。

就是今天,在山东临淄齐都镇郎家村,还可找到杞梁墓的遗迹,因地处村东,当地村民都称这里为"东冢子"。

这段真人实事的史实,最早记载于《左传·襄公二十三年》里,只是较为简略,不过一个战争花絮罢了。谁也没有料到,这般简短的历史浪花,竟会在历史长河里产生经久不息的回响。

"杞梁妻哭夫"自春秋时期以来,便在民间广为流传。有了基本故事原型作本底,从战国开始长达二十五个世纪里,一则则传说凭空而出。"哭夫"情节的增加,最初是《礼记·檀弓》里曾子的话,曾子说"杞梁死焉,其妻迎其柩于路,而哭之哀"。这是各种文献里第一次出现"哭"的记载。"崩城"情节的增加,出自西汉刘向的《说苑·善说篇》。"昔华周、杞梁战而死,其妻悲之,向城而哭,隅为之崩,城为之阤。"后来,《列女传》里又平添了"投淄水"的情节:"乃枕其夫尸于城下而哭之,内诚感人,道路过者莫不为之挥涕。十日城为之崩。既葬,曰:'我何归矣?……亦死而已,遂赴淄水而死。"

就像接力赛似的,人们对这个故事添油加醋乐此不疲,一点一滴,一字一句,不断丰满。

到西汉时,杞梁妻的故事初具规模,哭夫、崩城、投水已成系列;到了东汉,王充的《论衡》、邯郸淳的《曹娥碑》进一步演绎,说杞梁妻哭崩的是杞城,并且哭崩了五丈。西晋时期崔豹的《古今注》继续夸大,说整个杞城"感之而颓";到东晋时,杞梁妻的故事已经走出了史实的范围,演变成"三分实七分虚"的文学作品。

如果说从春秋到西晋,杞梁妻的故事还是在史实的基础上添枝加叶的话,那么,到了唐代,想象的翅膀使杞梁妻哭夫的故事发生了质的变化,他们把这笔历史总账,算到了秦始皇的头上——唐朝人不仅将故事发生的时间向前推了三百多年,还用移花接木的手法,由齐国临淄城移植到了秦始皇时代的秦长城。几个关键词也由"杞梁"、"勇士"、"战死"演化成了"杞良"、"役夫"、"打死"。

也就在这个时候,"杞梁妻"成为有姓有名的"孟仲姿",以后故事的流传中又被改为"孟姜女",而丈夫杞梁,则变成了"范喜良"。这是一个颇值得研究的现象,人们更加愿意相信谣言而非去追根溯源。这样一来,孟姜女和范喜良的名气当然比杞梁和杞梁妻大多了。

那些围绕长城的演绎故事中,《同贤记》无疑提供了一个幻想的范本。

唐玄宗天宝六年(747年),类书《雕玉集》引用《同贤记》材料并大胆演绎:"杞良俄而被追捕、打死,筑入城墙。仲姿寻夫,哭倒长城而认夫尸。"在唐写本《文选集注》残卷中,女主人公则演绎成了孟姿。这时,"孟姜女"的雏形已经萌芽。

让人意外的是,诗仙李白也加入到热闹的演绎队伍中来,他写出了《东海有勇妇篇》一诗:"梁山感杞妻,恸哭为之倾。金石忽暂开,都由激深情。"李白眼里,杞梁演绎成了梁山,杞妻不但哭倒了城,还哭崩了山。

更有甚者,一些细节也在想象中不断丰满起来。敦煌石室卷子里有一首名叫《捣练子》的民间歌谣,描述杞梁之妻孟姜在家缝制冬衣,又亲自送往燕山前线,一路上大雪纷飞,其情其景可歌可泣。这也是文学作品里最早出现的"孟姜"一名,这似乎为后来"孟姜女"的横空出世,埋下了极好的伏笔。

之后的历史时空,人们对这一故事的热情一直高涨,其丰富的想象力也不断翻新,真算得上中国最为经久不衰的谣言接力赛了。

很长一段历史时期,这个演绎开来的孟姜女,都是民众世代相颂的英雄。据来自宋代的残缺记载称,在雍丘县的孟庄,有人曾经看见过一座"范郎庙",里面有孟姜女的塑像,孟姜女作为偶像的地位,就此已基本奠定。今天唯一残存的孟姜女庙,坐落在河北秦皇岛市,庙里有泥塑的孟姜女像,殿后的一块巨石,其上刻有"望夫石"三字……所有这些陈设,都不过是后人伪造的布景和道具而已。

这样一堆赝品,却为人们的偶像崇拜提供了想象的殿堂。

明代大修长城而招致的民怨,远不低于秦朝,民间为了发泄对统治者的不满,又挖空心思在历史故事里寻觅灵感。他们把杞梁妻改为"孟姜女",将杞梁改为"万喜梁"(或范喜梁),全新版本的"孟姜女哭长城"故事,在这个时候得到全面升华。

史载,明中叶以后,从南方到齐长城而山海关,都修建有孟姜女祠(现在秦皇岛的孟姜女祠,香火依然很盛)。明代文学家冯梦龙的《东周列国志》六十四回"曲沃城栾盈灭族,且于门杞梁死战"中,如是记载:"后世传秦人范杞梁差筑长城而死,其妻孟姜女送寒衣至城下,闻夫死痛哭,城为之崩。盖即齐将杞梁之事,而误传之耳。"

可以说,历朝历代每修一次长城,民间都会把"孟姜女哭长城"这个老掉牙的故事搬出来,从而添加新的想象不断演绎,创造出丰富多彩的艺术作品来,成为不同时代同一主题的"控诉长城宣传品"。

令人不解的是,这样一则故事,千百年来在中国民间为何有如此强大和旺盛的生命力?

在"孟姜女哭长城"这个不断花样翻新的故事里,"孟姜女"和"长城"无疑是两个绝对的主角。如果对这两个主角加以分析与研判,便不难理解这个故事为何具有顽强的生命力。

先说长城。作为中国最为古老的标志性建筑之一,长城的故事时常伴随着历代君王、仁人志士、平民百姓……的喜怒哀乐,爱恨情仇。

两千多年来,围绕中国的长城,农耕民族与游牧民族爆发了无数次血腥的战争。一道城墙的修筑持续了两千多年,这无疑是人类奇迹——许多帝王、设计师、工匠、将领和士兵……付出了难以想象的代价。

如果追溯长城的最初动因,可以上溯至城邦时代的春秋战国时期。长城一开始只是许多段的夯土墙。如今在辽宁建平县张家湾,还残存一段十公里修建于战国时代的燕长城,比这更古老的,是赤峰北英金河旁山冈上的一截,堪称存世最为古老的长城。在中国北方,没有国家安全感的燕国、赵国和魏、秦等诸侯国,为防御少数游牧民族的侵扰和诸侯国之间的相互攻击,各自画地为牢,修筑城防工事。我们不禁会问,为什么世界上只有中国把一种历史遗留的防御设施当作民族的象征？这得从两种经济类型与两种文化传统说起，它们长期接触共存，既经常发生矛盾冲突，又需要互相补充、互相依存。长城既是一个线的概念，又是一条带状的概念；既是第一道文明曙光的发源地，又是曾在一个时期的经济文化占有相当优势的地区。据说，这也成为中华民族千百年来为何热衷于"四合院"的重要理由。

公元前221年，秦始皇统一六国之后，青藏高原和太平洋便成了东西两边的天然屏障。但，北方的山脉依然难以抵挡游牧民族的入侵，这成为强大的秦国内心深处的隐隐心病。为了彻底抵御这些外敌，秦始皇借鉴前人的经验，将一段段断断续续的土墙连接起来。自此，那些西起临洮、东至辽东的墙体，开始被统称为长城。

作为一个庞大的系统工程，秦时修筑长城主要由三部分人构成：戍防的军队，充军的犯人和强征的民夫。《史记》载，秦始皇修筑长城时，是大将军蒙恬在打退匈奴之后，以三十万大军戍防并修筑，经过九年时间修成。因为长城，秦律专门还有一种叫作"城旦"的刑罚，意即罚去修长城的人。《史记·秦始皇本纪》载，公元前213年，秦始皇采纳了丞相李斯焚书坑儒的主张，"令下三十日不烧，黥为城旦"。凡抗拒不烧书的，就在你脸上刺字涂墨后罚去修长城。城旦所罚，据《史记》集解引如淳曰："《律说》论决为髡钳，输边筑长城，昼日伺寇虏，夜暮筑长城。城旦，四岁刑。"就是说，判为城旦之罪，剃了头，颈上加上铁圈，送去修筑长城。这种刑罚为期四年。

在八达岭长城上，发现了一块记载明朝万历十年（1582年）修筑长城的石碑。从这块石碑中我们可以看出当时修筑长城的人力主要是利用军队的力量，用分段包修的方法来施工的。碑文如下：

钦差山东都司军政佥书，轮领秋防左营官军都督指挥佥事寿春陆文元奉文分修居庸关路石佛寺地方边墙东接右骑营工起长柒拾五丈二尺，内石券门一座。督率本营官军修完，遵将管工官员花名竖石以垂永久。
管工官：
中军代管左部千总济南卫指挥 刘有本
右部千总青州左卫指挥 刘光前
中部千总济南卫指挥 宗继光
官粮把总肥城卫所千户 张廷胤
管各项窑厂、石矿办料署把总：
赵从善、刘彦志、宋典、卞迎春、赵光焕
万历拾年拾月 日鼎建

从这块石碑中我们可以看出这一段包修工程用了几千名官军，加上许多民夫才包修了七十多丈（约合200米）城墙和一个石券门，可以想见工程的艰巨。这一批包修工程的官兵是从山东济南卫、青州卫、肥城卫所等处调来。

为了确保长城的修筑，秦始皇还强征了五十万民夫。事实上，修筑长城强征民夫的情况，各个朝代都使用过，非秦所独有。以南北朝时期为例，百余年间就强征了民夫三百余万。北齐天宝六年（555年），皇帝下诏，征发180万人修筑从幽州夏口（居庸关南口）至恒州（大同）九百多里的长城。

大业三年（607年）发丁男百余万筑长城，四年（608年）又发丁二十万筑长城。以至于到最后男人口"征发殆尽"，寡妇也被当作男人送到修筑一线。

再说孟姜女。作为哭长城故事中的绝对主人公，这个故事之所以能流传千古，与孟姜女这个角色十分符合民间审美和历史审美莫不息息相关。一个故事能长时间为人民群众所共同喜爱，并不断地被改造、加工，并不是偶然的。每一个细节所透露出的，都是发自民间最底层的呼声甚至呐喊。

这些为人津津乐道的故事里，长城代表权势，代表暴政，是恐怖的符号；孟姜女代表弱者，代表芸芸众生，是反抗的重要标志。

跟我们今天视长城为民族伟大象征截然不同，在千年漫长的岁月里，长城一直是黑暗暴政的标志。正如著名学者朱大可所说，"孟姜女成了指认秦王朝罪行的最有力的证人"。

那些如泣如诉的故事里，万里长城几乎每段墙体每块青砖之下，都掩藏着一个冤死的亡灵。以至于战火纷飞的五代十国期间，有关孟姜女的传说像病毒一样在民间迅猛传播，成为战乱年代人民精神自慰的武器，但其主题却由原先的后院私恋或家庭美德，悄悄转向对暴君和专制体制的抨击。

抨击得最有血性的也最为猛烈的，非唐末诗僧贯休莫属。他在一首乐府诗中写道："秦之无道四海枯，筑长城兮遮北胡。筑人筑土一万里，杞梁贞妇啼呜呜。"毋庸置疑，这样的书写，已经把一个家庭的悲剧归咎于当朝的政治黑暗。

历朝历代的人们把对当局的怼与怒,都融进了这个"哭"的故事里予以宣泄。长城背后,是历代帝王以此为统治标志的"接力棒"。一定意义上讲,秦朝是背了历代统治者的黑锅,但秦王朝的暴政与酷治,不可否认地成为历代文人墨客同题文学创作中,集中的矛头所向。

一定意义上讲,长城后来存在的意义,或许已经不再是军事的防御,而是边界的标示。游牧和农耕以此为界,中原和北边由此划线。

两千余年过去,弹指一挥间。当我们登上居庸关、八达岭、山海关城楼或是其他长城关隘,看见那宛如奔驰在崇山峻岭之间的长城时,每一个人的心里,都会滋生出不同的感慨——那便是芸芸众生于长城最鲜活的解读,且常解常悟,常读常新。

行走在政治家与官仓鼠之间的李斯

李斯乃楚国上蔡人，原本是上蔡混迹于里巷市井的小吏。一天，李斯发现茅厕里的老鼠们争先恐后地抢吃粪便，而一旦有人来或听到狗叫，便惊慌失措。他捂住鼻子来到官仓（相当于现在的粮站）办事，不巧又发现这里的老鼠一个个吃得脑满肠肥，却还悠然自在，闲庭信步，既没有狗来咬它们，人来了也无动于衷。

聪明的李斯感慨之余，悟出了让他一生引以为傲的"官仓鼠理论"。

政治家与官仓鼠间的"独木桥"很难掌握平衡，李斯死得甚为悲惨。《史记》16个字，却字字千钧："二世二年七月，具斯五刑论，腰斩咸阳市。"《大秦律》五刑是指墨、劓、刖、宫、大辟。一个"具"字告诉我们，李斯遭受的五种刑罚一样也没少，五刑过后是腰斩——先刺脸、劓鼻、剁肢、去势，随后腰斩，接着砍头，最后再慢慢碎尸。

作为秦始皇残暴统治的"铁杆屠夫"，李斯竟成为"俎上鱼肉"。

政治家与官仓鼠之间看似风马牛不相及，骨子里看似有着天壤之别，但某种程度上讲，两者冥冥中却有着必然的逻辑关系，甚至可以完美地体现在一个人身上。比如李斯。

对于李斯而言，公元前210年那个夏天，可谓他人生中最大的坎，经营了一辈子政治的他，在七十六岁高龄再一次面临重大抉择，关键就在于他的"一念之差"，可以让他继续享用"一人之下，万人之上"的荣华富贵，也可以让他和他的家族万劫不复。

走在钢丝绳上，李斯随时都可能掉下来。难以置信的是，正是他"官仓鼠理论"结出的果，让他掉下去了，让他的家族，让他的大秦帝国……完全改变了模样。

站在历史长河看，这也改变了中华民族历史的走向。

一直在求仙梦想长生不老的秦始皇，自己做梦也没想到，五十岁那年会在东巡途中驾崩于沙丘（现今河北省邢台市广宗境内）。那年他带着他第十八个儿子胡亥和一帮文武大臣，军号齐鸣，浩浩荡荡，从咸阳出发，出武关，沿丹水、汉水流域到云梦，再沿长江东下直至会稽。登会稽山，祭大禹，并刻石留念……

一路老夫聊发少年狂，好不威风。

可秦始皇的身子骨就像他的帝国一样，十分脆弱，说倒马上就倒下了——那个叫作"沙丘"的地方，因"沙丘政变"成为重要历史遗存。

秦始皇的死，当然是帝国最高机密。荒郊野外，秦始皇的仪仗队还浩浩荡荡，气派非凡，但大秦王朝的主人公却静静地躺在车上，成为千古。除了李斯和赵高、胡亥之外，没有人知道不可一世的秦始皇这么快就一命呜呼。

"沙丘政变"的主人公虽然是赵高，表面上看获利者是秦二世胡亥（直接将胡亥推上皇帝宝座），但没有第一行政长官李斯的默契配合，这一切是万万不可能的。

秦始皇的尸体在一天天发出臭味，忐忑不安的李斯和诡计多端的赵高，也在让大秦这个庞大的帝国躯体，一天天变味。

仅仅过了两年时间，李斯就从自己身上嗅到了难闻的臭味。秦二世二年（前208年）七月，李斯以大逆谋反之罪被押解到咸阳市街腰斩处死，并"夷灭三族"。

李斯死得甚为悲惨。《史记》关于李斯被杀的文字记载虽然只有16个字，却字字千钧："二世二年七月，具斯五刑论，腰斩咸阳市。""五刑"，是指对罪犯所实施的五种刑罚。从《大秦律》中可看出，先秦的五刑是指墨、劓、剕、宫、大辟。其顺序为："先黥、劓、斩左右趾，笞杀之，枭其首，菹其骨肉于市，其诽谤詈诅者又先断其舌。"

据传，五刑实施是一个漫长的死亡过程，从脸上被针尖随心所欲地雕刻，到鼻子被匕首硬生生地割下，到两条小腿被砍刀一条一条地剁下，到整个身子被特制铡刀拦腰切断，再到脑袋被鬼头大刀嗖地斩下，在这一个极其复杂的死亡过程中，李斯感受到的是从阵阵刺痛，到钻心剧痛，再到痛不欲生，最后是不知疼痛。

一个"具"字,动词般残忍而明白地告诉我们,李斯遭受的五种刑罚一样也没有少,五刑过后是腰斩——先刺脸、劓鼻、剁肢、去势,随后腰斩,接着砍头,最后再慢慢碎尸。

极具讽刺意味的是,《大秦律》中五刑的具体条文,是李斯用精美的小篆圈定公诸于世的。作为秦始皇残暴统治的"铁杆屠夫",李斯竟成为"俎上鱼肉"。

可真够难为那些行刑的刽子手们,他们必须用娴熟的庖丁功夫,方能完成这项重要政治任务。可怜一代丞相,落得如此下场。

出身卑微的李斯,自以为足智多谋,聪明绝顶,谁也不会想到会是这个人生结局。

李斯本是楚国上蔡人(今河南省上蔡县),原本是上蔡混迹于里巷市井的小吏,成天从事抄抄写写的工作,牵黄狗出东门追逐野兔乃最大生活乐趣。老鼠成为李斯此生对物种研究的最大发现,有一天,李斯蹲在茅厕里方便时,发现那里的老鼠们争先恐后地抢吃粪便,而一旦有人来或听到狗咬,便吓得惊慌失措,四处逃窜。他捂住鼻子来到官仓(相当于现在的粮站)办事,不巧他又在这里发现了老鼠,但不同的是,这里的老鼠一个个吃得脑满肠肥,却还悠然自在,闲庭信步,既没有狗来咬它们,人来了也无动于衷。

两相对照，聪明的李斯感慨之余，悟出了让他一生引以为傲的"官仓鼠理论"——大家都同为老鼠，只是由于所处的环境不同，命运却有天壤之别。他不由想到了自己，成天低头献媚，听人差遣，忙忙碌碌却生怕丢掉了这个鸡肋般的饭碗，而那些达官贵人，成天游手好闲，无所事事，却怡然自得，高枕无忧，还颐指气使。

"我自己不就是一只茅厕里抢粪便的老鼠吗？"夜里，李斯翻来覆去一夜难眠。他暗自发誓，"我一定要当一只官仓里的成功老鼠。"

就这样，好高骛远的李斯弃吏为学，拜在当时最负盛名的荀子门下，潜心学习帝王治国之术。

一个人确实理想目标之后，便会朝着自己清晰的鸿鹄之志前行。无论是书本知识，还是政客所必备的审时度势和口若悬河，李斯都很快练得精熟，站在荀子肩上"一览众山小"的他，已经有了高远的理想和宏图大志，他没有留恋江河日下的家乡楚国，径直来到如日中天的秦国。

大秦，才是他施展抱负之地——在秦相吕不韦门下，初被吕不韦任为郎宫。吕不韦的门下成为李斯最中意的"官仓"。

其间的过程当然不是一帆风顺，过人的李斯有着过人的信念与眼光——出生卑微，没有背景的他，只能丢掉幻想，一步一个脚印地慢慢爬。凭借其超人的忍劲和超人的智谋，李斯果然进入了吕不韦的法眼，他幸运地成为吕不韦的"门客"。有吕不韦这棵大秦的参天大树庇护，"官仓"里的李斯可谓如鱼得水——他一步步向上攀爬，劝说秦王政灭诸侯、成帝业，被任为长史,继而成为大秦帝国的廷尉(相当于最高法院大法官)。春秋战国接近尾声,东方六国一个个烟消云散之际,因离间各国君臣有功,在秦王政灭六国的事业中起了较大作用,李斯最终取代了他的主人吕不韦,成为天下最富国家的最高行政长官——秦国丞相。

李斯天然地认为,这一切利好,都缘于他那颠扑不破的"官仓鼠理论"。

在秦国政界沉浮多年,李斯深明政治的底细。他懂得政治的本质是权力,他懂得权力高于政见,与道德无缘。有了这些意识支配,李斯便天然地认为,在权势利害和政治主张冲突的时候,权势利害优先;在权势利害与道德伦理不合的时候,抛弃道德伦理。

也即是说,权势利害优先的原则,贯穿李斯整个政治生涯。这样的政治见解,在李斯所处的时代,同样罕见。

秦汉时代,古来的贵族精神遗风尤存,那些将相大臣遭责问罪时,往往都会杀身取义,以保持不辱的尊严。比如与李斯一同问罪的右丞相冯去疾等,都毫不迟疑愤然而死,唯李斯宁愿入狱受审苟且偷生,也不轻言杀身成仁。他的这种选择,与其"官仓鼠理论"无不相关,世人都醒他独醉,他存有一丝幻想,于是在狱中写下平生的第三次"上书",奢望秦二世网开一面。

李斯一生三次有名的上书,可谓篇篇经典,篇篇也都成为他人生转折的标签。秦王政十年(前237年),秦国政府下令驱逐在秦国的诸侯国人,李斯上了有名的《谏逐客书》,不仅让自负的秦王破天荒地收回王命,他也由此在政坛上扬名发迹,一帆风顺。秦二世二年(前208年),二世胡亥拒绝他轻徭薄赋的建议,下诏严厉谴责,并要追究其子李由通贼罪名,李斯再次危机公关,第二次上了有名的《奏请二世行督责书》,此"书"引经据典,颠倒黑白,以行文老道深峻、论理紧凑有序、极尽阿谀奉承博得二世欢心,其地位方得以保全。如今,身陷囹圄的他再次面临危机,他认为,自己对秦王朝有大功而绝无丝毫反心,他相信,自己能文善辩精通文法,二世同样会特赦他,因为二世离不开他。

没想到,他这种"以认罪方式为自己评功摆好"的上书,却落到了早已有所准备的赵高手里。他不由悲愤交集,"夏桀王杀关龙逄,商纣王杀比干,吴王夫差杀伍子胥,三位贤臣,忠诚无贰却不免于冤死,是尽忠错了对象。我如此尽忠也是当然……"

想当年,在门主吕不韦的教化恩遇和秦王嬴政的权势之间,李斯选择了后者;在扶苏即位的正统和胡亥篡夺的利益之间,李斯也选择了后者。对待同学韩非子,他出于权势利害的计量,全面接受韩非子的政治主张,却坚决阻止韩非子参与秦国政治,直接策划了迫使韩非子自杀的冤案……

性格即命运。历代史家评论李斯,称他为"古今第一热衷富贵之人,为求富贵而取得成功,也为求富贵而苟折毁灭,可为名利场中人的千古明鉴"。历史学家李开元说得更直白:"李斯其人,毫无廉耻心道德感。他以为人生的目的在于利益,利益之所在就是行动之所在,利益与道德无缘,利益与道义无关,当利益与道德不合的时候,抛弃道德,当利益与道义冲突时,割舍道义。在利益的驱动下,他可以卖友求荣,可以非难古今圣人,可以苟且变通,可以谎言狡辩。"这样的人生信条之下,"在他所开创的巨大功业后面,继之而来的往往是彻底的毁灭"。

客观地看,李斯一生留下了不少闪光之处——他贡献给秦国最大的功劳,就是"反对分封制,坚持郡县制"。还拆除郡县城墙,销毁民间兵器,参与制定了法律,统一车轨、文字、度量衡制度。李斯这些政治主张的实施,对中国和世界都产生了深远影响,奠定了中国两千多年政治制度的基本格局。

"功成而身退,为天之道;知进而不知退,为乾之亢。"这是《老子·九章》中的名句,意思说,功成名就而抽身隐退,这是常理天道;只知前进,不知退守,是《易经》乾卦中一种过分的卦象,必然盛极而衰。

身为帝国最高行政长官,李斯应该是懂得这个道理的,只不过沉睡其中感觉太好,没有人能将其叫醒。精满则溢,月盈则亏。李斯的一生,从大富大贵,到大忠大奸,到身败名裂,他无疑经历了许多人都难以体味的人生的极致。

他至死方可悟透老师留给他"物忌太盛"的至理名言。他曾在一次大型家宴上感慨地说:"我本是个平民百姓,今天做了丞相,可以说是富贵到了极点。但物盛则衰,我还不知道将来会有什么样的结局呢。"在押赴刑场的路上,已经七十三岁白发绕头的李斯,还不忘年少时的那只大黄狗,对同判死刑的二儿子李由说:"吾欲与若复牵黄犬,俱出上蔡东门,逐狡兔,岂可得乎。"

对以"官仓鼠"为人生座右铭的李斯而言,他应该会想到自己的人生结局。

第六章

《庄子·大宗师》云:「相濡以沫,不如相忘于江湖。」春秋时期,道家便用哲学思维发明了「江湖」一词。由是,多重引申含义便随着历史的跌宕起伏、荡漾开来。有人的地方就有江湖,有江湖的地方就有是非。一个人和一个国家的格局类比,江湖百转,终归大海。可以是江,可以是湖,也可以是海。

亚禽父乙尊，高19厘米，口径21厘米，撇口鼓腹，底部图凹。铜腹部前后各饰一浮雕的兽面纹，主纹两侧附有龙首凤身纹，腹底尚有细阳线

格纹。铭文四字一行，首是族徽，在亚字中写一禽字。其为宗庙内祭祀父乙而制此盛酒礼器。

嬴政如何一步步嬗变为秦始皇

春秋战国末期,水患和饥馑逼出了一个"大秦中央政府"。那时,割据的诸侯,都彼此像贼一样地提防着,比如修筑不利于他国的堤坝,灾年禁止谷米流通,等等。

拼杀绝不只在战场上,秦始皇能统一天下,或许可以从这些细节窥豹一斑,当六国都在各自打着小算盘,用百姓的生命为代价嫁祸于邻的时候,秦始皇却宣告"隳坏城郭"和"夷去险阻",即国内不再设防,粮食全部流通。

公元前221年,当齐国的战旗最后倒下的时候,坐在高高战车上的嬴政大笑不止,秦一统天下的时代到来了——没错,此刻中华历史教材已经翻到了"秦"的那一页。

是该由他登台以主角的身份表演的时候了。

从周王朝一路走来,到秦始皇一统天下。不难发现,帝国制度和邦国制度,都是两个蛮族的后裔(秦和周)武力征服世界的产物。

位于晋豫两省间山西平陆县城南的黄河边，有一个重要的渡口，唤名茅津渡。2348年前，这里还叫沙涧渡的时候，发生过两次"决堤事件"，黄河水肆虐，沿河两岸上百万百姓流离失所，有家难归。"决堤事件"发生在公元前332年的秋天，上百万灾民分属两个不同的国度——赵国与魏国。

原来，赵国与魏国开战时，为了取得战争的胜利，彼此将他国的百姓视为人质，竟然不择手段，将黄河决堤以浸淹对方，受苦受难的，是手无寸铁贫苦无辜的百姓。

可曾想，仅仅过了三年，赵国灭亡。又过了四年，魏国灭亡。他们的苦主是同一个主角——秦国。短短十年时间，齐、楚、魏、燕、韩、赵六国多米诺骨牌般悉数走向灭亡，大秦一统天下。

可以说，春秋战国末期，是水患和饥馑逼出了一个"大秦中央政府"。那时，割据的诸侯，都彼此像防贼一样地互相提防着，比如修筑不利于他国的堤坝，灾年禁止谷米流通，等等。拼杀绝不只在战场上，秦始皇能统一天下，或许可以从这些细节窥豹一斑，当六国都在各自打着小算盘，用百姓的生命为代价嫁祸于邻的时候，秦始皇却宣告"隳坏城郭"和"夷去险阻"，即国内不再设防，粮食全部流通。

公元前221年，当齐国的战旗最后倒下的时候，坐在高高战车上的嬴政大笑不止，秦一统天下的时代到来了——没错，此刻中华历史教材已经翻到了"秦"的那一页。是该由他登台以主角的身份表演的时候了。

曾经弱小的秦国一步步成长壮大的历程，告诉历史上所有的帝王——没有什么不可能。正如秦代农民陈胜所发出的天问："王侯将相，宁有种乎？"

的确，秦人并不是天生的"贵种"。秦君被正式封为诸侯的时候，是在周王朝时代的公元前770年。此间，周王朝的老根据地岐山以西和丰水一带被西戎占领，此刻，护驾有功的秦襄公便看到了机会，得到周平王的许可后，秦襄公将岐山以西的沦陷区收了回来。皇恩浩荡的周天子做了个顺水人情，把此地封为秦的领地。

有了"第一桶金"之后，秦人便励精图治，以此为"基点"不断向东发展。公元前714年，到秦宁公那一代时，秦迁都平阳（今陕西宝鸡市阳平镇）。公元前677年，秦德公又迁都于雍（今陕西省凤翔县）……因为地位卑微，数百年间周王朝一直没把秦当回事。

"七雄"称霸之初，齐、楚、赵、魏、燕、韩都有狼子野心，人们唯独不怀疑还没有被"完全开化"的秦人。

正是这样的蛰伏，给了大秦的崛起以更多的意想不到的机会。就这样，一步一步小心翼翼地向东扩张，直到逼近咸阳时，秦已经发展壮大成"战国七雄"了。此时，秦孝公也被周显王封为西伯（即西方霸主）。

事实上，秦的崛起，秦孝公正是一个承前启后的关键角色。"秦孝公据崤函之固，拥雍州之地，君臣固守以窥周室，有席卷天下，包举宇内，囊括四海之意，并吞八荒之心。当是时也，商君佐之，内立法度，务耕织，修守战之具；外连衡而斗诸侯。于是秦人拱手而取西河之外。"贾谊在《过秦论》中，虽对秦大加鞭挞，但丝毫不掩饰对秦孝公的歌功颂德。

地处西陲，秦原本是关中地区的一个小国。春秋时比起中原地区各诸侯国，还只是一个很不起眼的小兄弟，在各诸侯国眼里，"刁蛮落后"是掩护他们最好的标签——各诸侯国基本上没看上这地广人稀之地。春秋各国称霸中原盟会争雄时，秦国也仅仅是"跑龙套"、"打酱油"的看客，常常被忽略而摈斥于外。

当时光隧道进入至"秦孝公时间"时，秦国的战车开始提速。对内，励精图治，任用商鞅变法革新；废除旧奴隶主贵族特权和世卿世禄制度，实行"奖军功、教耕战"；逐渐建立起中央集权的封建统治政权。对外，利用"连横而战诸侯"之策，司马错南并汉中、巴蜀，北灭义渠、陇西，巴蜀广大地区先后为秦所有；白起率军攻拔楚都郢，又击溃赵魏联军于华阳，歼灭赵军于长平。

一时间，各国才不得不为轻视秦人而付出灭顶之灾的代价——中原地区的大片河山，尽在秦国的掌握之中。

六国日渐没落、秦国蒸蒸日上已成不可逆转之势。在李斯、尉缭等人的协助下，秦王制定了"灭诸侯，成帝业，为天下一统"的策略。

经过春秋和战国长期的兼并战乱，中国社会逐渐向全国统一的趋势发展。这样的发展趋势给了秦以千载难逢的良机——笼络燕齐，稳住魏楚，消灭韩赵，远交近攻，逐个击破。这正是大秦第二个关键角色李斯的计谋，"先攻韩赵，赵举则韩亡，韩亡则荆魏不能独立，荆魏不能独立则是一举而坏韩、蠹魏、拔荆，东以弱齐燕"。

一句话，只要找准了多米诺骨牌的第一张牌，一切都尽在掌握之中了。韩国很不幸地成为秦人推倒的"第一张"。

从公元前230年攻打韩国起，到公元前221年灭齐国结束，十年时间便大功告成——先后按顺序消灭韩、赵、魏、楚、燕、齐六国，结束了中国自春秋以来长达五百多年的诸侯割据纷争的局面。公元前246年，也即秦始皇即位的初年，随着秦灭六国统一战争的开始，中国历史上第一个强大统一的封建大帝国——秦国，在刀光剑影中诞生。

中国历史上第一个君主制中央集权国家由是建立。

短短几年时间，一片又一片大好河山便魔术般易主，没有人能够相信，就是春秋战国那些满腹经纶的"士大夫"们，也都惊得目瞪口呆。一个又一个的问题在他们脑海里寻找着答案,可他们却迟迟未能找到说服自己的结论——果真是"天助秦人"?

先说地盘,疆域最大的是楚;再说兵力,最多的也是楚,足足百万雄师。如果六国合纵,总兵力达三百四五十万众,比只有区区六十万的秦军五倍还多。

这很难让人理解,实力如此悬殊,怎么就抵挡不住秦的铁蹄呢?这需要一个理由。

理由当然有。最大的理由,秦军是一群"野蛮人"。当初,秦人是由"牧民"演变而来的。没有文化,一张白纸,既是秦人的劣势,也是他们的优势——秦的崛起始于变法,那些被逼出来的变法,正是始于那张写着"法"字的白纸——这样的变法,才愈加到位和彻底。

孝公的图治,商鞅的变法,这两张纵横驰骋的"王牌",使秦帝国的版图滚雪球般越滚越大。正如历史学家易中天所分析的那样,所谓变法,不外乎就是"行霸道"、"变法度"。"行霸道"即是推行未来帝国的政治野心,"变法度"即为改变社会制度和国家制度。其战略战术,当然是直指霸主,完成霸业。

战略目标已定,战术思路清晰,首要任务就是完成既定的政治改革,主要内容不外乎三个方面:废除领主制,实行地主制;废除世袭制,实行任命制;废除封建制,实行郡县制。继而,再以经济改革和军事改革配套,以此形成一套相对完整且稳定的整体改革。

我们已经知道,经济改革的内容就是废除井田制,准许自由买卖,国家按亩征税，各得其所。军事改革的重心是论功行赏，激发三军斗志，将秦军铸造成"虎狼之师"。

如果把大秦当成一个庞大的企业来看待，我们不得不佩服的是，他们既有顶层设计，又有超强的执行力，这样的团队不要说放在遥远的两千多年前的秦帝国，就是今天，也未必不是最佳最优的团队。

这就是秦人最为可怕的地方。

从周王朝一路走来，到秦始皇一统天下，我们不难发现，帝国制度和邦国制度，都是两个蛮族的后裔（秦和周）武力征服世界的产物。帝国是秦王嬴政率领秦军打出来的，邦国则是武王姬发率领联军打出来的。因而，帝国诞生之前，诸侯之间的战争史不绝书，而帝国诞生之后，改朝换代也主要靠战争这个特殊的"说话工具"来一决高下。

邦国和城邦，一个是帝制的渊薮，一个是共和的源头，它们都在历史上产生过深远的影响。易中天形象地把邦国制度誉为帝国的前史，把春秋战国归为帝国的前夜。周王朝时代作为典型的邦国时代，名义上服从一个"天下共主"，相互之间却征战不断。或许也正因为那些无休止的征伐，反倒创造出我们民族最为璀璨的文化，成为后世士大夫向往的时代。

那是一个野蛮走向文明，幼稚走向成熟的转型期，也是一次文明的飞跃。

由邦国制度发展而来的帝国制度，曾使我们民族龙腾虎跃，独步世界，而城邦制度留下的政治遗产，却在千年之后光芒四射，为当今世界所接受并效仿。

目睹浩浩荡荡、汹涌向前的黄河水,站在黄河岸边的孔子,曾发出如是感叹:"逝者如斯夫,不舍昼夜。"两千多年过去了,那个叫作沙涧渡的黄河古渡,有如一位饱经沧桑的历史老人,默默地注视着时光的流逝,不仅向后人诉说着世间第一个皇帝是怎样诞生的,更警醒着那人为决堤的不堪往事。

丞相范雎，一泡尿的喋血恩仇录

古语有云，大难不死，必有后福。范雎的一生充满传奇，可谓险象环生。最让历史津津乐道的，还是因为一泡尿，让他"死去活来"。

死过一次的范雎，人生一分为二。死去之前叫范雎，连个家臣都做不好；复活之后叫张禄，一举成为秦国的丞相。自此，张扬高调的范雎死了，世界上多了一个沉稳低调的张禄。

"一饭之德必偿，睚眦之怨必报。"这就是范雎的为人准则。

秦能否一统天下，何时能"统"下来，绝对是一个不可确定的未知数。是范雎，左右了大秦"统"的时间表；是范雎，让大秦在关键几步"走"在了列国的前面；是范雎，让大秦提前有了俯视群雄的野心。

可以说，如果没有范雎，秦的历史走向一定会是另一个模式，而天下的走向也注定会是另外一个版本。

300

公元前283年。河南开封。魏国丞相府内。

宾客们开心地喝着小酒,家丁们却在疯狂地打着一弱书生。起初还听到嗷嗷惨叫,后来只听到板子棍棒的沉闷声。横亘在地上的书生早已血肉模糊,全身上下被血洇透。一家丁探了探鼻息,宣布死亡。

早已喝得酩酊大醉的魏国丞相魏齐,摆了摆手:"用席子裹上,扔到厕所里去!"

说着,趁着酒劲,一泡尿就撒了上去。

对于范雎而言,两千三百年前的那个冬天特别漫长,出身贫寒的他,经历了平生最为屈辱的一幕。原来,那个躺在肮脏龌龊之地,像死狗一样奄奄一息的,便是范雎。

301

范雎是战国时期最为有名的谋臣,关于范雎脍炙人口的故事,已经讲了两千多年,虽然细节有多个版本,但大的情节都差不太多——

范雎出生于乡间草野,生长于贫寒之家。想当初,范雎捧着金饭碗,想找魏王求职时,却是四处碰壁,让人不屑一顾。于是范雎退而求其次,到魏国中大夫须贾家谋职。

中大夫应该是世袭的皇亲国戚,有封地供养,相当于今天的部长级高官。北周依《周礼》设六官,有中大夫,秩正五命,位似秦汉后的九卿、尚书等官。

《吕氏春秋》解释,战国诸侯国中的爵位分为卿、大夫、士三级,大夫比卿低一等。大夫又分为上、中、下三等,"中大夫"是中间一级的大夫。

公元前283年,也就是周赧王三十二年秋天,魏王派须贾出使齐国,范雎为随从一同前往。盖因齐国的不断强大让魏王坐卧难安,昔日有旧仇,想趁机修好。哪知,齐襄王对这位善意的使臣很不友好,令须贾嚅嚅无言,站在一旁的范雎站了出来,他充分施展自己的辩才,竟让齐襄王无地自容。没想到,爱才的齐襄王不但没恼怒,反而看上了范雎。于是就"乃使人赐雎金十斤及牛酒",已有其主的范雎知道轻重,明确表示"不敢受"。

岂知,须贾获悉后,回国诬陷范雎"里通外国",魏齐大怒,吩咐召开一次宴会,要杀鸡儆猴。范雎哪知这是专门针对他的鸿门宴?刚落座就发现气氛不对,为时已晚,难以脱逃。范雎被拖出宴席,打得遍体鳞伤,肋折齿落,惨不忍睹。唯恐性命难保,一息尚存的范雎屏息僵卧,佯装死去。

魏齐还不解气,命仆人用苇席裹尸,弃于茅厕之中。看厕所的老头儿早就对此见怪不惊,都懒得瞥尸体一眼。宾客三三两两地来出恭,解开腰带就朝尸体上肆意地撒溺,故意凌辱范雎,以示叛徒下场。

传统中医里,尿是可以作为一味药而使用的。今天的医学上,叫作"假死"现象,在古代叫复活。就这样,范雎复合了。看见已经死亡的尸体在动,守厕所的老头儿一惊,声若游丝的范雎哀求道:"公能出我,我必厚谢公。"

相比韩信的胯下之辱,范雎的境遇或许还要更惨。就这样,可怜的范雎捡回了一条命。后来他躲到好朋友郑安平家里,化名张禄藏匿起来。

303

古语有云，大难不死，必有后福。范雎的一生充满传奇，可谓险象环生。最让历史津津乐道的，还是他的"死去活来"。

死过一次的范雎，人生可谓一分为二。死去之前叫范雎，连个家臣都做不好；复活之后叫张禄，一举成为秦国的丞相。范雎挨了这顿打，好似脱胎换骨。自此，张扬高调的范雎死了，世界上多了一个沉稳低调的张禄。

话说秦昭王身边的近侍谒者王稽正在魏国出使，藏匿于朋友郑安平家中的范雎获知此消息，认定这是一个千载难逢的良机。王稽其实是秦国派来魏国的一个"猎头"，其任务便是遍访天下英才。几经接触，王稽认定范雎是个不可多得的奇才，几经周折，王稽把范雎带到了秦王嬴稷的身边。

304

大秦一统天下，历经了四代君王长达百年的卧薪尝胆之旅。

秦昭襄王嬴稷是大秦历史上在位最久的君王，也是最勤勉最有眼光的君王。嬴稷乃秦始皇嬴政的爷爷，如果说嬴稷是最杰出政治家的话，他最大的功劳，便是发现和很好地使用了毁誉参半、功过分明的范雎。

范雎身上有很多缺点，有些缺点乃至错误甚至是致命的。但嬴稷却慧眼识珠，用放大镜去看待范雎身上的优点，用最大的包容心去容忍他的缺点。

为了一个范雎，嬴稷可以抛弃高高在上的尊母皇太后，可以放逐给他打下江山的两个舅舅,甚至可以赐死有着赫赫战功的大良造"战神"白起……在嬴稷的心中,范雎一度俨然一个神仙,是上天所赐,让他唯命是从。

范雎果真有那么大的魔力吗?要知道,大秦的君王,都是高高在上、不可一世、自命清高的。果真是一物降一物,从最初与范雎四目相对那一刻起,嬴稷和范雎似乎就在押宝,历史证明,他们都"押"对了。

范雎做了秦国相国之后,秦国人仍称他张禄,而魏国人对此毫无所知,认为范雎早已死了。魏王听到秦国即将向东攻打韩、魏两国的消息,便派须贾出使秦国。范雎得知后,便特意穿上破旧的衣服,乔装到客馆见须贾。须贾一见未死的范雎十分惊愕,不禁生了怜悯之心,取出自己一件粗丝袍送给他。当须贾之后得知范雎便是相国张禄后,自知犯下"烹杀大罪",顿时吓得魂不附体,赶紧脱掉上衣光着膀子双膝跪地而行,托门卒向范雎请罪。

好在一件"粗丝袍"救了须贾的命,范雎请来所有诸侯国的使臣,大摆宴席,让须贾坐在堂下,像马一样喂他吃饲料。范雎责令他:"让魏赶快把魏齐的脑袋拿来,不然就要屠平大梁。"魏齐听闻后东躲西藏,惨死他乡。

人的一生,有仇人就有恩人,冥冥之中似乎是上天早就做好的安排。敢爱敢恨可谓之男人也,敢大爱敢大恨方谓之大丈夫也。如果说须贾和魏齐是范雎不共戴天的仇人,那么郑安平和王稽就是范雎没齿难忘的恩人。

范雎为人恩怨分明,掌权后先羞辱魏使须贾,之后又迫使魏齐自尽。又举荐郑安平出任秦国大将,王稽出任河东守。

"一饭之德必偿,睚眦之怨必报。"这就是范雎的为人准则。虽然后人对此有诸多不同的评价,我以为,每一个人都有着自身的缺陷,因而也没必要对范雎太过苛求。数十年后,另一位秦相李斯的评价颇为中肯:"昭王得范雎,废穰侯,逐华阳,强公室,杜私门,蚕食诸侯,使秦成帝业。"

死去活来的范雎从社会最低层爬到最高层,仅仅用了短短数年时间,一人之下,万人之上,位极人臣,权倾朝野——大秦的丞相。其经历,其能力,不能不让人刮目相看。

究竟是什么让范雎脱胎换骨变为张禄之后,走向人生的成功之路?是"聪明",是"智慧",还是"聪明+智慧"?

世间聪明人不少,智者却不多见。无疑,范雎是一个极其聪明的人,有历史专家分析,范雎入秦前,只见聪明,不见智慧,从而招来杀身之祸;范雎入秦后,既有聪明,更有智慧,才伴之有飞黄腾达与报仇雪恨。

聪明,不见得是件好事,关键看你能否驾驭这份上天恩赐的聪明。能,你就是个智慧的人;不能,聪明反会被聪明误,最后误了卿卿性命的故事,在历史上屡见不鲜。

范雎能与嬴稷彼此惺惺相惜，视为知己，关键在于他毫无保留地向秦昭王嬴稷奉献了两件不俗的"见面礼"——对外实施"远交近攻"，对内采取"强干弱枝"。

这样的治国图强称霸伟业的战略战术，与嬴稷的思路不谋而合。作为一个有远见卓识的政治家和杰出的军事谋略家，对天下世事研究烂熟的范雎，对嬴稷的研究当然十分到位。

"远交近攻"，即范雎主张将韩、魏作为秦国兼并的主要目标，同时与齐国等保持良好关系。放弃既定的穰侯魏冉越过韩国和魏国而进攻齐国的做法。

"强干弱枝"，即剪除皇帝身边亲信，强化皇帝统治地位。范雎知道，夏、商、周三代亡国的原因，就是君主把大权全都交给宠臣，恣意饮酒纵情游猎，不理朝政。于是借用古诗作喻："树上结果太多就要压折树枝，树枝断了就会伤害树心；封地城邑太大就要危害国都，抬高臣属就会压抑君主。"

"独掌国家大权的称作王，能够兴利除害的称作王，掌握生杀予夺权势的称作王。"范雎利用他的睿智善辩，努力进言嬴稷："我住在山东时，只听说齐国有田文，从没听说齐国有齐王；只听说秦国有太后、穰侯、华阳君以及高陵君、泾阳君，从没听说秦国有秦王。如今太后独断专行毫无顾忌，穰侯出使国外从不报告，华阳君、泾阳君等随心所欲。这四种权贵凑在一起，国家随时都会有危险。"

一席话，说得嬴稷背心凉。他显然对此感触颇深，公元前266年果断废太后，将国内四大贵族赶出函谷关外。拜范雎为相。

范雎远交近攻的国策实施后，改变了战国后期七国称雄的战略格局，为秦统一中国的前夜，奏响了胜利号角。

除此之外，范雎对天下大势也有其独到的见解，最为经典的案例，就是成功瓦解六国的"合纵联盟"。当时，天下的谋士都聚集在赵国讨论合纵盟约，目的是使六国联合起来抗拒强秦，嬴稷都有些心虚了，成竹在胸的范雎向嬴稷拍胸口："大王不必忧心，臣可以使他们的合纵之盟约土崩瓦解。"先稳定嬴稷的情绪之后，继而又深入分析道，"秦没有结怨天下策士，他们聚会谋划攻秦，不外乎想借此证明自己而已。"

说着，范雎指了指嬴稷家的一群狗，喻道："睡着的、站着的、走着的、停着的，现在它们都各自好好的，可只要你丢下一块骨头，所有的狗都会立刻跑过来，龇牙咧嘴狗咬狗。这是因为它们都起了争夺的意念。"

至此，嬴稷什么都明白了，他派臣唐雎用车载着美女乐队，让他在赵国的武安大摆宴席，又广散黄金。果不其然，那些合纵之约的天下谋士，为黄金而大起内讧。合纵联盟不攻而破。

秦能否一统天下，何时能"统"下来，绝对是一个不可确定的未知数。是范雎，左右了大秦"统"的时间表；是范雎，让大秦在关键几步"走"在了列国的前面；是范雎，让大秦提前有了俯视群雄的野心。

可以说，如果没有范雎，秦的历史走向一定会是另一个模式，而天下的走向也注定会是另外一个版本。

二世登基，用 23 颗嬴姓头颅"祭"位

作为中国历史上第一个称皇帝的君主，十三岁即登上王位，三十九岁完成统一大业。

五十岁突然暴病，秦始皇用自己的死，给了一个赵国人绝佳的机会，那人就是宦官赵高。就像中彩一样，这巨大的彩头，也砸中了秦始皇第十八个儿子胡亥。

巨大的政治权力真空下，密谋窃取帝位便理所应当。这样的故事在两千多年帝制中屡见不鲜，但如胡亥般之残忍，之无情，之愚昧，后世却少见。

大秦江山在二世皇帝胡亥手中仅仅三年，便土崩瓦解了。

仔细爬梳历史经脉，方发现赵高与秦始皇有很多相似之处，他们年龄相当，同是质子的后代。颇为戏剧的是，赵高生于秦始皇的母国首都咸阳，而秦始皇则出生于赵高的母国首都邯郸；秦始皇的父亲是秦国的王族，由秦入质于赵，娶赵人为妻；赵高的祖上是赵国的王族，由赵入质于秦，娶秦人为妻；秦始皇消灭了赵国，赵高后来毁灭了秦朝。

亲情的沦丧，对个人而言，是人性的丧失；对家族而言，是承传的断绝；对团体而言，是内部的崩溃；对国家而言，是失序的毁灭。

世人眼里，秦始皇无疑是中国史上一位堪称伟大的皇帝。

作为中国历史上第一个称皇帝的君主，十三岁即登上王位，三十九岁完成统一大业。踌躇满志的秦始皇自以为其功劳盖过三皇五帝，遂采用三皇之"皇"、五帝之"帝"，始用"皇帝"称号，自称"始皇帝"。

始皇帝虽然在位仅仅十五年，生前却五次巡游大江南北，巡游路上虽然屡次遭遇暗杀，但每次巡游还是大张旗鼓，豪华铺排。其要旨，不外乎宣示帝国无与伦比的强大，向四海之内炫耀主权，让天下俯首称臣。

秦始皇是一个有着强烈危机感和忧患感的帝王。大秦帝国是在暴力的基础上建立起来的，当上皇帝之后，他并没因一统天下而陶醉。为了安定天下民心，秦始皇在完成统一大业之后的第二年（前220年），就开始不断地巡幸天下。巡幸之旅虽辛苦却也令秦始皇大开眼界，其中最为重要的，是一种流行于齐地的方术深深吸引了他，使他对求仙问道、寻求长生不老之术产生了浓厚的兴趣。

为了大秦江山永固，作为"始皇帝"，秦始皇巡游还有两个鲜为人知的目的：皇位世代相传（秦始皇规定，子孙接替他的皇位，须按照次序排列，第二代叫二世皇帝，第三代叫三世皇帝，这样一代一代传下去，一直传到千秋万代）；自己长生不老（每一次巡游期间，都特地召见一些江湖术士，遍寻长生不老偏方）。

甚为戏剧的是，五十岁的秦始皇竟突然暴病，与其说最终死在巡游路上，还不如说死在寻求长生不老之方的幻想上。

长生不老秘方没有找到，秦始皇却从方士上供的一本《录图书》上，觅得一句谶语："亡秦者，胡也。"据说秦始皇自始至终都没明白这话的意思，就把"胡"当作是北方胡人而修筑万里长城。实际上谶语中的"胡"，指的是他儿子胡亥，也就是"秦二世"。

今天看来，这样的谶语大可不必当真，但事物朝着"谶语"的方向发展，也显露出一些蛛丝马迹。

古往今来，但凡强势的一国之主突然暴病身亡，都免不了一场国家政变。在突然出现"巨大的权力真空"面前，逼近皇位的每一个人都有了无限的想象空间。小则出现政治风波，大则遭遇山河易帜。

渴望长生不老的秦始皇当然不会相信，刚到"知天命"之壮年会突然一命呜呼？仅仅十五个年头的年轻帝国会毫无征兆灰飞烟灭？

盛极必衰。将一个国家的命运维系在一个人身上，本身就是一种"制度性赌博"。正是表面上繁荣昌盛的帝国，在山呼万岁的背后，潜藏着的，是看不见的暗流涌动。

因而就不难理解，秦始皇的"死"，也暗示着秦帝国的"亡"。

秦始皇用自己的死，给了一个赵国人绝佳的机会，那人就是宦官赵高。就像中彩一样，这巨大的彩头，也砸中了秦始皇第十八个儿子胡亥。加之一生秉持"官仓鼠哲学"的李斯充分配合，一切水到渠成。

虽然，这样的密谋窃取帝位的故事历史上是第一次，在后来两千多年的帝制中却屡见不鲜。但如胡亥般之残忍，之无情，之愚昧，后世却少见。这也为后世开了恶的先河。

秦始皇三十七年（前209年），一场悄无声息的大屠杀在咸阳皇宫进行，对象不是别人，正是"嬴"姓家族——刚刚即位的秦二世胡亥，将惨杀自己的所有亲人。也就是说，他要真正成为"孤家寡人"。

在中国漫长的历史岁月里，为了金銮殿上那把龙椅，这样的亲情相残已经不是什么新鲜事了。但如此大规模的不讲人性、不讲道理的屠杀，还是第一次。

第一个被杀的，当然是皇位最有力的竞争者，秦始皇的长子扶苏。扶苏远在天边修筑长城、抵御匈奴，一纸伪造的诏书便将其赐死。

伪造的遗诏是这样写的：

> 朕巡游天下，祷祀名山众神，以求延年益寿。今扶苏与将军蒙恬领军数十万屯驻边疆，十余年间，不能前进，士卒多耗，无尺寸之功，反而多次上书诽谤朕之所为，因为不能回归京城为太子，日夜怨望。扶苏身为人子不孝，赐剑自裁。将军蒙恬辅佐扶苏居外，知其谋而不能匡正，为人臣不忠，赐死。属下军队，交由副将王离统领。

人品极好的扶苏目睹诏书，没有任何怀疑，遂拔剑自刎。

扶苏的死让赵高和胡亥都长出了一口气——最大的障碍扫除了，接下来的事就好办多了。但年轻的秦二世还是心有余悸："大臣不服，官吏尚强，及诸公子必与我争，为之奈何？"他有些害怕地双眼盯着赵高，应对这样的局面，赵高当然是老手："乃行诛大臣及诸公子……而六公子戮死于杜。"

在赵高操纵之下，秦二世"杀大臣蒙毅等，公子十二人僇死咸阳市，十公主矺死于杜，财物入于县官，相连坐者不可胜数。"

"僇"通"戮"，古代戮刑是既剥夺犯罪人生命又加以侮辱的刑罚。"僇死"即被凌辱而死；"矺"同"磔"，指古代分裂肢体的酷刑。

胡亥的另一个哥哥公子高本来准备逃亡，但又顾及家人的性命安全，于是悲怆地主动上书，请求给秦始皇殉葬。"胡亥大悦"，同意了请求，并"赐钱十万以葬"。

史籍并没有明确记载秦始皇究竟有多少儿女，由于年代久远，我们今天只能借助于权威的史籍。《史记》载，秦始皇有约二十三个儿子以及十个女儿，其中留下姓名的儿子有四人，分别是长子公子扶苏、公子高、公子将闾、胡亥，女儿均未留下名字。

313

秦帝国就像一辆构造精密的巨型马车，在始皇帝的一手驾驭下高速狂奔了十五年。也就是秦始皇三十七年（前210年），始皇帝在巡游的马车上突然驾崩，使这辆马车顿然失去了驾驭，留下了巨大的政治权力的空白。

赵高，这位秦始皇的御用马车夫（中车府令），便脑洞大开，任凭自己想象的翅膀飞翔，梦想着从马车夫的位置纵身一跃，操纵那个咫尺天涯的龙椅。因为在他眼里，皇帝的每次出行，他离的是那么的近，但又是那么的远。

一个"赵"字时刻提醒他，不要忘记了家仇国恨。或许，报复的天赐良机真的到来了，他要拼命搏一把，把不可能变成可能。

"赵"是赵国王族的姓氏。战国时代，天下合纵连横，各国间结盟换约，相互间以王室公子作为人质。这些作为人质的公子，多是国王众多子女中不受宠爱的，被打发出质后往往长期滞留异国他乡，不少人贫穷潦倒终生，至死不得归还。历史学家李开元研究得出结论，赵高的父系就是赵国王室的疏族，其祖上应该是由赵国到秦国作质子的那一类公子。

在赵国无宠，在秦国无援，不得已而滞留于秦，后来成为秦人，在秦国娶妻生子，子孙后代流落于咸阳市井当中。赵高有个弟弟赵成，后来接替赵高，做了秦帝国的郎中令。他也参与了谋杀秦二世的"望夷宫政变"。

秦国与赵国的恩怨，除了著名的长平之战，秦将白起坑杀了四十万赵军之外，就是秦国行将灭亡的巨鹿之战前，击杀了项梁的秦将章邯，在攻陷邯郸后，下令彻底毁灭邯郸城建筑。对于赵国人而言，那真是不堪回首的邯郸一梦。

想当初，赵敬侯带领赵人西出太行，建都邯郸，经八代国君，历一百五十八年。公元前228年，出生于邯郸的秦始皇攻破邯郸后，一一清点当年的仇家，杀了个干净痛快。

仅仅过了十八年，咸阳便遭受到邯郸同样的命运。就在项羽与章邯约降于殷墟的二世三年（前208年）七月，一位使者行色匆匆往咸阳而去，这位使者名叫宁昌，是刘邦专门派去约降秦丞相赵高谈条件的。

刘邦开出的条件让赵高心动，"赵高杀二世开武关共同灭秦。刘邦军入关后，分割旧秦领土为两国，由赵高与刘邦分别称王统治。"有了刘邦撑腰，本来根在赵国的赵高，底气越来越足了，他特地在二世面前夸张地上演了"指鹿为马"的好戏之后，与弟弟赵成、女婿阎乐，正式密谋篡位大事。

以至于秦二世胡亥临死前，都未察觉自己真的已经是孤家寡人了。死到临头之际，他与赵高女婿、咸阳县令阎乐最后的对话堪称经典，也着实好笑——

阎乐带领士兵来到二世面前。二世说："能否见丞相一面？"阎乐说：

"不可以。"二世说:"希望得到一郡之地为王。"阎乐说:"不可以。"二世说:"请求得到一万户的封地为侯。"阎乐说:"不可以。"二世说:"愿意与妻子一道作庶人百姓,待遇比况诸位公子。"

在说完三个"不可以"之后,阎乐再也不想听二世的废话,说道:"臣下接受丞相的命令,为天下诛除足下。"阎乐持剑逼近二世,迫使二世自杀。

想象此景此情,我们不禁怀疑,这还是那个不可一世的秦帝国吗?还是那个显赫的"嬴"氏家族后代吗?

大秦江山在二世皇帝胡亥手中仅仅三年,便土崩瓦解了。二世死后,以庶人之葬仪,草草掩埋于杜县南部的宜春苑中。

仔细爬梳历史经脉,方发现赵高与秦始皇有很多相似之处,他们年龄相当,同是质子的后代。颇为戏剧的是,赵高生于秦始皇的母国首都咸阳,而秦始皇则出生于赵高的母国首都邯郸;秦始皇的父亲是秦国的王族,由秦入质于赵,娶赵人为妻;赵高的祖上是赵国的王族,由赵入质于秦,娶秦人为妻;秦始皇消灭了赵国,赵高后来毁灭了秦朝。

这样的人物命运安排,应该是小说家、戏剧家设置的情节,却在历史上真实地发生了。

上帝欲使人灭亡,必先使其疯狂。几近疯狂、为所欲为的赵高,做梦也没料到,自己竟断送在一个自己刚刚扶持起来的人手中。这个人不是别人,而是大秦末代君王嬴婴。

原来,就在二世胡亥自杀后,赵高在咸阳宫召见大臣百官、王族宗室,有意自佩玺印称王，不想引来大臣和卫士们的反对。赵高宣告秦放弃皇帝称号，承认六国复国，他不敢贸然称王，遂立公子嬴婴为秦王，自己仍然为丞相辅佐国政。

不是说秦二世胡亥将"嬴"姓人等都斩草除根了吗？这位嬴婴何许人也？

那位嬴婴原是秦二世的堂兄，是秦始皇弟弟长安君成蟜的儿子。"君"是秦最高的爵位，长安不是地名，那时还没有长安这个地名，就像秦将军白起为武安君一样。却说公元前257年，刚刚出生不久的秦始皇，其父嬴子楚（即秦庄襄王）利用秦军进攻赵国，围困邯郸之机，在商人吕不韦的帮助下逃回秦国。直到八年过后，秦国与赵国和解，九岁的嬴政与母亲赵姬一道，方由邯郸回到咸阳。而这个赵姬，正是吕不韦家的舞姬，因为人长得漂亮，嬴子楚一眼便看上了，吕不韦这位极具"政治经济学"头脑的巨商，随即将赵姬奉送给了这位未来的大秦君王。

回国后的嬴子楚行情看涨，青春年少，八年的情感空档期需要有人陪伴，很可能在这段日子里又与成蟜的母亲好上了。年龄上看，成蟜也正好比嬴政小三四岁。只可惜庄襄王在位三年便英年早逝，只活了三十五岁。公元前247年，十三岁的嬴政即位，政权由母亲帝太后与丞相吕不韦摄管。

还有一个极其重要的背景须交代，秦王政八年（前239年），成蟜被派去攻打赵国时，受国内政局骤变的影响，在前线叛秦降赵，史称"成蟜之乱"。反叛的原因，《东周列国志》说是因为成蟜听人言秦始皇非嬴子楚之子，遂被怂恿利用。

这其实是秦国王室和宫廷内，不同政治派系间争夺王权的政治斗争。因为自成蟜出生之日始，他就成为秦王嬴政作为嫡长子的威胁。成蟜被卷入王位之争投降赵国以后，又被赵国利用，封为长安君，并授与封地。从此以后，他就一直生活在赵国，再也没回到秦国。

成蟜投降时，留下了一个尚在襁褓中的儿子在咸阳，被称为"婴"，就是后来的嬴婴。

等到赵高诛杀了二世，要立嬴婴为秦王时，嬴婴已到而立之年。作为旁观者的他，宫廷内外的一切，早已尽收眼底。

依照王位继承的礼仪，赵高让嬴婴在家斋戒五日，然后前往宗庙告祖祭祀，接受秦王的玺印，正式宣告即位。嬴婴知道自己会被当作傀儡，旋即召集亲信密谋。

五天以后，嬴婴在斋宫称病不出，赵高数次派人前去催问，嬴婴都不应。赵高只好放下架子来到斋宫，毫无准备的他，当即被刺死。

这已经是二世三年（前208年）八月的事了。

果真是"是非成败转头空"。嬴婴诛灭了大秦最大的敌人赵高及其宗族，赵国与秦国的恩怨，似乎可以画上一个句号了。嬴婴力图挽救秦即将毁灭的命运，然而，大秦已是四面楚歌，一切为时已晚。

楚霸王项羽携坑杀二十万秦军降卒之威，直指咸阳。他不仅杀了只坐了四十三天秦王的嬴婴，还残忍地诛灭了嬴姓宗族。

自此，数百年延绵不绝秦王室血脉，就此终结。世上再无"嬴"姓。

项羽不仅一把大火烧了所有的咸阳宫城殿堂，还报复性地对未完工的阿房宫和始皇陵建筑，彻底加以破坏。史载，项羽的这把大火，烧了整整三个月。

阿房宫也成为一个绝美的传说。

陕西临潼的山原丛林之间,处处是历史的遗恨和隐秘。

今天的骊山脚下,始皇帝陵园内西北,有甲字形陪葬大墓一座,规模等同王侯级别,考古学家认定,墓主应该就是被迫殉葬的公子高墓。秦始皇陵外,有一个村落名曰上焦村,村外河道边还有十七座同样的甲字形陪葬墓,面向始皇帝陵依次展开。

对于墓主尸骨,考古发掘后发现,"八座墓中,出土七具尸骨,五男二女中,六人身首四肢分离,应该是被酷刑肢解而死;一人尸骨完整但上下颌骨错位,应当是被绳索缢死。"

戮死,处死后陈尸示众;砒死,分裂肢体而死。都是秦的酷刑。

著名考古学家袁仲一先生对其中八座墓葬发掘后,推断:诸位公子和公主,是在公元前209年同时被杀,与十七座墓葬同时修筑埋葬的情况相合。诸公子和公主被杀的时令,是在二世元年春天,发掘中还发现有修墓人烤火的炭迹。

还发现只有铜剑一把、未见人骨的第十八座墓葬,推断可能是长子扶苏的衣冠冢,他当年受遗诏赐剑,自杀于北疆上郡,所以只留下一座有剑的空墓。

"奈何家天下,骨肉尚无恩。"亲情的沦丧,对个人而言,是人性的丧失;对家族而言,是承传的断绝;对团体而言,是内部的崩溃;对国家而言,是失序的毁灭。

对此,先秦史研究专家李开元不禁发出天问:亲情尚且不能容忍,还能包容他人乎?亲情沦丧的统治,能不速亡乎?亲情沦丧的统治,宗庙祭祀能不断绝乎?亲情沦丧的统治,子孙后代能不绝灭乎?

函谷关是一张试纸

古往今来，函谷关常常与大秦帝国的名字连在一起，可谓荣辱与共休戚相关，形成一个不可分割的利益共同体。

战国七雄中的秦国，东有函谷关、南有武关、西有散关、北有萧关，人称"四塞之国"。在这个"四塞之国"的中央，就是号称"八百里秦川"的关中平原。

从中国地形图上看，八百里秦川"四周高，中间低"的地形地貌，不仅导致包围在山地之中的平原形成四塞之国，而且平原与山地结合之处的山间谷地，也自然成为冷兵器时代最有利的关隘。

很大程度上讲，正是拥有了易守难攻的函谷关，加之"不营走太行间"的崤山道，秦国才能据险而东击，最终横扫六国，一统天下。

纵观中国历史中的战争，只要出现分别位于"关中"与"中原"的两股政治集团交锋时，双方必定以函谷关为争夺的第一要务。如果关中一方占据函谷关，则足以保障关中东部门户；如果中原一方占据函谷关，则关中必危。

"关中"与"中原"，谁拥有了函谷关，谁就可以独步天下。

区区一道关隘，却无数次改变中国浩浩荡荡的历史进程，唯函谷关耳。

一条平且直的深深峡谷，绝岸壁立，宽仅数十米，置身其间，定会有一种莫须有的胆寒与恐慌。

窃以为，"一夫当关，万夫莫开"这个成语，当是为之量身定做的。

"有志者，事竟成，破釜沉舟，百二秦关终属楚；苦心人，天不负，卧薪尝胆，三千越甲可吞吴。"这副传播甚广的楹联，常常作为人们奋发向上的信条，历代广为引用。

其中"百二秦关"所说的"关"，同"一夫当关"的"关"一样，指的就是函谷关。意思是如果拥有了函谷关，便可以两万之师挡百万大军。《史记·高祖本纪》云："秦，形胜之国，带河山之险，县（悬）隔千里，持戟百万，秦得百二焉。"由此可见函谷关的作用与威力，也可以想象秦陇地势之险要。

史载，函谷关道路两侧"崖上柏林荫谷中，殆不见日"，东自崤山，西至潼津，深险如函，号称天险，如《水经注》所说"车不得方轨，马不能并辔"。

两军对垒，守军只需要封锁这狭仄的路口，外面纵有坚车千乘，精骑万匹，在函谷关前也难以展开兵力，逞其锋锐。因而，素有"天开函谷壮关中，万谷惊尘向北空"、"双峰高耸大河旁，自古函谷一战场"之说，自古为兵家必争之地。

古往今来，函谷关常常与大秦帝国的名字连在一起，可谓荣辱与共休戚相关，形成一个不可分割的利益共同体。

战国七雄中的秦国，东有函谷关、南有武关、西有散关、北有萧关，人称"四塞之国"。在这个"四塞之国"的中央，就是号称"八百里秦川"的关中平原。从中国地形图上看，八百里秦川"四周高，中间低"的地形地貌，不仅导致包围在山地之中的平原形成四塞之国，而且平原与山地结合之处的山间谷地，也自然成为冷兵器时代最有利的关隘。

罕见的地理位置，把我国的地理中的西高东低的构造、呈阶梯式的延展发挥到了极致。地处中华文明版图的"第二阶梯"上，秦国凭借上苍赐予的地理优势，用以俯视处于"第三阶梯"的东方六国。

卫星地图展示得更为直观，夹在中条山、华山和崤山之间，中间是数百里长的通道，这条长长的通道，把中原与长安紧紧连接起来。而函谷关，就是这条通道上一个最为重要的节点，有如咽喉要道的"喉结"一般，控制着关中与中原之间的通道。

西面是高原，东面是绝涧，南面挨着秦岭，北面接着黄河。

这是一个上苍恩赐的风水宝地。

渭河、泾河、洛河及其支流，经过成千上万年的积淀，形成一个肥沃的冲积平原。狭而长的谷地西起宝鸡、东抵潼关、南界秦岭、北接渭北，从西到东，渭河像一条银色的绸带，环绕着整个关中平原。

故而，历代帝王将相一听到"八百里秦川"五个字，往往都会为之一震，不自觉地有生理上的反应——垂涎那块肥美的膏腴。

很大程度上讲，正是拥有了易守难攻的函谷关，加之"不耷走太行间"的崤山道，秦国才能据险而东击，最终横扫六国，一统天下。

历代帝王将相为何觊觎这片土地？两字以蔽之，肥美。

直到今天，"八百里秦川"仍是公认的"陕西粮仓"。其实，早在春秋战国时期的"八百里秦川"，就已经是诸侯眼里寸土必争的膏腴之地。有《春秋左传》为证，鲁僖公十三年（前647年）晋国发生饥荒，秦输粟于晋，由秦都雍派大船队沿水路运粮至晋国之绛，号称"泛舟之役"。

"厥土唯黄壤，黄壤上上"，《尚书·禹贡》的记载亦可印证。

司马迁在《史记》中也不乏溢美之词："关中自汧、雍以东至河、华，膏壤沃野千里，自虞夏之贡以为上田。"

几百年之后，班固在《汉书》里有赞，"秦地有鄠杜竹林，南山檀柘，号称陆海，为九州膏腴"。所谓"陆海"，就是陆上的海洋，意即像海洋一样富饶。这一比喻完全可以一窥当时关中一带的丰富物产。

冲击平原一大特点就是聚肥，肥沃的黄土地，结构疏松，易于清除原始植被和开垦耕种。

故而八百里秦川会成为西周王朝的发源地。相传周族始祖就"播时五谷"，他们已经可以熟练地疆理农田、选择良种、除草、治虫等，农业生产技术取得了很大进步，尤其是轮荒制和休闲制，被视为神农后稷。

司马迁在《史记·货殖列传》中写道："故关中之地，于天下三分之一，而人众不过什三（30%）；然量其富，什居其六（60%）。"

这表明，在当时的生产条件下，关中地区的富庶是非常令人瞩目的。

纵观中国历史中的战争，只要出现分别位于"关中"与"中原"的两股政治集团交锋时，双方必定以函谷关为争夺的第一要务。如果关中一方占据函谷关，则足以保障关中东部门户；如果中原一方占据函谷关，则关中必危。

"关中"与"中原"，谁拥有了函谷关，谁就可以独步天下。

古往今来，无数的经典战例可以佐证。春秋战国时自不必说，诸多经典战役在此铸成。

刘邦守关拒项羽，两者上演千古名篇"鸿门宴"；建安十六年（211年），曹操讨汉中张鲁，走的就是函谷关；马超率十万将士扼守潼关（即函谷关北），曹操久攻不克，只好北渡黄河；南北朝时东魏天平三年（536年），高欢领军三路攻关，以猛将窦泰攻潼关，自率主力从蒲坂渡河，西魏宇文泰集中精锐，依仗函谷关之险要，击破窦泰军；五代十国末期，李渊入关中后，即遣世子李建成屯兵函谷关，从而开创大唐基业……而函谷关迄今经历的"最后一战"，则是1944年中国军队抗击日本侵略军的"函谷关大战"。

我们再把目光放远一些，便可洞见函谷关无与伦比的价值。

据考证，函谷关得名于秦献公年间（前384年—前362年），因"路在谷中，深险如函，故以为名"。地处今天的豫西灵宝县。

战国时期东西分野的标志，就是函谷关。"秦国得其地而置关"，作为防御关东诸侯的设施，大约在"献公时"。

战国时，战国七雄除秦以外的其余六国曾联合对抗秦国，秦国在函谷关屡次成功抵御住六国联军的攻势。西汉贾谊在其政论名篇《过秦论》中有一段精彩的论述："于是六国之士……尝以十倍之地，百万之众，叩关而攻秦。秦人开关延敌，九国之师，逡巡而不敢进。""开关延敌"的"关"，就是函谷关。

周慎靓王三年（前318年），魏相公孙衍主谋，楚怀王举魏、赵、韩、燕、楚五国之师伐秦，秦依函谷天险，拒五国军队于关外，"伏尸百万，流血漂橹"。此战魏国损失最为惨重，便通过楚国向秦国求和。此时，义渠君乘秦国与五国联军交战之机，从后方起兵袭击秦国。秦国受到义渠牵制，不便再与五国联军交战，遂同意媾和。

秦始皇六年（前241年），楚、赵、魏、韩、卫最后一次合兵攻秦，"至函谷，皆败走"。也即是说，五国联军再次大败而还。

函谷关并非一直姓"秦"，这一带版图最初也并不是秦国的土地。

追根溯源，春秋时期，崤山道（那时还没有函谷关一词）的险要一直在晋人掌握之中。秦晋之好只是一个遥远而美丽的传说，春秋时期的秦晋两国，算得上一对冤家。公元前627年春，秦穆公不纳百里奚和蹇叔劝谏，出兵车三百乘，潜行远袭郑国（都今河南新郑市）。因中途泄密，无功而返。更倒霉的是，晋国于崤山设伏，秦军全军覆没，只轮无还。

晋国独霸中原，几乎阻断了秦国的东出之路，这等于直接断绝了秦人逐鹿中原的梦想。

清代著名学者顾复初的观点颇有见地，"考春秋之世，秦晋七十年之战伐，以争崤函。而秦之所以终不得逞者，以不得崤函"。他还认为，"二百年来秦人屏息而不敢出兵者，以此故也"。

以此可见，一道小小的关隘，几乎卡断了秦人的命脉。

无奈之下，秦国转而与楚国交好，屡屡跟随楚国攻打晋国。《左传》中明确记载的秦晋之战，就多达十余次。

就这样，秦人整整隐忍了上百年。百年的等待，是一个"三家分晋"的大好局面。原来，晋国这个春秋超级大国，内部出现了严重问题。晋景公十二年（前588年），晋国设置六卿（韩、赵、魏、智、范、中行氏），直接掌握并统率六军。最终导致军政大权旁落，六卿坐大，晋王被架空，晋国公室名存实亡。

后来六卿内讧，赵把范、中行氏灭掉后，又联合韩、魏灭掉了智氏。公元前403年周威烈王命韩虔、赵籍、魏斯为诸侯。到公元前376年，魏武侯、韩哀侯、赵敬侯瓜分晋国，史称"三家分晋"。

以至到公元前434年，晋幽公即位时，地盘不仅沦落到只有绛和曲沃两城，还反而要下驾去朝见魏、韩、赵三家诸侯。因而，司马光在《资治通鉴》一书中，特地把公元前403年周威烈王承认三晋为诸侯这件事作为全书的开端，以史为"鉴"。

晋国自我解体之时，就是秦国图谋中原之日。函谷关这座著名的关隘，终于公元前318年，第一次出现在秦国的史籍上。

自此，关东诸侯们的噩梦，方渐次拉开。

作为关中的东大门，函谷关乃秦扼守关中本土咽喉要地。纵观历史，战国以来，秦与关中六国的争斗，有胜有败，有进有退。

历经数年的战争洗礼，秦军的进退有一条基本的底线，那就是函谷关。

也即是说，无论战争如何此消彼长，各诸侯国诸路大军始终没能攻破过函谷关。确保关中本土不受敌军侵入蹂躏，是大秦不能再突破的安全底线，否则，形势将变得十分糟糕。

秦最终能够战胜六国，也正是因为守住了函谷关这个极其重要的"国家屏障"。

函谷关一旦弄丢了，整个国家也就不保了。

同春秋战国时超级大国晋国的命运一样，始皇帝晚年的秦帝国，宛如一辆不断加速奔驰的马车，已经失去了控御。历来史家论及秦帝国的速亡，无不指出其劳民过度是首要原因。始皇帝和秦二世酷使民力，最受诟病的就是阿房宫和始皇陵，纯粹是为君王私欲之满足。

秦二世元年（前208年）七月，一支前往北方边境的部队困驻在泗水郡蕲县大泽乡。这支部队约有九百人，是从帝国中南部各郡征调的戍卒，驻防屯守。这支部队由两名军官统领，他们被称为将尉。在他们手下，约有近十名百人长和近二十名屯长。陈胜和吴广，是这支部队中的两名屯长。

凭借"大楚兴，陈胜王"的谶语和"王侯将相，宁有种乎"的广告，陈胜、吴广便揭竿而起。九百人的屯戍兵，火种一般迅速裂变，滚雪球般地不断发展壮大，由屯戍兵引发的兵变变成了国家之间的对抗，以复兴的楚国对抗暴虐的秦朝。

七月起义，九百人攻占大泽乡及其所在的蕲县。不到一个月间，陈胜先后攻克数县，拥有六七百乘战车，一千余名骑兵，步兵数万人。陈胜进而一举攻下陈郡郡治陈县，称王，建立张楚政权。对"张楚"二字，《史记》是这样解释的："欲张大楚国，故称张楚也。"

陈胜的张楚政权班底中，有一位名叫周文的人，颇受陈胜信任。周文乃战国四大公子之一楚国春申君的门下门客，原本陈县豪杰贤侠，熟习兵法。

陈胜遂任命周文为将军，周文的军队，以突然袭击的方式，突破秦军防线，一举拿下函谷关，直捣咸阳。

函谷关失守，这是秦建国以来从来未有过的重大败绩，也是张楚军一次决定性胜利。不仅关中震动惶恐，反秦军更是鼓舞欢腾。

函谷关被攻破后，标志着关中八百里秦川无险可守。入关后的周文乘胜进军，沿渭水南岸急速西进，过宁秦、郑县，几乎是毫无阻拦，以迅雷不及掩耳之势，一鼓作气打到了咸阳东郊、骊山脚下的始皇帝陵旁。

大秦帝国如此，函谷关前，霸王项羽亦难逃宿命。

各国复活的各路反秦大军，目标都直指咸阳。刘邦大军攻破函谷关，抢先一步进入咸阳，在时间和道义上已经领先一步。直到两个月之后，项羽统率四十万诸侯国联军，携坑埋二十万秦军之杀气，浩浩荡荡，由新安经渑池、陕县一路抵达函谷关下。

此时，函谷关关门紧闭，守军只听刘邦的指命，拒绝项羽军入关。

得知刘邦军已经占领关中，接受秦王嬴婴的投降，正在收编秦军扩大兵力，项羽方如梦初醒，继而大怒。下令强攻函谷关。

仅有十万人马的刘邦军当然不敢造次，在不可一世的项羽面前，他需要的是韬光养晦，因而面对强力破关、杀气腾腾、剑拔弩张的项羽军，甚至面对屈辱的鸿门之宴，他只有装孙子，以图东山再起。

后来的历史证明，刘邦的隐忍是成功的。他是在以另外一种方式，成全和放大项羽的"不可一世"——让项羽始终无法控制自己的情绪冲动。

《圣经》说，上帝欲使之灭亡，必先使其疯狂。进入咸阳以后，项羽首先杀掉新立秦王嬴婴，诛灭嬴姓宗族，断绝了远古以来秦王室的血脉。他实施报复，比照当年秦军攻占诸侯国后的做法，掠取秦朝宫室的财宝妇女，焚毁咸阳宫城殿堂，对未完工的阿房宫和始皇陵的庞大建筑，也彻底加以破坏。史书称大火伴随项羽毁灭秦都的行动，延续三个月之久。

公元前206年，这一年秦朝正式退出历史的舞台，项羽领导下的西楚王朝建立。

作为昔日贵族一脉，相对单纯，无意天下的项羽，在中国历史上首次实行了霸王主持下的封王建国。

历史行进到这里，启动了昙花一现的先行实验——在不稳定的状态中，展现出由统一帝国到联合帝国的嬗变趋势。

项羽将已经复国的战国七国，即楚、秦、赵、魏、韩、燕、齐的领土，以秦帝国的郡为单位，重新分割为十九王国。

这时的中国大地看似莺歌燕舞，却依然是风云不定。没过多久，汉王刘邦就从汉中出兵，掀起历时四年的楚汉之争。公元前202年，项羽退守垓下（今安徽灵璧县），突围乌江（今安徽和县乌江镇）。最后霸王别姬，自刎于乌江旁。

函谷关真可谓一张灵验的试纸，千百年来，能测出历史的风云突变，世事的波谲云诡。

函谷关有时静若处子,又动若脱兔,是活生生的战争产物。函谷关又有一种特有的仙风道骨,是教化的产物。"老子骑青牛出关"时,曾发出"道行天下,德润古今,尊道贵德,天人合一"的赞叹,遂写出流传千古的《道德经》。千百年来,众多海内外道家、道教人士都到这里朝圣祭祖。

"紫气东来""鸡鸣狗盗""公孙白马""玄宗改元"等历史故事和传说,都是围绕着函谷关而展开的,历代名人临关吟诗作赋,因而函谷关又不愧为人文的产物。

千年浮华,风雨飘摇,不论怎样,函谷关一直静静地站在那里,似一位大德高僧,目睹世事风云变幻、人间善恶美丑轮流上演。

区区一道关隘,却无数次改变中国浩浩荡荡的历史进程,唯函谷关耳。

陈县,一个极其诡异的"温床"

陈县,从战国末年以来,就一直是反秦最炽热的地方。

大秦从"王国"进入"帝国"之后,反秦的暗流,始终在陈县一带涌动。

魏国的游侠名士张耳和陈馀,被秦政府通缉后,首先想到的是逃亡至陈县潜伏下来;张良离开韩国,开始反秦串联时,他长期停留的地方,也是陈县。

与陈胜一道领导大泽乡起义的吴广,出生于陈县邻近的阳夏县。九百名首事的戍卒中,陈县附近的人不在少数。

"亡秦必楚。"陈县,无论是春秋战国的先秦时代,还是战火纷飞的秦汉时期,都扮演着一个极其重要的角色。

各路人等的反复争夺之中,陈县不仅是一个小小的地名,某种意义上更成为一种表征——谁拥有了陈县,谁就占据着主动,谁就能赢得最后的胜利。

公元前209年,不可一世的大秦帝国运转到第十三个年头。表面上看去,整个帝国简直就是一个大工地,人声鼎沸,一派繁忙之象——

近百万人奋战在长城工地上,他们是军人加民夫;四十万人奋战在地上宫殿(阿房宫),三十万人奋战在地下宫殿(秦陵)的工地上,他们是囚犯加民夫;还有五十万镇守岭南,他们是秦军的精锐……帝国上下,两百余万人如蚁般异地迁徙,迢迢遥途应召入征,何等壮观!

表象之下,往往掩藏着暗流。

是年七月,雨季来临,整个帝国成为一片泽国。一支特殊部队因大雨困在蕲县大泽乡(今安徽宿州),他们是开赴渔阳(今北京密云)戍边的"壮丁"。"失期当斩",面对严苛的秦法规定,面临死刑威胁的九百名"壮丁们"十分紧张,乱作一团。

九百双眼睛无助地望着他们的屯长(戍守队伍的小头目),那位名叫陈胜的"小头目"处变不惊,似乎早有应对之策,继面口出惊人之语:"今亡亦死,举大计亦死;等死,死国可乎?"这些浅显的道理,很快便说服了在死亡边缘恐慌的"闾左"贫民。

"王侯将相宁有种乎"的诘问,更具煽动性,他们眼前,只有"华山一条路"了。

简单明了的政治动员，外加事先准备好的"奉天承运"（早已藏在鱼腹中的帛书），众人便心悦诚服地跟着陈胜、吴广一起举事。

中国历史上第一次大规模农民起义，就这样不经意间，点燃了星星之火。

事隔千年，明万历年间政治家郭正域作出精彩点评："自古乱亡之祸，不起于四夷，而起于小民。秦之强盛，兼并六国，卒之扰乱天下者，非六国也，乃陈胜、吴广一二小民也。"

从大泽乡举事之后，便一发不可收拾。陈胜、吴广率部一连攻克铚、酂、苦柘、谯等城池，短短十多天时间，部队从九百人滚雪球般不断壮大——兵车六七百辆，骑兵一千多，步卒数万人。

这里需要交代一些背景，以耕战为策的大秦帝国，实行全方位军事化管理。帝国军队的编制，均以郡为基本单位组建独立的军团。郡是军政合一的军事行政机构，郡守称将军，全面统领一郡之军政和民政。郡守下面设有一名或者数名都尉，作为副将专门负责军务；郡军团，由郡所辖各县的县军组成。县也是军政合一的军事行政机构，是征兵的基本单位。县军征发集结后，由全面负责一县军政的县令长，或者专门负责县军务的县尉统领，组成县分军团，编入郡军团中。

帝国有重大军事行动时，以郡军为单位，集结数个或者数十个郡军团作战，战争结束后各归其地解散。

大泽乡起义，最初只是帝国屯戍兵的兵变，但当陈胜、吴广夺取了部队领导权后，九百人的屯戍兵，迅速按照帝国的军制重新组织起来。他们将原本相当于县军规模的部队扩大编制为郡兵军团，以陈胜为将军，以吴广为都尉，开始进攻所在的郡县。

仅仅二十多天时间，起义军便热热闹闹打到了一个极其重要的战略要地——距大泽乡二百五十多公里开外的陈县。

陈县是陈胜军攻下的第一座郡治大城，治所在地是今天的河南淮阳。此地交通南北，贯通东西，西周春秋时期，陈是陈国的国都，战国时成为楚国的领土，战国末年曾经做过楚国的首都，秦灭楚以后设置陈郡，将郡治设在陈县。西汉为淮阳国治。东汉为陈国治。西晋属梁国。北魏并入项县。

由于独特的地理和历史条件，陈县成为陈胜军首先夺取的最大目标——后来成为"张楚"的临时都城。

陈胜在陈县召集三老、豪杰商量下一步行动。三老即当地有文化的人，主管地方教化工作。秦制，十里一亭，有亭长；十亭一乡，有三老掌教化，有秩、啬夫管司法征赋税，有游徼捕盗贼。豪杰亦是由士绅组成的地方精英。

"三老、豪杰皆曰：'将军身被坚执锐，伐无道，诛暴秦，复立楚国之社稷，功宜为王。'" 有了三老、豪杰的同意与认可，"陈涉乃立为王，号为张楚"。以张楚为国号，意在取"张大楚国"之意，也显示作为楚国人的陈胜复国之决心。

第六章 江湖海

《史记》三次提到"张楚",考古发现也得以证实。长沙马王堆三号汉墓出土的帛书《五星占·土星行度表》,也发现"张楚"纪元的确凿记载。为了与别的"楚王"区分,史家称陈胜为"陈王"。

有了国号,应该有国都。陈胜便定都于陈县。严格意义上讲,"大楚兴,陈胜王"的旗帜之下,陈县这样一个临时政府所在地,奠定了起义军的反秦基础,陈县瞬间成了天下的反秦中心。

张楚政权建立后,陈胜起义军与秦王朝间的斗争有了质的改变。

由于有了王国政权,由屯戍兵引发的兵变就变成了国家之间的对抗,以复兴的楚国对抗暴虐的秦国。有了张楚的旗帜,天下响应,人心归之如流,关东各国各地各阶层各等人士,或者远道来归,亲赴陈胜麾下;或者就地起兵,呼应张楚的名分。

极为吊诡的是,陈胜最终没能走出陈县。他在此定立国都,号为张楚,却又在这里折戟沉沙,命丧于此。

陈县,从战国末年以来,就一直是反秦最炽热的地方。

楚国旧都、韩王迁地、昌平君和项燕的反秦据点,这里随时都在不断演练和积蓄力量,可谓箭在弦上,只待一个"发令枪"的指令。先秦历史学家李开元甚至认为,大秦从"王国"进入"帝国"之后,反秦的暗流,始终在陈县一带涌动。

魏国的游侠名士张耳和陈馀，被秦政府通缉后，首先想到的是逃亡至陈县潜伏下来；张良离开韩国，开始反秦串联时，他长期停留的地方，也是陈县。

与陈胜一道领导大泽乡起义的吴广，出生于陈县邻近的阳夏县。九百名首事的戍卒中，陈县附近的人不在少数。

"亡秦必楚。"在以陈县为中心的反秦战争中，有两位著名的历史人物不容忘记，他们都是楚人：一位是楚国公子昌平君，他长期居留在秦国，有一个十分特殊的身份，被秦政府派遣到陈县主持当地军政工作。也即是说，昌平君是秦帝国在陈县的最高领导人；另一位是项羽的祖父项燕，身为楚国抗秦大将，对秦有着天然的仇视。

项燕最大的功劳，便是策动昌平君反秦成功，两位楚人"共同语言"很多，他们很快坐在了一条板凳上，严格意义上讲，对于陈县这种具有如此重要地位的城池，派一个有楚人背景的人统治，本身就是秦帝国人事安排上的一种大意与失策。

正是昌平君与项燕的有效互动，秦军将领李信所率领的二十万大军，在陈县铩羽而归，避免了楚国早早灭亡的命运。

行文至此，一个问题出来了，人们会问，为什么说陈县承载着楚国对秦国的世仇？

相传很久以前，陈县是太昊伏羲氏和神农氏两大太古之神的首都。春秋时，这里是周王室分封的陈国，当时的陈国是跟齐国不相上下的一大诸侯国。后来，楚国把陈国给灭了，这里就成了陈县。战国末年，陈县成为楚国的旧都。再后来，秦国灭楚……所以，陈县见证了其间太多的爱恨情仇。

332

作为能一统天下的帝国，秦国承载了六国太多的家仇国恨。不仅仅楚国人，韩国人也执着于故国、仇恨秦国，与楚人一样根深蒂固。有一个十分典型的例子可以佐证。周赧王五十三年（前262年），也就是长平之战开启的那一年，韩国被秦军南北切断后，被迫将北部领土上党郡割让与秦国，上党军民群情激愤，誓死不作秦国人，最后在郡守冯亭率领下，集体做主，宁愿归降赵国。

赵国起初以为捡了块肥肉，没曾想上党郡很快就成了烫手的山芋。这一行为不但令赵国引火上身，更让秦国上下震怒，直接引发了历史上骇人听闻的长平大战。战事历经三年，四十万赵军被秦人坑杀，赵国从此一蹶不振。

韩国被秦灭亡后，被俘的韩王就阴差阳错地安置到已是秦地的陈县。仅仅过了六年，韩国旧都新郑便爆发大规模反秦叛乱，因韩王住在离新郑不远的陈县，最终又引发了以陈县为中心的大爆乱，加之陈县又是楚国的旧都，继而祸起萧墙，爆乱在楚国再度大规模蔓延，导致秦楚之间新的战争。

陈县这根引线，真的是一点就燃，一燃就呈燎原之势。

333

秦帝国虽然统一了六国，但此起彼伏的"乱"，却从来没有停止过。看得见的"乱"由看不见的"乱"引发，秦帝国表面实现了天下一统，某种程度上讲，六国人的内心却无时无刻不在萌发复燃的火焰。

无疑，这是最为危险的。

有名的例证，便是后来助刘邦建立汉朝，与韩信、萧何并称为"汉初三杰"的张良。

张良正是韩国贵族的后裔，从少年到成年，映入张良眼帘的，与其说是满眼的战火，不如说是深重的家仇国恨。因而，成人后的张良，毕生最大的使命，便是发誓"复仇"。

国破山河在，城春草木深。家破国亡的张良，毕其二十年之功，制定了周密的"复仇计划"。而计划期间，他最重要的停留之地，就是陈县。张良在陈县这个特殊的边缘地带，结交了不少反秦的豪侠英雄，这也加深了他复仇的决心。

秦灭六国统一天下后，军事镇压和法制建设双管齐下，逐一平息各国的武装反叛，以郡县什伍户籍制为基础的帝国化政策在各地步步推行，政权日趋巩固，统治日趋强化。

年轻气盛的张良，眼见复兴祖国的希望越来越渺茫，他觉得别无选择，决心以个人之力，刺杀秦始皇以报秦国灭韩的深仇大恨。

这便是历史有名的"博浪沙刺秦事件"。从贵胄公子沦落为民间游侠的张良，在变卖家产、仗义疏财后，广交天下豪杰，四处寻求刺杀秦始皇的勇士。终于寻得一名叫仓海君的武士，在秦始皇第三次巡游的路上行刺，这也是始皇帝所遭遇的第三次刺杀。

行动虽然失败，但劫后重生的张良从此名声大振。

陈县跟沛县很相似。

陈县与沛县,都是两个当局在管理上鞭长莫及的偏远地区,这样的三不管地带,为颠覆政权无疑提供了最好的温床。

汉高祖刘邦就是沛县人,他的成长与发迹,都是以此为基础。可以说,正是沛县这个特殊之地,繁育并成就了一个"汉高祖"。

以泗水郡为中心的这一地区,古称淮泗地区,就是我们今天所说的黄淮平原一带。这一地区,古来常是战场,历史上决定中国命运的大战多次在这里进行,著名的有楚汉彭城之战、垓下之战,秦晋淝水之战,到了现代,决定国民党和共产党胜负的淮海战役,也发生在这个地区。

战场出英雄,英雄出帝王。秦末叛乱纷起,楚汉相争持续,其中心地区,就在淮泗一带,秦末汉初的风云人物,多出生于这里。一千六百多年后,在元末群雄中崛起的另一位英雄,建立明朝的朱元璋,他的祖籍也在沛县。中国两千多年封建王朝,历代帝王将相中,只有两个农民皇帝,都出在沛县。

这看似偶然,某种程度上讲,也算必然。这不属本文所说的重点,按下不表。

却说,在人生最为关键的时刻,刘邦与日落西山的项羽,也竟然在小小的陈县遭遇,在历史的天空中留下了一段难以挥去的色彩。

原来,汉四年(前202年)八月,以骁勇著称的灌婴大破项羽的楚军,并一举拿下楚国都彭城。瞬间,项羽所辖的楚国大片土地易主。其实,灌婴原本只是个以贩卖丝织品为营生的小贩,追随刘邦之后,却颇为神勇,屡立战功。

用这样一个人直捣项羽老巢,让项羽无地自容。

冥冥之中，项羽知道大势已去。遂拿俘虏的刘邦父亲刘太公威胁，强迫刘邦议和。为此，两人还留下一段经典的对白，让后人不断咀嚼——

项羽："如果你再不出来，我就煮了你父亲。"

刘邦："当年我们同时受命楚怀王时，已经结为兄弟，我的父亲就是你的父亲。如果你一定要煮你父亲，别忘了给我一碗汤。"

"吾翁即若翁，必欲烹而翁，则幸分我一杯羹。"听了刘邦的话后，项羽气得七窍生烟。

话虽这样说，但刘邦为救父亲也用缓兵之计，同意议和。于是就有了历史上著名的"鸿沟和议"，以战国时魏国所修建的运河"鸿沟为界，划分天下"。

白纸黑字。项羽本以为可解当下之急，当他率十万楚军绕南路、沿固陵方向的迂回线路向楚地撤军时，没想到刘邦又追来了。

看来，在刘邦面前，他的想法还是太天真。"汉有天下太半，而诸侯皆附之。楚兵罢食尽，此天亡楚之时也。"张良向刘邦建议撕毁鸿沟和议，趁楚军疲师东返之机，自其背后发动追歼，"不如因其机而遂取之"。

公元前202年十二月，单方撕毁"鸿沟和议"的刘邦，召集韩信和彭越的大军，一起追击"向楚地撤军"的项羽，楚汉两军在垓下进行了一场殊死决战。

此战的经典意义在于,不仅结束了秦末混战的局面,也奠定了汉王朝四百年基业。

落毛的凤凰不如鸡。节节败退之后,项羽所能做的,只是疲于逃亡、奔命。

就在生死存亡的关键时刻,陈县映入了项羽的眼帘。连接黄河水系和淮河水系的鸿沟,就呈现在眼前,这座中原地区兵家必争的战略之城,项羽是多么渴望能够拥有。抵达陈县已是夜幕垂帘,拖着疲惫的身躯,项羽奋不顾身钻进浓密的夜色。

陈县本是项羽心中向南退守的一个理想之地,他想在这里集结剩余兵力,死死守住陈县,并以此为根据地,作人生最后的决战。

没曾想刘邦没有给他时间,项羽率疲惫之师到陈县不到两日,就遇上了紧追不舍的刘邦大军。

这里无疑是项羽的又一个伤心之地,惨败已是在所难免,丢了陈县也在情理之中。更让他沮丧的,是手下的几员大将又降了刘邦,诸如灵常、陈公利等,这都是他多年过命的兄弟。真是大难将至,各自奔命,项羽心里雪上加霜。

现实比想象的要更糟糕,迫不得已,横亘在项羽眼前的只有一个字——逃。

往哪里逃?

会稽?已有刘贾、周殷、英布在此堵截。

垓下?韩信已提前到此与刘邦会合……

陈县,无论是春秋战国的先秦时代,还是战火纷飞的秦汉时期,都扮演着一个极其重要的角色。

各路人等的反复争夺之中,陈县不仅是一个小小的地名,某种意义上更成为一种表征——谁拥有了陈县,谁就占据着主动,谁就能赢得最后的胜利。

大秦帝国最后的战神

时势造英雄。章邯其人，在秦末叛乱之前，史料只留下零星碎片信息。

章邯是秦始皇时代的军人，字少荣，始皇帝统一天下时，他曾在消灭韩国和赵国的战争中立有军功。始皇帝在世时，他被任命为掌管宫廷事务的大臣——少府，堪称九卿大臣，成为帝国大臣中新锐的少壮派人物。

陈胜吴广举兵后，章邯命令停止骊山所有修建秦始皇陵墓的工程，以从军立功为条件，赦免服刑者，与服役者一道，全部发给武器装备，就地改编为军队。

章邯虽然扑灭了农民起义，但是更难对付的，是打着复国旗号的六国遗老们。

战争是规模最为庞大、破坏力也最强的集体暴力。秦二世三年（前208年）七月，面对项羽屡次抛来的橄榄枝，权衡再三，章邯和他的二十万秦军放下武器，停止抵抗，约盟投降。可惜的是，项羽却残杀了二十万降卒，为日后的命运埋下了必然。

不成功，便成仁。可惜的是，章邯杀了身，却没能成仁。

大秦回光返照时，章邯本来是最亮的一抹色。可惜，也只是昙花一现。

秦二世元年（前209年）八月，初夏的夕阳精力特别充沛，骊山辉映在绚丽的晚霞之中，景色格外绮丽。远远望去，山势逶迤，树木葱茏，一匹苍黛色的骏马动感十足，名副其实的"骊山晚照"令人遐想。

骊山脚下，大秦的神经中枢一派紧张而忙碌。一位名叫章邯的皇室工作人员，正在监督始皇帝陵寝工程的收尾工作，他望着眼前列阵整齐的兵马俑阵容，有一种随时严阵以待的紧迫。

章邯虽乃一书生，但大秦的耕战政策，已然全民皆兵，每一位非军事人员都随时枕戈待旦。所以他常常站在庞大的阵前激动不已，随时遐想着，哪天能有机会亲自指挥这支所向披靡的"御林军"。

兵马俑，是安置于地下保卫始皇帝的秦军精锐部队。它的原型，就是秦的京师卫戍部队。秦帝国的京师军，有郎中令军、卫尉军和中尉军三支部队。

统一天下后，秦始皇发下宏愿，要将帝都咸阳，筑进骊山陵园，作永久的居所。帝国秦军，也要随同到地界冥乡，作永久的卫护。

遵照始皇帝的指令，骊山陵的建筑，地上地下一体，仿照咸阳宫室百官署寺施工，又秉承始皇帝的意图，在骊山陵东侧，比照秦军精锐，开始烧制兵马俑。

这项浩大的工程，由丞相李斯总领，具体事务则由少府章邯负责。兵马俑的烧制，更是由少府章邯亲自监督。"少府"一职，系专门为皇室管理私财和生活事务的职能机构。在秦帝国，少府乃九卿之一，相当于内务大臣，负责帝室的财政和宫廷内务，是政府的主要阁僚之一。

秦兵马俑四个俑坑的排列，是秦军的实战布阵。历史学家李开元考证后，肯定地认为，兵马俑的塑造，以实在的秦军部队为原型，八千余件兵马俑所组成的军团，均如实地再现了秦军的组织和阵容。

中尉军的驻地，就在骊山陵旁。兵马俑的烧制，选取中尉军一部，排列成迎敌方阵，一兵一卒，一车一马，完全写实仿制，真实展现秦军的威仪。此时，六千兵马俑的右方阵、一千兵马俑的左曲阵、后方的指挥部皆已烧制完工，安放就绪，只剩中方阵刚刚挖好坑，兵马俑的烧制，尚在进行中。

望着这气势磅礴的阵容，章邯内心，油然升腾起一种指挥千军万马所向披靡的冲动。

战事说来就来。在工地上正陶醉于兵马俑列阵的章邯，忽然得到消息，陈胜、吴广领导的楚军已经攻破函谷关，进入关中。

原来，秦二世元年七月，大泽乡农民陈胜、吴广揭竿而起，掀起了反秦的浪潮，秦统一前的各国贵族也纷纷觉醒，开始加入到推动秦朝灭亡的队伍中。

秦二世二年（前208年），陈胜麾下的将军周文，率几十万军队到达戏水。戏水在陕西临潼东，源出骊山，北流经古戏亭东，又北入渭。

这一消息令章邯深感震惊，大军迫在眉睫，他敏感意识到大秦帝国生死攸关。匆匆安排后，他便离开骊山，星夜赶回首都咸阳。

秦二世闻讯震惊不已，刚刚登上皇位，其政权遭受前所未有的考验。

大秦政权的三驾马车中，秦二世胡亥没有任何从政经验，更不用说军事上的建树；宦官赵高成天在皇帝身边游走，更遑论什么作战经验；唯有丞相李斯是先帝老臣，执政经验丰富，但无军事阅历。且李斯年事已高，面对紧急的军事危机，也提不出有效的对策。

山雨欲来，二世朝廷，一时几乎陷入恐慌与瘫痪之中。

需要说明一点的是，统一天下后的秦帝国，军事部署的重心移向南北两边疆，三十万大军屯驻北边，五十万军民屯驻岭南，关东空虚，关中削弱，方造成外重内轻的格局。蒙恬、蒙毅、王翦等名将已死，偌大的大秦王朝，一时竟陷入无人可用的尴尬境地。

就在这个时候，从前线赶回的章邯站了出来。

好在还有一个章邯。赵高本来不想用章邯，但秦二世胡亥看其他人都不敢领军，危急时刻，别无选择，就直接下令任命章邯为大将，全权统领秦军，负责首都保卫战。

由于起义军近在咫尺，从邻近郡县调兵已来不及了。章邯知道在骊山为秦始皇修陵的有七十万囚徒，情急之中，他建议秦二世赦免他们，发给武器，立即编入军队，马上就近参战。

没有任何选择的胡亥，只想着如何解当前危机。想也没想，便当即接受了章邯的提议。

取得军事指挥权后，章邯命令停止骊山的所有工程，以从军立功为条件，赦免服刑者，与服役者一道，全部发给武器装备，就地改编为军队。

俗话说，时势造英雄。章邯其人，在秦末叛乱之前，史料只留下零星碎片信息。

章邯是秦始皇时代的军人，字少荣，始皇帝统一天下时，他曾在消灭韩国和赵国的战争中立有军功。始皇帝在世时，他被任命为掌管宫廷事务的大臣——少府，堪称九卿大臣，成为帝国大臣中新锐的少壮派人物。

不断逼近的周文军，对于章邯释放骊山刑徒和服役者编制军队的情况，毫无预想和察觉。

章邯指挥那支临时拼凑的秦军，步步紧逼，迫使周文军退出函谷关。

周文军退出函谷关以后，首都咸阳的直接威胁暂时得以解除，帝国朝廷和关中地区暂时安定下来。经过这次重大危机的教训，二世朝廷充分认识到局势的严重性，遂迅速采取对策，倾其全力镇压叛乱。

章邯击退周文军、收复函谷关后，便停止进军，下令闭关自守。

周文军退出函谷关，是在二世元年（前209年）九月。此后将近两个月时间里，章邯闭关坚守不出，暗地里调兵遣将，全力整军备战。

九月，章邯将周文军逐出关中，安定关中国本。

让大秦帝国始料未及的是，陈胜、吴广起义如一根引线，点燃了战国六国复活的仇焰，天下政局又回到战国，重演秦与六国间的合纵连横。

一个陈胜、吴广起义不要紧，要命的是"六国复活"，真可谓是草木皆兵了。

大秦的大麻烦来了。

340

秦帝国的军事部署，必须马上作新的安排。蜀汉关中地区的预备兵员首先被动员起来，编制成军，源源不断地汇集到章邯麾下。帝国的北部军，也受命由章邯节制指挥，主力部分东向渡过黄河，进入太原上党地区，编入章邯军。

遗憾的是，帝国的南部军，由于楚地叛乱和道路阻塞，与朝廷完全失去联络，后来封闭边境独立，建立了南越王国，完全没有介入秦末之乱当中，接续另一段历史，这是后话。

喘息始定的秦二世，又即刻作出了四项军事部署：全国进入战时体制，实行军事总动员；以章邯为秦军统帅，镇压叛乱的一切军务；加强关中地区的武备防守，紧急征调蜀汉关中兵增援章邯；屯驻长城沿线的北部军和屯驻岭南的南部军内调，配合章邯军镇压叛乱。

整个帝国围绕着章邯转，他施展才华的机会来了。

二世二年（前208年）十一月，章邯出关消灭周文军，乘胜东进，在敖仓破张楚田臧军，在荥阳破张楚李归军，解除荥阳之围，收复三川郡，完成秦军由救援防守到出击进攻的战略转变。进而南下，在郏县击溃张楚邓说军，在新郑击溃张楚伍徐军，收复颍川郡。

之后，秦军剩勇一举破了荥阳，又接连攻破邓说、大败伍徐、斩杀蔡赐、招降宋留，逼得陈胜跑到城父。

十二月，章邯攻陷张楚都城陈县，陈胜军败身亡，张楚政权被灭。

简要概括章邯的战功，他在短短两个月时间，集中兵力逐一消灭张楚军主力各部，收复三川、颍川、南阳、陈郡失地，结束了仅仅存在六个月的张楚政权。

一时陷于灭亡危机的秦帝国政权，因章邯的胜利而得以暂时拯救。战国以来秦军战无不胜的军威，也因章邯的胜利而得到重振。

章邯虽然扑灭了农民起义，但是更难对付的，是打着复国旗号的六国遗老们。

由二世皇帝、中车府令赵高、丞相李斯三巨头主导的秦帝国政局，因章邯的崛起而迎来了四巨头牵引的新局面。

秦帝国生死存亡的命运，在军事上完全系于章邯一身。大将章邯的行动举止，将直接关系秦政局的安稳和帝国的存亡。

"战神"章邯用兵，继承了秦军名将白起以来的传统，就是在强敌当前的不利形势下，首先示敌以弱，作战术退却和保守，麻痹对手。在此期间，秘密而迅速地补充装备军力，集结力量，作进攻的准备。准备就绪，耐心而密切地关注敌军动向。一旦敌军出现懈怠的空隙，突然以优势兵力作大规模的奇袭，一举获胜。

真正的较量开始了。

用这种战法，章邯包围了魏王魏咎，攻破了齐楚联军，魏相周市和齐王田儋都被章邯擒杀，就连魏王魏咎都被逼自杀了。

章邯打了一连串的胜仗，这时候项梁率领的楚军，这支堪称反秦最强的军队来到了章邯面前。特别是项家军有一位名叫项羽的年轻将领，让章邯吃了不少败仗。章邯十分愤怒，在定陶和楚军决战，章邯大胜全歼楚军，项梁也因此战死。

就这样，章邯力挽狂澜，撑起了即将崩塌的大秦王朝。

章邯在击败项梁之后，觉得楚地已经翻不起什么浪花了，于是率领二十万秦军北上，准备一举灭赵。可惜项羽紧紧咬住章邯不放，又遭几次败仗后，章邯清醒了过来。他清楚地知道，几次"回光返照似的胜利"，并未真正解大秦之危局。

二世政权的建立，基于皇子胡亥、中车府令赵高和丞相李斯三人政治同盟的结成和夺权成功。政权建立以来，皇帝胡亥、丞相李斯和中车府令赵高是新政权的核心，他们共同牵引着大秦帝国的三驾马车。

章邯是李斯信赖的先帝旧臣。始皇帝陵园工程，名义上的总负责人是李斯，举凡上奏汇报，由李斯领衔署名，真正负责具体工作、亲临现场监督工程的人，则是少府章邯。

屋漏偏遇连夜雨。就在章邯军顺利进军关东、逐一平定各地叛乱的时候，二世政权内部出现了重大的政治裂痕，丞相李斯和中车府令赵高陷于权力斗争，二世皇帝最终站在了赵高一边。左丞相李斯、右丞相冯去疾、将军冯劫等先帝老臣相继被诛杀，赵高出任丞相当政以后，章邯在朝廷上彻底失去了内援。

很大程度上讲，这只是一位秦将掀起的"新战国时代"，而大秦帝国上下，更多的只是看客。

巨鹿战败后，朝廷方面责令促战的使者接二连三抵达军中，使章邯陷于内外交困的苦境。此刻，章邯感受到从未有过的危机四伏。

战争情势陡转直下也在情理之中了。章邯军的北部正面是项羽所统领的诸侯国联军，数十万大军由邯郸郡南下，渡过漳河，逼近洹水展开，包围安阳。上党郡已经被赵国占领，洛阳、荥阳东南是韩王成所统领的韩军出没的颍川，西南是刘邦军正在攻击的南阳，东部的砀郡和东郡分别是楚国和魏国的地盘，魏王魏豹所统领的魏军在这一带活动。

危机四伏的章邯，很快陷入四面楚歌的境地。

战争是规模最为庞大、破坏力也最强的集体暴力。此时的秦帝国,宛若梁柱毁坏殆尽的大楼,摇摇欲坠,只待最后一击的摧折。

秦二世三年(前207年)七月,面对项羽屡次抛来的橄榄枝,权衡再三,章邯和他的二十万秦军放下武器,停止抵抗,约盟投降。

司马迁说,项羽与章邯盟于洹水南殷墟上。章邯面见项羽痛哭失声,哀泣人生,哀泣国运,哀泣亡魂。既有往日对战厮杀的恩怨,也有当下赵高逼迫的无奈,更有愧对先帝故国的羞辱。

项羽在殷墟接受了章邯军的投降后,解除了章邯的军队指挥权,尊为雍王。

令章邯始料未及的是,当时跟随他出生入死的二十万降兵,却被西楚霸王项羽一夜之间悉数坑杀。

历史学家李开元毫不留情地指责项羽:"新安坑杀秦军降卒,是项羽一生中最大的政治失误,是项羽由盛而衰的转折、失败的起点。"而章邯也成了三秦父老心中永远的罪人,"秦奸"成为他永世洗不清的罪名。

废丘,成为章邯人生最后的舞台。

刘邦用韩信的计策,从古道回军,袭击已是雍王的章邯。章邯在陈仓迎击汉军,刘邦用赵衍之计,从他道攻陈仓,章邯兵败,退保废丘。

废丘，原为西周时秦之故都，乃大秦先祖非子所居之地，亦是秦人发源之地。

汉二年（前205年）六月，刘邦久攻废丘不下，遂用计水淹城池而城破，章邯遂拔剑自刎。

这位大秦最后的战神，到生命最后还是保留了一丝尊严，誓死没做三姓家奴，最终自杀身亡——章邯缓缓地拔出自己的佩剑，怔怔地看着它散发出的清冷寒光，这的确是把难得的好剑，而且是当年自己临危受命走上战场时，秦二世亲手送给他的宝物。

如今，一切已成过往，家国不在，人事已非。只有这把宝剑，依旧铭刻着过去激情燃烧的烽火岁月，流淌着过去难以割舍的点滴回忆。

不成功，便成仁。可惜的是，章邯杀了身，却没能成仁。

败在项羽之手，他没有殉战；二十万秦卒被害，他没有殉军；秦亡，项羽尽灭秦之宗室，他没有殉国……这一次，他不再像条狗一样卑微地活着……没有殉战，没有殉军，没有殉国，那就殉城吧。

大秦回光返照时，章邯本来是最亮的一抹色。可惜，也只是昙花一现。

上苍给了大秦很多机会，就在生死存亡关头，还派出章邯。一直善于把握机会的秦王朝，最终没能把握住最后的机会。

六国复活，战国时代再次归来。

大秦，何以沦为军国主义的大本营？

耕战为本的大秦帝国，爵位是一个人身份地位的重要表征。

商鞅变法，军事上最重要的成就，就是"二十等军功爵制"。这种用敌人头颅来邀功请赏的激励机制，会让所有秦军上下热衷于战争。这样的"目标考核"很明确也很实用，所以每一个上战场的秦兵，都会睁大血红的双眼，嗜血般扑向每一个敌人。

有了"二十等军功爵制"作后盾，整个帝国的一切功名利禄都有了具体的量化。从一个小兵晋爵到将军，后被封为武安君，百战百胜的秦将战神白起，就是一个极好也很鲜活的榜样，他的崛起成为所有秦兵在战场上最大的动力源泉。

商鞅之法可谓"酷"矣。就是这种严刑苛法，虽然在秦国才行之十余年，但很快便出现了道不拾遗、山无盗贼、家给人足、乡邑大治、秦民大悦的小康局面。

制度设计上把"人"当成"物"来管理，乏人性温度。无论古今，也无论中外。只要一绑上了军国主义的战车，便是民不聊生，便是生灵涂炭，便是祸国殃民，便是一发不可收拾。

秦帝国突然"猝死"，绝非偶然。

只是留下了一个值得研究和深思的现象，"秦律"在大秦只管了十五年，却被历代统治者不同程度地沿用，管了"上下两千年"。

作为人类七大奇迹之一的秦兵马俑,有人看到的是世间震撼,有人看到的是人类智慧,还有人看到的是厉兵秣马……我先后三次进入那个巨大的气场,近距离凝神那一尊尊形态各异、军容整齐的兵马俑,久久伫立,每一次的感觉均不一样。

带给我最多的,如果用四个字来概括,"军国主义"最为妥帖。

事易时移,时间已经碾过两千余年,就是今天回过头来看,仍给人戾气太重的感觉,令人触目惊心。随着对先秦的阅读愈来愈深入,我内心的感受也愈加强烈。

我们且从举世罕见的秦兵马俑入手,来解读大秦一步步滑向"军国主义"泥沼的来路与过往。

西安东北向二十五公里,一条高速公路将西安城区与临潼无缝连接起来,从市区驱车只须区区十余分钟,耸立的秦始皇陵便可出现在眼前。

北面是似银带盘绕的渭水河,南面是清秀的骊山。有山有水,山水相连,钟灵毓秀,果真是一块上苍赐予的风水宝地。

从嬴政即位开始,一项庞大的工程与帝国大业一道,即告开始,那便是骊山北麓的皇陵。整整用了三十七年,这项工程方告完成。正好第三十七个年头,秦始皇"预约"死去。

我们不禁惊叹，秦始皇真的有如神助？或许早有预感？难怪年纪轻轻的他，一上台便迫不及待地要修造自己的地下宫殿。

大秦不愧为大秦，嬴政不愧为始皇帝。两千多年过去了，其手笔依然让世界惊奇不已。据已经出土的兵马俑1—4号坑来看，总共八千余尊兵马俑，从额头的皱纹到面部表情，神态各异，个性十足，或虎背熊腰，或面含微笑，或须髯开张，或浓眉大眼，或神情拘谨，可谓千人千面，无一雷同。额头上的皱纹反映了年龄，表情代表着某种语言，如此鲜活地描绘古代中国人的作品，既是珍贵的史料，也堪称旷世之作。

秦始皇所要的，本身就是一支真实的"地下作战部队"。

一号坑是战车、骑兵混编的主力军，二号坑是机动部队，三号坑是指挥部。四号坑因陈胜、吴广农民起义尚未完工。历史学家袁仲一先生形象地将士兵俑的身体特征分为三类，脸颊胖乎乎的为关中出身的秦士兵，圆脸尖下颌的为巴蜀出身的士兵，高颧骨、胡须浓重、彪悍体形的为陇东士兵。

这些来自不同地域的军人，就是秦统一天下后的军队。他们中间，可以找到被秦所灭的六国人，也可以找到匈奴等北方游牧民族出身者。

这些面孔丰富多彩，有大八字胡须与高颧骨之下凹陷形状，有两腮收敛、脸颊伸展的特别表情，还有长脸颊眼睛上挑的盔甲士兵俑……这些特定的面孔，堪称秦帝国完成统一大业之后，生动的基因库。

这些脸谱就像川剧变脸一样，看似一张面孔，实际掩藏着诸多内容。

我以为，这些面孔传递给我们的信息应该很多，如果深入研究，一定会找到更多我们未知的秘密。

那些身高多在一米八左右的兵马俑,体格健硕,孔武有力。着装多免盔束发、着短褐、扎裹腿,穿薄底浅帮鞋,紧系鞋带,轻便灵活。神情意气昂扬、刚毅勇武、充满自信。军姿整齐划一,是一支绝对服从的虎狼之师。不仅仅是人,马也如此,雄骏的陶马形体也与真马大小相似,制作精良,结实饱满、神态生动。

仅以二号坑为例,我们就会为秦军整齐的军容而叹服。

二号坑由四个小阵组成。第一小阵是立式和跪式弓弩步兵俑组成的方阵。分为阵表(亦即军阵的四边)和阵心两部分。阵表由184件立射式弩兵俑组成,阵心有八列共160件面东的蹲跪式持弓俑。这两种兵器前后相次,通过轮番发射的方式将长处发挥到极致。第二小阵是方形车阵。有战车8列,每列8乘,共64乘。每乘车上有甲士3人:一为驭手,一为车左,一为车右。两乘为一组,共计32组,其中每8组16乘为一编队。64乘可以编成4个小队,从而组成一个车队。第三小阵由战车、步兵、骑兵混合编组的长方形方阵。计有车19乘,步兵264人、骑兵8人,分成三路纵队排列。19乘战车上每乘有乘员3人,即一名驭手,两名战士。每乘车后跟随的步兵人数有8人者,有28人者,有32人者,其中步兵8人者为14乘,28人者为2乘,32人者为3乘。最后以8骑为殿军。第四小阵是骑兵俑方阵,有战车6乘、骑兵108骑,排成11列。

有军事专家分析称,这些大阵套小阵、大营包小营,营中有营、阵中有阵,通过有机配合,组成了一个可分可合、变幻无常、威力无比的大曲形阵。

第一号坑以步兵为主的长方形军阵是秦军的主力部队。那些轻装步兵俑，多为弓弩兵，他们背负矢箙，手持弓弩，可以随时交替远射敌人，但因自身缺乏防护能力，故短兵相接时，即迅速撤至阵中或向两翼疏散，给身后的主力腾出位置。第二号坑以战车、骑兵为主，以步、弩诸兵种为辅，混编的曲形军阵，为多兵种混合快速武装部队。第三号坑是统率三军的指挥部。第四号坑是未建成的武库。

庞大的布局，壮观的群象，呈现出一种强大的威慑力。

工欲善其事，必先利其器。秦军的巨大威力，有一个重要的力量源泉——兵器。秦军兵器制作相当精致，最为典型的，就是"秦弩"和"秦箭"。秦人装备的弩箭头非常大，射程也非常远，威力巨大。秦箭多是三棱箭头（拥有三个锋利的棱角），在击中目标的瞬间，棱的锋刃处就会形成切割力，箭头就能够穿透铠甲，直达人体。

《吕氏春秋》载："物勒工名。"意思是，器物的制造者要把自己的名字刻在上面。秦国的军工管理制度大体分为四级，从相帮、工师、丞，再到一个个工匠，层层负责，任何一个质量问题都可以通过兵器上刻的名字查到责任人。

众多的兵工厂，能够按照统一标准大批量制作高质量兵器，秦国金字塔式的四级管理制度无疑是根本保证。

秦帝国拥有同时期最优秀的军事最高统帅（比如秦始皇），拥有同时期最优秀的战神（比如蒙恬、王翦），拥有同时期最先进的武器装备，拥有同时期纪律最严明的虎狼之师。

秦始皇的目标十分明确，"凡大秦大军所到之处皆为我大秦国土，其子民也皆为我大秦子民，毫无例外。"在灭六国、战匈奴、平百越后半程，秦军甚至进入攻无不克、战无不胜的无敌状态。

秦人自西起势始，即深染夷风，所治之民又多属夷狄，因而民风彪悍。战国时人朱己曾对魏王说："秦与戎狄风俗相同，有虎狼之心，贪婪、暴戾，好利而无信，不知道礼仪德行。"《淮南子》也认为秦国的风俗是"贪婪凶狠、刚强有力，热衷于利欲而缺少仁义道德"。原来，秦人本就有尚武的传统。

战国中期，商鞅的出现一定程度上强化了这种传统。

商鞅变法，军事上最重要的成就，就是"二十等军功爵制"。也就是设立二十级爵位，每级都有不同的名称，其顺序从下到上依次是，公士、上造、簪袅、不更、大夫、官大夫、公大夫、公乘、五大夫、左庶长、右庶长、左更、中更、右更、少上造、大上造、驷车庶长、大庶长、关内侯、彻侯。

爵位几乎是用军功来体现。比如，士兵斩得敌首级一个，即赏爵一级。军吏所率军队若能完成规定任务，军吏则被赐爵一级。按规定，军队攻城能斩获敌首八千以上，野战能得到敌首两千以上，就都算达到了国家规定的数目，各级将吏人等均可赐爵一级……凡此等等，规定之细之具体，操作性之强，人人皆知。

这种用敌人头颅来邀功请赏的激励机制，会让秦军上下热衷于战争。这样的"目标考核"很明确也很实用，所以每一个上战场的秦兵，都会睁大血红的双眼，嗜血般扑向每一个敌人。因为从理论上说，每一个战场上的士兵都有能力由第一级的公士起，积功直至第二十级的彻侯。

在耕战为本的大秦帝国，爵位是一个人身份地位的重要表征，与政治地位、经济地位紧密联系在一起。不仅成为秦人体面、脸面的象征，更成为生活中不可或缺的一部分。如果想要优渥的生活，每增加一级爵位，就可以从国家那里得田地一顷，宅地九亩；如果想要光宗耀祖，直抵天庭，也可以根据级别换来相应的官职，比如若爵位是第一级的公士，可为五十石之官；若爵位是第二级的上造，可为一百石之官；若爵位是第五级的大夫，可为县尉，并得到六个奴隶的赏赐；等等。有爵位者还拥有使无爵位者作为其"庶子"来为其服役的权利，每级爵位可以向国家申请一个庶子……

不仅如此，还有更多更吸引人欲望的刺激。比如，如果犯了事，惹下了罪，同样可以提供减罚庇护。若同犯一种罪，公士以下要判四年，而上造只判三年。上造以上爵位的人犯罪，只受降级处分，而一级爵位的人犯罪就要被夺爵……那些立了战功的人即使死了,也能享受世人的崇敬。秦帝国素以严法著称,于芸芸众生而言,这样的"折算"很有市场。

有了"二十等军功爵制"作后盾,整个帝国的一切功名利禄都有了具体的量化。从一个小兵晋爵到将军,后被封为武安君,百战百胜的秦将战神白起,就是一个极好也很鲜活的榜样,他的崛起成为所有秦兵在战场上最大的动力源泉。

对于一个普通老百姓而言,功名利禄都可以在战场上收获到,那为什么不拼死一搏呢?对于秦帝国而言,这无疑是最好的战争动员令,每一个人都渴望着战争,岂有不赢之理?

军令如山,誓死前行;将行令止,鼓鸣兵进。

"二十等爵"规定十分直接和明确,是否被授予爵位,完全取决于一次战斗下来,你能够从敌人的脖子上取回几颗脑袋,这就叫作"首功"(首就是头颅)。也就不难理解,为何在战场上,秦军看到敌人就像饿狼看到猎物一样,会两眼发光,号叫着奔突过去。

《史记》甚至记载,战场上还出现为了争夺敌人首级,秦军自相残杀的情况。

大秦帝国就是一辆体型巨大的战车,无论是君王还是百姓,都被绑上了这驾高速开启的战车——战争,成了所有人获取功名的最好通道。战争,某种程度上讲已经成为秦帝国的全部。

冲锋陷阵、奋不顾身、誓死不休……这些描写战争的成语,仿佛为秦兵量身定做。

不说别的，就是秦帝国灭亡之前，从修建阿房宫临时拉出的那支狱卒拼凑成的杂牌军，都可以一当十，战斗力十分惊人。

秦以法治国，法律严酷空前绝后。

古今论者论及秦亡，几乎众口一词斥责为法治严酷。

正如贾谊在《过秦论》中所总结的："秦之盛也，繁法严刑而天下振；及其衰也，百姓怨望而海内畔矣。"以至于到最后，"秦本末并失，故不能长"。

水可载舟，亦可覆舟，这样的道理古往今来的君王应该都明白。能统一天下的秦始皇难道不明白个中浅显道理？

这不免让人好奇，秦律究竟是怎样的一部大典？它的严苛，体现在哪里？

秦朝法网严密，名目繁杂，明法壹刑，事皆决于法。

秦律以先秦法家的性恶论为思想基础，以重刑主义为其指导思想，规定了殊多种类的犯罪和相当严酷的刑罚。秦律的律文涉及政治、经济、军事、文化、思想、生活等各个方面，使各行各业各个领域"皆有法式"。

1975年冬天，荆楚大地一个叫"睡虎地"的地方，出土了上千枚秦竹简，其内容囊括了几乎所有的秦律，这一惊人的发现，被列为新中国成立五十周年中国十大考古发现之一。关于秦帝国的一些文史记载，都可以在这里找到直接的答案。

《史记·陈涉世家》记载的陈胜吴广起义缘由，就是因为严酷的刑罚，"会天大雨，道不通，度已失期。失期，法皆斩。"睡虎地出土的秦简"说"得更为具体，地方为朝廷征发徭役，如果耽搁，不加征发，应罚两副军甲。迟到三至五天，应受斥责；六至十天，罚一盾牌；超过十天罚一军甲。如役夫误期六至十天，管理役夫的官员将被罚一个盾牌，如误十天以上将罚一副盔甲。

户籍管理的宽与严，最能反映出一个朝代的治理状况。商鞅变法最有效的经验之一，便是建立了"什伍连坐制"。"令民为什伍，而相牧司连坐。不告奸者腰斩，告奸者与斩敌首同赏，匿奸者与降敌同罚……令行于民期年，秦民之国都言初令之不便者以千数。"

同时严格规定，禁止父子兄弟同室而居，凡民有二男劳力以上的都必须分居，独立编户，同时按军事组织把全国吏民编制起来，五家为伍，十家为什，不准擅自迁居，相互监督，相互检举，若不揭发，十家连坐。

这种严苛的法律，把所有人都牢牢地"盯"在一个个"小格子"里，让你动弹不得。

秦的社会组织相当严密。早在秦献公十年（前375年），秦国就建立了以"告奸"为目的的"户籍相伍"制度。后来商鞅规定，不论男女，出生后都要列名户籍，死后除名；还"令民为什伍"，有罪连坐。秦律载明迁徙者当谒吏转移户籍，叫作"更籍"。

秦王政统治时期，户籍制度趋于完备。秦王政十六年（前231年）令男子申报年龄，叫作"书年"。据睡虎地秦简推定，秦制男年十五（另一推算是十七）载明户籍，以给公家徭役，叫作"傅籍"。

书年、傅籍，也成了国家征发力役的依据。

秦始皇三十一年（前216年）"使黔首自实田"，即令百姓自己申报土地。土地载于户籍，使国家征发租税有了主要依据。户籍中有年纪、土地等项内容，户籍制度也就远远超过"告奸"的需要，成为国家统治人民的一项根本制度。

及至上述所说的爵级，就载入户籍，户籍构成了每一个秦人的身份凭证。

秦律的直接操盘手商鞅，在秦国大施酷刑，比如"弃灰之法"，即有弃灰于道者，要受到黥刑（脸上刻黑字）的惩罚；"连坐之法"，即五家为一伍，十家为一什，一家藏奸，什伍连坐；"参夷之诛"，即诛灭三族；"镬亨"之刑，即用烹煮食物的无足鼎镬来煮人致死；"凿颠"之刑，即开凿头颅致死；"抽胁"之刑，即抽去肋骨致死……其想象力之丰富，堪称人体解剖学的权威。后人刘向论及商鞅，称其是"内刻刀锯之刑，外深斧钺之诛"。

商鞅还在其作品集《商君书·说民》中，用短短十六字将法家施政的逻辑阐释得十分清楚，"刑生力，力生强，强生威，威生德，德生于刑"。即，明君之所以能得到百姓的拥戴，是因为美善的德行，德行即来自于刑罚。刑罚可以产生力量，力量可以产生强大，强大可以产生威严，威严又可以产生德行，广而言之，德行来自于刑罚。

这一制度逻辑与"二十等军功爵制"一脉相承，或许正是这样的施政逻辑，让大秦走上了不归之路。

也难怪，商鞅本人最终也身败名裂——车裂其身，灭其家族。

"秦人，其生民也狭厄，其使民也酷烈，劫之以执，隐之以厄，忸之以庆赏，酋之以刑罚。"公元前三世纪，有一本名叫《荀子》的儒家著作，分析了当时的军事强国齐国、魏国和秦国，认为秦国恶劣的地形造就了粗犷、坚韧的人民，只有强有力的奖惩才可以控制他们。

战国时期的军事论文集《吴子》一书，也有同样的呼应，"秦性强，其地险，其政严，其赏罚信，其人不让，皆有斗心，故散而自战。击此之道，必先示之以利而引去之，士贪于得而离其将，乘乖猎散，设伏投机，其将可取。"认为秦国恶劣的自然地形，造就了该地人民不屈不挠的性格，招致了政府极端的奖赏与惩罚。

人性尺度差，制度设计上把"人"当成"物"来管理，乏人性温度。无论古今，也无论中外，只要一绑上了军国主义的战车，便是民不聊生，便是生灵涂炭，便是祸国殃民，便是一发不可收拾。

商鞅之法可谓"酷"矣。就是这种严刑苛法，虽然在秦国才行之十余年，但很快便出现了道不拾遗、山无盗贼、家给人足、乡邑大治、秦民大悦的小康局面。

突然的"猝死"，却绝非偶然。

只是留下了一个值得研究和深思的现象，"秦律"在大秦只管了十五年，却被历代统治者不同程度地沿用，管了"上下两千年"。

有一种风骨，叫"田横五百义士"

千百年来，经时间不断反复浓烈地勾兑，田横及其五百义士的壮举，已远远超出了故事本身。

从地理位置看，田横岛是真正的天涯海角；从精神高地看，田横岛又是士人心中的"圣地"。

田横用他的死，守护了他心中的"义"。由一人而二人，由二人而五百人……这层层递进、惊世骇俗的悲剧，无论是历史冲击力还是艺术感染力，无不让人深深震撼。

诸侯争霸的时代，重兄弟情义的西楚霸王项羽失败了，重视节操胜过生命的田横败了，知恩图报的韩信也败了，唯独脸皮最厚的刘邦笑到了最后。

田横五百士，守义不辱。春秋战国时期诞生的那种士为知己者死的豪侠精神，在这个孤岛上轰然画上了一个巨大的句号。

很难想象，当田横的宁死不屈和两个随从舍生取义传到孤岛之后，那是一个怎样悲壮的画面——五百人齐刷刷向蔚蓝大海徐徐走去，毫无畏惧，平静而悲壮的相约蹈海，默默求死……

有一个岛似宝石镶嵌在蔚蓝的大海上。大海之大,这弹丸之地完全可以忽略不计。

青岛市即墨东部海域的横门湾中,那片总面积只有1.46平方公里的狭长岛屿,却不时在人们心海掀起精神的涟漪。

那个弹丸小岛,有一个让人闻之心动的名字——田横岛。

田横岛源自两千两百多年前一个令人震撼的悲壮故事。就是今天登上此岛,仍可感受到这里独有的气场:不大的海神庙、不高的田横铜马像、不陡的田横顶阶梯,还有那田横像、田横史碑、五百义士墓……后人穷尽想象,用田横作"筹码",不遗余力将这弹丸之地装点得主题鲜明、井然有序。

从地理位置看,这里是真正的天涯海角;从精神高地看,这里又是士人心中的"圣地"。

田横岛西峰之巅,直径近10米,封土高2.5米,由石块与砂土筑成的田横与五百义士圆形墓,更像一面挥舞的大旗。

千百年来,经时间不断反复浓烈地勾兑,田横及其五百义士的壮举,已远远超出了故事本身。

为保证行文的完整性,不妨再次复述一下这段两千多年前的历史故事,洞悉其中的来龙去脉。

话说秦朝末年，天下大乱，农民起义战争风起云涌。

由于不堪暴政和繁重的徭役赋税，民众纷纷揭竿而起。最先挑起事端的，是公元前209年陈胜吴广起义，此举拉开了中国历史上农民起义的帷幕，他们二人最初带领几百个民夫"打土豪分田地"，未曾想起义军的队伍呈星火燎原之态，反秦的大势一发不可收拾。

随着陈胜吴广的队伍滚雪球般越来越大，天下再次大乱，被秦始皇歼灭死而未僵的六国势力，"春风吹又生"般地迅速复苏。

起义军的队伍所向披靡。公元前209年十月，陈胜手下的得力干将周市带兵夺取了原来魏国的土地后，一路向东进发攻打狄县（今山东淄博高青县）。

狄县原本是齐国的领地，秦时置县。这里一直住着齐国王族"田氏家族"，家族强盛，势力雄厚，颇得人心，田氏代齐的故事源远流长。特别是"田氏三兄弟"田儋、田荣、田横秉承战国养士之遗风，有很高的人气，史载"齐人贤者多附焉"。

借着陈胜、吴广起义军抵达狄县的东风，"田氏三兄弟"认为光复齐国的"机会来了"。他们趁机杀死狄县县令，随即举兵起义。田儋自立为齐王，频频收复齐国故地。

次年六月，未曾想形势出现反转。

秦大将章邯率军在陈县打败并杀死了陈胜后，一路高歌猛进，北上进攻魏国，将魏王魏咎围困在魏国都城临济。万分危急之际，魏国请求齐王田儋火速援救。敌人的敌人就是朋友，何况如果魏王被灭，也会殃及自身，正所谓唇亡齿寒。因而田儋毫不犹豫出手相援，岂料田儋立足未稳，秦将章邯在夜间发动突然袭击，在临济城下大败齐魏援军，田儋就这样一命归阴。

田儋死后，田荣拥立田儋的儿子田市为王，自己继续出任丞相，弟弟田横继续为大将军，重新建立齐国政权。

秦帝国走向灭亡后，项羽自称西楚霸王，分封六国贵族后代为诸侯王。齐王田市，以及跟随项羽在灭秦作战中有功的齐国将领都得到了封赏，唯独田荣没有得到分封。原来在项羽所领导的楚军与秦军作战中，田荣拒绝出兵相助，致使项羽叔父项梁战死。

对此，刚愎自用的项羽当然不会原谅。

同样怀恨在心的田荣，一气之下攻灭了项羽所封的齐王田都、济北王田安和徙封的胶东王田市，自称齐王。项羽得知田荣称王后，非常气愤，遂起兵讨伐，被打得走投无路的田荣，兵败身亡。

田儋死于章邯之手，田荣被项羽所杀；田儋在位仅十个月，田荣在位时间更短，只有八个月；兄弟俩堪称"闪电王"。

作为齐军大将军，田横高调亮相于历史舞台，是在他的两个哥哥死后。

打败田荣后，项羽还不解恨，他烧毁了齐国的都城，又大加杀戮。田横率领齐军残部，退入城阳地区（今沂蒙山区）继续顽强抵抗，使楚军深陷于齐国战场不能自拔。

此时的中国，真可谓军阀各据，各领风骚。与项羽分庭抗礼的枭雄、汉王刘邦早已崭露头角，他乘势联合各诸侯国，结成反楚同盟，在群雄逐鹿的战场上形成楚汉相争的局面。

就在项羽准备全歼田横的时候，刘邦带着他的军队直捣项羽的老巢彭城，项羽只好折回彭城大本营对付刘邦，这样，田横和他的齐军方躲过一劫。

真是天助我也。田横抓住这个机会收复了齐国的各地城邑，拥立田荣之子田广为齐王，自己出任丞相主持国政，如同兄长田荣当年。

如此三年，在田横的悉心治理下，齐国渐渐趋于安定，不断强盛起来。

两虎相争，必有一伤。

项羽和刘邦之间的战争愈演愈烈，最具代表性的，便是历史上有名的彭城之战。此战是项羽以少胜多的经典战例，项羽以三万楚军精锐大败刘邦五十六万联军。其结果是，以汉为盟主的反楚联盟瓦解，合纵连横的各国，重新洗牌组合。

自古以来，小国都是在大国的矛盾与争斗间的夹缝中求生存，左右逢源的时候可以牵动大国的神经，而左右为难的时候，就会成为大国间争斗的棋子甚至沦为牺牲品。

田横本想"既不朝楚，也不附汉"，但形势逼人，他却不得不做出选择。在项羽和刘邦之间如何"选边站"，成为田横颇为头痛的问题。最后，他选择了势力正旺的项羽，加入到以楚为盟主的反汉同盟。

未曾想，这一决策，竟让自己和家国走上了一条不归之路。祸兮福所倚，当然，这一举动也成为他名扬后世的重要因子。

齐楚联军的战斗力当然不可小觑，最好的办法就是瓦解他们。一个名叫郦食其的谋士自告奋勇地站了出来，要求去齐国当说客，劝说齐王田广投降刘邦。刘邦遂心生一计，让郦食其去齐国游说齐王田广和丞相田横，却并未将这一重要信息通报给韩信。

眼看项羽的楚军江河日下，为齐国长远前途计，田横被巧舌如簧的郦食其说动，同意归顺刘邦。刘邦的议和使者到来后，在历下（今济南东部）驻扎的齐国将领华无伤、田解让守城的士兵们撤除警戒，刀枪入库，以为天下太平，饮酒作乐以示庆祝。

少顷，大将军韩信在平定了赵国和燕国之后，听从谋士蒯通的怂恿，从平原渡口渡过黄河，突然向历下发动攻击。打败了毫无防范的历下齐国守军，接着又往东攻陷齐都临淄。

韩信一进攻，郦食其就遭了殃。齐王田广和丞相田横大怒，感到中了汉军的诡计，任凭郦食其临死前大声惨叫"韩信杀我"，也无济于事。他哪里知道，有朝一日兔死狗烹、鸟尽弓藏，自己和韩信都不过是狡诈的刘邦手中的棋子而已。

田横把郦食其抓了起来，用当时流行的一种极其残酷的方法予以处决——烹杀。

说起来，田横很冤，郦食其更冤。那个郦食其可是汉刘邦的重臣，这一杀，让田横再也没有了回头之路。

无论从实力还是谋略，田横注定打不赢绝代兵家韩信。齐王田广往东逃到高密，田横败退到博阳（泰安），将军田既带领军队退守胶东。项羽不愿看到齐国被刘邦所灭，派来手下猛将龙且，龙且带领军队前来高密援救，可也不是韩信的对手。

自古成则王败则寇。当项羽和他的楚军逐渐退出历史舞台之后，田横同样面临着生死抉择。齐楚联军节节败退，潍水之战中，轻敌的龙且中了韩信的水淹之计，兵败被杀。

汉四年（前202年）十月，韩信攻占了魏国、赵国，威服了燕国，统领大军渡过黄河，一举拿下了齐国都城临淄。

齐楚联军在潍水大败的直接战果，便是齐王田广被俘处死。

此时的田横来不及悲伤，自称齐王的他，接过残破的齐国大旗继续狂奔。战争靠实力说话，没办法，双方实力悬殊太过。田横兵败后只得逃到东边的梁国（今河南东南部），投奔了彭越。

这个彭越可不是等闲之辈，他与韩信、英布并称汉初三大名将。秦朝末年在魏地举兵起义，后来率兵归顺刘邦，协助刘邦赢得楚汉之争。在投靠刘邦之前，他曾经与齐王田荣合作一起讨伐过楚国，对田横自然也没有敌意，于是便收留了他。

平定齐地后，韩信上疏刘邦请求立自己为王。刘邦就势依了他，立韩信为齐王。此时，田横这个四处流亡的齐王，已经徒留虚名。

公元前202年，项羽在乌江边自刎，一代霸王就此作别人生舞台。已成为汉高祖的刘邦和他的大汉帝国，正式接管了中国。

汉五年（前201年）正月，刘邦即皇帝位，彭越被封为梁王。成败已见分晓，田横知道无法在彭越的梁地继续躲藏，不顾齐国已经灭亡的现实，固执地带领五百门客，困守即墨东部海域的一个孤岛。

这个孤岛，就是后人以他名字命名的田横岛。

大概是在汉五年（前201年）三月，田横岛上来迎来了汉高祖刘邦的使者。使者携带皇帝的诏书，宣布赦免田横从前的罪行，要他亲自前往洛阳接受召见。

刘邦为何出此之策？原因很简单，刘邦知道田横三兄弟早年起兵定齐，在齐人中的威信很高，齐贤能者多有归附。坐定江山的刘邦，深深懂得社稷安全的重要性，而田横这样的人物，就是最为不安定的因素，让这些人长期留在海岛上，如果不"为我所用"，定生后患。

应该说，刘邦还有一个目的，招纳并控制像田横这样一个有威望的人有着很强的示范效应。大汉建国之初，正当用人之际，此举一石数鸟，能吸引许多山东贤人能人为朝廷所用，招纳田横是明智而前瞻的战略性手段。

无论怎样，只要田横一入朝，刘邦就胜利了。

田横却不肯。见了使者，接了诏书，田横心有余悸地说："我烹杀了陛下的使臣郦食其，罪行不可谓不深重。如今郦食其的弟弟郦商是汉将军，内心恐惧不安，所以不敢奉诏。"

原来郦食其的弟弟郦商，也堪称秦末之乱中的一条英雄好汉。与读书好辩的哥哥不同，郦商勇武豪侠，兄弟俩可谓一文一武。陈胜起，郦商带领一帮陈留少年起兵响应，攻略游击，队伍发展到数千人之众，成为称霸一方的独立武装。

刘邦抵达陈留，郦食其面见刘邦，彼此交谈中意，郦食其从此成为刘邦的亲信谋士。郦商也追随哥哥，带领部下一起加入了刘邦军，甚为刘邦所信任和器重。郦商部下的陈留兵，从此成为刘邦军的核心部队之一。当得知哥哥郦食其被田横活活烹死,郦商对田横恨之入骨,誓言要生擒田横,剥皮煮死以报杀兄之仇。

田横说出了自己的真心话,也为自己独守孤岛找到了合适的理由。他向使者表示:"愿为庶人,与众宾客在海岛上度过余生。足矣。"

刘邦当然不会善罢甘休。他一面警告郦商不得为兄复仇,并下诏天下,如果有伤害田横和他的从人者,夷族;一面又派使者继续前往海岛,以不容置疑的态度赦免招降:"田横来,可以大至封王,小至封侯。不来,且举兵加诛焉。"

为了保存岛上五百人生命,田横无奈,只得离开海岛,奉诏前往洛阳,随身只带了两名随从,向汉高祖的京城进发。

孤悬海外的田横岛,距离汉帝国初期的首都洛阳约两千里路程。田横主客三人,在汉朝使者的陪同下,乘坐驿站马车,长途跋涉,来到离洛阳城东郊外三十里,一处叫尸乡的驿站。

田横借口见天子要沐浴洁身,来到驿站住下。田横支走了汉使,对两位随从说:"我原来与汉王一样称孤道寡,现在汉王成了新天子。我田横为亡虏,俯首听命,若再以君臣相称,是奇耻大辱。"

"再说先前烹杀郦商之兄,如今又要与他一道并肩而事主,即使郦商碍于皇帝诏命而不敢对我怎样,我又怎么可能无愧于心?"

"刘邦召见我前来,不过是想见一下我的模样,现在我就割下头颅,你们疾驶三十里,趁容貌尚未改变,给他送去。"

说完,田横面向东方故土,遥拜齐国山河,拔剑自刎。

悲壮的序幕一经拉开，就无法停止。

田横用他的死，守护了他心中的"义"；他的两名随从，同样走上了毅然决然的殉道之路——在他的墓前双双自刎。

由一人而二人，由二人而五百人……这层层递进、惊世骇俗的悲剧，无论是历史冲击力还是艺术感染力，无不让人深深震撼。

难怪直到千余年后，元人陈杞在《田横墓》一诗中也不禁发出赞叹："一门兄弟王齐中，耻于群臣侍沛公。五百余人同日死，也胜匹马向江东。"

田横五百士，守义不辱。

作为历史的亲历者，见到田横头颅后，刘邦流着长泪感慨不已："嗟乎！起自布衣，兄弟三人更王，岂不贤哉。"听闻五百壮士慷慨赴死，集体挥刀自杀殉义后，刘邦对田横宾客之忠勇气节深为感铭。尽管刘邦所打下的江山辉煌了数百年，却永远没有田横及其门客那种勇毅……千年一幕的主角，是田横和他的五百义士，而不是端坐在高高龙椅之上的汉高祖。

田横自杀是因为尊严，而他的五百名属下自杀则是因为忠诚。当刘邦得知田横的五百名属下纷纷自杀的时候，也感叹田横竟然能让属下如此忠心耿耿。

大汉王朝刚刚成立，内部还有很多隐患。刘邦必须给整个社会一个导向,一个忠诚于大汉、忠诚于刘氏的主流价值观导向。他要把那些不安稳的因素都扼杀在萌芽之中,让老百姓都从心底里忠诚于大汉王朝,以维护大汉王朝的统治,以保障大汉王朝的长治久安。

田横和他的五百义士,无疑是最鲜活最生动最正面的教材。

春秋战国时期,有士,有流氓,这个世界才丰富多彩。

秦统一六国,表面上已经进入了大一统时代,但人们的思想还停留在春秋战国时代。虽然矛盾和问题也有很多,但那毕竟是一个思想自由、兼容并包的时代。

所以,一旦有风吹草动,"大一统"便很快土崩瓦解。

这也给统一天下的汉高祖留下了一个严峻的课题,如何真正做到人心的统一?所以他处理田横问题时,应该是充分借鉴了他的偶像秦始皇的前车之鉴。

从出生到成长,出身草根、生为流民的刘邦与田横、项羽根本就不是一路人。

田横之死,见于《史记·田儋列传》。手握史笔,司马迁也不禁留下溢美之词:"田横之高节,宾客慕义而从横死,岂非至贤。"

战国时养士成风。战国的养士,形成了以"四公子"——齐国的孟尝君田文、魏国的信陵君魏无忌、赵国的平原君赵胜、楚国的春申君黄歇——为代表的人才中心,大量的人才迅速地聚结起来。史书记载,"四公子"门下的食客都超过三千人……这种习俗一直沿袭到了田横这一代人身上。

养士制度,说穿了,就是君臣仆奴制度。从战国四公子养士到秦末的贵族门客，几乎都是仆从对主人、臣子对君主的关系。虽然门客与真正的奴才还有差别，门客更看中权贵对自己的尊重和待遇，提倡"仁而下士"，反对"以其富贵骄士"，但其实质，仍然是忠君思想的某种模式。

门客对权贵的期望，最多不过是人格方面的尊重和功名方面的抱负而已。像田横的五百门客这样集体殉道的事迹，在中国历史上却非常罕见。

自此也可以看出，向来有"义高能得士"美名的田横，的确是一个礼下士人、对门客非常尊重的人。所以直到齐国为韩信所灭，田氏家族大势已去，依然有众多的门客愿意跟随田横。他们都是重义重情的死士，他们与田横无形中结成了牢不可破的生死之约。

田横的死，缘于一种对义或气节的坚持，也可能是一种无法面对故国灰飞烟灭的无奈和绝望；而五百壮士的死，则是因为对田横的回报，这是一种士为知己者死的凛然。虽然都是死，但五百壮士的死和田横的死应该是截然不同的。

秦末迎来后战国时代，世代王侯、矜持自重的贵族风复苏，直到太史公著史，轻生重义，崇尚气节的侠风犹在。

应该说，春秋战国时期诞生的那种士为知己者死的豪侠精神，在这个名为田横岛的孤岛上轰然画上了一个巨大的句号。

这种精神从此刻起悄然绝迹，后世不再。

田横及五百义士宁死不屈的精神，不断受到后人的赞扬，尤其是战乱之时或民族危亡之际，更激励人们奋进。徐悲鸿在抗战民族危亡艰难时期，饱含全部的情感，耗时两年绘出了巨幅《田横五百壮士图》，回答了司马迁的千年之问:"不无善画者,莫能图,何哉?"

田横之后的历朝历代,无论是侠之义士,还是文人骚客,都不约而同为田横写出了掏心窝的自白——

贞元十一年(795年)九月,盛唐著名散文家韩愈特地来到这里,谒拜田横墓。"感横义高能得士,因取酒以祭",在墓前,韩愈洒酒祭拜之后,"为文而吊之"。感慨之余,他留下了又一名篇《祭田横墓文》。其辞曰:

事有旷百世而相感者,余不自知其何心;非今世之所稀,孰为使余歔欷而不可禁?余既博观乎天下,曷有庶几乎夫子之所为?死者不复生,嗟余去此其从谁?当秦氏之败乱,得一士而可王,何五百人之扰扰,而不能脱夫子于剑铓?抑所宝之非贤,亦天命之有常。昔阙里之多士,孔圣亦云其遑遑。苟余行之不迷,虽颠沛其何伤?自古死者非一,夫子至今有耿光。跽陈辞而荐酒,魂仿佛而来享。

蔡邕《述行赋》:"壮田横之奉首兮,义二士之侠坟。"

庾信《拟咏怀》之八:"空营卫青冢,徒听田横歌。"

庾信《周大将军吴明彻墓志铭》:"江东八千子弟,从项籍而不归;海岛五百军人,为田横而俱死焉。"

杜甫《赠司空王公思礼》:"永系五湖舟,悲甚田横客。"

孟郊《汴州离乱后忆韩愈》:"海岛士皆直,夷门士非良。"

苏辙《秦穆公墓》:"岂如田横海中客,中原皆汉无报所。"

马致远《汉宫秋》:"伤感似替昭君思汉主,哀怨似作薤露要田横。"

龚自珍《咏史》:"田横五百人安在?难道归来尽列侯。"

郑成功在《复台》诗中云:"田横尚有三千客,茹苦间关不忍离。"

中国人最讲究一个"义"字，没有对义的传承，就没有今天中国人血脉中的抗争精神和信用体系。

田横、项羽在高贵地走向死亡的同时，也将高贵和尊严带进了坟墓。

我们很难想象，当田横的宁死不屈和两个随从舍生取义传到孤岛之后，那是一个怎样悲壮的画面——五百人齐刷刷地向蔚蓝的大海徐徐走去，毫无畏惧，平静而悲壮地相约蹈海，默默求死……

一个千年渡口，"锁"住多少英雄豪杰

平原津位于山东省平原县城西南约三十华里，系黄河下游一处毫不起眼的渡口。

公元前210年，秦始皇来到平原津，忽然得病，卧床不起。《史记·秦始皇本纪》记载，三十七年（前210），秦始皇自海上还，"至平原津而病"。

公元前203年十月，韩信指挥汉军平定魏、赵、代、燕等地后，奉刘邦之命从赵国向东进发攻打齐国，大军到达平原津……

挟独特的地理位置，平原津不仅与秦始皇、刘邦等历史风流人物有过非凡的交际，在其后的历史舞台上，也频频扮演重要的角色。

出人意料的是，三国时的蜀主刘备，也在平原津待过四年。"试守平原令后领平原相。""玄德在平原，颇有钱粮军马，重整旧日气象。"或许不少人还不清楚，刘备曾任过平原县令、平原国相。

一系列由时间先后顺序排列而成的历史事件，都不约而同地汇聚在小小的平原津。平原津有如一个若隐若现的点，却为后世留下了一个醒目的历史坐标。

平原津位于山东省平原县城西南约三十华里，系黄河下游一处毫不起眼的渡口。

明万历《平原县志·桥梁》记载："津期桥，即平原津。"原来，这里是平原县与夏津县交界处的马颊河津期桥故址，而津期桥所骑的津期河，乃禹疏九河之一。

战国时代，平原津属于齐国济北郡，不仅是齐国和赵国间的主要渡口，更是守卫齐国西部边界的关口要塞。

就是这样一处看似平凡、相貌平平的渡口，却有着极其不平凡的身世。

风雨三千载，时光老人在这里用如椽之笔，刻下了诸多深深的印痕。

第一道印痕是公元前210年刻下的。

秦始皇吞并六国，建立起统一的中央集权政府。用军事打下来的江山，表面上莺歌燕舞，实际上却暗流涌动，说不定哪天就因为一处"管涌"泄堤，让整个帝国坍塌。

秦始皇三十六年（前211年），完成统一大业仅仅十年的秦帝国，发生了一件离奇的大事，一颗流星划亮了帝国的夜空，完成了一道美丽的圆弧过后，径直坠落到了大秦帝国的东方大郡——东郡。东郡是在秦始皇即位之初吕不韦主政时攻打下来的，乃齐、秦两国交界地。

面对这不吉利的"天意",举国震惊。更为离奇的是,陨石上还刻着七个字"始皇帝死而地分"。

上天的旨意十分明确:秦始皇将死,大秦帝国将亡。

今天看来,那"天意"肯定是人为的,可在两千多年前的中华大地上,"天"可以主宰人类的一切,人们只相信"天"。这样的"天意"无疑在人们潜意识深处,动摇了秦帝国的"思想根基"。

民间"今年祖龙死"的小道消息,像风一样盛传。司马迁在《史记·秦始皇本纪》中用八个字"三十六年荧惑守心",记载了这一异象。

打江山易,收民心难。对这一点,秦始皇心里十分清楚。心有余悸的秦始皇可能冥冥中知道自己时日不多,为彰显帝国的威仪和帝国政权的合法性,为了避凶趋吉,在四十九岁那年,秦始皇又带领豪华团队,开始了他人生中的第五次大巡游。

公元前211年十月,秦始皇在丞相李斯、管理中央政府内部事务的正卿蒙毅、中车府令兼行符玺令事(宫门守卫宦官兼御印管理官)赵高、小儿子胡亥等人的陪同下,从咸阳出发——

首先到达位于今湖北省安陆市南的云梦大泽,遥祭死在九嶷山的舜帝。

其后,乘船顺江而下,经过丹阳(今安徽省当涂县西北),抵达钱塘(今浙江省杭州市),渡富春江登会稽山(今浙江省绍兴市南)祭祀禹帝。

返京途中,经过吴县(今江苏省苏州市),从江乘(今江苏省南京市东北)渡长江而北,沿大海到琅邪(今山东省胶南市),再到之罘(今山东省烟台市北芝罘岛),再由之罘沿海西行……

公元前210年,秦始皇来到平原津,忽然得病,卧床不起。《史记·秦始皇本纪》记载,三十七年(前210),秦始皇自海上还,"至平原津而病"。

《史记·秦始皇本纪》又载:"今德州平原县南六十里有张公故城,城东有水津焉,后名张公渡。恐此平原津古津也。汉书公孙侯,亦近此。盖平津即此津,始皇渡此津而疾。"

"至平原津而疾",死于沙丘(今河北邢台)。区区十数字,为秦始皇辉煌的一生画上了句号,也为他身后的乱世拉开了帷幕。

渴求长生不老的秦始皇,从未想到自己会死。直到病情日渐加重,自感时日不多的秦始皇,才吩咐李斯和赵高,匆匆拟旨封妥。圣旨还没有派人发出,大队人马从平原津往西不足百里,到达沙丘(河北省邢台市广宗县大平台村,公元前299年,具雄才晓大略、倡导胡服骑射的赵武灵王在此被活活饿死)时,秦始皇就一命呜呼。"李斯以为上在外崩,无真太子,故秘之"(《史记·李斯列传》),并将秦始皇尸体"棺载辒凉车中",宣称皇帝只是卧病,车队仍按既定的路线进发,皇帝最宠信的宦官驾车或坐在车旁,每顿饭照常送进去,官员们启奏请示的仪式也照常进行。

由于时逢盛暑,尸体迅速腐烂,发出奇臭,李斯下令每辆车都要载一石鲍鱼,以达到以臭掩臭之效。

事情做得天衣无缝,只有胡亥、李斯、赵高知道始皇帝已经殡天了。

其实,这正是赵高导演的"沙丘之谋"。胆大心细的赵高假传圣旨,以皇帝的名义,下令诛杀了秦始皇长子扶苏及秦大将军蒙恬。

"沙丘之谋"对秦王朝来说是灾难性的:秦始皇指定的太子扶苏、社稷之臣蒙恬蒙毅二兄弟惨遭杀害,秦王朝宗室成员和大臣遭到大规模清洗;赵高玩弄秦二世胡亥及满朝文武于股掌之中,竟上演"指鹿为马"的千古丑剧……秦王朝政权的崩盘势在必然。

甚为吊诡的是,"沙丘之谋"的几个关键人物也自相残杀,落得千古骂名:李斯被胡亥、赵高腰斩灭族,胡亥被赵高逼迫而自杀身亡,赵高则被最后一位秦王子婴腰斩灭族。

至今,平原津尚残留有秦代时的"东方驰道"。所谓"驰道",就是专供帝王行驶马车的道路。

《史记·秦始皇本纪》:"二十七年(前220年)治驰道。"《汉书·贾山传》:"秦为驰道于天下,东穷燕齐,南极吴楚,江湖之上,频海之观毕至。道广五十步,三丈而树。厚筑其外,隐以金椎,树以青松。"五十步为道路的宽度,合今六十九米;"三丈而树"意指道旁每隔三丈(十米)栽种一棵青松;"厚筑其外"说的是用夯筑手段使路面坚实,并使路面高于地表;"隐以金椎"说的是用金属工具夯击,使路基稳固。

这样的修建标准及要求,几近今天的高速公路。

秦始皇修建的以国都咸阳为中心的驰道网络,其中一条是出函谷关通往今山东、河北的东方道,也称东方驰道。东方道过平原津,经平原故城旁,直通齐郡临淄。

看似平常的平原津,因"位居要津",地处咽喉之地,故而在历史上处处闪现着它的影子。"历代帝王多次巡幸于此。"

第二道印痕是公元前203年刻下的。

公元前203年十月，韩信指挥汉军平定魏、赵、代、燕等地后，奉刘邦之命从赵国向东进发攻打齐国，大军到达平原津。"未渡平原，闻汉王使郦食其已说下齐，韩信欲止……信因袭齐历下军，遂至临淄。"（《史记·淮阴侯列传》）

这里的汉王，即刘邦。却说公元前203年六月，刘邦被项羽击败，跟夏侯婴逃出后东渡黄河，跑到韩信在赵国的驻地，夺了他的军队指挥权，把韩信大部分精锐部队调到前线去打项羽，并命韩信率领余下的部队东下攻打齐国。

事实上，攻齐是韩信既定计划之中的事。刘邦为了监视和控制韩信，又把心腹曹参和灌婴调给了韩信，客观上，这也多少壮大了韩信军队的实力。韩信知道，楚汉斗争正激烈，早一点拿下齐国对汉王刘邦显然有利。

于是，韩信九月率军东征齐国。

此时的齐国，主政的是"起自布衣，复齐称王"的田横。田横本来与楚王项羽不合，只是在刘邦彭城兵败后迫于项羽的压力和项羽讲和，但并非项羽的真正同盟，在楚汉之争中他并没帮过项羽的忙。但田横也不甘心归附刘邦，他只愿保住他的割据势力，即使要他站在刘邦这一方来反楚，也想要保持自己的独立。

因之，田横对韩信一直有所防备，在韩信破赵后就加强了作战准备。这一次韩信进军，田横调集了二十万大军屯驻历下（今山东济南），决心与韩信顽抗到底。

尚未开战，一生追随刘邦的高阳酒徒郦食其提议去游说齐国，以期不战而屈人之兵。刘邦遂同意并委派他去齐国游说。有着三寸不烂之舌的郦食其来到齐国后，对田横是恐吓加利诱。田横、田广本不是项羽的忠实盟友，对率兵前来的韩信心里更觉没有必胜的把握，也就不由得被郦食其给说动了心。

田横决心降汉，自然对韩信的汉军就放松了警惕，故而日日与郦食其置酒高会，以为天下太平矣。

可是，田横并不知道郦食其前来劝降并非汉王刘邦本意，刘邦虽然口头上答应了郦食其前来劝降，真实想法却是让韩信用兵把齐国彻底攻占下来，一劳永逸。

刘邦要了一个花招，没有把郦食其前去齐国劝降的事通知韩信，也没有命令韩信停止对齐国用兵。

也许平原津距齐国首都临淄较近，当韩信获悉郦食其出使齐国，齐国也决定拥汉反楚这一最新情况后，当即命令部队停止渡平原津，调转马头返回荥阳抗楚前线。

韩信身边有个了不起的谋士叫蒯彻（蒯通）。他看出了韩信的态度，也看穿了刘邦的真实意图，赶紧向韩信献计："大将军攻打齐国是遵汉王之命行事,而汉王又悄悄派使者劝降齐国,并不把派人劝降齐国的事通知您,您不觉得这里面有什么蹊跷吗?"见韩信不明究里,他继而分析道,"现在,汉王并没有令您停止进军,您如果现在不打了,这算不算是不遵汉王之命呢?"

"郦食其不过是一介书生,单凭他那三寸之舌真就能说降齐国吗?还不是全仰仗您的大军压到了齐国边境上的压力,没有大将军您对齐国的压力,郦食其就不可能取得这样的成功。"韩信见蒯彻说得有理,让他继续说下去,"大将军您率领大军,经过了一年多的奋战,前前后后取得的城池总共不过五十多。如果您不攻下齐国,齐国七十余城的功劳就成了郦食其的了?您为将数年,难道功劳还比不上这一介儒生?"

听完蒯彻的话,韩信甚觉有理。韩信也想:齐国即使在郦食其的劝说之下降了汉,但仍是一个割据势力;哪一天楚再占上风,齐难免不去降楚;而且,大军压境,田横、田广正和郦食其纵酒作乐,是攻齐的最好时机。

韩信遂改变主张,指挥大军星夜渡过平原津,突袭齐国布防在历下的精锐部队。

面对突如其来的危机,怒不可遏的田横,当即将郦食其投入油锅给烹杀了。

挟独特的地理位置,平原津不仅与秦始皇、刘邦等历史风流人物有过非凡的交际,在其后的历史舞台上,也频频扮演重要的角色。

楚霸王项羽,也与平原津有缘。当年,他诛杀宋义、出任楚军大将后,由安阳开拔,楚军急速北上,来到平原津渡口,准备进军救赵。

以当时复活的后战国七国而论，项羽统领楚军渡黄河救赵，不是西去走东郡安阳渡白马津，而是北上走济北郡渡平原津，这是一个极其明智的选择。

项羽军从平原津渡河救赵，得到了两支齐国军队的支援，一支是田安所统领的齐军，另一支是田都所统领的齐军。田安军是在攻占了济北郡部分地区以后，加入项羽阵营随同渡河救赵的。由于田安和田都的合作，项羽军顺利进入齐国的济北郡，由平原津渡过黄河，当然占尽了天时地利人和。

项羽统领楚军走平原津渡黄河的时候，巨鹿城就在三百里以外，中间还隔有洹水和漳水两条大河。特别是漳水，浩浩荡荡由太行山而来，在今河北省曲周县一带夺黄河故道，绕经巨鹿一路向东北流去，成为黄河以西项羽军去巨鹿的一道天堑。

面对黄河和漳水两道天险，《史记·项羽本纪》叙述项羽渡河救赵时，说："项羽已杀卿子冠军（宋义），威震楚国，名闻诸侯。乃遣当阳君（英布）、蒲将军将卒二万渡河，救巨鹿。战少利，陈馀复请兵。项羽乃悉引兵渡河，皆沉船，破釜甑，烧庐舍，持三日粮，以示士卒必死，无一还心。"

直到今天，我们一想起"破釜沉舟"这个成语典故时，脑海中仍不免回荡悲壮的场面。

出人意料的是，三国时的蜀主刘备，也在平原津待过四年。

"试守平原令后领平原相。""玄德在平原，颇有钱粮军马，重整旧日气象。"或许不少人还不清楚，刘备曾任过平原县令、平原国相。那是东汉末初平元年（190年）至兴平元年（194年）的事了。

原来刘备的这个县令，是公孙瓒给封的。有着白马将军之称的公孙瓒出身贵族，涿郡太守极为赏识公孙瓒，将女儿许配与他。后官至中郎将，以强硬的态度对抗北方游牧民族，作战勇猛，威震边疆。公孙瓒因战功赫赫，得到了总督北方四州的授权，成为北方最强大的诸侯之一。

公孙瓒在袁绍的势力范围里，封了三个刺史，还在刺史之下，封了好多郡守、县令。刘备和公孙瓒曾是同门，他们一起拜师在名儒、名将卢植门下，公孙瓒长刘备几年，刘备一直把公孙瓒当兄长看待。公孙瓒得势，精明的刘备当然会来投奔。

《三国志·先主传》载：刘备"试守平原令后领平原相。郡平刘平素轻先主，耻为之下，使客刺之，客不忍刺，语之而去。其得人心如此"。在平原虽然只有四年左右的时间，不难看出，刘备已经初步形成了以"人和"治天下的思想。

刘（备）、关（羽）、张（飞）桃园三结义的故事，世代流传。如今，平原津还留有刘备时代的遗迹。"西北十五里桃园村（今三唐乡桃园站村）为蜀汉先主官兹土时与关张结义之所。"

不仅仅如此，隋末著名农民起义首领窦建德也起势于平原津，"隋大业十二年（616年），涿郡通守郭绚讨高士达，士达自以智略不如窦建德，以兵属焉。建德遣绚约降，绚信之，至长河（今山东德州）界，不设备，建德袭杀其军数千人。绚以数十骑走。追斩于平原。"

"太仆杨义臣击高士达，斩之。窦建德与麾下百余骑亡去，袭陷饶阳，还平原，收散兵，势复振，自称将军。"渐渐做大成为一方诸侯的窦建德，最后还是没有逃脱复亡的命运，"被李世民军俘获，被杀于长安"。

史载，在窦建德统治地区内，"劝课农桑，境内无盗，商旅野宿"。

至清朝，农民领袖朱红灯率众起义，使平原成为闻名中外的义和团运动发源地之一。

一系列由时间先后顺序排列而成的历史事件，都不约而同地汇聚在小小的平原津。平原津有如一个若隐若现的点，却为后世留下了一个醒目的历史坐标。

秦始皇,刘邦的偶像传奇

始皇帝三十五年(前212年),秦始皇征调帝国各地民工大修阿房宫。

身为泗水亭长的刘邦派上了徭役,为期一年。咸阳之行,大开了刘邦眼界。沛县东去咸阳二千余里,走三川东海大道,出泗水入砀郡,横穿三川郡,由函谷关进入关中。以战国旧国论,由楚国出发,经过魏国、韩国到秦国,堪称是一次"国际大旅行"。让小民刘邦耳目一新。

其间,刘邦遭遇了他一生重要的事件——目睹秦始皇的风采。

未来的汉高祖与在位的秦始皇的相遇,司马迁在《史记·高祖本纪》里载,秦始皇出行,允许百姓道旁观瞻,刘邦有幸挤进观瞻的行列中,目睹盛大的车马仪仗、精锐的步骑警卫,远远地仰望到了秦始皇的身影。

对于咸阳徭夫、沛县乡佬的泗水亭长刘邦来说,秦始皇宛若天上的太阳,他久久迈不动脚步,感慨至于极点,不停念:"嗟乎,大丈夫当如此也!"

"大丈夫当如此也!"这一句话感慨,概括了刘邦一生的政治走向。

秦末战国复活的大潮中,刘邦之所以不愿称王,一心一意要做皇帝,其重要原因之一,就是秦始皇是早就建树于他心中的偶像,他要像秦始皇一样君临天下,在被万人观瞻的车马出行中体验人生的满足。

秦始皇嬴政生于公元前259年,汉高祖刘邦生于公元前256年,他们之间只有三岁的年龄差。秦始皇死于公元前210年,享年五十岁,汉高祖死于公元前195年,享年六十二岁。

他们曾经在同一片天空下生活了四十七年——以自然年龄论,嬴政和刘邦应该算同一代人。刘邦与秦始皇共存的四十七年间,历史经历了战国和秦帝国两个时代,七国争雄的余绪延续三十余年而被一统结束,秦帝国强暴专横十余年又濒临崩溃。

刘邦四十七岁起兵反秦时,人生已经过去了大半,他的前半生,都是在战国时代度过的;他的人格和思想,与他的同时代人一样,都是在战国末年,由当时的风土人情和时代精神抚育定型的。

今天看来,"秦"字很有讲究,取"春"和"秋"各半,本意是收获庄稼。实际上也成为后春秋战国时期最大的赢家。

入秦以来,受帝国时代世风变化的影响,人的生活环境和精神风貌有所改变。然而,秦末之乱爆发,保留在人们头脑中的战国时代的历史记忆复活,刘邦与同时代的英雄豪杰们一道,复兴王政,承前启后,复旧而又革新,一同开创了后战国时代的历史局面。

汉帝国的创建者,汉高祖刘邦的出生地,是楚国的沛县丰邑中阳里,也就是现在的江苏省丰县一带。沛县、丰邑、中阳里——这只是秦始皇统一天下后的地名。

站在历史长河,用长镜头看世间之事,无不是机缘巧合。

上苍把刘邦安排在沛县,同样是"机缘巧合"。刘邦出生时,沛县属于楚国,刘邦是楚国的臣民。沛县地区,本来是宋国的领土,后几经反复易手,被并入楚国,直到公元前224年,秦军攻取淮北,沛县入秦,成为秦泗水郡的属县。

到"秦国沛县"的时候,刘邦已经三十二岁了。他的前半生,都是在"楚国沛县",作为楚国子民度过的。其中,在楚考烈王治下度过了十八年,在楚幽王治下度过了十年,最后四年,是在楚王负刍治下度过的。刘邦出生的丰邑,是沛县所属的乡,为城镇型聚落。他的生地中阳里,是丰邑城镇内众多的居住区之一。丰邑在沛县的西北,是沛县内的大邑,有城墙环绕,能够设防自守。

之所以把刘邦的出生地介绍得如此详细,是想说明这片生育养育他的故土,对他一生的成长,是多么的重要。

刘邦在世时,从来不文饰自己的出身,言行质朴,每每提到何以成了真龙天子时,口口声声"老子提三尺剑取天下,这皇帝位子,是骑在马上打下来的"。刘邦本名刘季。青年时代的刘季,游荡厮混,不务正业,常常带领一帮狐朋狗友到大嫂家混饭寄食。

中国古来的贵族社会,从夏商周一直延续到春秋战国,到了刘邦时代应该算走到了尽头。

以泗水郡为中心的这一地区,古称淮泗地区,就是我们今天所说的黄淮平原一带。这一地区,自古以来是兵家必争之地。历史上决定中国命运的大战,多次在这里进行,著名的有楚汉彭城之战、垓下之战,秦晋淝水之战,等等。

战场出英雄,英雄出帝王。秦末叛乱纷起,楚汉持续相争,其中心地区,就在淮泗一带,秦末汉初的风云人物,多出生于这里。一千六百多年后,在元末群雄中崛起的另一位英雄,建立明朝的朱元璋,他的祖籍在沛县,后来迁徙到濠州(今安徽凤阳),濠州也在这个地区,朱元璋算是刘邦的同乡。

值得一提的是,作为楚国人,三十二年的楚国楚人生活,刘邦无缘仕途,没有从军打仗,没有出任过乡官小吏,也不曾致力于农耕商贩,不为父兄所喜爱,也不为乡里社会称道认可,完全游离于主流正道之外,被视为无赖。按照今天成功人士的标准,那是一无所成。

刘邦从沛县起步,以沛县为根基取得天下,他做了皇帝以后,将丰邑从沛县分离出来,设置了丰县。为了满足父亲刘太公思念故里的乡情,在首都长安东部,现在的西安市临潼区一带,另外修建了一个丰邑,完全如同旧丰邑的样子,称为"新丰",并将旧丰邑的居民一齐迁徙到新丰,与刘太公重作邻居。

有如复制一座城——单从一个儿子的角度看,这样尽孝道真算得上大孝了。某种意义上讲,这样的孝道不仅仅是因为父亲,还是因为那片土地——那片滋养并助他取得天下的风水宝地。

正因为有这样的情结,刘邦将沛县作为自己的私人奉养地,世世代代免除沛县人的徭役租税,又将秦时沛县所属的泗水郡改名为沛郡。

所以,到了汉代,丰县、沛县,都成了沛郡的属县。

刘邦属于大器晚成的那类人才。相对于他人而言,刘邦的一切都显得太晚——出仕晚(三十四岁),结婚晚(三十七岁),生子晚(四十岁),起兵晚(四十七岁),做皇帝晚(五十岁)。在常人眼里,看似步步慢半拍,而他,却步步踩在了节拍点上,终成帝业。

楚考烈王二十三年,也就是公元前240年,刘邦十七岁时,告别了懵懵懂懂、无忧无虑的童年和少年。这一年,在秦国,是秦王政七年,秦始皇做秦王已经八年了。而已经成人的刘邦,变成了一个游手浪荡、聚众生事的问题青年,为亲人所不喜,受乡里近邻白眼相看。用当时的话来说,进入成年期以后的刘邦,走上了"任侠"之路。

刘邦从成年以后到三十多岁的历史,就是一部任侠的历史。

刘邦的人生骤变,是迫于时局的变动。公元前224年,楚国的淮北之地全部被秦军占领，刘邦的家乡沛县也在其中。亡楚归秦，对于沛县地方丰邑乡里来说，算是一次重大的政治革命；对于游侠刘邦来说，也是人生中的一次重大转折。

秦国法治的理论基础是法家思想。法家以游侠为流民之雄，视之为扰乱国家制度的害虫，明令取缔。沛县所在的楚魏交界地区，历来是吏治松弛、游侠盛行的老大难地区，新政权建立以后，对于管区内的游侠、不法之徒厉行镇压打击，自是必然的事情。刘邦跟从过的名侠张耳，就曾经长期活跃在魏国大梁外黄一带，秦军攻占魏国后，马上就成了秦政府通缉的对象，隐身逃亡，不知去向。

时局变迁之下，刘邦面临重大选择，要么纳入新的体制当中，固定居所职业，重新做人，要么逃亡流徙，成为帝国法外的亡命罪人。

孔老夫子云："三十而立。"三十而立的刘邦别无出路，他选择了考试出仕。秦王政二十四年（前223），诸种因素交错之下，刘邦参加了地方小吏的选考，考试合格，被任命为沛县下属的泗水亭亭长。

这一年，刘邦已经三十四岁。

亡楚属秦，对于楚国的贵族官僚来说，是国破家亡的不幸和耻辱。对于市井小民的刘邦而言，只是换了一种生计。由游侠到小吏，对于刘邦的人生来说，意义非同寻常，他由体制外进入到体制内，对于对抗和统治两方都有了切身的体验。

这种正反两面的体验，从他的未来来看，可谓是受益不尽的财富。

战国时始在邻接他国处设亭，置亭长，任防御之责。亭又是秦汉时代政府的末端组织之一，遍布全国，主要设置于交通要道处，在乡村每十里设一亭。亭有亭长，掌治安警卫，兼管停留旅客，治理民事。我们今天看来，亭长就相当于派出所所长。

泗水亭在沛县的东部，地处县城东郊的要道。丰邑在沛县的西部，与泗水亭东西相隔百十里路。被任命为泗水亭长以后，刘邦要行进百余里外去上班。

物以类聚，人以群分。入仕为吏以前的刘邦，是云游四方、广交朋友的游侠。如今做了官府小吏，四处浪荡是不行了，但喝酒交朋友那是自然，何况泗水亭地处交通要道之上，人来人往之间。

江山易改，本性难移。自从做了泗水亭长，大小算是一地之长，佩印着冠，披甲带剑，一手持竹简命令，一手持捆人绳索，手下还有两三下属丁卒使唤，自然是有些威风。刘邦的往来圈子，自然地由地痞流氓扩展到沛县政府的末端属吏。这些人际关系，成了他人生的一大财富——秦末随同刘邦起兵，后来成为汉帝国开国功臣的一大批人物，多是刘邦在泗水亭长任上结识的沛县中下级官吏。

沛县官吏中，与刘邦交往最早的，当数萧何。入秦以来，萧何出仕为吏，任沛县主吏掾，相当于县政府的办公室主任，与刘邦是直接的上下级关系。夏侯婴是刘邦在泗水亭长任上新结识的兄弟。夏侯婴也是沛县人，刘邦任泗水亭长时，他为沛县的厩司御，就是沛县政府马车队的车夫，经常驾驶马车接送使者客人、传递文书邮件经过泗水亭。

真是天作之合。就在刘邦在泗水亭长任上厮混着时，张良也迁居到了沛县附近。

刘邦建立汉室后手下的大臣，除了张良是韩国丞相之子，张苍是秦朝的御史，叔孙通是秦朝的博士，其余都是一介平民，即所谓布衣。萧何是沛县的小吏，曹参是沛县的牢头禁子，王陵、陆贾是所谓"白徒"（平民），等而下之，樊哙是杀狗的屠夫，周勃是为人操办丧事的吹鼓手，灌婴是一个丝织品小贩，娄敬是一个车夫，彭越、黥布则是盗贼出身。这些人在开国以后，都当上了将军、丞相级别的官僚，所以被称为"布衣将相"。这种"庶民皇帝，布衣将相"格局，对汉朝的政治产生了巨大影响。

泗水亭长任上，刘邦不仅收获了患难之交的朋友，还收获了美人。完成了他一生中的一件大事，就是结婚。嫁给刘邦，成为刘邦正妻的女性，姓吕名雉，史称吕后，后来成了中国历史上事实上的第一位女皇。

著名历史学者张宏杰曾如是概括，光辉灿烂的数千年历史中，那些丰功峻德的历代开国皇帝，除了第一个皇帝秦始皇和北魏、隋、唐等有少数民族血统的开国皇帝外，其余几乎都是出身江湖。当然，刘邦更不例外。

如果熟读史书的话，中国历史会经常给人这种出乎意料的结论。王学泰在其《游民文化与中国社会》一书中举了这样几个例子——

汉高祖是个不折不扣的流氓，从小游手好闲，不事家人生产作业。成年后，做了小吏，成天和那些衙役勾肩搭背，"廷中吏无所不狎侮"，好酒及色，又没钱，便跑到酒铺赖酒钱。

刘邦的本家刘备是个织席小贩，没什么文化。"先主不甚乐读书，喜狗马、音乐、美衣服……少语言，善下人，喜怒不形于色。好交结豪侠，年少争附之。"其素质作为颇类当今黑社会小头目，故能结识关张，共同起事。

南朝的第一个开国皇帝刘裕，家本寒微，住在京口，一直以卖鞋为业。为人剽悍，仅识文字，因好赌而破家，落魄至极。

五代时五个开国皇帝均为流氓兵痞出身。十国的开国之君也大半如此，比如前蜀皇帝王建"少无赖，以屠牛、盗驴、贩私盐为事，里人谓之贼王八"；吴越王钱镠"及壮，无赖，不喜事生业，以贩盐为业"。

正史对大宋开国皇帝赵匡胤出身多有掩饰，其实他亦出身游民，其父流浪于杜家庄，做了当时谁都瞧不起的倒插门女婿。匡胤少而流浪四方，从军后才渐渐发迹。

……

始皇帝三十五年（前212年），秦始皇嫌咸阳人口多，宫殿小，于是大兴土木，在首都咸阳南郊修建阿房宫。阿房宫工程巨大，秦政府大规模征调帝国各地民工，到咸阳地区服徭役做工。依照秦政府的规定，年满十七岁的成年男子，都有为政府服劳役和兵役的义务。

始皇帝三十五年，身为泗水亭长的刘邦同样派上了到咸阳修建阿房宫的徭役，为期一年。这次咸阳之行，虽然是差事徭役，对刘邦来说，也是大开了眼界。沛县东去咸阳二千余里，走三川东海大道，出泗水入砀郡，横穿三川郡，由荥阳—成皋—洛阳一线西去，进入新安、渑池，过崤、函山间，由函谷关进入关中。

这次旅行，以战国旧国论，由楚国出发，经过魏国、韩国到秦国，堪称是一次"国际大旅行"，沿途山川景色壮丽，各地风俗民情不同，处处使人感铭。帝国法制严密，交通整备，管理高效，也是令人印象深刻。特别是进入关中秦国本土以后，地势之形胜和经济之富庶，宫室建筑之辉煌壮丽，民风吏治之古朴清廉，更让小民刘邦感到耳目一新。

刘邦在关中的大部分时间，都是在咸阳郊外的工地上度过的，虽然辛苦，却也兴趣盎然。也就在此期间，刘邦遭遇了对他一生有重大影响的一次事件——目睹了秦始皇的风采。

关于未来的汉高祖与在位的秦始皇的这次相遇，司马迁在《史记·高祖本纪》里如此写道，当时，秦始皇出行，允许百姓道旁观瞻，刘邦有幸挤进观瞻的行列当中，目睹了盛大的车马仪仗、精锐的步骑警卫，远远地仰望到了秦始皇的身影。对于咸阳徭夫、沛县乡佬的泗水亭长刘季来说，秦始皇宛若天上的太阳，灿烂辉煌，感光受彩之下，刘邦身心受到极大的震动，他久久迈不动脚步，感慨至于极点："嗟乎，大丈夫当如此也！"

第六章 江湖海 / 405

"嗟乎,大丈夫当如此也!"反反复复,只有这一句话。就是这一句话所传送的感慨,几乎概括了刘邦一生的政治走向。

在秦末战国复活的大潮中,刘邦之所以不甘于为王,一心一意要做皇帝,其中的因素之一,就是因为秦始皇是早就建树于他心中的偶像,他要像秦始皇一样君临天下,在被万人观瞻的车马出行中体验人生的满足。

刘邦起兵以后,其组织的基础,就是沛县吏民;未来汉帝国的组织核心,也是沛县吏民。沛县是楚国和魏国间的边界县,丰邑中,多有魏国的移民,甚至有传闻,说刘邦的祖先就是从魏国首都大梁迁徙过来的。刘邦向着魏国,西望的是魏都大梁,景仰的是信陵君;刘邦向着秦国,西望的是秦都咸阳,景仰的是秦始皇。

刘邦在咸阳观望秦始皇车马出行时,感叹如此辉煌的人生才是男子汉大丈夫的追求;对于游侠少年刘邦来说,信陵君是身不能至、心向往之的偶像,自己则是归心低首的追随者。秦始皇对刘邦的影响,是在他起兵以后的政治生涯中;信陵君对于刘邦的影响,是从少年开始,贯穿终生的。刘邦做了皇帝以后,每每经过大梁,一定要祭祀信陵君。

公元前195年,他最后一次来到大梁,祭祀以后,为信陵君设置守墓专户五家,世世奉祀公子无忌,将游侠少年以来的慕从和景仰,做了辞世前最后的寄托。同样,刘邦打下江山后"汉承秦制",全面继承并维护了秦始皇开创的中央集权的帝国体制。或许是一个游侠对偶像崇拜的最好方式。

在著名先秦历史学家李开元眼里,刘邦加入沛县小吏组织以前,长期是江湖上的游侠。游侠虽说是没有严密的组织,却有广泛的联系网络,他由此在民间社会,早早地建立起了人际关系网。刘邦率领部分服役徭夫到芒砀山落草,成为政府通缉的盗贼集团,人生首次建立起了反秦的组织。著名的秦史专家马非百先生对刘邦集团早年的活动感慨非常。他以为,砀泗之间,丰沛一带,对于起兵前的刘邦集团来说,宛若《水浒传》中的梁山泊,还在泗水亭长的时代,造反的形迹就已经明显,以沛县小吏为成员的组织雏形就已经出现。

躬下身子,做一个谦卑的拾麦穗者

01

历时五年,这本历史人文随笔终于杀青。

《徘徊:公元前的庙堂与江湖》一书的完成,完全是机缘巧合。

五年前的初夏,《看历史》杂志执行总编苑海辰先生找到我,希望我开一个专栏,他们已经想好了名字,说就叫"史记"。我当时一惊,连说使不得。我知道自己最多就是一个历史爱好者,远谈不上研究。苑先生说,他们要的就是比较好看的历史随笔,不是那种书斋里出来的专业爬梳。

不知不觉,这个栏目就是五年。

之所以接下这个"活",主要缘于三点考虑,一是兴趣所至,这些年杂乱无章看了一些东西,不系统,也漫无目的,可以趁机系统梳理;二是职业使然,新闻是历史的初稿,这些年写了不少"初稿",就有了某种情愫;三是自我加压,强迫自己不断学习,从书本上学,从不断考古新发现中学。每每为了一个典故,翻阅十数本乃至数十本书成常事,为一篇文章常常搁笔一段时间方找到灵感,重新提起笔来也成为常态。

02

没有想到的是,这个栏目一口气竟写了四十篇。所以说,从某种意义上讲,《徘徊:公元前的庙堂与江湖》其实是一本读书笔记。因为阅读的习惯,我特地将这四十篇独立成篇的文章分成了六个篇章,冠名以风雅颂、桃李杏、精气神、松竹梅、天地人、江湖海。

在我的潜意识中,这六个看似毫不关联的词组,组成了先秦时期的血缘与纽带,也成为徘徊在"庙堂与江湖"的主题词。

四十篇文章有一个共同的特点,就是力图通过历史细节,去考量每一个历史事实。这是一项苦差事,为了一些历史场景,我查阅了大量的史料,又力所能及地到访一些历史现场,史料大多生涩,所以这样的随笔要生动地呈现起来,一点儿也不轻松。

03

小细节成就大历史。这就是佛家所说的"一花一世界,一树一菩提"。

之所以看重"历史细节",是因为数十年记者生涯所形成的职业习惯,更缘于写"史记专栏"之前的一次大型新闻策划。

2015年是中国抗日战争胜利七十周年纪年,我所在的媒体发起并由我领衔一组大型采访报道，报道组抽调全报社精英，整整两个月时间，形成了四十篇深度报道作品。

选题策划之初，我就打定主意，让记者发挥专业的能力，力图挖掘历史细节，用鲜活的鲜为人知的细节，去还原、去见证那场旷日持久的宏大战争。

也就是说，我们所做的，是要沉下心来，凝心静气，老老实实地当一个"拾麦穗者"。

关于抗战题材的历史文献，文学作品，影视记录，可谓汗牛充栋，浩如烟海。我们很难突破，唯有拿起记者的绣花工夫，深入田间地头，去寻找淹没在历史长河中的战争亲历者、战场遗留物，哪怕一只军靴，一根毛发……一句话，"用小细节见证大历史"。

这次大型报道结束后，我写了一篇总结文章，名字叫《藏在历史深处的细节》——

透过那些仪式感极强的热热闹闹的纪念，我们似乎忽略了那些还未曾失却温度的细枝末节：大事件背后的小事件，大战役背后的小巷战，大场面背后的小场面，大人物背后的小人物……那些"小"的命运走向，那些"小"的生存状况，那些"小"所缔造的历史……芸芸众生，泯然不知所终。

弱水三千，如何取一瓢饮？资料的收集和文章的写作中，我确定了一个原则，对于远去的历史，不作大而无当的丑化，也不做空洞口号似的美化——让细节本身说话，就是最好的表达。

用小细节洞穿大历史，用小细节影响大历史，用小细节见证大历史。

这个"小"，既指浩荡历史中的那些"小人物"、"小场面"，也指大浪淘沙中留存至今的一丝半缕的"活"的"小元素"；所谓"大"，是想通过若干小的细节，去透视、去印证、去体验、去褒扬隐藏在大历史中的若干鲜活的因子。

小人物，大历史。可以说，恰恰是众多的"小"，撑起了历史天空中的"大"。

我们这个健忘的民族谱系里，他们常常被历史忘却。谁能说清南京大屠杀中有多少个孩子死于战争？十四年抗战有多少个良家妇女被沦为慰安妇？300万川军出川抗战，有没有一本完整的花名册？……每一个问号就是一个细节，每一处细节就是一个痛感。

历史不应该忘记他们。刺刀见红的战争面前，那些看似些小的历史细节，哪怕是一个小小的巷战，都会成为扭转整个战局的"最后一根稻草"。

04

并非有意要沉湎于细节之中，是因为我们的双眼所及，双手所触……都是一个个鲜活的细节，那些细节就像一件件随时可以发声的灵魂，敲打着我们的内心。

千万不要小看那些看似不起眼的细节，我们宏大叙事的基础，就承载在这些细节身上……让细节走向前台，站出来说话，从而还原历史现场。

细节不会从历史的窖藏中自己走出来，需要我们带着虔诚与尊敬，精心探寻，悉心呵护……淘尽黄沙始到金，那些历史中的细节，就是深藏在黄沙中的金子。

只有"半亩方塘一鉴开"，方能"天光云影共徘徊"。

我们的民族是一个不太注重细节的民族。老祖宗就热衷于"溥天之下，莫非王土"的王道气派。励精图志开疆拓土之后，迎来了胜利的热闹——然后大口吃肉，大碗喝酒。

我们只在乎面子，反正我们赢了，你是胯下之虏。以至于我们是如何赢的，我们投入了多少人力物力，我们的国土边界在哪里……数千年来，全是一笔糊涂账。

细节决定成败是一种哲理。有一首民谣生动而形象地诠释了这样一个哲理：丢失了一个钉子，坏了一只蹄铁；坏了一只蹄铁，折了一匹战马；折了一匹战马，伤了一位骑士；伤了一位骑士，输了一场战斗；输了一场战斗，亡了一个帝国。

在那篇《藏在历史深处的细节》一文中，我如是结尾。

05

透过丰富的细节来考察某一个切片、某一个维度。恰恰从这些"小"中，我们才能真切地见到"大"的意义。有如一台显微镜，通过检验一滴血、一个细胞的变化，来判断整个人体的健康程度。

需要说明的是，我不是历史研究专家，我只是一个历史爱好者。因为职业的原因，"杂"是其最大特色：读书杂，写作杂……从这个角度上讲，我只是一个信息整理者。

越深入历史细节，就越不得不承认，历史是一只轮子，拨动它转动的是"上帝之手"，所谓大人物，其实也只不过是轮子上或者轮子下的蚂蚁或螳螂。很多人眼里，常常误把蚂蚁或螳螂当成历史，而忘记了轮子的存在，这是对历史最大的误读。

历史本身是精彩的，想写的精彩却并不简单。曾写出鸿篇巨制"中华史"的历史学家易中天曾感言："很多研究历史的人，把历史当做一具尸体。放在解剖台上，取出肾脏、肝脏、心脏来研究。但我不喜欢，我觉得面对历史,首先要去感受她的血肉和肌理,其次才谈得上研究。"

很高兴地看到,近年新近出版的史景迁的《王氏之死:大历史背后的小人物命运》、张宏杰的《大明王朝的七张面孔》、马伯庸的《显微镜下的大明》、杜君立的《历史的细节》,还有余戈的《1944:松山战役笔记》……都是其中不错的知微见著之作。特别是杜君立的《历史的细节》,更是一头扎进历史的裤裆,透过马镫、轮子、机器,生动地还原历史的细节,他还特地用这些陈年老物重构起他心中的"中国与世界"。

06

有着"中国学研究领域的毕加索"之称的史景迁,其中国历史作品就像小说一样精彩。《王氏之死:大历史背后的小人物命运》便是其微观史的典型代表作。

多年前,我一口气读完这本历史著作,最深的感受只有两个字:"好看。"让你如同看小说一般,阅读中享受轻松与愉快。

美国史学名家伯纳德·贝林认为,历史学"有时候是一种艺术,从来不是一种科学,永远是一门技艺",而对这种历史"技艺"的坚守,便是史景迁历史叙事的重要特征。

> 世上这是冬天,但这儿很温暖。荷花在冬天的绿水里绽放,花香随风而来,有人想把花摘走,但当船过来时,荷花飘走了。她看见冬天的山上布满了鲜花,房间里金光耀眼,一条白石路通向门口,红色的花瓣撒落在白石上,一支开着花的枝头从窗外伸进来。
>
> 花枝伸到了桌子上,叶纷纷落下,但花团簇拥,花还没有开放,它们像一只蝴蝶的翅膀,像一只沾了水的蝴蝶的翅膀,湿润而垂挂着;花

茎细如发丝。

她可以看到自己是多么美丽,脸上的皱纹没了,她的手光滑如少女的手,没有因劳动而变得粗糙。

……

王氏的尸体整夜都躺在雪堆里,当她被人发现时,看起来就像活人一样:因为酷寒在她死去的脸颊上,保留住一份鲜活的颜色。

王氏死了。她是一个农村妇女,是底层女性的代表,是山东郯城不幸的集合,是十七世纪中国苦难的隐喻。

这唯美如工笔画般的细节雕刻,使得史景迁在行文间有种特有的浓郁的人文关怀。

用小人物的视角发现历史,是史景迁微观史的典型特征,也正因为此,他才会引领历史散文随笔之先。

同时,这样的写法与表达,也深深地影响了我对历史的看法与态度。

07

许倬云在回答"我们为什么要读历史"时,曾给出这样颇让人意外的答案,他说,"历史是治疗集体健忘症的药方"。

许纪霖在给许倬云《中国文化的精神》一书写导读时,有这样的文字:"大师写专著不难,但写小书,却没有几个能够做到。"有学问的专家不谓不多,但有智慧的大家实在太少,而许先生,无疑就是当今在世的大智者之一。"不要以为这类读物好写,只有学问到了炉火纯青、阅历通透人情世故、人生看尽江山沧桑的时候,方能够化繁为简,将历史深层的智慧以大白话的方式和盘托出。"

四十多年前,意大利电影导演安东尼奥尼应邀来到中国,他受命拍摄一部电影,来向全世界展现"形势一片大好"的中国。这部叫作《中国》的纪录片拍完之后,便成为当时最著名的"大毒草"。

这是一部完全依靠镜头语言的纪录片,在长城的桥段却有一句经典旁白:"逃跑的奴隶被直接砌进城墙,长城的每段都埋有尸骨,最后只有帝王们的名字留在了史册。"

在这位外国艺术家眼中,长城不再是记载帝王丰功伟绩的碑记,而是无数民众的坟冢。

历史,就在这无数细节中暗自运行。

其实这不仅是历史,也是生活。在时间的上游,那些日子已经过去,但对我来说,它们仍在,它们暗自构成了现在,它们是一缕微笑,一杯酒,是青草在深夜的气味,是玻璃窗上的雨痕,是一处细长的伤疤,是一段旋律以及音响上闪烁的指示灯在黑暗中如两只眼睛……这一切依然饱满,它们使生活变得真实,获得意义。

历史的面貌、历史的秘密就在这些最微小的基因中被锁定,引人注目的人与事不过是水上浮沫。

或许正因为此,我喜欢读史,喜欢"以小见大",犹喜欢从历史的细节入手。从而撕开宏大的历史帷幕,躬下身去,做一个卑微的拾麦穗者。

08

美国经济学家鲍尔丁说,人和狗的不同之处就在于,狗不知道自己之前有狗,在自己之后也有狗;而人恰好知道在自己之前有人,在自己之后也有人。

中国具有悠久的历史传统,是历史支撑起了中国人千百年来的精神生活。甚至可以说,是圣贤的历史构成了中国人的宗教。

孔子说，礼失而求诸野。鲁迅说，读史要读野史。历史的动因存在于每个普通人的生活中，只有走向田野与民间，才可能对历史中国和当下中国找出合乎情理的脉络与逻辑。

我们的视野和思维深处，是烛照万里的规律总结，是高屋建瓴的宏大叙事。普通百姓的喜怒哀乐，底层民众的所思所想，往往会被史书忽略。即使提及，也只是诸如"民不聊生"、"民怨沸腾"之类的高度概括，很少会细致入微。

柳宗元《捕蛇者说》为什么名扬千古？就因为他没有泛泛地感慨一句"苛政猛于虎"，而是手术刀般地解剖，勾勒出了一个百姓真实生活状态，献给历史，也献给未来。

历史从来"不以成败论英雄"。从这一点上讲，历史是传承，历史也是启蒙。

一个人如果不了解自己出生前的事情，就等于永远不会长大。

09

特别值得一提的是，这些专栏文章在《看历史》杂志面世后，大部分篇什被中国作协主办的《作家文摘报》选载，那些文章也成为我个人公众号"史祭2020"的重要内容，2018年封面历史频道又特地给我开了"章夫读史"专题，《华西都市报》的"大历史副刊"栏目也无数次整版选刊，在此一并致谢。

再次声明，我只是一个历史爱好者，写作中引用了大量史料和专家学者的成果，限于文章的随笔体例，未能一一标明出处，在此一并致歉。

章 夫

己亥年深秋于古少城得一斋

图书在版编目（CIP）数据

徘徊：公元前的庙堂与江湖 / 章夫著. —— 成都：四川人民出版社，2020.8
　　ISBN 978-7-220-11925-5

Ⅰ. ①徘… Ⅱ. ①章… Ⅲ. ①散文集－中国－当代 Ⅳ. ①I267

中国版本图书馆CIP数据核字（2020）第119068号

徘徊：公元前的庙堂与江湖
PAIHUAI GONGYUANQIAN DE MIAOTANG YU JIANGHU

章夫　著

责任编辑	段瑞清
版式设计	成都原创动力
封面题字	王　刚
封面篆刻	刘　强
肖像画	刘源元
特约校对	申婷婷
责任印制	李　剑
出版发行	四川人民出版社（成都槐树街2号）
网　　址	http://www.scpph.com
E-mail	scrmcbs@sina.com
发行部业务电话	（028）86259624　86259453
防盗版举报电话	（028）86259624
印　　刷	四川新财印务有限公司
成品尺寸	140mm×210mm
印　　张	13.5
字　　数	396千
版　　次	2020年9月第1版
印　　次	2020年9月第1次印刷
书　　号	ISBN 978-7-220-11925-5
定　　价	68.00元

■版权所有·侵权必究
本书若出现印装质量问题，请与我社发行部联系调换
电话：（028）86259453